SOMBRAS

Ilsa J. Bick

SOMBRAS

Traducción del inglés
Carmen Torres y Laura Naranjo

NOCTURNA
EDICIONES

La edición original estadounidense de esta obra se publicó en 2012
con el título *Shadows* en la editorial Egmont USA, 443 Park Avenue South,
Suite 806, New York, NY 10016

c/ Corazón de María, 39, 8.º C, esc. dcha. 28002 Madrid
info@nocturnaediciones.com
www.nocturnaediciones.com

Primera edición en Nocturna Ediciones: mayo de 2015

Preimpresión: PARIMPAR, S.L.

Impreso en España / *Printed in Spain*
Imprenta Kadmos, S.C.L.

Código IBIC: YFB
ISBN: 978-84-943354-0-2
Depósito Legal: M-12212-2015

Dedicado a los que luchan

LA TRILOGÍA DE *CENIZAS*: CÓMO EMPEZABA EL PRIMER LIBRO

¿Necesitas que te refresquen la memoria? ¿Te gustaría tener un resumen de quién es quién y de lo que está ocurriendo? Verás, no vas a sacar mucho en claro de *Sombras*. Para mantener la tensión narrativa —argumento, ritmo y todo eso—, me negué a una recapitulación detallada. *Sombras* retoma la historia donde *Cenizas* la dejó; es un libro más grande y extenso donde pasan muchas cosas: te encontrarás con nuevos personajes y nuevos misterios que han de ser esclarecidos.

Sin embargo, me di cuenta de que había pasado bastante tiempo, así que, si necesitas un recordatorio, sigue leyendo. (Si no has leído *Cenizas*, debería darte vergüenza. Deja *ahora mismo* lo que estés haciendo y léelo. En serio). En cualquier caso, ATENCIÓN: vas a encontrarte con detalles importantes que te destriparán la historia. De verdad, si no te has leído *Cenizas*, no sigas. No sólo vas a cargarte el buen rato que ibas a pasar —porque ningún resumen puede hacerle justicia a una novela—, sino que vas a perderte información vital que no puedo incluir aquí. He dicho.

El Cortocircuito: En lo que empieza siendo un agradable sábado de octubre, una serie de pulsos electromagnéticos bombardean el cielo. Nadie sabe quién lo ha hecho ni por qué. En cierto sentido, eso no tiene importancia. Lo único que importa son los efectos.

En un instante, la mayoría de la población adulta mundial muere, las redes de suministro eléctrico y de comunicaciones se destruyen y los sistemas electrónicos sofisticados se paralizan. (De modo que ese nuevo iPad tan chulo se convierte en un ladrillo). A lo largo de la costa este y oeste, la detonación de misiles nucleares de baja altitud sobre instalaciones de almacenamiento de residuos nucleares, así como sobre otras instalaciones que están llegando a una situación crítica porque los generadores de apoyo no responden, produce efectos secundarios en la atmósfera, lo que vuelve la luna de color verde y los amaneceres sanguinolentos. Cualquiera que pudiera arreglar las cosas también es historia. La civilización se derrumba, se sume en un agujero negro, infernal y preindustrial.

Los que siguen vivos —los muy jóvenes y los muy viejos— deben encontrar una forma de combatir a los nuevos enemigos, no sólo a los supervivientes organizados en grupos de saqueadores y sociedades rígidamente organizadas (como Rule, un pueblo muy pequeño y muy estrecho de miras), sino a los Cambiados: adolescentes a los que no querrías encontrarte en un callejón oscuro. Los perros son como los canarios en una mina en lo que a los Cambiados se refiere: tienen una sensibilidad especial y son capaces de alertar a la gente de la presencia de estos. También se sugiere que los perros pueden detectar a los que van a cambiar o a los que ya están en proceso.

Pero unos pocos han cambiado de un modo diferente y han desarrollado supersentidos, que algunos no dudan en usar en su propio beneficio. Los individuos más viejos con un avanzado estado de alzhéimer u otras enfermedades seniles despiertan de repente de su letargo, volviendo a sus niveles anteriores de actividad neuronal y convirtiéndose en Despertados. También están los Salvados, que son adolescentes y veinteañeros que deberían haber muerto, pero no lo han hecho. Nadie sabe por qué los Salvados han sobrevivido y, sin ordenadores sofisticados, laboratorios ni científicos, no hay medios para descubrirlo. Los niños se convierten en bienes muy preciados, pero a los pocos Salvados también los miran con recelo. Nadie sabe a ciencia cierta si el cambio ha terminado.

LOS PROTAGONISTAS

Alex Adair: Se fue a vivir con su tía a Illinois después de que su madre, médico de urgencias, y su padre, policía, murieran en un accidente de helicóptero tres años atrás. Y lo que es peor: Alex lleva un monstruo en la cabeza, un tumor cerebral inoperable que le ha arrebatado el sentido del olfato y muchos de sus recuerdos, en especial los de sus padres. Después de dos años de quimio, radio y regímenes especiales que no sirvieron para nada, Alex ha decidido tomar las riendas. Cuando empieza la novela, Alex ha huido en lo que puede considerarse una perfecta caminata mochilera de no retorno por el Paraje Natural de Waucamaw, en la península superior de Michigan. Pretende cumplir la última voluntad de sus padres y esparcir sus cenizas desde Mirror Point en el lago Superior. Resulta que también tiene la pistola de servicio de su padre, una Glock, por si decide no volver. Después del Cortocircuito, Alex recupera el sentido del olfato a lo bestia, un supersentido que también le permite intuir emociones y, en una ocasión, capta un destello de lo que pasa por la cabeza de un lobo, lo cual es bastante rarito, hasta el punto de que, como los perros, es capaz de detectar el insoportable hedor a animal atropellado de los Cambiados. Oh, y de repente los perros son sus mejores amigos.

Ellie Cranford: Huraña, poco colaboradora y quejica. Alex tiene que contenerse para no abofetearla. ¿Qué se puede decir? La cría tiene ocho años. Su padre murió en combate en la guerra de Iraq y su madre la abandonó unos años antes, de modo que ahora está bajo la custodia de su abuelo, Jack, que puede que tuviera la paciencia de un santo, pero que la estaba malcriando. Odia ir de acampada y, en cualquier caso, tiene razones de sobra para estar un poquito cabreada. Al principio la rescata Alex y luego Tom, pero más tarde unos adultos despreciables que la ven como un vale de comida la secuestran.

***Mina*:** La perra de Ellie, una malinois belga y antigua PTM (perro de trabajo militar) de su padre. *Mina* es paciente, pero, si te ataca, te da un buen bocado. Los adultos despreciables también se la llevan.

Tom Eden: Joven soldado y especialista en explosivos de permiso de Afganistán; un tipo competente que complementa a Alex en muchos sentidos. Después de que Alex y Ellie consigan esquivar una jauría de perros salvajes, Tom las salva disparando a su colega, Jim, que ha sufrido un brutal cambio de estilo de vida. Tom, un chico serio y tranquilo por quien Alex siente una atracción instantánea, también tiene sus propios secretos. El primero es por qué está en el Waucamaw. Tras dejar la (relativa) seguridad del Waucamaw —hablamos de perros salvajes, trampas y chavales que de pronto han decidido que la gente puede convertirse en excelentes Happy Meals—, Tom resulta herido por un disparo cuando trata de evitar que los adultos despreciables se lleven a Ellie.

Chris Prentiss: El nieto del reverendo Yeager y el segundo al mando de Rule, aunque se crió fuera de la comunidad. Es oscuro, reservado y un poco huraño, pero tiene una habilidad sorprendente para encontrar Salvados, sobre todo al norte, en las inmediaciones de Oren y de su comunidad amish. Cuando Alex llega a Rule, se enamora de ella hasta las trancas y, aunque al principio Alex estaba decidida a escapar, al final le corresponde.

Peter Ernst: El comandante general de Rule, aunque recibe las órdenes del Consejo de los Cinco, los representantes de las familias fundadoras de Rule y quienes dirigen el pueblo. A sus veinticuatro años, Peter es el Salvado de más edad y sobreprotege a Chris. Peter tiene un rollito con Sarah, una de las compañeras que viven con Alex.

Sarah, Tori y Lena: Compañeras de casa de Alex; todas refugiadas a las que Rule ha ofrecido asilo. De las tres, Sarah es un poco mandona. La buena de Tori está colada por Greg (otro Salvado que forma parte de la cuadrilla de Chris) y por Chris, y además hace unos postres de manzana para chuparse los dedos. Lena, taciturna, irreverente y oriunda de esa comunidad amish cercana a Oren, es una chica con carácter. Tras manipular a Peter, una vez intentó escapar, pero la capturaron en la Zona, una tierra de nadie que los que han sido Expulsados (es decir, desterrados de Rule por varias ofensas) deben atravesar para salir de la esfera de influencia de Rule.

Reverendo Yeager: Descendiente de una de las cinco familias fundadoras de Rule. Tras haber amasado una fortuna gracias a su rentable compañía minera, Yeager lidera el Consejo de los Cinco.

(Los otros miembros del Consejo son Ernst, Stiemke, Prigge y Born). Antes del Cortocircuito, Yeager iba perdiendo poco a poco la cordura en el ala de enfermos de alzhéimer del asilo de Rule. Sin embargo, tras el Cortocircuito, despertó de algún modo. Como Alex, posee un supersentido especial y es capaz de adivinar la verdad y las emociones a través del tacto.

Jess: Mujer dura con una facilidad pasmosa para citar versículos de la Biblia. En lo que respecta a quién debe tomar las decisiones en Rule, Jess parece tener sus propias prioridades. Desea fervientemente que Chris le plante cara a su abuelo, pero este se niega por varias —y buenas— razones. Además, anima a Chris y a Alex a que acorten distancias sin el menor disimulo.

Matt Kincaid (el doctor): Desaliñado, pragmático, muy inteligente y el único médico de Rule. Él también es un Despertado, aunque no tiene ningún supersentido. Es el único al tanto del tumor cerebral de Alex y de su supersentido del olfato. Kincaid cree que el monstruo puede estar muerto, dormido o reconvirtiéndose en algo completamente distinto.

LA TRILOGÍA DE *CENIZAS*: CÓMO ACABÓ EL PRIMER LIBRO

Después de que a Tom le disparen, Alex y él llegan a una estación de servicio abandonada donde Alex se enfrenta a tres adolescentes con el cerebro frito y está a punto de servirles de aperitivo. Tom, muy débil por la herida de bala, que se le ha infectado, vuelve a resultar gravemente herido cuando uno de los chicos le arranca de un mordisco un pedazo de cuello. Aunque Alex hace todo lo que puede por él, ambos saben que morirá si ella no va a Rule en busca de ayuda. Sola. Antes de marcharse, los dos comparten un momento muy tierno y Tom, que está a punto de revelarle por qué fue al norte, le promete contárselo todo cuando vuelvan a reunirse.

Antes de llegar a Rule, Alex adopta un cachorrito desamparado y tiene un encuentro con una manada de lobos. Para colmo, una panda de adultos aterrorizados que ve a los chicos de su edad como una potencial amenaza está a punto de lincharla, pero Chris y su perro, *Jet*, la rescatan. Alex convence a Chris y a Peter para que abandonen la relativa seguridad que Rule les proporciona y vuelvan en busca de Tom, pero, cuando llegan, Tom ha desaparecido.

Principios de noviembre. De camino a su encuentro con el Consejo de los Cinco, Alex percibe un olor que le resulta familiar: el de uno de los hombres (Harlan) que secuestraron a Ellie (y que robó la riñonera que contiene las cenizas de los padres de Alex, una carta de su madre y una Biblia). Harlan confiesa y dice que vio por última vez a Ellie y a *Mina* semanas antes al sur de Rule. Después es expulsado. Alex consigue que le devuelvan las cenizas de sus padres, pero tanto la Biblia como la carta de su madre han desaparecido. Chris y Peter alegan prudentemente que carecen de recursos para organizar una batida y que para entonces Ellie puede estar en cualquier parte (o muerta), y se niegan a ir en busca de la pequeña.

Sin otro sitio donde refugiarse, con el invierno a punto de caer, Ellie desaparecida y sin la menor idea de si Tom sigue vivo, Alex no tiene más remedio que quedarse. Esto al final resulta ser irrelevante, pues Rule no tiene intención de dejar marchar a los Salvados; de hecho, se intenta convencer a los habitantes del pueblo —un grupo fundamentalista que podría ser una ramificación de la comunidad amish cercana a Oren— de que el rescate de Salvados es algo así como una especie de búsqueda del Santo Grial. Además, se trata de una sociedad muy tradicional con un reparto de tareas por sexo y que constriñe los movimientos de Alex por el pueblo.

Sin embargo, no todo es malo, pues entra a trabajar como aprendiz del médico y adquiere experiencia en este ámbito. Asimismo, pensando en el día en que pueda escapar de allí, se hace con varios útiles, aunque los meses pasan y la vida se convierte en una rutina que la hace resignarse en cierto modo. Con lo que Alex no contaba era con cogerle tanto cariño a Chris. Rechaza muchas de las propuestas del chico, pero este cada vez le gusta más.

Las vacaciones pasan y llega enero. Aunque las anteriores expediciones de aprovisionamiento han sido un éxito, Rule empieza a quedarse sin víveres. Chris y Peter, obligados a salir en busca de comida, se marchan a Wisconsin. La mañana de su partida, Alex sorprende a Chris y a Lena en mitad de una acalorada discusión y se queda de piedra. Y para colmo, ¡Lena le echa los brazos por el cuello! Alex se ve sacudida por una inesperada oleada de dolor y celos, y Chris, frustrado porque le ha prometido a Lena que la ayudaría, no puede explicarle el motivo de la discusión. Pero sí que puede estamparle un beso y… madre mía, ¡qué beso! Alex reconoce que tenía miedo de dejar que Chris le gustara porque aquello significaba quedarse en Rule a largo plazo y renunciar a Tom y a Ellie. Finalmente, Chris se marcha de expedición y Alex parece conformarse con esperar a que regrese.

No obstante, al cabo de varias semanas, unos cuantos hombres del grupo de Chris —incluido Greg, por quien Tori vuelve a perder la cabeza— regresan a Rule trayendo consigo a un niño gravemente herido que dicen que Chris encontró cerca de Oren, lo cual es extraño, pues eso significaría que Chris se separó del grupo principal para ir al norte en lugar de quedarse con Peter y sus hombres, que iban al oeste. Cuando está cuidando al niño, Alex se encuentra con que lleva algo suyo: un silbato que su padre le regaló mucho tiempo atrás y que ella le dio a Ellie a su vez. Por desgracia, el crío muere sin recobrar la consciencia.

Con todo lo que ha visto y oído en los últimos meses, Alex ata cabos y se imagina que, cuando Chris y los demás van a por suministros, buscan a Salvados y se los llevan —muy probablemente— por la fuerza. En otras palabras: están robando niños.

Horrorizada por esto e impelida por el descubrimiento del silbato, Alex toma la impulsiva decisión de robar el caballo de Kincaid y escapar de Rule atravesando la Zona, que está cerca de la casa de Jess. Sin embargo, la propia Jess la detiene y Alex se percata en esos momentos de que es una Despertada y de que también tiene un supersentido (del oído). Al parecer, Jess ha estado esperando a que Alex tomara la decisión de marcharse y la ayuda a escapar. Con todo, sus razones son un poco sospechosas. En realidad, no le importa mucho Alex; lo que quiere es que Chris se dé cuenta de lo que Rule está haciendo —aunque Jess no especifica de qué se trata exactamente— y se enfrente a su abuelo. Chris tiene que desearlo con todas sus fuerzas y Alex resulta ser el cebo perfecto.

Mientras Jess y sus aliados escoltan a Alex hasta la Zona, Chris sale del bosque al galope. Ha vuelto antes de lo previsto y justo a tiempo. Desesperado por impedir que Alex se adentre en la Zona y gritándole que no sabe lo que hace, Chris es detenido a la fuerza por los hombres de Jess y esta le da un golpe que lo deja inconsciente. Aunque Alex trata de ayudar a Chris, Jess la obliga a marcharse apuntándola con la escopeta.

Una vez fuera de Rule y tras haberse adentrado varios kilómetros en la Zona, Alex se encuentra con un espectáculo abrumador: una especie de camino procesional marcado por cadáveres de lobo despellejados colgados de los árboles, montañas de ropa, joyas, huesos y una pirámide de cabezas humanas en diversos estados de descomposición. Alex reconoce una cabeza congelada: Harlan, el hombre que se llevó a Ellie y fue expulsado de Rule varios meses antes.

Para colmo, se ve sorprendida por cinco Cambiados vestidos con ropas de invierno (aunque dos de ellos llevan pieles de lobo y capucha), armados hasta los dientes y con pinta de estar muy bien alimentados.

Y es entonces cuando descubre la verdad.

Rule no está combatiendo a los Cambiados.

Los está alimentando.

La gente ya no es lo que era.

Shirley Jackson

JOMARE, JOdido y MAchacado sin REmedio: así era como Jed lo llamaba. Un marine morirá siendo marine. No sabía cómo referirse a aquellos chicos. Algunos los denominaban zombis, pero el término no era del todo exacto. Los zombis eran muertos vivientes; estos chicos les daban mil vueltas. *Chucky* no estaba mal; seguramente lo había puesto en circulación un veterano que no podía quitarse Vietnam de la cabeza, aunque le venía al pelo. Aquellos chavales aparecían de la nada y te atacaban igual que en el Viet Cong.

Los Chuckies también eran pesadillas: monstruos con la cara de tu hija o de tu hijo. Igual que en esas películas antiguas en las que sale una monada perversa con alma demoniaca.

Aquel día de principios de octubre en que el mundo se quedó JOMARE, él se encontraba con Grace en el centro para personas discapacitadas situado a las afueras de Watersmeet, Michigan. Le rebañaba papilla del labio inferior y, cuando despertó, a saber cuánto tiempo después, yacía despatarrado en un charco de pegajosas gachas, sangrando por los oídos y con un terrible dolor de cabeza. Y allí estaba Grace, sin su habitual mirada perdida, diciéndole: «Jed, cariño, creo que me he orinado encima».

Se lo había hecho en los pañales, para ser más exactos, pero ¿a quién le importaba? Su querida Grace había vuelto. Era un milagro...

Pero todo se desmoronó en cuanto salieron tambaleándose al pasillo y vieron los cadáveres: enfermeras, auxiliares y médicos desparramados como palitos de Mikado.

Y a su nieta, Alice, que degustaba plácidamente los ojos de su madre.

Eso había ocurrido hacía casi cuatro meses. Ahora estaban en la segunda semana de enero y en Wisconsin, no Michigan. Aquella mañana en particular, la temprana luz del sol se derramaba acuosa y débil por un cielo celeste y perlado. El aire era calmo y cristalino; traía consigo ese frío quebradizo y paralizante que cala hasta los huesos y que hacía que Jed echara de menos una buena chimenea encendida mientras recorría la vereda del precipicio calzado con raquetas y bajaba a la densa maraña de matorrales que bordeaba el lago. Hizo un alto en el pronunciado recodo hacia la izquierda que se adentraba más en el bosque y que conducía a la orilla y giró ciento ochenta grados. Incluso sin aquel delator penacho de humo gris, identificó su cabaña, a medio kilómetro largo, encaramada en un risco de arenisca arbolado. A esa hora del día, el gran ventanal no era más que un rectángulo negro y sus dos caballos parecían un perdigón en la lejanía.

Vietnam le había dejado huella por dentro y por fuera, como había ocurrido con todos los veteranos que conocía. Había recibido un disparo en el ojo izquierdo, algo ya de por sí bastante malo, pero es que además la bala había seguido una trayectoria diagonal, le había perforado el cerebro y le había salido por la nuca. En una fracción de segundo, su ojo izquierdo quedó hecho papilla y su lóbulo occipital derecho pasó de ser funcional a convertirse en unas gachas de avena. Técnicamente su ojo derecho seguía funcionando, pero el daño cerebral ocasionado lo dejó incapacitado para leer y reconocer palabras. El color también había desaparecido. Sus horas de vigilia se transformaron en un mundo de sombras cenicientas, aunque los sueños y los *flashbacks* seguían siendo en tecnicolor. Y lo peor era que su cerebro había recuperado inquietantes fogonazos que los loqueros de la Armada tildaban de alucinaciones, como si tuviera el síndrome del miembro fantasma.

Como Grace, aunque últimamente… para él era diferente.

Ahora estaba allí plantado, con la vista alzada hacia la lejana cabaña. Oh, seguía estando ciego del ojo izquierdo, hacía ya tiempo que le faltaba el globo ocular y la cuenca estaba rellena con un implante de plástico recubierto de chicha. Nunca consintió que le pusieran un ojo artificial, tal vez porque le importaba un bledo que los demás se sintieran incómodos. Tenía Vietnam bien incrustado en el cerebro, como un trozo de carne fibrosa que se te mete entre los dientes y que no te puedes sacar por más que lo intentes. De modo que ¿por qué los demás iban a olvidar si él era incapaz de hacerlo?

Sin embargo, su ojo bueno, el derecho, seguía funcionando bien, mejor que nunca, y ese fue el que apuntó a la oscura rendija que conformaba la ventana. Esperó y, un instante después, los pliegues sueltos de las cortinas de gasa aparecieron flotando. Entonces aguzó la vista y se fijó en el sillón de piel y en el crepitar intermitente del fuego. Más allá, en las profundidades de la casa, divisó a Grace, que llevaba… Se concentró, alineando su mira mental. Sí, Grace llevaba puesto el jersey rosa de angora y echaba cucharadas de café en un viejo cacillo, tal vez calculando, suponía, la cantidad de posos por cucharada.

Lo suyo con los números era algo de lo más peculiar, así como que él lo escrutara todo con su vista de lince. Grace siempre había sido lista, la primera de su clase en la escuela de enfermería y un hacha en matemáticas. Si hubiera nacido quince años más tarde, sin duda habría llegado a ser médico o a codearse con los científicos espaciales, pero, después de lo que le pasó a Michael, nunca volvió a ser la misma. Así que cuando el alzhéimer la golpeó…, en fin, fue casi una bendición. Pero entonces ocurrió el JOMARE, que abrió una cámara secreta donde su mujer había almacenado cada ecuación y cálculo desde el origen de los tiempos.

Había salvado al chico gracias a sus más de cuarenta años de experiencia como enfermera y a unas destrezas que volvieron justo cuando se las necesitaba. Curar a aquel chico la recompuso, al menos tanto como puede recomponerse un corazón roto. Fingía que el chaval era Michael y él le seguía el juego. Jed lo quería a rabiar por eso, tanto que le cortaba la respiración.

El lago Odd se extendía al suroeste de la reserva india de Bad River y se adentraba en el Parque Nacional de Nicolet. Su tinglado para la pesca —una autocaravana desvencijada enganchada a un remolque— se hallaba asentado casi a un kilómetro de la orilla. Si te acercabas un poco más al lago y torcías a la izquierda, el hielo cambiaba: primero te lo encontrabas medio derretido y luego se ocultaba por completo bajo unos quince o veinte metros de aguas añiles antes de volver a repuntar. La razón era que el lago cubría una estribación perdida de la Douglas Fault, una falla que resquebrajaba la tierra desde Minnesota hasta Ashland. El agua que salía a borbotones por la fisura estaba unos grados más caliente, por lo que en invierno aquel tramo en particular nunca se congelaba del todo. Y eso hacía que el lago Odd fuera, como su propio nombre indicaba, raro. Como te adentraras demasiado en aquella fina capa de hielo, ya podías despedirte de tu bonito trasero.

El cobertizo de los botes era una sólida construcción de cedro envejecido, con una puerta que daba al norte y una corredera de pino al oeste, encaramado en una lengua de arena que ahora estaba cubierta por un manto de nieve. Veinticinco años atrás, cuando Michael tenía dieciséis y quería su propio espacio, remodelaron juntos el interior y colocaron ventanas y aislantes antes de fijar los paneles de yeso y colgar estanterías. Nada de tuberías ni cableado, nada de perifollos. Lo único que su hijo quería era una cama y un poco de tranquilidad. Cuando, tres años después, Michael se alistó en el Ejército, siguió conservando su cama; en cuanto a la tranquilidad, no tenía cabida en la vida de un marine. Diecisiete años después, tres hombres muy serios vestidos de uniforme llamaron a su puerta y, dos semanas más tarde, Michael volvía de la provincia de Ambar en un ataúd envuelto en una bandera. Ahora Michael disponía de toda la tranquilidad del mundo.

El ojo extremadamente certero de Jed captó el instante en que la puerta norte se abrió. Por el amor de Dios, seguro que habían oído chirriar aquellas bisagras hasta en la península superior de Michigan. El primero en salir haciendo cabriolas fue un golden retriever, seguido del chico, cuya complexión larguirucha formaba una silueta negra recortada contra la blancura de la nieve. Si Jed dejaba volar su imaginación un poco, casi podía convencerse, como Grace, de que era Michael. Pero el perro lo divisó y ladró, el chico lo saludó con la mano y el momento agridulce se desvaneció.

—Qué pronto has vuelto. ¿Qué tal en Baxter's? —preguntó el chico cuando Jed se le acercó arrastrando los pies.

Baxter's era una tienda de pesca justo al oeste de la frontera con la península: un viaje de ida y vuelta de cuatro días y territorio neutral donde la gente intercambiaba objetos y cotilleos.

—Como siempre. Esas bisagras necesitan más 3-en-Uno. Te dije que te encargaras de ello.

—Lo siento. Pero he terminado de arreglar la motonieve. Ahora tiras de la cuerda y arranca sin problemas a la primera. No lo he comprobado por el ruido, pero ya hace contacto.

—Ah. Vale. Buen trabajo. —Jed se detuvo. Se descolgó el rifle (un Tac-Ops Bravo 51) y lo apoyó contra el cobertizo; luego se inclinó para desabrocharse las raquetas. Aquel Bravo era bastante bueno, pero no podía compararse con Cate, el M40 que había utilizado cuando era francotirador en Vietnam. Aquella preciosidad había hecho verdadero honor a su nombre: Cate = Cargarse A Todo Enemigo. El perro le lamía la cara mientras él trajinaba con las hebillas de las raquetas—. Estate quieto, *Raleigh*, no seas pesado.

—Jed, ¿por qué estás enfadado?

—Te lo explico dentro. —Jed apretó los dientes al oír el chirrido de las bisagras y siguió al chico. El cobertizo era amplio, lo bastante como para que cupiese su Harley, el Spitfire *vintage*, un par de kayaks y la motonieve. A pesar del aislante, seguía siendo muy frío—. Maldita sea, hijo, te dije que no te preocupases por el propano. No debes coger frío. ¿Qué quieres, que se te quede la pierna tiesa?

—Estoy bien así —protestó el chico, pero Jed ya estaba trasteando el radiador. Estaba más enfadado de la cuenta y sabía por qué.

—Jed. —Le puso una mano en el hombro—. Cuéntamelo.

Y eso hizo. Lo puso al corriente mientras echaba 3-en-Uno aquí y allá, primero en las bisagras de la puerta norte y luego en los rieles y rodillos de la corredera. Cuando hubo terminado, el bote estaba medio vacío y el chico en silencio.

—Veo que no estás sorprendido —dijo Jed.

—No. —Hurgó en una caja de herramientas y sacó una llave de carraca con cabezal flexible—. ¿Te han dicho qué división?

—Nadie lo tiene claro. Puede que sea el Ejército o tal vez un puñado de divisiones diferentes. Por aquí no ha habido militares de verdad desde que los marines hicieron el petate y salieron a escape de aquel puesto de radio cerca del lago Clam. Tengo dinero invertido en algunas de esas milicias privadas. Estaban muy bien organizadas antes del JOMARE. —Jed tiró el 3-en-Uno en una estantería, apoyó una mejilla en el asiento de su Road King y observó cómo el chico apretaba la tuerca de la hélice del Spitfire y comprobaba su resistencia y estabilidad. La hélice procedía de un avión de doble propulsión abandonado, pero el motor era una antigualla y sólo tenía potencia para convertir su sencillo y precario Spitfire de tres metros en un trineo eólico medio decente. Este, diseñado para flotar sobre el hielo del mismo modo que un hidrodeslizador patina sobre aguas poco profundas, debía funcionar, al menos en teoría. Casi cuatro meses después de que el mundo se apagara, Jed seguía demasiado asustado para arrancar algo que hiciera tanto ruido.

—Antes de ir a lo de Baxter's, Abel me dio a entender que si veía a algún chaval que no fuera un Chucky, debía atraparlo, porque conoce a un par de cazadores que se lo quedarían. —Hizo una pausa—. Dijo que incluso aceptarían a un Chucky, siempre y cuando estuviera vivo.

—¿Para qué?

—No lo sé. —Pero podía adivinarlo. Había visto demasiadas cosas en Vietnam y su padre había sido huésped de los japos después de que su avión cayera al Pacífico. Los médicos nazis no fueron los únicos a los que les gustaba experimentar. A veces Jed se preguntaba qué japo comebichos de Chichi-jima habría sido el primero en echarles el ojo a todos aquellos sabrosos pilotos americanos y pensar en *carne fresca.*

—¿Por qué no dijiste nada?

—Porque a lo mejor Abel hablaba por hablar. —Mentía.

Abel, su único vecino en once kilómetros a la redonda, tenía ochenta y muchos años y nunca se arriesgaba a ir tan lejos si podía evitarlo. Aun así, cuando el viejo llegó a la cabaña arrastrando los pies, Jed pensó que lo único que buscaba con aquella visita era gorronearle algo antes de irse. Llegaba incluso a compadecerlo. Abel era quince años mayor que él, estaba solo y se veía obligado a depender de lo que pudiera encontrar, agenciarse o cazar, pero en un invierno que se presentaba bastante crudo, eso no bastaría. Lo correcto era compartir la comida con su vecino anciano. Sin embargo, Jed se dio cuenta de que aquellos ojos de perro viejo vagaban por la casa fijándose aquí y allá. ¿Estaría registrando cambios sutiles? ¿Una prenda de ropa donde no debía? ¿Una puerta abierta que normalmente estaba cerrada? Tal vez. Dados los tiempos que corrían, Jed y Grace habían procurado por todos los medios ocultar la presencia del chico, pero Jed pensaba que Abel se olía algo. Diantres, a Jed no le cabía la menor duda de que aquel viejo chiflado los delataría por una simple corazonada si eso garantizaba un buen plato de comida. A pesar de todo, Jed se había guardado sus sospechas sobre Abel y sabía por qué: el chaval se marcharía y Grace y él volverían a quedarse solos. Sencillamente por eso.

—Tanto si son militares como milicianos o una mezcla, tendrán voluntarios de sobra si van a repartir comida y suministros. —El chico volvió a poner la llave inglesa en su sitio y se limpió la grasa de motor de las manos con un pañuelo de los días de la Operación Rolling Thunder de Jed—. Creo que ambos sabemos lo que eso significa, Jed.

Aquellas palabras lo aguijonearon.

—En vez de eso, podríamos salir pitando hacia la isla. Allí no habrá nadie. Desde la isla hay otros cincuenta y cinco kilómetros hasta la costa canadiense, ciento diez antes de toparte con algo parecido a un pueblo. Seremos invisibles. Los únicos que solían ir a la isla eran kayakistas, y no muy a menudo por culpa de los acantilados. No hay sitio donde atracar sin que tu bote termine hecho astillas. Pero nosotros podemos conseguirlo. Ahora que has arreglado el trineo, sólo tenemos que hacer escala en el lago Superior.

—Jed, estamos en pleno invierno. Aunque lográsemos llegar al lago Superior con la motonieve y el Spitfire sin que nos atraparan ni nos vieran, en cuanto arrancásemos el motor de cualquiera de ellos sería como poner un cartel luminoso. Además, no hay forma de transportar gasolina suficiente para repostar. Si nos quedásemos tirados en medio del lago, tendríamos que hacer un buen trecho a pie y llevar a cuestas los suministros que pudiéramos salvar, que no serían muchos. Una vez que estemos en medio del hielo, no tendremos refugio alguno. Si perdemos el Spitfire y nos topamos con una capa de hielo fino o de agua, estaremos más que muertos.

—Entonces, ¿para qué demonios hemos construido el maldito trineo eólico?

—Ya sabes para qué. Tú mismo lo dijiste: si necesitamos huir, una motonieve no podrá atravesar el lago Odd, no por esa franja de hielo medio derretido. Sólo un trineo eólico es capaz de hacerlo. Cíñete al plan, Jed. Ni siquiera sabes si tendrás que marcharte. Si lo haces, vete con Grace en kayak a esa isla tuya cuando llegue la primavera. O mejor aún, hazte con un barco de vela en cuanto llegues al lago Superior. Por allí debe de haber muchos y no creo que a sus dueños les importe. Así no tendrás que depender de nada con motor. Un barco velero sería más seguro y el peso que te ahorrarías al no llevar combustible lo podrías aprovechar para comida y otras provisiones necesarias.

—¿Y tú qué?

—Ya sabes lo que tengo que hacer.

—Pero es que es una locura. Un suicidio. Ni siquiera sabes si sigue viva. —Se percató de un cambio en la cara del chico: una mueca de dolor, fugaz como un cometa—. ¿Qué?

—¿Conoces esa tensa espera justo antes de que empiece un tiroteo? Pues así me siento ahora, y esa sensación cada vez cobra más fuerza. Está viva y corre peligro, Jed. Debo irme pronto o explotaré.

Efectivamente, conocía aquella sensación. Esperar un ataque que sabías que era inminente suponía un ejercicio mental que te hacía perder poco a poco la cabeza. Algunas de las peores y más violentas contiendas en las que se había visto involucrado habían empezado con esos momentos de calma que preceden a la tempestad. Jed dejó escapar un largo suspiro; discutir no iba a servir de nada y entendía cómo se sentía respecto a la chica. Diantres, él habría hecho lo mismo por Grace.

—¿Puedes esperar? —Como vio que el chico vacilaba, añadió—: Una semana, diez días como mucho. Es lo único que te pido.

—¿Puedo preguntar por qué?

De repente se le formó un gran nudo en la garganta.

—Por el cumpleaños de Michael. Sé que Grace ha reservado harina y azúcar para preparar una tarta. Significaría mucho para ella. —Hizo una pausa y luego añadió en tono áspero—: Y para mí también.

—Entonces, me quedaré, por supuesto —contestó Tom Eden—. Ningún problema.

Mentía.

Tom se quedó observando cómo Jed volvía a subir renqueando el sendero y desaparecía tras una densa pantalla de alerces y cicutas. Ahora que se encontraba mejor, sólo iba a la cabaña a la hora de las comidas, lo cual era mucho más seguro. Nunca se sabía quién podía presentarse sin avisar, y Jed y Grace se hallaban en peligro por darle cobijo. Les debía la vida. Si hubiesen elegido otra ruta más al oeste o no hubieran sentido curiosidad por los tres chicos muertos desparramados en aquel autoservicio, habría muerto. Cuando le bajó la fiebre y cesaron los delirios, habían transcurrido cuatro días y estaba en Wisconsin.

Dios, pobre Alex. A pesar del gélido frío, una quemazón candente le estalló en el pecho y tuvo que reprimir un gemido. Debió de volverse loca cuando regresó y descubrió que se había marchado. Así se habría sentido él. Y ella había regresado; lo sabía. Era una cabezota, una luchadora. Nunca habría perdido la fe en ella…

De improviso, y procedente del fino aire, le llegó un débil gimoteo cargado de miedo.

«No». El aire fue abandonando sus pulmones hasta que se quedó sin aliento, completamente inmóvil. De haber sido otra persona en otro lugar y momento, habría desviado la mirada hacia el perro o habría pensado que se trataba de algún animalillo, tal vez una ardilla listada o una común, que se escabullía. Pero Tom no era una persona cualquiera. Después de Afganistán, nunca había vuelto a ser una persona cualquiera... Puede que ni siquiera hubiera vuelto a ser él mismo.

El gimoteo —en realidad, un sollozo entrecortado— volvió a oírse.

«Ignóralo, como te dijeron los médicos. Vamos, respira. —Se apretó las sienes con las palmas de las manos mientras inhalaba una larga y fría bocanada de aire, exhalaba y volvía a inspirar—. Respira, esto no es real, no es...».

—Po-po-fa-vo. —Aparte de *calamelo* y de *señol*, eso era seguramente lo único que la niñita sabía decir en su idioma. Además, reconocería aquella voz en cualquier sitio. La chiquilla soltó una rápida retahíla en pastún que él no entendió y luego volvió a decir—: Po-fa-vo...

—No —susurró—. No estás aquí. Vete, vete... —Cerró los ojos con fuerza, como si, al hacerlo, bloqueara todo lo demás, pero ya era demasiado tarde. Sentía que aquel *flashback* le hincaba los dientes en el cerebro y escarbaba en él con sus zarpas. La cabeza empezó a darle vueltas y una espesa capa de polvo le obstruyó la garganta. «No es real. No hay polvo. Estoy en Wisconsin; es invierno. No estoy oyendo esto». Intentó dominar sus pensamientos y poner sus músculos bajo control, pero el sol afgano lo estaba cociendo vivo. Tenía calor, mucho calor, sentía arenilla entre los dientes y en la lengua, y era capaz de oír el retumbante *bum-bum-bum* de un bombardeo lejano. También apareció de pronto el traje antiexplosivos: un revestimiento de treinta y dos kilos de dura coraza relleno de poliuretano que pesaba; pesaba tanto como aquella sucesión de recuerdos.

Un chasquido de electricidad estática.

—¡Por Dios, Tom! —Un chisporroteo y luego Jim, su amigo del alma, en quien confiaba por encima de todo, le decía por el auricular que llevaba enganchado a la oreja derecha—: ¡Por todos los santos, Tom, venga, tío, sal de ahí, córtalo ya…!

«No, Jim, tú estás muerto. —Tom jadeaba. No podía evitarlo—. Muerto, Jim, yo te disparé…».

—*Amiricano.* —Ahora no era una niña, sino un niño: no menos asustado e igual de pequeño, cuya voz temblorosa se filtraba por el amplificador de sonido ambiental de la oreja izquierda de Tom—: *Amiricano, po favo, amiricano, po favo, po favo…*

—Déjame en paz —soltó sin pensar. Una vez le había contado a un loquero que cuando le venía un *flashback* era como si un negro torbellino le engullera la mente. Estabas allí, en medio de un angustioso vórtice de imágenes que se iban convirtiendo en realidad y no sólo en sombras del recuerdo—. Largo de mi cabeza. No puedo salvarte. No puedo salvar a nadie, no puedo…

—Tom. —La voz de otra chica, pero mucho mayor, alguien que también conocía, y muy bien—. Tom, ayúdame, por favor.

«Alex. —Todo, todo su ser murió por dentro. No se sentía el corazón. Ella no estaba allí, lo sabía. Pero daría la vida por volver a verla y, si se girara, si abriera los ojos y echara un vistazo a aquel horrible pasado, estaría allí, de rodillas, entre los escombros, bajo un sol de justicia. Creyó que no podría soportarlo—. No, Dios, no me hagas esto, por favor, no…».

—Tom —volvió a decir Alex con voz trémula. ¡Estaba suplicando y sonaba igual que la niña pequeña!—. Tom, no me hagas esto. No me dejes aquí para que…

—Alex, no puedo. ¡Oh, Dios, *por favor*! —bramó Tom. No iba a mirar. No era real y Alex no estaba allí; ella nunca formaba parte de aquella pesadilla—. Dios, detén esto, por favor, por…

—¡Vamos, Tom! —Jim había vuelto. Su amigo tenía la voz crispada de impaciencia—. Olvídalo, tío, tienes que largarte. ¡Venga, corta el cable, coge al crío y sal de ahí! Déjala, Tom, deja a la niña, tienes que…

—*¡BASTA!* —rugió. Los loqueros siempre le aconsejaban que se hablara con calma y condescendencia, pero claro, ellos no estaban atrapados en aquel bucle infinito—. ¡Basta, por favor, basta!

Funcionó. Un instante después, Tom sintió que su cerebro desconectaba al verse liberado de aquel recuerdo. Siempre ocurría lo mismo y, si tuviera que describirlo de alguna forma, la sensación era como si una bala atravesara un frágil panel de vidrio y su cuerpo se hiciera añicos al pasar de un mundo a otro.

A su lado, *Raleigh*, el perro, le dio un empujoncito en el muslo bueno y soltó un gemido corto y agudo.

—Ho-hola, bonito —le dijo Tom. Estaba temblando y sentía que las rodillas empezaban a fallarle. Se apoyó en el quicio de la puerta con la mano derecha y se aferró a él hasta que la madera se le clavó en la carne. No le hacía mucho daño, pero se notaba. De hecho, era perfecto. El perro emitió otro brusco ladrido y luego se inclinó hacia delante como intentando apuntalar a Tom del mismo modo que un sujetalibros evita que una pila de finos libros de bolsillo se precipiten al suelo.

—Gra-gracias, bonito. Lo-lo sé. —Dejó escapar un suspiro largo y tembloroso—. Debo se-sentarme antes de que me ca-caiga.

Tom se tendió en un viejo catre del ejército profiriendo un gemido. Los muelles se quejaron y él torció el gesto de dolor cuando sus destrozados músculos se agarrotaron para luego irse relajando de mala gana. Sentía la camisa pegada a la piel entre los omóplatos, bajo la parka. Poco a poco fue controlando la respiración y aquella sensación nauseabunda de mareo y aturdimiento pasó. El perro, satisfecho, dio tres vueltas y se instaló con un suspiro en una manta color verde oliva.

«Dios». Tom se secó el sudor de la frente con el brazo. Aquel había sido de los gordos, pero creyó saber por qué. El dolor de su corazón, la ausencia de Alex, era un grito que, día tras día, no paraba de aumentar en intensidad y volumen.

«Debo marcharme y regresar a Michigan antes de que me vuelva loco».

Y ahora tenía los medios para hacerlo. Deslizó una mano sobre su muslo derecho, donde Harlan le había disparado el día que perdieron a Ellie. Tenía una nueva cicatriz en el cuello: un recuerdo de la pelea en el *parking* del autoservicio cuando aquel chico intentó arrancarle la garganta. Pero era la pierna la que se había llevado la peor parte, la que por poco acaba con él. La herida había cicatrizado formando un cráter del tamaño de un puño recubierto por una gruesa capa de tejido tenso y brillante. Había perdido algo de fuerza, aunque su cojera iba mejorando y hasta era capaz de echar una carrerita. No obstante, la pierna podía resultar un problema, sobre todo en zonas agrestes. Seguro que Jed quería que se llevara uno de sus dos caballos, pero, por supuesto, él lo rechazaría. Si Jed y Grace tenían que marcharse de aquel lugar por cualquier motivo, los necesitarían. ¿Y si le robaba un caballo a alguien? Así recorrería los ciento treinta y pico kilómetros hasta la frontera de Michigan mucho más rápido. Pero cualquier animal —o persona, ya puestos— era una responsabilidad adicional, algo que él mismo le había dicho a Ellie justo antes de abandonar el Waucamaw. No podían rescatar a nadie.

«Para lo que le sirvió a Ellie…». Aquel pensamiento hizo que se le formara un nudo en la garganta. En su mente, siempre había sabido que la supervivencia de los tres se reducía a una ecuación muy simple: o se armaba de la fuerza y la voluntad necesarias para mantener con vida a Alex y a Ellie o la gente que había llegado a importarle moriría. Y les había fallado. Otra vez. Cuando hizo falta, no fue capaz de salvar a Ellie. Pensar en la pequeña aún le dolía, aunque las pesadillas habían terminado por desvanecerse. Las posibilidades de que Ellie siguiera viva eran escasas o nulas. Ellie estaba muerta y eso era una carga sobre sus hombros. No le gustaba, pero podía soportarlo.

Alex era… diferente. Dios, cuánto deseaba haber reunido el valor necesario para contárselo todo, aquel terrible lío, lo que había hecho y a qué precio. Sólo una persona, *ella*, lo habría entendido, y eso lo habría salvado. Se presionó el pecho con la mano y sintió el fuerte latido de su corazón. Cada vez que pensaba en ella, el dolor era atroz, un desconsuelo más amargo que la aflicción y más intenso que la tristeza. Era anhelo. Necesidad. La sensación de que algo no había acabado y esperaba que nunca lo hiciera. Sencillamente se negaba a creer que la hubiera perdido.

Y estaba en peligro. Lo sabía. Aquella tenía que ser la razón por la que su mente la situaba también en Afganistán, donde la muerte podía estar escondida bajo una piedra, en una bolsa de basura o atada con correas a…

«No vayas por ahí, no lo pienses». Un quejido trató de abrirse paso a través de sus dientes. Creía que todavía estaba a tiempo de salvar a Alex, pero no podía demorarlo mucho más. Tal vez ya fuera demasiado tarde.

«Dios mío, por favor. —Se tapó los ojos con un brazo—. Por favor, ayúdame. No te estoy pidiendo un milagro, sólo que la mantengas a salvo un poco más hasta que consiga encontrarla, eso es todo. Por favor».

Por supuesto, no ocurrió nada. Ni rayos cegadores, ni coros celestiales ni ángeles. El perro se limitó a gemir y el radiador emitió un zumbido. Una ráfaga de viento sacudió el cobertizo e hizo traquetear las tablas, pero se trataba de una simple bocanada de aire.

Daba igual. Lo que importaba era lo que sentía y lo que sabía. Alex estaba viva y él iba a volver. La encontraría o moriría en el intento.

—Aguanta, Alex —susurró—. Aguanta.

PRIMERA PARTE
SACRIFICIO

1

«Dios mío, ayúdame, por favor, ayúdame». Alex tuvo la extraña sensación de que la mente se le escurría, como si el mundo fuera de hielo y empezara a inclinarse de pronto y ella estuviera resbalando, hacia el precipicio, a punto de caer al vacío si no se agarraba fuerte. El corazón parecía a punto de salírsele del pecho. Temblaba de pies a cabeza y el gancho de heno que le colgaba de la trabilla del cinturón le rebotaba en el muslo derecho. La pirámide, una superposición de calaveras, se alzaba amenazadora a su espalda: lo único que quedaba de aquellos que habían ido a parar a aquel campo de la muerte antes que ella. Y, por supuesto, estaba el olor, aquel hedor familiar a animal aplastado y vapores fétidos.

«Esto no puede estar pasando; no está pasando».

Pero sí que estaba pasando. Se encontraban justo allí, a poco más de treinta metros de donde ella se arrastraba por la nieve. Cinco Cambiados. Dos chicas. Tres chicos.

Se quedó observando, sin atreverse a hacer el más mínimo movimiento, mientras ellos se desplegaban en abanico formando una especie de semicírculo. Tres de ellos llevaban ropa de camuflaje: un adolescente punki con pinta de estudiante, una chica huraña con una cicatriz amoratada en la mejilla y un niño de pelo grasiento con la cara llena de granos. Una repentina ráfaga de viento levantó un remolino de nieve e hizo ondear los extremos deshilachados de los extraños pañuelos estarcidos que los chicos llevaban anudados a la garganta y en los bíceps. Y de los ojales de sus ropas afloraban jirones de tela como coloridos ribetes de ante.

Los otros dos muchachos, un chico y una chica que llevaban la cabeza y los hombros cubiertos con pieles de lobo, eran más o menos de su edad. No se les veía la cara, pero su mente emergió del pozo de horror en el que estaba sumida al comprobar lo familiar que le resultaba el chico. ¿Por qué? Lo escrutó sin perder detalle: su mentón pronunciado, la firme línea de su mandíbula y sus ojos, duros y chispeantes como los de un cuervo. No era capaz de distinguir de qué color eran; tal vez marrones o verde musgo.

O de un azul oscuro y ahumado, sombrío y extraño como el del hielo antiguo.

«Oh, no». No podía ser. Habían pasado meses. Tom estaba muerto. No podía ser Tom. ¿O sí? Ya no sólo con miedo, sino con auténtico pavor, inspiró profundamente por la nariz, en un esfuerzo por identificar el olor de Lobezno. El de Tom era almizclado y complejo, un aroma embriagador que se le colaba sin remedio en el pecho. Podría reconocerlo en cualquier parte, pero lo único que acertaba a distinguir era aquel tufo penetrante y el hedor de su propio miedo.

«Pero me da la sensación de que lo conozco. Me resulta tan fami…».

El estómago le dio un vuelco cuando Lobezna se adelantó a los demás para detenerse a unos cinco metros de su posición. Bajo toda aquella parafernalia, parecía la típica chica adinerada y de buena familia que Alex siempre había odiado. Aquel logotipo de una viuda negra sobre el pecho izquierdo de su camiseta de esquí de diseño no dejaba lugar a dudas. El conjunto hacía que aquellos jirones, pañuelos o lo que fuera que llevase atado a las muñecas pareciera casi elegante. Dada la cercanía de la chica, Alex se fijó en el machete que portaba, aquella cosa diabólica con sangre incrustada, tan larga como su antebrazo.

Buscó con los ojos el rifle de Nathan, el que Jess le había obligado a darle. Lo había soltado al toparse con las calaveras y echar la pota; estaba tirado en la nieve a unos tres metros a su derecha. Podía intentar cogerlo, pero, aunque lo lograra y se las arreglara para disparar, acabarían con ella en cuestión de segundos.

Porque cuatro de aquellos Cambiados iban armados hasta los dientes. El estudiante flacucho llevaba una pequeña Beretta; Lobezno, el que le resultaba tan familiar, un rifle de palanca de gran calibre con mira telescópica; Caracortada, la chica de la cicatriz, un rifle de cerrojo; pero era el rifle de Acné el que acaparaba todo su interés, ya que estaba provisto de un pistón de gas para evitar que se encasquillara. Aquello cobraba sentido cuando te encontrabas en un sitio donde las armas se encasquillaban con facilidad, llámese Iraq, Afganistán… o las profundidades del bosque en invierno. ¿Mera casualidad? ¿Es que Acné había tenido un simple golpe de suerte? ¿Había cogido el primer rifle que había pillado? A juzgar por el modo en que lo aferraba, supuso que no. Cuando has estado rodeada de gente que conoce sus armas, es fácil distinguir quién se siente cómodo con ellas y quién preferiría enfrentarse con una cobra. Además, estaban en la península superior y ella había vivido en Wisconsin, donde todo el mundo cazaba. Estaba claro que ese niño entendía de armas de fuego. Como todos los demás.

Y también estaba claro cómo iba a acabar aquello. Su final estaba escrito con sangre y garabateado con jirones y huesos cortados a machetazos.

En fin, ya no había marcha atrás. Se quitó los guantes con los dientes sin apartar la vista de Araña mientras sus dedos temblorosos se afanaban por desatar las raquetas de nieve. Cuando por fin se las quitó, la nieve crujió bajo sus pies, pero sólo se hundió unos centímetros. Bien. Aún moviéndose con mucho cuidado, se descolgó la mochila. Entre todos los bártulos que Jess le había metido, había una navaja, pero la hoja parecía un palillo de dientes en comparación con aquel machete. Sin embargo, la mochila pesaba bastante; tal vez cinco o seis kilos. Aferró las correas con la mano izquierda. Podía serle útil si se acercaba lo suficiente…

Sus pensamientos descarrilaron cuando el aire se condensó de repente y otro olor, una repentina y compleja vaharada de savia fresca y pino verde chamuscado, serpenteó en mitad de aquel tufo a animal aplastado. ¿Qué era aquello? Observó cómo Araña miraba de pronto a Lobezno y, al segundo, aquel penetrante olor a chamusquina se hizo más persistente. Todos los Cambiados se miraron mutuamente sonriendo de oreja a oreja, como si compartieran una broma privada.

Su mente viajó como un relámpago hasta la larga y horrible carretera que conducía a Rule... y al instante en que se percató de que los lobos estaban allí debido a la densidad que había adquirido el aire cuando emergió el olor del macho alfa: a lobo, sí, pero no a amenaza.

¿Se estaban comunicando? ¿Es que los pensamientos complejos podían comunicarse a través del olor? No tenía ni idea. Las abejas bailaban. Los pájaros cantaban. Pero también se movían en bandada sin hacer el menor ruido. Aquellos lobos apenas habían gruñido, y ahora estos niños se miraban unos a otros mientras el aire bullía.

«Como si hubiera algo que no estaba hace apenas unos segundos. El aire está saturado. —Alex sintió un profundo vacío en su cabeza—. Pero no puede ser. No pueden leer la mente».

¿O sí? No, aquello era una locura. Y, sin embargo, ¿acaso no era también una locura su nuevo supersentido del olfato? Ella también había cambiado, aunque no de la misma manera.

Bueno, sólo había un modo de saber si se comunicaban mediante... telepatía. Tenía dos opciones: dejar que Araña la matara o...

Sus dedos palparon el gancho de heno y lo desengancharon: cuarenta y cinco centímetros de acero laminado en frío del grosor de su pulgar y tan afilado como un picahielos.

O...

2

Se catapultó por la nieve y los embistió, desplegándose, amenazando con el gancho de heno y apuntando hacia la derecha en busca del rostro de Araña: quería que la chica viera aquel diabólico garfio de acero. Podía resultar letal, aunque sólo si asestaba un buen golpe que enganchara algo: un brazo o una pierna. Eso no iba a pasar. El machete que manejaba Araña era más largo y afilado, con mucha superficie cortante. Un buen tajo y la pelea habría terminado.

Se fue hacia Araña, notó el estremecimiento y la mirada de pasmo de la otra chica… y aquello contestó una importante pregunta: los Cambiados eran capaces de leerse la mente unos a otros, pero no de leer la suya.

Una vez superada la parálisis, Araña alzó el machete y, al bajarlo, describió una amplia curva. En el último segundo, Alex hizo un rápido giro de muñeca y cambió de táctica, dirigiéndose al pecho de la chica en lugar de a su cara. Esta trató de rectificar, pero el ímpetu era su enemigo. El machete siseó al pasar, rebanando sólo aire.

Alex se le abalanzó. La curva roma del gancho dio de lleno en el pecho de Araña con tal fuerza que se sintió retemblar el brazo hasta el hombro. Araña dejó escapar un sonoro quejido y retrocedió a grandes zancadas mientras trataba de bajar de nuevo el machete. Alex lo vio venir y lo esquivó a la vez que hacía molinete con la mochila y asestaba un latigazo a modo de gancho mortal. Sus ojos nunca perdieron de vista el machete y tuvo el tiempo justo de pensar en la suerte que había tenido de que este no fuera de doble filo.

Cuando la mochila impactó en la barbilla de la chica, se oyó un golpetazo hueco. La cabeza de Araña crujió al doblarse hacia atrás y la chica se fue alejando dando vueltas en medio de una espiral de pelo rubio y piel de lobo. Alex, que había perdido el equilibrio, trató de girar, pero la nieve pisoteada estaba resbaladiza. Sintió que empezaba a deslizarse; hizo un esfuerzo por estabilizarse, pero no lo logró. Vio cómo la nieve se emborronaba y se precipitaba hacia ella en la caída, al tiempo que el gancho se estampaba contra la dura mochila. La nieve amortiguó algo la caída, aunque no demasiado, y Alex soltó un gritó cuando el batacazo le sacudió el hueso y le torció el hombro derecho. Perdió el gancho y se quedó de costado y sin aliento: la mano izquierda aún aferraba la mochila; la derecha le ardía, la muñeca le dolía a rabiar y no se sentía los dedos. «Oh, Dios, oh, Dios, está rota. Me la he roto… ¿Dónde está Araña, dónde…? —Inhaló una frenética y sollozante bocanada de aire. El codo derecho iba a estallarle de dolor; no podía mover los dedos—. Rotura o fisura, o a lo mejor me he fastidiado algún nervio. Pero ¿dónde demonios se ha metido Araña? ¿Dónde está?».

Su cabeza era un torbellino de pánico y dolor. Ambas sensaciones estuvieron a punto de matarla. En aquel estado, sólo pudo intuir el ataque; lo presintió antes de saber lo que ocurría: el sonido de unos pies que se arrastraban, el roce de una bota en la nieve, una súbita ráfaga de aire. Echó la cabeza hacia atrás justo a tiempo para divisar un borrón blanco y negro.

Araña: de pie, irguiéndose, acercándose. La chica retrajo los labios, dejando al descubierto unos dientes muy blancos e increíblemente afilados, capaces de arrancarle la garganta a cualquiera.

«¿Dónde está el machete? ¿Dónde está el machete? ¿Dónde está? —Sus ojos se clavaron en la mano derecha de Araña. Vacía—. No lleva nada, ningún machete, ningún machete. ¿Dónde está? —¿Lo habría tirado? Sin embargo, la postura de Araña le daba mala espina: adelantaba el hombro derecho, arrastraba los pies y sus ojos plateados miraban algo a espaldas de Alex y un poco a su derecha. ¿El qué? ¿Es que acaso el machete se encontraba *detrás* de ella? Alex empezó a estirar el cuello para echar un vistazo—. Si lo alcanzo primero... —Entonces pensó—: Espera, adelanta el lado derecho. —Jadeó—. Mano izquierda... ¡Se lo ha cambiado de mano!».

Araña dio un feroz machetazo zurdo acompañado de un chillido. Durante una décima de segundo, lo único que Alex pudo hacer fue ver venir la hoja... y, en el último instante, despertó del estado de *shock*. Soltó la mochila, apartó el brazo izquierdo de la trayectoria del machete e intentó rodar. El cuchillo cortó el viento con un silbido, siseando junto a su oreja y terminó clavándose en la nieve. El acero le quedó tan cerca que percibió el persistente olor cobrizo de las capas de sangre acumulada e incluso el recuerdo del sudor del granjero que, allá por algún septiembre, una vez concluida la cosecha, había cortado a machetazos gruesas y tenaces mazorcas de maíz.

Alex disfrutó del lujo de medio segundo para pensar: «Ha estado cerca».

Y entonces sintió dolor, mucho dolor, una mezcla de hielo y fuego que rugió en su garganta y que expulsó en forma de alarido. Se giró, vio el machete clavado hasta el mango… y una gran aspersión de sangre carmesí. El cuchillo de Araña le había rebanado una larga tira de piel y jugoso músculo que ahora pendía de modo grotesco de su hombro izquierdo. La cara de Araña, de la que chorreaba sangre, apareció ante sus ojos y vio que el machete se alzaba de nuevo…

«¡No!». Aún bocarriba, plegó la pierna derecha y le propinó una patada en toda la cara con la fuerza de un martillo neumático. Se oyó que algo crujía, que se fracturaba. La cabeza de la chica dio un latigazo hacia atrás acompañado de un brusco chasquido, igual que un muñeco para pruebas de choque, y las mandíbulas se le cerraron con un apagado *toc*. Araña dejó escapar un chillido burbujeante, como de gárgaras.

Y lo más importante: soltó el machete.

«¡Machete, machete, el machete —vociferaba su cerebro—, coge el machete! —Alex reaccionó. Rodó, plantó las botas en el suelo y se puso en pie—. ¿Dónde está el machete, dónde está?». Echó un rápido vistazo a la izquierda y allí estaba, manchado de sangre, justo a unos pasos de aquella pirámide de cráneos.

En realidad, todo dependía de quién fuera más rápida.

Alex se abalanzó por la nieve; el hombro izquierdo seguía rabiándole de dolor, le goteaba sangre por la muñeca y el corazón le martilleaba el pecho con latidos brutales y frenéticos. Se agachó, asió el arma y sintió que sus dedos se curvaban alrededor del mango de madera; clavó la bota derecha en la nieve y los cráneos sonrientes se emborronaron al girar y empezar a enderezarse rápidamente, con el codo en posición y el cuchillo en ristre…

Lo que vio a continuación la dejó paralizada.

Algo redondo, negro y hueco como la cuenca de un ojo en un cráneo pendía a menos de quince centímetros de su cara.

Un rojo abanico de horror se desplegó en su pecho.

El rifle de Nathan.

Y entonces Araña apretó el gatillo.

3

Clic.

No *bum.*

Medio segundo después se percató de que aún estaba viva.

¿Se había encasquillado? ¿Había errado el tiro? Nathan le había dicho que había un cartucho en la recámara. En fin, no importaba. Oyó a Araña tragar saliva y vio que la chica miraba a su alrededor, soliviantada.

La mano derecha de Alex actuó con rapidez. La gruesa hoja emitió un fuerte ruido metálico al chocar contra el cañón del Browning, desviándolo. El impacto derribó el machete y lo hizo caer en la nieve. No había tiempo de recogerlo; tenía que concentrarse en apartar el rifle de su cara. De modo que se abalanzó hacia el cañón, lo agarró y tiró de él con fuerza.

Araña, una vez recuperada de la sorpresa, hizo lo más inteligente: no pelear por el rifle, sino empujarlo para hacer que Alex trastabillara hacia atrás intentando mantener el equilibrio. Sin embargo, Araña era fuerte e iba armada por partida doble, y Alex sabía que aquella batalla contra la gravedad estaba perdida.

Se tambaleó, los árboles giraron a la par que el mundo se torcía.

Araña barrió el suelo con una pierna, enganchando a Alex por los tobillos y lanzándola contra la pirámide. Un fuerte dolor le recorrió el espinazo. Sintió cómo las calaveras se desplazaban cuando las filas superiores se desmoronaron con un sonido hueco, como canicas que repiquetearan sobre un suelo de madera. Los niveles inferiores, adheridos con sangre helada y cartílago congelado, conformaban una sólida plataforma y Araña lo sabía. Sujetando el rifle con fuerza, lo empujó hacia abajo en horizontal, intentando aplastarle la garganta con el cañón. Araña no era tan alta como Alex, pero tampoco estaba tan malherida y la gravedad jugaba de su parte. Los brazos de Alex empezaron a temblar de la tensión y el cansancio. La sangre que manaba de la maltrecha nariz de Araña le goteaba en los labios y en los ojos.

Los codos le flaquearon. No podía hacer nada. El rifle se hundía con la brutalidad de una guillotina. Experimentó una oleada de pánico cuando se le cortó la respiración y lo vio todo púrpura. Era la misma escena del aparcamiento, sólo que esta vez no tenía cuchillo ni Tom vendría a rescatarla. Intentó oponer resistencia, pero los pies le colgaban y no podía impulsarse.

Así que hizo lo único que podía hacer. Se quedó flácida, en parte por instinto y en parte por estrategia. Dejó de empujar, dejó de revolverse. Simplemente... se dejó hacer.

Araña ahogó un grito al caérsele encima y Alex, rápida como una serpiente, estiró el cuello, cogió impulso e hincó los dientes en la mejilla izquierda de la chica. Araña dio una sacudida y se puso a berrear. De repente, Alex sintió que desaparecía la presión en su garganta, pues Araña había retrocedido tanto que por fin pudo levantar la cabeza de la pirámide destrozada. Sin embargo, no la soltó. Tomó aire entre los dientes y utilizó estos últimos a modo de sierra. Sintió cómo la piel cedía, abriéndose y dando paso al músculo. La sangre de Araña, cálida y salobre, burbujeó en su boca. Se produjo un desgarro, similar al de una tela al romperse, y Araña, gritando como una posesa, retrocedió dando traspiés, tapándose la mejilla borboteante con una mano ribeteada de coloridos jirones.

Alex se apoderó del rifle.

Se puso en pie. Tenía la boca llena de la sangre de Araña y de un jugoso trozo de la mejilla de la chica. Escupió, sin apartar la vista de su oponente, cogió impulso y bateó. La culata zumbó al cortar el aire. Araña la vio venir en el último segundo; se encogió e hizo un regate hacia la derecha que probablemente le salvó la vida. El golpe le impactó en la sien izquierda con un sonido fuerte y hueco, parecido al del cuchillo de un carnicero al estamparse sobre la tabla de cortar. La cabeza de Araña dio un latigazo a la derecha despidiendo chorros de sangre. Puso sus plateados ojos en blanco, se le doblaron las rodillas y se derrumbó en la nieve como un saco de patatas.

Alex, mareada de dolor, se tambaleó sobre la chica. La cara de Araña era un poema. Tenía la mandíbula manchada de sangre y esta aún seguía manando de su nariz; allí donde la sangre caliente se mezclaba con la nieve, volutas de vapor serpenteaban en el aire inmóvil. Su respiración se había convertido en una sucesión de largos y regurgitantes resuellos.

«Acaba con esto». Le dieron arcadas al sentir en la boca el regusto amargo de la sangre corrompida y la textura de la carne cruda de la mejilla de Araña, así como el resabio persistente y metálico de la adrenalina gastada. Tenía la garganta como el cuello de un frágil jarrón de cristal, cada vez que tragaba corría el riesgo de romperse. Un murmullo alto y lastimero competía con el martilleo de su corazón, pero no tanto como para impedirle oír los crujidos y chirridos de la nieve. Los demás venían a por ella.

«Mata a Araña de una vez. Métele una bala en la cabeza y al menos te habrás cargado a uno. Tom no se rendiría sin luchar y Chris tampoco. Lucha, maldita sea. No se lo pongas tan fácil».

Empuñó el rifle, pero entonces se acordó de algo: de la cara de Araña en el momento en que el arma se había encasquillado. El rifle estaba cargado con cartuchos Magnum cortos del calibre doscientos setenta y llevaba uno extra en la recámara. Lo había visto con sus propios ojos. Si intentaba disparar de nuevo, podía estallarle en las manos. Seguro que no era la primera en morir de esa manera. Sería mejor que usara el fusil como palo para mantenerlos a raya, aunque bien era cierto que ellos sólo tendrían que esperar a que se cansara.

«Tiene que haber otro modo. —Dejó que el rifle inútil se le escurriera de los dedos—. Tiene que haber algo que pueda hacer». Pero ¿qué? La superaban en número. A juzgar por la pinta de aquel lugar, la escena debía de haberse repetido cientos de veces. O… (lanzó una súbita mirada a Araña, que seguía gorjeando) tal vez no. Acabar con Araña sólo le había concedido un poco más de tiempo.

«Pero cada segundo que estoy viva sigo teniendo la oportunidad de hacer algo». Observó cómo esquivaban a la chica inconsciente y avanzaban sin vacilar, implacables y en silencio; la fuerte mezcla del olor asfixiante a trementina y resina caliente y el tufo a animal aplastado parecía que los guiase como un yugo, como si fueran cuentas de un rosario.

De acuerdo, no había ningún sitio adonde ir. Aunque echara a correr, pasado el círculo la nieve sería demasiado profunda. ¿Sería capaz de volver a sorprenderlos como había hecho con Araña? ¿De hacer algo inesperado? Sí, eso podía funcionar, sobre todo si contaba con la ayuda de un arma... pero ¿qué podía utilizar? «¡Venga, venga, piensa!». Dio un pasito atrás y volvió a chocar con lo que quedaba de la pirámide, mientras los Cambiados se acercaban tanto que Lobezno habría podido estirar el brazo y cogerle la mano.

Aunque para eso primero tuviera que soltar el machete de Araña.

4

Se le heló la sangre. Tenía las caderas apoyadas contra el amasijo derruido de carne y huesos congelados e intentó no encogerse cuando los ojos de Lobezno la miraron de arriba abajo. Las aletas de la nariz del chico se hincharon al inspirar, larga y profundamente, absorbiendo su olor. Un momento después, la punta demasiado rosa de su lengua asomó como una anguila por la boca y se deslizó por los labios con un movimiento lento y sensual.

«Ah, joder. —Lobezno la estaba *saboreando*, estaba *degustando* su olor igual que hacen las serpientes con el aire. Alex desvió la mirada hacia los demás. Todos estaban allí plantados, con la boca abierta, retorciendo la lengua, devorándola. Un grito gorjeó en su garganta y sintió que se le aceleraba la respiración—. No, no. —Se obligó a controlarse—. Eso es lo que quieren; quieren que te entre el pánico; ¡venga, tranquila, no pierdas los nervios!».

Lobezno se le acercó aún más. Alex sentía el ronroneo de su expectación, la veía en la actitud de su cuerpo, olía su necesidad en el aire, la leía en el modo en que sus ojos la recorrían como si la desnudara con la mirada. Lo suyo era hambre y algo más: era posesión, y su poder era profundo, primitivo, sensual y terrible. «Me *quiere* para él, y me va a… me va a…».

Y entonces ocurrió algo muy, muy extraño.

Durante una décima de segundo, algo, una imagen tan fugaz que fue más una sensación que un verdadero pensamiento, le vino a la cabeza: yacía tendida en la nieve, sin ropa, y Lobezno, agazapado sobre su cuerpo, recorría con la lengua cada centímetro de su piel... Incluso *sintió* cómo sus manos bajaban y jugueteaban entre sus...

«¡No! —Sobrecogida, reprimió un grito y apartó aquella escena y a aquel chico de su mente—. ¡Fuera de mi cabeza! ¡Fuera de mi cabeza!». Un instante después, su mente pareció recuperarse produciéndole una conmoción tan física como una buena bofetada. Su conciencia se agudizó por completo y, cuando volvió en sí, sintió que sus dedos aferraban un hueso helado.

Y entonces, el cráneo que abarcaba su mano derecha *se movió*.

—¡Aaaaah! —Su chillido fue salvaje, inarticulado y furibundo. El brazo de Lobezno ya estaba de camino y el acero destellaba en la luz temprana, pero Alex había aferrado el cráneo y cogía impulso con las fuerzas que le quedaban, pensando: «Dale, y cuando suelte el cuchi...».

Algo le golpeó la sien derecha. El impacto fue tan violento e imprevisto que la mente se le quedó en blanco y trastabilló como cuando un CD pirata se salta una pista. Cayó al suelo como un saco de patatas y el cráneo rodó de sus dedos inertes. En medio de una espiral de dolor, vio a Caracortada, la chica de la cicatriz, de pie sobre ella, con un puño en alto listo para asestar un nuevo golpe.

Aunque Alex hubiera podido defenderse, Acné nunca le habría dado la oportunidad de hacerlo, pues se dejó caer sobre sus piernas.

Un momento después, Caracortada se sentaba a horcajadas sobre su pecho y le clavaba las rodillas en los hombros. Una explosión de dolor candente le inundó el pecho y, cuando Caracortada le estiró a la fuerza el brazo izquierdo, que tenía herido, y le sujetó la muñeca en la nieve con ambas manos, emitió un grito agónico.

Lobezno se cernió sobre ella. Se aseguró de que viera el cuchillo. Pero fue cuando retrocedió y Alex vio dónde estaba y se percató de la inclinación y del ángulo de su cuerpo cuando al fin comprendió lo que iba a pasar a continuación.

No iba a matarla, todavía no. Oh, no. Demasiado fácil. Demasiado rápido.

Primero, le cortaría el brazo de un tajo.

«¡Dios, no, *no*!». El corazón se le iba a salir del pecho. Histérica, trataba de levantarse y se retorcía, pero sólo derrochaba energía. Los otros pesaban demasiado. Estaba sujeta, no tenía escapatoria. De modo que así es como iba a terminar: en la nieve, con los brazos y las piernas mutiladas, exhalando la vida en medio de un río rojo y caliente que se fundiría con la nieve hasta que a su corazón no le quedara nada más que bombear. Había practicado suficientes amputaciones con Kincaid para saber que tenías que pinzar rápido aquellas arterias antes de que se perdieran en el músculo; de lo contrario, lo mejor que podías hacer era cortarle la garganta al pobre desgraciado. Pero ¿y si los Cambiados eran tan avezados que sabían hasta qué arterias debían pinzar? ¿Y si le evitaban una muerte rápida y la mantenían con vida mientras la trinchaban y se la comían viva, a bocados jugosos y estremecedores? Duraría mucho

mucho tiempo, porque no creía que alguien pudiera morir de dolor. Tal vez, para ellos, verla sufrir fuera parte de la diversión.

El machete destelló ante sus ojos. Presa del pánico, vio cómo la hoja se alargaba irremediablemente: treinta centímetros, trescientos metros, un kilómetro… Su visión era tan aguda que identificó cada muesca, cada mella en la que aquel borde afilado como una cuchilla había tocado hueso. El hedor a aguas fecales de los Cambiados se hacía cada vez más intenso y nauseabundo…

Pero entonces olió otra cosa por encima de aquel tufo a animal atropellado: no era ni trementina ni resina, sino un enjambre neblinoso de sombras que emergía desde las profundidades del bosque en medio de la frialdad y la negrura de la noche.

Un olor que conocía perfectamente.

«No, no puede ser. —A aquella cortísima distancia, fue capaz de distinguir los ojos del chico, oscuros y profundos como fosos tras aquella máscara de piel de lobo—. Tiene los mismos ojos, el mismo olor. Pero no puede ser, es…».

El cuchillo cortó el aire con un silbido.

5

La pesada hoja de acero se hundió en la nieve con un *chaf* amortiguado. Una súbita punzada de calor y un dolor repentino le atravesaron el pecho y le quemaron la mandíbula. De repente lo vio todo blanco, luego fragmentado, y la vista se le fue tornando más y más irregular a medida que una dolorosa garra hurgaba en su interior. Aunque tenía la mente clara como el cristal y era consciente de que el dolor era atroz, no era la agonía suprema que habría experimentado si Lobezno le hubiera arrancado el brazo de cuajo.

Sus ojos se desviaron unos centímetros a la izquierda.

Su brazo seguía allí. También su mano. Pero Lobezno sostenía un pedazo de algo goteante, mojado, muy rojo y...

«Dios mío». Su respiración, contenida en el pecho, estalló en un sollozo. Lobezno había finalizado lo que había empezado Araña. Horrorizada, acertó a ver cómo el chico inspeccionaba un colgajo de parka, piel y músculo agonizante.

Su músculo. El corazón le zumbaba en los oídos. *Su* carne.

Con una delicadeza casi cómica, Lobezno se las afanaba en separar el sanguinolento jirón de parka de la carne como si retirase un trocito de papel de estraza de un filete recién trinchado.

Después, cogió un poquito de nieve, sostuvo el tajo de carne en alto y se la pasó a todo lo largo para limpiarle la sangre mientras lo escudriñaba con curiosidad e intentaba alisar con el pulgar la piel arrugada. ¿Qué demonios estaba buscando? No podía imaginárselo.

Lobezno, satisfecho, aunque ella no supiera por qué, le lanzó una fugaz mirada especulativa y Alex tuvo el loco pensamiento de que, en otro momento y lugar, tal vez le hubiera guiñado un ojo como diciendo: «Mira esto».

Y luego le tendió la carne a Beretta.

A Alex se le subió el estómago a la garganta y le dieron arcadas cuando Beretta tanteó la carne con la lengua, lamiendo la sangre igual que un niño lame un cono de helado que empieza a derretirse. De nuevo percibió ese extraño sonido a ropa mojada desgarrándose cuando las mandíbulas de Beretta se pusieron en marcha y empezaron a masticar.

«Esto no está pasando; esto no puede estar pasando». Paralizada, vio cómo comían, degustándola y relamiéndose como si fueran concursantes de *Top Chef* tratando de deliberar si la salsa necesitaba una pizca más de sal. Sintió que volvía a marearse. Le faltaba poco para perder por completo el poco juicio que le quedaba. O tal vez simplemente se le fuera la cabeza, quizá su mente se quebrara como una ramita seca y empezara a chillar a voz en grito. Tendrían que rebanarle el cuello para acallarla.

Ahora que los tenía tan cerca, se fijó en esos extraños jirones de colores. No eran trozos independientes, sino un conjunto de retazos cosidos con puntadas burdas e irregulares que le recordaron a las de Frankenstein.

Y los jirones no eran de tela.

Eran de cuero.

Eran de piel.

Y aquellos colores tampoco eran simples colores, sino diseños. Una mariposa mustia. Un cabo arrugado de alambre de espino. Una bandera de Estados Unidos hecha jirones. En la piel que Lobezno llevaba anudada al cuello, distinguió un corazón rojo descolorido y el nombre *Frank* escrito en una sofisticada letra cursiva.

Ahora sabía por qué Lobezno había usado la nieve para limpiar la sangre de su trozo de piel. Buscaba un buen tatuaje. Los Cambiados iban vestidos de… gente.

«¡Oh, no, no, no, no, no, ay, Dios, ay, Dios, ay, Dios!». Un grito se ahogó en su garganta cuando Lobezno se zampó de un último bocado lo que quedaba de su carne y se quitó la capucha. Por fin pudo verle la cara. La contempló con detenimiento.

«No. —En algún recóndito lugar de su mente, saltó un resorte—. No. No puede ser. Estoy equivocada. Tengo que estarlo».

Pero no lo estaba. Dios. No lo estaba.

6

Sus ojos eran idénticos.

Y también lo eran la nariz y las altas planicies de sus pómulos.

La cara era un auténtico calco. Y su boca. Aquellos labios eran gemelos de los que habían presionado los suyos con tal ardor que habían encendido un dolor líquido en sus muslos. Llevaba el pelo más largo, aunque lo tenía igual de negro. Incluso emanaba el mismo aroma sombrío.

La única diferencia —una diferencia enorme, pues separaba la vida de la muerte— era una fina cicatriz de color rosa pálido. Esta serpenteaba desde el ángulo de la mandíbula izquierda, justo debajo de la oreja, y continuaba por la protuberancia que formaba su nuez antes de desaparecer bajo el cuello de la parka.

El padre y la madre de Alex, policía y médico de urgencias respectivamente, disfrutaban hablando de trabajo mientras cenaban y Alex estaba harta de oírlos discutir sobre multitud de casos. Sabía cómo se suicidaba la gente y, sobre todo, dónde y cómo cortar. Por supuesto, un extraño accidente —pongamos que uno de coche—, una pelea o incluso una operación podían dejar la misma cicatriz, pero no creía que fuera el caso. El chico tenía el resto de la piel intacta, aunque más tarde se preguntaría por sus muñecas y brazos. También había gente que cicatrizaba muy mal. El grosor no necesariamente se traducía en profundidad. Sin embargo, trabajar junto a Kincaid durante los últimos meses le había aportado una buena dosis de conocimientos de anatomía.

A su entender, aquel corte había sido hecho a las malas; se trataba de un tajo violento con la suficiente longitud y profundidad como para haberle seccionado de cuajo la yugular y, quizá, la carótida. Tal vez —lo más seguro— ambas. Si se corta la carótida, un corazón fuerte y joven puede vaciar el cuerpo con un chorro carmesí en cuestión de sesenta o noventa segundos. Que no se hubiera desangrado y hubiera sobrevivido..., en fin, seguro que sus padres lo habrían considerado un milagro, una especie de señal.

Aquel chico tenía todas las papeletas para estar muerto. Seguro que hubo un tiempo en que quiso estarlo. Llamémoslo intuición fundada. Más tarde Alex se preguntaría qué o quién lo había salvado. Y sólo mucho más tarde daría con la respuesta, aunque para lo que le sirvió...

Aparte de la cicatriz, no había ninguna diferencia. Eran las dos caras de un mismo espejo, pese a que una de ellas presentara una fisura. Uno era el calco del otro, perfecto e idéntico en cada detalle, salvo por aquella imperfección.

No era de extrañar que aquellos Cambiados dieran vueltas alrededor de Rule. Para nada.

Lobezno era Chris.

Y entonces, al fin, empezó a gritar.

SEGUNDA PARTE

EL ENEMIGO DE TU ENEMIGO

7

Había vomitado antes de acostarse y después otra vez, en silencio, durante la noche; lo había devuelto todo en un orinal hasta que no le quedó nada más que echar salvo una flema aguada que le quemaba la nariz. Por fin el sueño la venció, posando sobre su mente un velo tan gris y tupido que, cuando la puerta se cerró de un portazo y el perro empezó a ladrar, se despertó sobresaltada y confusa, convencida sólo a medias de que había oído algo. Pero ¿qué? Tenía la mente muy espesa, pero los ladridos no cesaban. Aún medio dormida, se estremeció por el sonido. Tenía que ser *Fantasma*. ¿Por qué ladraba el perro de Alex?

—¡Cállate! —Lena se dio la vuelta con un gemido y se tapó la cabeza con la almohada—. Déjame dormir, por fa…

—¿Sarah? —Alguien subía pesadamente las escaleras. ¿Lena? ¡Despertad! ¡Despertaos!

—¿Tori? —Todavía medio grogui, Lena se las arregló para sentarse como pudo cuando su puerta se abrió de par en par. El pelo de Tori parecía un estropajo Nanas y la chica tenía los ojos desorbitados—. ¿Qué…?

—*¡Niña!* —Una voz de hombre bramó en alguna parte del piso de abajo mientras *Fantasma* seguía soltando pequeños ladridos—. ¡Niña, ven aquí! ¡Necesitamos ayuda!

—¿Qué cojones…? —Lena tenía la boca agria del vómito y una nube pestilente se había apoderado de toda la cama—. Tori, ¿qué es eso? ¿Qué pasa?

—¡Chris! —soltó Tori. Se mordió los nudillos—. Chris está herido. Dicen que es grave.

—¿Qué? —Lena, ahora totalmente alerta, sacó las piernas de la cama y apoyó los pies en el suelo de madera con una mueca. Estaba helado, más frío de lo normal, y eso que llevaba calcetines. Se incorporó tan deprisa que se mareó y sintió náuseas. ««Dios, ahora no». Se tragó un reflujo de bilis rancia, se agarró al colchón para mantener el equilibrio y cogió los vaqueros del poste de la cama—. ¿Qué le ha pasado? ¿Y dónde está Jess?

—¡Se ha *ido*! —gimió Tori al tiempo que Sarah, la tercera compañera de casa, se colaba en la habitación—. ¡Y Alex también!

—Tranquilidad. Lo más probable es que Alex aún no haya vuelto del asilo —dijo Lena, quitándose el camisón. Tenía la piel de gallina y estaba tiritando. ¿Por qué hacía tanto frío?

—No, no. —Tori negó con la cabeza rotundamente—. Se ha dejado la puerta abierta, pero la cama está hecha y…

—Bueno —resolvió Sarah, mientras Lena se ponía una sudadera—, veamos qué pasa.

En la cocina había dos guardias, uno con barba y otro sin ella, vestidos de un blanco nieve. Lena atisbó a otro por la ventana —uno

—¡Eh, esperad un momento! —Lo único que Lena sabía de las heridas en la cabeza era que podían resultar graves y Chris no paraba de sangrar—. ¡Chris necesita un médico!

—¡Vamos a buscarlo! Tú no lo sueltes. Volverem… —Pero lo que quiera que John hubiese dicho lo silenció la puerta de la cocina al cerrarse de un portazo.

—¿Que no lo *sueltes*? —repitió Tori.

—Es lo único que podemos hacer —dijo Sarah por encima del hombro corriendo hacia la cocina—. Lena, sigue presionando. Enseguida vuelvo. Tori, enciende el fuego.

—Esto no está bien —se lamentó Lena. Por la ventana, vio montar a los hombres. El rifle de John colgaba de su funda roja brillante asegurada al costado de su caballo tordo, mientras que la ballesta de cada guardia reposaba en su funda, también en el flanco de sus respectivos caballos y justo detrás del arzón trasero. Los hombres salieron como un rayo hacia el bosque, dejando a *Night*, el zaino castaño de Chris, haciendo cabriolas con la libertad que le permitía el ronzal.

—Espera —dijo Tori, que aún no había hecho ademán de dirigirse a la chimenea—. Son arqueros, ¿verdad?

—Ajá —respondió Lena—. Es muy raro. Los arqueros patrullan los bosques colindantes con la Zona, que se extienden al suroeste del pueblo. Así que si estaban aquí, es que Chris debía de estar *ahí* fuera.

—¿Y por qué estaría Chris en la Zona? A nadie le está permitido salir ahí —se preguntó Tori en voz alta, verbalizando los pensamientos de Lena—. Se dirigían a Wisconsin en busca de provisiones y

Wisconsin está justo al oeste. Lo último que oí es que estarían fuera por lo menos un par de días.

—No lo sé. —Lena notó entre los dedos el lento e incesante hilillo de sangre caliente de la cabeza de Chris. ¿Dónde se había metido Sarah con las toallas, por el amor de Dios?—. Supongo que Chris volvió antes de lo previsto.

—¿Y por qué atravesaría la Zona? —insistió Tori—. Sabía de sobra que los guardias no le dejarían entrar en el pueblo por ahí.

—A lo mejor no vino por ahí —sugirió Lena.

—Y entonces, ¿cómo? —perseveró Tori.

—No lo sé —repitió Lena, que vio cómo Sarah irrumpía en la habitación con varios paños de cocina—. ¿Tú entiendes algo?

—No. Espera, suelta un segundo —le indicó Sarah, presionando la cabeza de Chris con un trapo enrollado. Luego miró a Lena—: Vale, sujétalo bien mientras se lo anudo.

—Una de nosotras tiene que buscar a Kincaid —dijo Lena mientras Sarah enrollaba otro trapo a la cabeza de Chris a modo de venda.

—No, lo que tenemos que hacer es ocuparnos de Chris —apuntó Sarah.

—Pero tampoco nos necesitas a las dos. —Lena se encogió de hombros y restregó su mano pegajosa por el muslo, lo que dibujó un signo de exclamación púrpura en los vaqueros—. Yo iré a buscar a Kincaid. Con *Night* no tardaré más de quince o veinte minutos.

—Te necesito aquí.

—¿Más que a un médico?

—Sí. —Sarah saltó del sofá—. Tenemos que desnudarle y ver si está herido en alguna otra parte. Voy a traer agua caliente. Anoche llené el depósito, así que…

—No puedes —la interrumpió Tori—. No hay agua caliente. La caldera se ha apagado. Por eso hace tanto frío en la casa.

—¿Qué? —Sarah abrió los ojos como platos—. Jess nunca deja que se apague la caldera.

—Pues anoche lo hizo, lo cual es bastante extraño porque sé que estuvo levantada hasta tarde. Bajé a por una taza de té poco después de medianoche y Nathan estaba aquí con ella. En la cocina. No pude evitar oírlos… —dejó caer Tori—. Desde las escaleras.

—O sea, que estabas escuchando a escondidas —sentenció Sarah.

Tori se puso como un tomate.

—Bueno, yo…

—Ay, Sarah, cállate —terció Lena—. ¿Qué dijeron, Tori?

—Nathan dijo que Greg había traído a un niño, un Salvado, y que estaba malherido.

—¿Un niño? —Lena se quedó estupefacta—. ¿Cuándo? ¿De dónde? ¿Anoche?

—No, por la tarde. Creo que lo encontraron en los alrededores de Oren, pero no… no estoy segura. No pillé nada más porque Jess debió de oírme y le dijo a Nathan que hablara más bajo, así que… —Tori tragó saliva—. Entonces me fui a mi cuarto.

—Para que no te pillaran espiando… —se burló Sarah.

—Dios, ¿es que nunca te cansas? —la acalló Lena. Luego a Tori—: ¿Eso es todo lo que oíste?

—Sí, aunque ahora que lo dices, hay algo que no me cuadra. —Tori frunció el ceño—. Juraría que anoche la puerta de Alex estaba cerrada. ¿Por qué está abierta ahora?

—Porque probablemente Alex se quedara a ayudar a Kincaid y Jess viniera a buscarle algo de ropa, ¿no? —aventuró Sarah—. Aquí no hay ningún misterio y tenemos mucho que hacer. Enciende el fuego, Tori. Yo me encargo de la caldera. —Sarah miró a Lena—: Necesitamos trapos limpios. Y vendas. Y todo lo que encuentres por ahí. El botiquín de primeros auxilios está en el armario del baño de Jess, en el segundo estante.

A Lena se le quitaron las ganas de marcharse. Si Chris volvía en sí y si habían encontrado a un Salvado…

«Para el carro. No sabes lo que eso significa. Pero Chris mantuvo su palabra. Volvió pronto. Fue a Oren y puede que ese niño…».

—Lena. —Alzó la mirada y vio que Sarah la estaba escudriñando—. ¿Qué pasa?

—Nada. —Se dio la vuelta para impedir que Sarah insistiera y entró en la cocina. *Fantasma*, que venía dando saltitos y meneando la cola, derrapó y se detuvo a metro y medio de distancia—. ¿Qué pasa, bonito? —El cuerpo del braco se había puesto rígido y, cuando Lena se inclinó para darle una palmadita tranquilizadora, el cachorro se fue corriendo. Lena se paró en seco, extrañada—. *¿Fantasma?* ¿Qué…?

—¡Lena! —Era Sarah—. ¡Necesito el botiquín!

—¡Ya voy! —Pasó junto al perro a toda prisa y franqueó la puerta que daba a una pequeña entradita y a la habitación de Jess. El dormitorio emanaba un frío hedor rancio y añejo a polvos de talco dulzones y a un mal olor concentrado. Los ojos de Lena vagaron de la cama a la mesita de noche y luego se posaron en un tocador de aspecto anticuado. Una larga falda y un jersey de lana reposaban sobre una mecedora de nogal. Su mirada volvió a centrarse en la cama impoluta.

«Jess no se acostó, pero sí se cambió de ropa, porque esa es la que llevaba ayer». ¿Acaso había salido a montar en camisón? Vale, por si la mañana no era ya lo bastante rara, ahora aquello. Se dio la vuelta con intención de entrar al cuarto de baño, pero, al pasar junto al armario abierto de Jess, un destello reluciente captó su atención y le hizo bajar la mirada. Su primer pensamiento fue que a Jess se le había caído un pendiente. Pero entonces se dio cuenta de lo que realmente tenía ante sus ojos.

Y pensó: «¡¿Qué?!».

8

En la vida que Lena llevaba antes de Rule, a menudo había pensado en volarle la cabeza a Karl *el Triturador*. Su padrastro había sido un ávido cazador, como la mayoría de los amish. El problema era que Karl *el Triturador* no tenía ninguna pistola y su escopeta y sus rifles eran demasiado grandes. Para colmo, los guardaba en un armario cerrado con candado del que él conservaba la única llave. Así que cuando, un año atrás, vio su oportunidad, utilizó el cuchillo. Cualquier cosa servía.

Ahora, en la habitación de Jess, fijaba la mirada mientras su mente trataba de buscarle sentido a lo que veía, porque lo que había en el suelo no le cuadraba y, sin embargo, allí estaba, tan redondo, gordo y real como un excremento de perro.

Una bala de escopeta.

La bala estaba recubierta de latón reluciente y había palabras y números estarcidos en derredor del cartucho negro: defensa definitiva de su hogar de alta densidad 1250 – 11/4 2x4. Y en letras más elaboradas: Remington.

¿Jess tenía una escopeta? Primera noticia. Echó un vistazo por el suelo del armario. Zapatos… y un taburete escalera.

Seguro que había algo en la balda del armario. Alzó la vista y sus ojos se detuvieron en dos pilas de cajas antes de fijarse en una tira de tela negra y acolchada que colgaba del borde.

El taburete le vino al pelo y enseguida vio que el estuche de la escopeta estaba vacío. También se encontró una cajita de cartón abierta con cartuchos en su interior. Había huecos para colocarlos en orden y contó diez en total. Sólo quedaban tres cartuchos. Si añadía el que había en el suelo, significaba que la escopeta iba cargada con seis. Aquello encajaba. Karl *el Triturador* siempre cargaba su escopeta con gran ceremonia: cinco balas en el cargador y una en la recámara. Además, Jess debía de ir con prisas, porque la bala se le escurrió entre los dedos, se le cayó al suelo y no se molestó en recogerla.

Había algo más en la balda, al fondo: un estuche cuadrado, negro y acolchado.

Lena se quedó mirándolo durante un buen rato. Supo de inmediato lo que era y dónde lo había visto antes. El estuche era de Alex y solía estar en su habitación, encima del escritorio. Lena no tenía ni idea de lo que contenía, pero sabía que aquel estuche no pintaba nada en el dormitorio de Jess. Nada en absoluto.

«Entonces, qué coj…».

Un chillido agudo y ensordecedor desgarró el aire. Lena reprimió un grito y a punto estuvo de caerse del taburete mientras Tori —sí, Tori— volvía a chillar. Bajó del taburete a trompicones, se metió la bala en un bolsillo del jersey y entró como una flecha en el cuarto de baño de Jess.

«Esto es de locos. —Cogió una brazada de toallas y el botiquín de primeros auxilios naranja intenso y salió al trote del dormitorio de Jess—. Primero Chris y ahora Jess… Y ¿dónde está Alex? ¿Por qué está su estuche en el cuarto de Jess? ¿Y para qué iba a necesitar Jess una escopeta?». Con el corazón a mil por hora, irrumpió en la cocina, aunque se detuvo en seco con la boca abierta, pues tenía ante sí un buen espectáculo.

Jess yacía repantingada en brazos de Nathan y su pelo se derramaba como una cascada plateada rozando el suelo. La sangre le chorreaba por la cara y le salpicaba el pecho formando un ancho babero rojo. Tenía muy mala pinta. Dios, parecía que estuviera muerta.

—Por Dios, ¿qué ha pasado? —preguntó Lena, horrorizada—. ¿Quién ha hecho esto?

La cara de Nathan era puro granito.

—Alex.

9

—¿*Alex?* —dijo Lena—. ¿Por qué?

—No tengo tiempo para esto —respondió Nathan, e hizo un gesto a John con la cabeza—. Échame una mano aquí. Y tú, Sarah, tráeme una estufa de propano, hay que calentar como sea esta habitación.

—¿Y qué hay de Kincaid? —insistió Lena a gritos, pero Nathan no se detuvo. Cuando Sarah pasó por su lado corriendo, Lena la cogió del brazo—. Esto es una locura. Voy a buscar al médico.

—No. —Sarah se liberó de un tirón—. Tú no vas a ninguna parte.

—¿Por qué no? —Se abrió camino entre *Fantasma* y el perro de Nathan. Los dos perros, gruñendo y enseñando los dientes, bajaron la cabeza y finalmente se apartaron cuando Lena arrojó todo lo que llevaba sobre la mesa de la cocina—. Esto no tiene ningún sentido. ¿Crees que Alex sería capaz de hacerle algo así a una anciana?

—Tal vez —resopló Sarah, que acababa de coger la estufa de propano de uno de los armarios de la cocina—. Jess es dura, y mira lo que hiciste tú cundo te escapaste.

A Lena se le encendió la cara.

—Aquello fue distinto. Era un guardia, un *viejo*.

—Yo lo veo bastante probable. Creo que Alex tiene agallas para hacer lo que haga falta. Acuérdate de que ha matado a Cambiados.

—Rumores.

Sarah esbozó una sonrisilla petulante.

—Eso no es lo que dice Peter.

Oh, por supuesto que Sarah sacaría a colación a Peter sólo para restregárselo. La mera idea de imaginárselos juntos seguía doliéndole tanto como antes, aunque aquello no le sorprendió lo más mínimo. Sí, había utilizado a Peter. Pero no todo había sido mentira, ni entonces… ni ahora.

—Tori, échame una mano, y tú —llamando a Lena con la cabeza—, ponte con el fuego. Me ocuparé de Jess en cuanto hayamos encendido la estufa.

Lena abrió la boca para protestar, pero, en lugar de eso, dijo:

—Necesitamos más leña.

Y, sin esperar respuesta, se enfundó el abrigo, cogió el cubo para la ceniza, que estaba lleno, y salió de la casa a toda prisa. Sin embargo, en vez de dirigirse a la parte trasera, soltó el cubo, agachó la cabeza y enfiló el helado camino de acceso en dirección a la calle. Al diablo con todo. Iba a buscar a Kin…

—¡Oh!

Lena ahogó un grito, levantó la vista de los pies demasiado tarde y se estampó contra el pecho del chico con tanta fuerza que rebotó y se cayó de espaldas.

—¡Caramba! ¡Hey, Lena! ¿Estás bien? —Greg plantó una rodilla en el suelo mientras su golden retriever se ponía en guardia y luchaba por soltarse—. ¡*Daisy*, atrás, siéntate!

—Ay… —El trasero le dolía horrores, aunque, si podía conseguir que Greg se metiera en la casa, aún tenía una oportunidad. Cogió la mano que el muchacho le tendía y se levantó—. Sí, estoy bien. Lo siento. ¿Qué haces aquí?

—He traído el remolque… ¡*Daisy*, quieta! —El chico se dio la vuelta, cogió a la perra por el collar y la obligó a sentarse—. ¿Qué diablos te pasa? ¡Chitón! —A Lena—: He tenido que venir un buen trecho con todos los caballos enganchados delante. Ah…, ¿está Chris en la casa? He visto a *Night*.

—Sí, está…

—¡Mierda! —Greg parecía triste—. Se va a cabrear mucho cuando sepa que dejé a Alex en el asilo.

—Espera, ¿qué? ¿Cuándo?

—Anoche. Se suponía que tenía que quedarme hasta que acabara y luego llevarla a casa, pero estaba tan hecho polvo… Además, ella me dijo que me fuera. Para una vez que lo hago, a Chris le da por volver antes.

—Greg, Alex se ha ido.

—¿Qué? —Sus cejas se juntaron bajo un remolino de rizos marrón chocolate—. No puede ser. Está con el médico.

—Ya no. —Entonces cayó en la cuenta de algo más—. Greg, ¿hace cuánto que has vuelto? ¿Por qué estabas en el asilo?

—Chris y los chicos nos separamos de Peter en la frontera de Wisconsin hace un par de días y fuimos al norte. Y nos trajimos a ese niño.

Así que era cierto: habían encontrado a un Salvado. Lena tuvo que contenerse para no agarrar a Greg por las solapas.

—¿Dónde?

—En un viejo granero al noroeste de Oren. Estaba malherido. El corazón se le paró cuando aún estábamos a varios kilómetros de Rule.

Confió en que su cara no dejara traslucir la desesperación.

—¿Está…?

—No lo sé. Pero está muy mal. El médico y Alex estuvieron con él unas seis o siete horas y, como el jefe estaba tan cansado, ella se quedó. ¿Estás segura de que no está aquí?

—Y tanto. Han dicho que ha huido. Y Nathan asegura también que atacó a Jess.

—¿Quién? *¿Alex?* ¡Imposible! Ella nunca haría nada parecido.

En su fuero interno, Lena pensó que aquello no podía saberse a ciencia cierta. Si a ella le hubieran preguntado un par de años antes de que su padrastro entrara en escena si habría tenido el valor necesario para esconderse un cuchillo de carnicero en la manga, habría contestado sin vacilar: «¿Tú flipas?».

—Greg, ¿cómo es que no te has enterado de nada? ¿No llaman por radio o envían a un ordenanza cuando ocurre algo así?

Greg se quedó pensativo.

—Eh…, sí. —Frunció el ceño—. Es raro que no me haya enterado de nada. Creo que los demás tampoco. ¿Cómo han herido a Chris?

—Nathan dijo que *Night* se encabritó y le soltó una coz.

—¿*Night?* —Greg se mostró incrédulo—. ¿Qué dices? He visto a Chris recibir disparos en más de una ocasión y nunca se ha caído del caballo. *Night* es muy estable.

—Bueno, siempre hay una primera vez para todo. Escucha, necesitamos a Kincaid. ¿Llevas la radio?

—No, pero… —Le indicó que la siguiera y se dirigió hacia donde estaban los caballos— Chris sí. Sooo, *Night*. —El caballo estaba temblando y dando resoplidos; una fina capa de hielo le recubría la crin. Cuando Greg lo tocó, sus músculos se tensaron y se puso a dar coces con tanta fuerza que Lena tuvo que apartarse de súbito antes de que uno de aquellos cascos bajara y le rompiera un pie. Los otros tres caballos movieron la cabeza en solidaridad—. ¡Pero bueno! ¿Qué mosca te ha picado? —Greg acarició a *Night* en el cuello para calmarlo—. ¡Estás que saltas, bonito! Cálmate. Lena, sujétalo por la brida mientras yo busco en las alforjas.

—Claro. —No le gustaban los animales, pero había infinidad de ellos en la granja de Karl *el Triturador* y sabía lo que se hacía. Cogió al caballo por la brida y farfulló algo así como—: Buen chico, buen chico. —Pero en realidad estaba pensando: «Tori tenía razón. Encontraron a un Salvado cerca de Oren. Trajeron a un niño».

Se oyó una especie de chillido, seguido de un silbido y de una sucesión de *clics* mecánicos. Ante aquel ruido repentino, *Night* volvió a levantar la grupa y *Daisy*, ya nerviosa, empezó a ladrar otra vez.

—¡*Daisy*, cállate! —Forcejeó con el enorme zaino mientras la perra brincaba alrededor de sus pies soltando pequeños ladridos—. ¿Qué es eso que suena?

—Un mensaje por el *walkie* —explicó Greg, desabrochando una de las alforjas.

—¿No habláis entre vosotros? —Harta de los gruñidos de la perra, le soltó un sopapo—. ¡Ya está bien!

—No, empleamos código morse. Ahorra batería y aún contamos con un amplio rango de alcance: ciento treinta o ciento cuarenta kilómetros. Por la noche, hasta ciento sesenta. —Greg se tambaleó cuando *Night* y un pequeño alazán castrado chocaron por la grupa—. Agarra a ese alazán, ¿quieres? Me va a soltar una coz.

—Tranquilo, bonito. —Lena sujetó al alazán por el cabestro. El animal se meneó, soltó un bufido y pateó el suelo—. Calmaos, boni… —Las palabras murieron en su boca.

—¿Lena? —Greg la miró por encima de la silla de *Night*—. ¿Estás bien?

—Sí —respondió. La palabra le salió un poco desafinada, en un tono casi irreal que dejaba traslucir su estado de ánimo, pues lo que acababa de descubrir en la silla de Nathan no tenía ningún sentido.

Sabía que John montaba el caballo tordo y que el castaño era el de Jess. El rifle de John seguía en la funda roja de su silla y la escopeta de Chris también reposaba en la suya, que colgaba por el flanco de *Night* con el cañón hacia abajo y la culata a la altura del cuerno de montura. La yegua castaña de Jess no portaba ninguna funda.

Pero el alazán castrado, el caballo de Nathan, sí: un pequeño tubo de piel con grandes hebillas de latón que contenía una escopeta de corredera… con la culata bastante manchada de sangre. También había pelos. Algunos largos y grises, que podrían concordar con el supuesto golpe que Alex le habría propinado a Jess de haberse ensañado con todas sus fuerzas. Sin embargo, también había un mechón pegajoso de cabello muy oscuro y más corto.

Chris tenía el pelo negro. Y una herida en la cabeza.

«Pero John dijo que *Night* le había dado una coz». Bajó la vista a los cascos de *Night*. Limpios como una patena. Claro que la nieve podría haber limpiado la sangre y el pelo, pero nada explicaba lo de la escopeta, y ella había encontrado un cartucho. ¿Era la escopeta de Jess? Podría ser, y eso significaba que Nathan y los guardias mentían sobre Chris. Pero ¿por qué?

—Aquí está —anunció Greg. El *walkie-talkie* verde oliva era rectangular y voluminoso y tenía una antena flexible. Greg inclinó la cabeza para escuchar los *clics* durante un momento y luego su boca se curvó hacia abajo en un signo de estupefacción—. ¡Oh, mierda!

—¿Qué pasa? —Se oyó un portazo y vio cómo Nathan y John bajaban las escaleras corriendo y se disponían a buscar sus caballos a toda prisa. John también había sacado su *walkie*. Se le hizo un nudo en la garganta—. Greg, ¿qué pasa?

—Peter. —Greg se había puesto lívido—. Es Peter.

10

—¿Y ahora qué? La hemos cagado bien —dijo Tyler mientras su caballo pisoteaba la nieve medio derretida. El chico decía que tenía catorce años, pero Peter creía que mentía. Con todo, gozaba de vitalidad, y eso era una suerte.

La mayoría de los hombres de Peter eran viejales jadeantes que cazaban y conocían sus armas, eso era todo. Sólo dos de ellos, Lang y Weller, que llegaron a Rule una semana después de que el mundo se fuera a pique, tenían experiencia de combate. Otro golpe de suerte. Ambos eran viejos veteranos de Vietnam que habían servido en la misma unidad. Después de oír aquello, Peter les había dado asilo en el acto. Aunque Lang era de Wisconsin, Weller era de Michigan y, en sus tiempos, había trabajado en la vieja mina de hierro que había al sur de Rule. Por supuesto, la mina cerró mucho antes de que Peter naciera, y Weller era de la quinta de su abuelo, lo cual significaba que era más viejo que Matusalén. Pero Lang y Weller eran buenos hombres que no sólo sabían de armas, sino que entendían de tácticas de guerra. En los tiempos que corrían, hombres como aquellos valían su peso en oro.

La vieja mina Yeager también pertenecía al pasado más remoto: estaba cerrada a cal y canto desde hacía décadas para evitar que se colaran curiosos. Así que, cómo no, aquel lugar era un auténtico imán para los críos. Peter no reconoció que la mina era una auténtica trampa mortal hasta poco después de convertirse en el cabecilla. Pero, cuando era un crío, la mina ejercía una irresistible atracción sobre él: se trataba de un fabuloso y prohibido laberinto de túneles ruinosos tan oscuros y repletos de misterio como unas catacumbas romanas. El hecho de que pudiera *morir* en el derrumbe de un túnel, de que un traspié pudiera precipitarlo por un pozo de escape escondido o por un barreno olvidado y terminara estampándose contra las rocas como un globo lleno de sangre o, peor aún, que sólo se rompiera las piernas y muriera lentamente de sed y de un dolor espantoso; el hecho de que, dadas las condiciones adecuadas, un túnel se anegara en pocos minutos y mucho más rápido de lo que ningún niño era capaz de correr, de que una persona sufriera un colapso por inhalación de gas y se asfixiara antes de darse cuenta de lo que ocurría... lo hacía todavía más emocionante. Peter y sus amigos —y, más tarde, sus novias— habían pasado mucho tiempo allí, explorando, celebrando fiestas, fumando y bebiendo. Enrollándose. Había un montón de cosas interesantes que podías hacer en la oscuridad. Todos los críos de la zona conocían la mina y eso, ahora que lo pensaba, explicaba muchas cosas.

—Hicimos lo correcto —le decía ahora Peter a Tyler, pero estaba preocupado. «Lo correcto» significaba «no lo suficiente para mantener a la gente a raya». De cuatro carretas, sólo dos iban cargadas. Una se bamboleaba bajo varios cientos de kilos de heno rociado con gasolina (probablemente un despilfarro, aunque Peter esperaba poder salvar la parte interna de cada bala) y cuatro ovejas que no paraban de balar. La otra iba atestada de un variopinto surtido compuesto de bombonas de propano, un par de balizas de carretera, verduras en lata, paquetes de harina y judías secas y botellas de aceite para cocinar. Habían rescatado algunas porquerías vomitivas de uno de aquellos sitios tan encantadores de los miao a las afueras del lago Clam en Wisconsin: latas y tarros etiquetados con cosas repugnantes que ni siquiera sabía que fueran comida.

El problema era que necesitaba la cooperación de los demás asentamientos. Rule era lo de menos. Si no era capaz de distribuir suministros a aquellos periféricos, a aquellos grupos que eran demasiado pequeños para constituir verdaderos pueblos, pero que seguían siendo lo suficientemente grandes para resultar útiles, estos no seguirían cumpliendo su parte del trato. ¿Y si eso ocurría? Mal asunto para todos.

—Supongo que sí. —Tyler titubeó, y luego dijo—: Sigo viendo a aquella anciana, ¿sabes? Sueño con el incendio y con los animales, con cómo chillaban y luego ella… cuando cogió la pistola y…

—Nadie le dijo que se comiera aquella bala.

—Pero matamos a su marido.

—¡So! —Peter, indignado, dio un buen tirón a las riendas. *Fable*, sorprendida, resopló y luego caracoleó, repiqueteando con los cascos en el hielo. El Pasadizo del Hombre Muerto era abrupto como una rampa de salto de esquí, pero resultaba un rápido atajo en línea recta de treinta kilómetros de vuelta a Rule. Si de él dependiera, no lo atravesaría por nada del mundo. Sin embargo, estaba bastante seguro de que a esa hora los Cambiados estaban durmiendo y, sencillamente, no le gustaba la pinta de aquel cielo color peltre ni el olor a acero azulado. La tormenta que se había ido formando y que los perseguía desde Wisconsin tenía toda la pinta de ir a desatarse en breve.

—Aquel viejo disparó primero y no tuvimos elección. No hay que ser un lumbreras para darse cuenta de eso.

—Pero nos estábamos llevando casi todo lo que tenían —repuso Tyler.

—¿Y quién dijo que la vida es justa? —se excusó Peter. La culata de una Desert Eagle asomaba por la parte baja de su espalda. Le había arrancado el arma a un tipo que se habían encontrado desplomado en los escalones de una caravana Winnebago. Al menos, a Peter le pareció que el cuerpo era de tío. No tenía cabeza, le faltaba un pie y la mano izquierda era un mero amasijo de tendones y piel correosos que colgaban de largos huesos como las virutas rizadas de la corteza de un abedul. Pero la pistola era la repera, una auténtica quebrantahuesos, a juzgar por los cráteres de salida que había dejado en dos chicos que había por allí tirados. Estos parecían dos polos; los carroñeros no tocaban a los Cambiados. En cualquier caso, cogió la Eagle y un par de cajas de munición que encontró reservadas en la caravana—. O ellos o nosotros, o tú o yo. En serio, lo siento por la vieja y por los otros a los que tuve que disparar, pero tengo una responsabilidad. Lo que les quito a los demás te lo pongo a ti en la boca.

Cosa que no respondía estrictamente a la verdad. No todo lo que rescataban terminaba en Rule, pero sólo Peter sabía por qué. La ecuación era aparentemente sencilla: los suministros equivalían a cooperación. Con todo, el cálculo que regía la supervivencia era complejo y delicado. A él no le importaba cómo decidieran los grupos periféricos al norte y al oeste de Rule a quién le tocaba; eso se lo dejaba a ellos. Que se lo echaran a suertes, que se lo jugaran a pito-pito-gorgorito. Lo que fuera siempre que alguien sacara el palito más corto y lo largaran a enfrentarse..., bueno, a lo mismo a lo que se enfrentaba cualquiera al que Rule expulsara y enviara a la Zona. Todo el mundo sabía que los Cambiados estaban allí fuera, por supuesto, pero la mayoría no entendía por qué se quedaban.

A su juicio, lo que había negociado con los que vivían en la periferia era una especie de hoy-por-ti-mañana-por-mí. Peter no era mala gente, pero un trato era un trato y no podía hacer excepciones. Si abría la mano un poco y dejaba que alguien quebrantara las reglas y que los demás grupos se enteraran, echaría por tierra todo el sistema y Rule estaría acabado.

—Sé que es duro —le dijo a Tyler—, pero nadie dijo que el fin del mundo fuera fácil. Sólo nos tenemos a nosotros mismos para salvarnos.

—Ya, supongo. —Tyler se quedó en silencio durante un instante y luego cambió de tema—: ¿Crees en las historias que cuentan sobre que los militares están reclutando a cazarrecompensas para reunir a los Salvados?

—No sé qué creer —le contestó, pero aquello también era mentira. Cuando el río sonaba... Lo de que el Ejército estuviera implicado tampoco es que fuera una sorpresa. Si sólo un tercio de los rumores eran ciertos, Rule era especialmente vulnerable. Sesenta y pico chicos especiales eran demasiados Salvados concentrados en un área tan pequeña. Tenían la Zona, pero si era verdad que los militares estaban involucrados, estos disponían de las armas necesarias para reducir Rule a escombros. Tal vez fuera siendo hora de desmantelar el asentamiento y buscar refugios seguros donde esconder a los más jóvenes en caso de…

Debajo de él sintió que *Fable* trastabillaba con un rápido repiqueteo de cascos. Al mismo tiempo, Tyler profería un alarido y salía despedido hacia delante con un pie todavía enganchado en el estribo, pues su caballo se había estrellado contra el hielo. Peter se estiró para intentar agarrarlo, pero entonces las patas de *Fable* cedieron. La yegua cayó pesadamente y con tanta fuerza que Peter llegó a oír un crujido, un sonido parecido a cuando partes la rama de un árbol con la rodilla.

Fable soltó un relincho agudo y desgarrador.

Una décima de segundo después, Peter volaba por los aires.

11

Peter no tuvo tiempo de pensar, y mucho menos de reaccionar. Se precipitó hacia el suelo blanco a toda velocidad y se estampó contra el hielo, perdiendo la vista durante un segundo, como deslumbrado por el sol. Hubo un intervalo, un lapso repentino, antes de que volviera en sí y sintiera que los brazos y las piernas le daban calambres y pinchazos, como si algo con garras y púas correteara por su piel. Alguien gritaba su nombre, pero no podía responder. Cada respiración era un suplicio. Su propio caballo seguía chillando y, oh, Dios, el *ruido* que salía de la boca de *Fable* le taladraba la cabeza.

—*Fable* —llamó, aunque el nombre de la yegua no fue más que un resuello. ¿Dónde estaba? Rodó sobre el brazo izquierdo, estiró el cuello para volver la vista a la colina y el corazón le dio un vuelco.

Fable, dolorida y aterrorizada, se había derrumbado y se revolvía patas arriba, golpeando el aire con sus tres cascos buenos. Sin embargo, la pata delantera derecha... «Pobrecita». Una oleada de pena y dolor le inundó el pecho. Lo que veía era horrible: un tallo destrozado de hueso ensangrentado. La sangre manaba a borbotones de la arteria seccionada y se filtraba en el hielo formando grandes riachuelos que se colaban por los surcos y teñían la carretera de un brillante rojo rubí. *Fable* estaba moribunda. Y la pobre aún no lo sabía...

A su izquierda, un diminuto géiser blanco brotaba de la nieve en el límite de su campo de visión. Confundido, sólo le dio tiempo a pensar: «¿Un animal?». Apenas un segundo después, distinguió un nítido y extraño *pam* seguido de un fuerte *FIUUUM.*

Entonces supo exactamente lo que pasaba, porque el sonido era lento en comparación con la velocidad de las balas.

—¡Peter! —Era Weller, desde algún punto alto detrás de la colina—. ¡Tiradores! ¡Rápido, *muévete*!

Volvió a rodar sobre su cuerpo, aún dolorido, y logró ponerse a cuatro patas. «Tyler... Tyler se ha caído, ¿dónde está? ¿Dónde está?». Peter miró aterrorizado por encima de su hombro izquierdo y divisó el caballo del niño unos veinte metros más adelante. Le bastó con una mirada. El caballo estaba tieso, muerto; tenía el cuello tan retorcido que sus ojos saltones apuntaban a la colina y lo miraban fijamente. No había ni rastro de Tyler.

La nieve estalló a su derecha y una aspersión de afilados trocitos de hielo se le clavó en las mejillas. Más impactos y enormes silbidos conforme las balas pasaban. La nieve volvió a saltar; se oyó otro *pam* seguido de un *FIUUUM.* Peter observó con detenimiento el ángulo que había formado la bala al impactar en la nieve y supo dónde estaban apostados los tiradores.

«Arriba a mi izquierda, apuntando hacia abajo. Pero ¿por qué no estoy muerto? Debería estarlo».

—¡Peter! —Era Weller de nuevo, junto a la tercera carreta, todo lo quieto que podía a lomos de su alterado caballo ruano. Los hombres saltaron de sus caballos en medio de una confusa algarabía de perros y un furioso repiqueteo de cascos—. ¡Peter, voy a por...!

—¡No! ¡Quédate ahí! —Peter gesticuló como un guardia de tráfico—. ¡Están a la izquierda, en lo alto de la colina! ¡Que todo el mundo se esconda detrás de las carretas!

Pam... y al instante se oyó el chillido casi afeminado del caballo que empujaba la primera carreta, la más cercana. El animal murió en el acto, sin soltarse de sus correas, y se estampó contra el hielo. Su peso arrastró al caballo más lejano, que tropezó cuando el cochero trató de enderezarlo a toda prisa.

Entonces Peter reparó en el alambre de espino que cruzaba la carretera a la altura precisa.

«Una emboscada. Pero ¿cómo lo sabían? No tomé la decisión de venir por este camino hasta hace cinco horas, cuando envié a Lang, el ordenanza».

Sin dejar de relinchar, el caballo intentó retroceder, aun cuando el alambre ya había rasgado su carne. Otro *pam*. El cochero desplegó los brazos en un gesto teatral de sorpresa y se desplomó, al tiempo que el caballo entraba en pánico y se encabritaba, para después venirse abajo con un duro golpe de cascos que hizo crujir el cráneo del cochero como un melón dulce. Hubo una serie de fuertes crujidos, como de huesos que se rompen, cuando las limoneras se partieron. Y, acto seguido, la carreta se precipitó contra el hielo con gran estruendo, causando una lluvia de chispas: varias toneladas de metal chirriante y madera atronadora se le venían encima.

Peter saltó a la izquierda. Sintió la ráfaga de aire en el cuello cuando la carreta pasó rechinando por su lado, y avanzó pesadamente por el hielo lleno de baches buscando la carretera. «Tienes que moverte, tienes que moverte, tienes que moverte… ¡Muévete! *¡Muévete!*». Trepó como loco a cuatro patas por el Pasadizo del Hombre Muerto, luchando por no resbalarse con el hielo y la sangre del equino.

Fable aún estaba viva, pero había dejado de patalear frenéticamente. Su único ojo visible giraba y giraba tratando de no perderlo de vista. En la cercanía, percibió el apestoso sudor que emanaba y el olor acre de su sangre. Tenía la pata destrozada y la piel le colgaba en jirones sanguinolentos allí donde el hueso se había desgarrado. Cuando se acopló en el hueco que formaba su largo vientre, la yegua gimió y trató de darse la vuelta para levantarse.

—Tranquila. —Sacó la Eagle y apuntó a la oreja del animal—. Lo siento, bonita —susurró, y apretó el gatillo con todas sus fuerzas.

—¿Peter?

—¡Estoy bien! —Con la vista nublada por las lágrimas y la sangre de *Fable*, Peter volvió la vista hacia sus hombres. Las carretas restantes se habían agrupado como habían podido y todos se habían puesto a cubierto. Contó que habían caído cinco caballos más y el mismo número de hombres, aproximadamente. Oyó una ronca reverberación de disparos cuando los suyos contraatacaron, pero sabía que estaban en clara desventaja. Para colmo, por si no había tenido ya bastante, la cabeza de un chucho de pelaje claro que se había refugiado bajo uno de los carros explotó de repente. Lo que quedaba del animal se desplomó pataleando, mientras la sangre le manaba a borbotones del muñón del cuello.

Peter montó en cólera. Disparar a los hombres, incluso a los caballos, era una cosa, pero matar a ese pobre perro era un insulto. Como hacerle la peseta a alguien. Lo mismo que había hecho aquella vieja loca al incendiar el granero y…

«Espera un momento. —Sus pensamientos confluyeron con una claridad glacial—. Aquella vieja había empapado el heno con…».

—¿Ma-mamá? —Una voz, asustada y demasiado joven—. *¿Paaapá?*

«Oh, mierda».

—¿Tyler? —No se atrevía a levantar la cabeza—. ¡Tyler, quédate donde estás! ¡Quédate…!

—Mamá. —La voz de Tyler era débil y lastimera—. Mamá.

Peter cerró los ojos durante un segundo y sopesó la situación. Lo más sensato era abandonar al chico a su suerte. Por el sonido de su voz, Tyler estaba malherido y probablemente no se pudiera hacer nada por él. Ir a por el muchacho no serviría de nada. Corría el riesgo de quedarse atrapado en el fuego cruzado e incluso de que lo mataran. Además, los capitanes estaban acostumbrados a que hubiera bajas entre sus hombres. No todo salía siempre a pedir de boca.

Sin embargo…, él no se caracterizaba precisamente por su sensatez.

Se levantó y salió corriendo como una flecha colina abajo. No se molestó en zigzaguear. La carretera estaba destrozada y la sangre de

Fable podía jugarle una mala pasada. Tenía las mismas posibilidades de romperse el cuello que de recibir un balazo. Por encima de los atronadores latidos de su corazón, oyó gritar a sus hombres cuando las balas le pasaron zumbando como avispones enfadados. Algo se le clavó en la espalda, pero ya estaba muy cerca del caballo de Tyler... Quince metros, diez, cinco...

Los cuartos traseros del equino dieron una súbita sacudida y, durante una milésima de segundo, creyó que el animal todavía estaba vivo, aunque no tardó en darse cuenta de que los tiradores iban por delante, anticipándose a su próximo movimiento. «Tengo que saltar a por él». Cuando le quedaban unos tres metros, clavó la bota en el suelo, pivotó, hizo un brusco viraje a la derecha... y de pronto sintió que algo le golpeaba duramente por la izquierda, como aquella maldita vaca lechera que no había podido esquivar cuando era niño. Tambaleándose, se estiró por completo y se lanzó con torpeza. Su cabeza y su pecho alcanzaron el caballo, pero se quedó sin aire y se desplomó a medio camino del hueco formado por el vientre del animal.

Y encontró a Tyler.

O, más bien, lo que quedaba de él.

12

El caballo de Tyler había caído en un ángulo extraño. A juzgar por la sangre que salpicaba la coronilla del animal, este había aterrizado de cabeza en el hielo y se había partido el cuello. Por desgracia, Tyler no había podido liberar el pie de aquel estribo, así que, cuando el caballo se desplomó, el cuerpo del chico se vio sepultado de cintura para abajo por media tonelada de carne muerta.

«Oh, no…». La estupefacta mirada de Peter pasó del abrupto precipicio que formaban las costillas del chaval a la llanura de su pelvis, cuyo grosor se reducía al de una cartulina antes de desaparecer en un enorme charco rojo. Una ristra sanguinolenta y humeante de intestinos y de grasa embadurnada de sangre brotaba por un desgarrón en el vientre del chico. El peso del caballo era tan descomunal y la bolsa que conformaba el cuerpo del muchacho tan frágil que lo que no se había aplastado había reventado.

La sangre de Peter se convirtió en aguanieve. Las tripas humeantes de Tyler brotaban serpenteando lentamente y se amontonaban a modo de gusanos gordos y húmedos, porque el cuerpo seguía con vida, aún no estaba listo para darse por vencido. Igual que las espasmódicas patas del perro sin cabeza. Como la inútil carrera de *Fable*.

Además, las entrañas de Tyler eran fétidas y montaraces como las de un ciervo destripado.

—¿Pa-papááá? —Sangre fresca y roja como la lava manaba a borbotones de los labios de Tyler.

A sus ojos también les pasaba algo. El izquierdo estaba clavado en Peter, pero el derecho vagaba sin rumbo en busca de un objetivo que nunca encontraría.

—Estoy a-aquí —respondió Peter, y entonces se dio cuenta de que le castañeteaban los dientes. De repente le entró mucho frío. Movió la pierna derecha, pero a la izquierda le pasaba algo. No se meneaba, como si ya no le perteneciera, y seguía echado sobre el cuerpo del caballo, sin quedar del todo a cubierto. Se aferró a la cruz del animal y tiró. El dolor le atenazaba el lado izquierdo. Cuando se movía, sonaba como un chapoteo. Tenía la parka empapada. Se llevó una mano entumecida al costado. Algo líquido la empujaba a oleadas rítmicas, como un surtidor de agua, y cuando se la miró, brillaba.

«Me han disparado. —Entonces le sobrevino otra punzada de dolor, peor que la anterior—. Arteria... Me estoy desangrando...».

El aire volvió a cobrar vida con aquellos avispones y luego alguien se tiró por encima del caballo de Tyler y cayó de lado.

—¿Peter? —dijo.

Peter sintió que unas manos lo agarraban por los hombros y tiraban de él. El dolor era insoportable y gritó.

—¡Hostia! —Entonces Weller debió de echarle un buen vistazo a Tyler, porque su voz se perdió en un ronco gemido—: Mierda.

—W-Weller. —Peter temblaba tanto que se mordía la lengua. ¿Cuánto tiempo le quedaba? ¿Dos minutos? ¿Tres?—. Es-escúchame…

—No. —Weller apartó la parka empapada y le apuntaló la espalda con la rodilla, ignorando su grito agonizante. Tenía un desgarro alargado y con muy mala pinta en el costado y Weller le metió un puñado de trapos. Una bomba de agonía le explotó en las tripas, dando rienda suelta a otro alarido que le cortó la respiración, pero Weller se limitó a dejarlo bocarriba y a amarrarle fuertemente el vientre con algo, mientras las balas silbaban al pasar—. Estoy usando mi cinturón —gruñó Weller—. Maldita sea, Peter. No se te ocurra morirte; ahora no, no después de haber llegado hasta…

—*No*. Es-escucha. —Peter tenía la lengua hinchada, las palabras se le atascaban en la garganta y era tan difícil extraerlas como un chicle derretido de los profundos tacos de una bota. Pero tenía algo importante que decir; Weller tenía que *saberlo*—. He-heeeno…

—De bueno, nada. Cállate ya y déjame…

—No. —Peter meneó débilmente la cabeza. Weller desperdiciaría con él un tiempo que sus hombres no tenían—. He-he-heno… *fu-fuego*…

—Fuego. Dios, ¿te refieres al heno? —dijo Weller, y Peter oyó el momento en que se le encendió la bombilla—. Ajá. Toda esa gasolina, se formará humo y tenemos el viento de espalda. Si podemos escondernos detrás de una carreta…

—¡Sí, sí! —Peter asintió con todas sus fuerzas, aunque el resultado probablemente no fuera más que una leve sacudida—. V-ve. De-deprisa. Llama a R-Rule por radio para pedir a-ayuda.

—¿Me estás pidiendo que me marche? Peter, aunque lo consiguiéramos, tardaríamos horas en organizar cualquier tipo de rescate.

—*Tienes* que hacerlo. Sa-saca a los chicos de aquí. —Durante un buen rato, la cara arrugada de Weller se volvió tan inexpresiva que Peter no estuvo seguro de que el anciano le hubiese entendido—. Dé-déja-me. Sá-sá-ca-los de aquí.

—¿Es una orden? —preguntó Weller con brusquedad—. Sabes que me estás pidiendo que te abandone, ¿verdad?

—S-s-sííí —castañeteó Peter—. V-V-vete.

—De acuerdo. —Y entonces Weller hizo algo curioso. Cogió la cabeza de Peter entre sus manos, se inclinó hacia ella y le besó la frente—. Cuando llegue el momento —murmuró—, acuérdate de mi Mandy. Recuerda que fui yo quien hizo esto. —Y, cuando se dio cuenta, ya se había marchado.

«¿Qué? —Peter trataba de concentrarse en las palabras, pero era como intentar abrirse paso a través de un mar de telarañas con una sola mano—. ¿Mandy? ¿O… Manny? ¿Quién? ¿Qué es lo que Weller…?». Pero sus pensamientos se desintegraron por completo cuando un nuevo brote de dolor se abrió en forma de rosa carmesí en el centro de su pecho. Hubo más tiroteos, aunque Peter apenas los oyó; le parecieron lejanos estallidos insustanciales, como los que producían los petardos que él y sus amigos se retaban a lanzarse cuando eran pequeños. Lo único que importaba era que Weller se había ido y eso estaba bien porque no había tiempo que perder. Cada vez resultaba más difícil respirar y liberarse de la garra mortal que le amordazaba los pulmones. El esfuerzo casi no merecía la pena.

—Papááá. —Un débil gemido—. Papááá...

—No pasa nada, T-Ty. —Peter intentó llegar a la mano del chico. No estaba seguro de que los dedos le respondieran. Ahora temblaba sin control y, sin embargo, parecía haber perdido toda sensibilidad en los brazos. Creyó que su mano aferraba algo, aunque tenía la vida y el calor de una piedra—. Estoy a-aquí.

Tyler no dijo nada, pero ¿acababa de sentir una ligera presión? No estaba seguro. Y entonces *—¿cuándo?—* Peter oyó un retumbo y un estallido más fuerte. ¿Una explosión? Tal vez. Estaba demasiado cansado para levantar la cabeza. De todas maneras, le habrían metido un balazo.

Todo se iba desdibujando. La luz disminuía, abandonando el día como la sangre abandonaba sus venas. «Ha sido culpa mía. —Una niebla espesa y ondulante flotaba ante sus ojos. O tal vez eran nubarrones y la tormenta al fin había llegado—. Tyler es sólo un crío. No está bien..., no... Chris... Tengo que hablar con él..., explicarle..., contarle lo de... lo de...».

La cabeza le fallaba. Contarle a Chris... ¿qué? No lo sabía. Sus precarios pensamientos se iban deshilachando y su mente empezaba a desenmarañarse cuando algo oscuro apareció ante sus ojos, tapando la luz. El cielo se había desgarrado. Se entreveía el espacio, pero este estaba oscuro como boca de lobo, sin estrellas, y Peter se hundía y caía sin remedio en un último desvanecimiento, caía y caía en una eternidad negra y silenciosa.

Un rato después.

Más tarde.

¿Cuánto? Ni idea. La verdad es que el tiempo ya no importaba.

Flotaba, ya no caía. Su cuerpo era tan reluciente como una pompa de jabón y sus pensamientos, tan insustanciales como la niebla.

«Me muero…, me elevo… Ángeles…, pero ¿dónde…?»

Un candente estallido de dolor quebró la oscuridad, y Peter gimió.

—¡Eh! —dijo alguien—. Aquí hay uno vivo.

13

Cuando la pusieron en pie, no podía creerse que aún estuviera viva. Una espesa niebla de irrealidad se cernió sobre su mente, amortiguando incluso el persistente dolor del corte que había sufrido en el hombro.

Un hermano. Chris tenía un hermano. Nunca lo había mencionado, y mucho menos que fuera un hermano gemelo, pero no cabía ninguna duda. La misma cara y, por encima de ese hedor a animal aplastado, aquel olor sombrío inconfundible. La única diferencia era aquella cicatriz que surcaba el cuello de Lobezno. Tal vez tuviera más. Tal vez hubiera sufrido un terrible accidente. ¿Y si había intentado suicidarse? Algo le decía que sí. Fuera lo que fuese, el caso era que Chris y Lobezno eran hermanos. Bueno, más que eso: eran *gemelos.*

Lo cual significaba que, si no se equivocaba y Chris era el nieto de Jess —y de Yeager—, también lo era Lobezno. ¿Habían estado casados Jess y Yeager? Pensó que no sabía absolutamente nada de la vida de Jess, ni siquiera su apellido. Lo único que sabía era que había visto morir a sus hijas. Chris había dicho que su madre se marchó cuando era un bebé. Nunca la había conocido.

¿Y si la madre de Chris —una de las hijas de Jess— había vuelto a Rule, pero sólo con Lobezno? Claro que el niño no sería Lobezno por aquel entonces; tendría un nombre, amigos, una vida.

«Pero ¿por qué?». Atontada por la sorpresa y el desconcierto, vio cómo Lobezno se acercaba con sus raquetas de nieve en una mano y la mochila que Jess le había dado en la otra. Se había quitado la piel de lobo y se había echado hacia atrás la máscara, a modo de capucha. «¿Por qué tú y no Chris?». No podía deducir nada de su olor, que parecía tan inescrutable como su expresión. En esto, Chris era idéntico: cauto y reservado, un especialista en levantar barreras, en construir muros. Sin embargo, cuando la dejó entrar y se abrió a ella, puso de manifiesto su dulzura. Chris sólo había querido protegerla... y mira dónde los había llevado aquello.

Paralizada, sólo pudo observar cómo Lobezno se arrodillaba, la cogía por la bota izquierda, guiaba su pie hasta una raqueta y se la ponía con cuidado, como si se lo hiciera a un niño, en un gesto, en cierto modo, tierno. Luego hizo lo propio con el pie derecho. Cuando terminó, se levantó, le pasó una mano por el hombro bueno y tiró de ella. Alex se dejó llevar, con el corazón a mil por hora y las piernas tan tiesas como estacas de madera. ¿Qué otra cosa podía hacer? Lo que quiera que Lobezno y sus secuaces tuvieran en mente no ocurriría allí. Si hubieran querido plantar su cabeza en aquella pirámide, Lobezno le habría cortado el cuello, no se habría hecho un bocadillo de mortadela con su piel.

Así que no tuvo más remedio que seguirlo: fuera del claro, más allá de los lobos desollados —las cuencas vacías de aquellas calaveras la miraron fijamente al pasar— y lejos de Rule. Lejos de Jess y Nathan, de las otras chicas, de Kincaid. Lejos de Chris, hacia un futuro incierto.

Que, pensó, podía ser muy corto.

* * *

Al cabo de media hora o así, el cerebro le volvió a funcionar, una vez pasada la sorpresa inicial. Tenía la cabeza como un bombo. El hombro le latía al compás del pulso y le dolía horrores. Con la herida expuesta al viento y al frío, ahora que Lobezno le había retirado tan delicadamente aquel trozo de parka y camisa, parecía que le estuvieran hincando clavos a martillazos en la carne abierta. El olor acre y herrumbroso de la sangre cuajada le inundaba la nariz, aunque aún le resbalaba un cálido y húmedo hilillo por el antebrazo y se filtraba en la manga destrozada de su parka. También tenía la muñeca húmeda y el guante un poco mojado. No había ningún derrame, diría Kincaid, y tampoco se veía el hueso, lo cual era bueno, pero la certeza de que no se desangraría hasta morir sólo le reportaba un ínfimo consuelo.

Con todo, si sobrevivía a las próximas horas, tendría que idear un modo de ocuparse del brazo. Miró de reojo su mochila, que Lobezno llevaba colgada del hombro derecho. ¿Había incluido Jess un botiquín de primeros auxilios? No se acordaba. ¿No era una buena señal que Lobezno se la hubiera traído? El pensamiento la inquietó. Le dio vueltas. Tal vez lo fuera si los Cambiados planeaban mantenerla con vida durante un tiempo. ¿Para qué querrían las barritas energéticas y el revuelto de frutos secos si no era para alimentar a su prisionera?

Lo primero que tenía que hacer era averiguar dónde estaba y adónde la llevaban, y después intentar trazar un plan de evasión. Pero ¿adónde iría? No podía volver a Rule. Se acordó del silbato que le había regalado su padre y que había encontrado en el forro de la chaqueta de aquel niño.

Chris había encontrado al chico en el norte, cerca de Oren, así que allí se dirigiría. ¿Quién sabe? Puede que Chris volviera en algún momento.

«Pero ¿es eso lo que quiero?». El recuerdo de Chris, inconsciente y bocabajo en la nieve, se le clavó en el pecho como una flecha. Aquello era culpa suya. Chris había intentado salvarla. Siempre había intentado protegerla. Ojalá pudiera advertirle ahora sobre Jess, Nathan y su plan de locos. Y ese chico, su hermano…, ¿qué demonios significaba aquello?

«Ay, Chris, ten cuidado. Hay más sombras y secretos en Rule de los que tú te pien…».

La raqueta izquierda resbaló sobre una placa de hielo y perdió el equilibrio, soltando un pequeño gruñido de sorpresa. El pie izquierdo planeó en el aire, pero Lobezno la sujetó con más fuerza para que no se cayera.

—Gra… —La palabra le salió automáticamente, como un reflejo. Dejó que se la llevara el viento. «No es tu amigo». Mirar a Lobezno le resultaba demasiado desconcertante.

Pensó en el hecho de que se había *resbalado*… y contempló el camino con el ceño fruncido. Estaba muy bien trazado, la nieve era compacta y resbaladiza. Aquello tenía sentido: los Cambiados debían de haber venido de algún sitio. Mataban siguiendo un ritual. ¿Cuándo se había producido la última tormenta? A ver, había nevado hacía poco más de una semana. Y, pese a todo, aquel sendero estaba tan desgastado que sus raquetas resbalaban a la perfección.

«Es como un camino de caza. Lo que significa que o ellos u otros Cambiados lo transitan con frecuencia».

Vio a Acné un poco más adelante cargando con el peso de Araña, que aún gorjeaba. La sangre que manaba de la nariz destrozada de la chica dejaba un reguero bermellón en la nieve.

Entonces pensó, asombrada: «¿Es que los Cambiados siguen un circuito?». Todo apuntaba a que sí, pero aún quedaba el problema de la oferta y la demanda. A medida que avanzaba el invierno, el flujo de refugiados había disminuido, lo que, en cierto modo, era positivo, porque Rule tenía comida y se autoabastecía. De los escasos refugiados que iban a parar allí, sólo a unos pocos se les invitaba a quedarse. La mayoría eran rechazados.

De pronto, una vaporosa mezcolanza de olores le impregnó la nariz. «Muertos más adelante», pensó. Una mirada furtiva a Lobezno le reveló que el chico ni se había inmutado. Algo frío y carbonizado, como humo de madera vieja, y... —volvió a inhalar— una efervescencia, ¿una fruta podrida... ligeramente dulce? Por alguna razón que no logró descifrar, su mente saltó hasta el asilo de Rule y el denso miasma que llenaba las salas donde los poquísimos pacientes terminales esperaban la muerte. Aquel olor era similar. Pero eso significaba que...

«Ay, Dios. —Se le cayó el alma a los pies. La cosa pintaba fatal—. Ay, espero que te equivoques. Puede que esto venga de lejos...».

Al cabo de otros cien metros llegaron a un claro. Un cerco de piedra gris, de esos que se ven en cualquier campamento rudimentario, yacía desperdigado a su izquierda. De acuerdo, aquello cuadraba con el olor a chamusquina, pero, a juzgar por la capa de nieve, no parecía que ningún fuego hubiera ardido en aquel hogar en mucho tiempo. Más adelante, a su derecha, cerca de la hilera de árboles, una serie de montículos irregulares colindaban con una estructura triangular de madera. No se veía un alma. Vale, no era tan malo, aunque tampoco tenía por qué ser bueno, pues aquella efervescencia afrutada se había intensificado y el aire se había vuelto más denso y un poco rancio, como el de la carne que empieza a pudrirse. Sus ojos se fijaron en la caseta de madera, pero, salvo por varias bolsas de nailon vacías de color verde botella en un banco solitario, el refugio estaba vacío. Además, saltaba a la vista que era demasiado pequeño para acoger con comodidad a los Cambiados.

Lo cual le hizo formularse una pregunta interesante: «¿Dónde vivían Lobezno y compañía?». Aparte de *su* mochila, que colgaba del hombro derecho de Lobezno, aquellos Cambiados sólo portaban armas y, probablemente, algo de munición extra en sus respectivas parkas. No había ningún tipo de equipamiento en el refugio. Y aquel cerco para el fuego no había sido utilizado en meses. La ropa de Lobezno y la de los demás estaba raída, pero no mugrienta. Así que o bien se desprendían de la ropa sucia por el camino, o bien la lavaban en alguna parte. Una cosa estaba clara: aquellos Cambiados no llevaban viviendo ahí fuera, en la nieve, en condiciones extremas, desde el Cortocircuito.

«Esta no es la última parada. Rule debe de ser la etapa intermedia entre los puntos A y B». Sus ojos volvieron a posarse en el refugio y luego en el bosque. Una pequeña depresión, a juzgar por la inclinación y hondura del terreno, serpenteaba entre los árboles en dirección noroeste. Unos veinte metros más adelante, una marca borrosa de color azul pizarra llamó su atención: una almohadilla resaltaba en mitad del tronco de un robusto roble. Una señal. Aquello era o había sido un sendero en algún momento. Junto con el refugio y la hoguera de piedra; todo encajaba.

«Utilizan senderos establecidos para moverse, tal vez incluso sigan algún tipo de ruta. Deben de tener algún asentamiento. Si yo planeara desplazarme como ellos, eso es lo que haría. Utilizaría un par de casas abandonadas como campamentos base. —Sus ojos volvieron a posarse en el refugio—. Tendría un arsenal de munición y provisiones y me movería de un campamento a otro, así le daría a la presa la opción de volver antes de que yo…».

Uno de los montones de nieve que había junto al refugio comenzó a moverse. Alex pestañeó. Durante un frenético segundo, se acordó de una novela de Jack London que había leído en clase de lengua de séptimo y pensó: «Perros de trineo». *Buck* y los demás perros cavaban hoyos en la nieve para pasar la noche. Sin embargo, aquella mezcolanza de olores recalentados que salió en forma de tufarada no le cuadraba. Además, los perros odiaban a los Cambiados.

Observó cómo los montículos de nieve se rompían y emergían dos puños cerrados, y luego más puños y brazos y piernas y cabezas…

Gente.

14

Tres mujeres y dos hombres, todos bien entrados en años, emergieron con mil esfuerzos de la nieve. Sin fuego, unos iglús rudimentarios eran la mejor opción. Ella habría hecho lo mismo.

Diez ojos ubicados en cinco caras flácidas observaban cómo los miraba. No dijeron nada. Ella tampoco. ¿Cómo estaban? Olisqueó el aire. Asustados, no. Nadie es capaz de sentirse aterrorizado por la muerte todo el rato. Aparte de a carne rancia y a aquella efervescencia frutal, aquellos ancianos olían a gachas de avena fría, un olor que casi no era olor. Apatía: eso era lo que revelaba su esencia. Hasta lo entendía: soporta un par de sesiones de quimioterapia que no matan al monstruo y que sólo te hacen echar las tripas, y verás las ganas que tienes de vivir. La verdad es que te importa todo una puta mierda.

No obstante, también pensó que el tipo macilento del centro estaba realmente enfermo. Su enfermedad flotaba en el aire como el hedor de una ciénaga estancada cubierta por una capa de porquería. ¿Padecería diabetes? ¿O inanición? Tal vez ambas cosas, a juzgar por las carnes marchitas y los duros huesos planos y angulosos que sostenían la piel de las caras de los demás. Y entonces su asociación con el ala del asilo donde los enfermos terminales esperaban la muerte cobró todo su sentido. Los cuerpos olían así cuando se devoraban a sí mismos para mantenerse con vida.

«Llevan aquí por lo menos una hora o más. ¿Por qué no han huido? —Lobezno le dio un tirón y Alex trastabilló hacia delante mientras Beretta se metía en el corrillo de cuerpos y empezaba a rebuscar algo en la nieve. Los ancianos se apartaron, encogidos, dándose empellones y amontonándose como cebras asustadizas a las que acechan leones—. No hay montada ninguna guardia. No puede ser sólo que tengan miedo…».

Sus elucubraciones se esfumaron cuando algo helado le raspó la muñeca izquierda. Bajó la vista y vio que Beretta tenía una cuerda, dura y tiesa por el frío, tan gruesa como su pulgar. Reprimió un grito de sorpresa. «Pero ¿qué…?». Siguió toda la extensión de la cuerda y vio que esta unía en ristra a los ancianos. Ahora que estaba más cerca, se percató de que tenían las muñecas atadas. Al igual que los tobillos. El resto de la cuerda serpenteaba desde sus piernas y concluía bien asegurada a los postes del viejo cobertizo.

«Están trabados». Por eso no habían huido. No podían. Los Cambiados los reunían como si fuesen ganado y los reservaban hasta que llegara el momento de sacrificarlos…

—¡No! —El horror sacudió su cuerpo como una fuerte ráfaga de aire. Si dejaba que la ataran, no podría luchar; sería el fin, como someterse al monstruo. Resollando, se retorció y se sacudió hasta zafarse de las garras de Lobezno y se puso a manotear con el brazo derecho, el que tenía bien, a desbrazarse gritando con todas sus fuerzas—: ¡No, no, *no*! ¡No lo permitiré!

Beretta dio un respingo de sorpresa enviando el olor de su sobresalto directamente a la nariz de Alex justo cuando el puño de esta impactaba en su mandíbula. Con la oleada de miedo avivado por la adrenalina que corría por sus venas, no sintió nada y el golpe le pareció un crujido lejano e irreal, como cuando en un programa de televisión propinan un puñetazo: un efecto sonoro sin sustancia. Más tarde, cuando estudió sus magullados nudillos, pensó que fue un milagro que no se hubiera roto la mano. El golpe arrojó a Beretta al suelo y Alex se tambaleó, pues había perdido el equilibrio tanto por el ímpetu como por culpa de las raquetas que aún tenía amarradas a los pies. Por el rabillo del ojo vio que Caracortada trataba de agarrarla y volvió a gritar a la vez que intentaba escabullirse por debajo, pero la punta rígida de la raqueta izquierda se le clavó en la nieve. La rodilla se le dobló y gritó una vez más, aunque ahora de dolor. Se habría caído, incluso se habría roto la pierna, pero notó que una mano —la de Caracortada, creyó— la agarraba por la nuca y apretaba.

«Oh, no, no hagas eso, zorra». Sintió otro estallido de dolor cuando liberó el pie que tenía clavado en la nieve, pero se plantó bien en el suelo y empezó a girar con todo el ímpetu y el puño dispuesto para atacar de nuevo…

Sin embargo, en el último segundo, se dio cuenta de que no era Caracortada quien la tenía sujeta.

Rápido como una serpiente, Lobezno la atacó, agarrándole la muñeca e interceptando su puño en el aire.

«Dios mío, por favor. —Forcejeó jadeando para completar el giro, pero Lobezno no aflojaba su garra de hierro. Su cuerpo se estremeció como un muelle enrollado bajo demasiada presión—. Déjame terminar esto. Ayúdame sólo una vez más».

—No deberías luchar —oyó decir a una anciana con voz temblorosa. Alex no tenía ni idea de cuál de las tres mujeres había hablado y no iba a quitarle los ojos de encima a Lobezno para comprobarlo—. Lo único que conseguirás es enfurecerlos aún más —continuó.

—Cállate, Ruby —murmuró un hombre—. Quiere que todo termine lo antes posible; es asunto suyo.

Sí, pero al menos ella caería luchando, no intimidada y rota como aquellos ancianos. Si Lobezno bajaba la guardia tan sólo un segundo, acabaría lo que había empezado. Seguramente él también lo sabía, aunque sus ojos oscuros eran tan insondables como pozos profundos e imposibles de descifrar. Su aliento, que exhalaba un hedor agrio y cobrizo a carne medio digerida, caía en ángulo sobre sus mejillas. Era su propia sangre en la boca de Lobezno, en su lengua…

Entonces el chico cambió de postura. La variación fue sutil: la colocación de los pies, la forma de enderezar los hombros. La mano que le aprisionaba la nuca ciñó aún más su mordaza y en ese momento se dio cuenta: la estaba acercando a él.

«Mejor, así podré morderte la garganta. —Vio cómo se le retraían los labios y cómo se le escabullía lentamente la lengua. El denso hedor a animal muerto y a tripas cocidas le inundó la nariz y la boca—. Mejor, así podré beber sabrosa y tibia…».

Sus pensamientos se emborronaron cuando otro olor más familiar a sombras frías se intensificó, envolviéndola como el humo… y le llegó, ahora sí, una débil pero inconfundible efervescencia a manzanas crujientes y dulces.

Chris. Era el olor de Chris, pero mucho más punzante y persistente; la tocó y le penetró en el pecho como el anterior —y el propio Chris— había hecho antes. De haber estado en otro lugar, en otro momento, aquel sería el vertiginoso instante de expectación justo antes de que él pegara su boca a la suya y…

Algo en lo más profundo de su mente dio un vuelco… y… se dobló.

«No. Dios mío, ¿qué es esto?». La sensación era casi indescriptible, una especie de cambio mental profundo, como si, de repente, una parte de su cerebro hubiera decidido estirarse y girarse en busca de una mejor perspectiva. Tenía la cabeza a la vez confusa… y *saturada*.

Recordó el instante en que la consciencia de Lobezno se había colado e instalado en la suya; cómo había sentido su cuerpo bajo las manos del chico y cómo su boca recorría…

«No, no. —¿Qué le estaba pasando? Estaba perdiendo la cabeza. Eso era. Finalmente se estaba viniendo abajo, se estaba volviendo loca. ¿Y quién no?—. Ayudadme, por favor, que alguien me ayude». Pero nadie iba a rescatarla. Estaba sola. Pasara lo que pasara a continuación, era cosa suya.

«Haz algo. —La compactibilidad de la excitación de Lobezno era asfixiante. La mente se le nublaba. Iba a perder la consciencia… Dios, iba a perderla—. Reacciona, haz algo, lo que sea, pero hazlo ya».

Entonces le escupió en la cara.

Lobezno retrocedió presa del asombro. Una fugaz expresión de estupefacción pasó revoloteando por sus ojos. Más tarde, Alex la recordaría y se preguntaría por qué.

Pero en su cabeza, en lo más profundo de su cerebro, algo se desbloqueó. Se produjo una sacudida repentina, como el *clic* sordo de una cerradura, y la liberación de una presa cuando lo que fuera que aprisionaba su consciencia se relajó. Alex exhaló un largo y trémulo suspiro de alivio. Tal vez muriera un segundo después, pero al menos no se estaba sumergiendo en lo que fuera que pasara por la mente de Lobezno.

Durante un rato, el chico se limitó a mirarla. Ella se esforzó por no apartar la vista. Sus ojos se clavaron en el espumoso escupitajo de su propia saliva que le resbalaba por el labio superior como si fuera flema.

En ese momento, el aire se colapsó con aquel tufo penetrante y colmado de expectación. Un segundo después, sintió que Beretta y Caracortada intervenían para flanquearla y cogerla cada una de un brazo.

Estaba en lo cierto. Lobezno acababa de darles una orden, y eso era interesante. Independientemente de cómo se comunicaran los Cambiados, aquel hedor agrio en particular era una señal. ¿Habría más olores, más gradaciones de algún tipo con significado que, de momento, su nariz no detectaba? Tal vez. Si vivía el tiempo suficiente, podría llegar a descifrar su vocabulario, aunque aquello aún no le sirviera de mucho. Ni siquiera estaba segura de querer entenderlos.

Vio que Lobezno levantaba una mano y se limpiaba el escupitajo. Sus ojos siguieron en todo momento clavados en los de Alex. Se encontraban a escasos centímetros, tan cerca que Alex veía cómo la cicatriz le serpenteaba y se le retorcía en la nuez al tragar. Tan cerca que lo único que Lobezno tenía que hacer era inclinarse un poco y usar sus dientes.

Pero no lo hizo.

En vez de eso, el monstruo con la cara de Chris sonrió.

15

Chris se dio cuenta de que algo pasaba cuando todo el Consejo entró en tropel en la casa seguido por guardias. Nathan se encogió como una marioneta. Weller parecía angustiado y ojeroso. Los demás estaban simplemente serios. Cuando su abuelo Yeager mandó a *Jet*, el pastor alemán negro de Chris, a la cocina con el resto de animales, el chico supo en el acto que se trataba de algo muy grave. Su abuelo también quería que Kincaid esperase con las chicas y la nueva casera —una mujer siniestra llamada Hammerbach que estaría con ellos durante los próximos días— hasta que Jess saliese del coma, si es que lo hacía, pero Chris se negó en rotundo. Cuantos más testigos hubiera, más protegido estaría. Aquello no era un juicio. Al menos, de momento. Y, además, quería asegurarse de que Lena escuchase lo que decía por si la interrogaban. Por nada del mundo debían hundirlos a los dos.

Se encontraba en un terrible apuro. Pero ¿por qué exactamente? No tenía ni idea. Hacía ocho días que Alex se había marchado. El mismo tiempo que hacía que su vida se había ido al garete. *Plof.* Llevaba más de una semana en casa de Jess y apenas recordaba nada. Lo que más le fastidiaba era que los recuerdos de los dos días anteriores a aquello —cuando aún estaba fuera, lejos de Rule— eran muy confusos. Lo único de lo que se acordaba con cierta claridad era de aquel último y preciado momento en que el caballo de Alex se había encabritado y ella había mirado atrás y sus ojos se habían encontrado. Eso era todo. El resto estaba en blanco.

—No entiendo por qué has mandado interrumpir la búsqueda. No tienes la certeza de que Peter esté muerto —lo acusó Chris. Había decidido levantarse. Quedarse sentado le resultaba demasiado patético. Pero la cabeza le daba vueltas y estaba hecho polvo, como una calabaza marchita y hueca—. No se ha encontrado su cadáver, así que puede que esté ahí fuera, en alguna parte.

—Chris, es sábado, por el amor de Dios. —La voz de Weller sonó como un quejido de cansancio—. Han pasado ocho días desde la emboscada y no hemos encontrado nada, no hay ningún rastro, ninguna señal de Peter ni de Tyler. Ninguna pista. Es imposible saber si esos cabrones fueron al este o al oeste, al norte o al sur, pero sí que sé una cosa: ese chico, Tyler…, sería un milagro que hubiese sobrevivido cinco minutos más. En cuanto a Peter…, he hecho todo lo que he podido. Es joven y fuerte. Tal vez lo haya conseguido, aunque no me haría ilusiones. Siento decirlo, pero hay que asumir que lo hemos perdido.

—Pues me niego —replicó Chris—. No tiene sentido. Si yo fuera un saqueador, despojaría los cadáveres, no me los llevaría.

—A lo mejor no eran saqueadores —repuso Weller.

—¿Qué quieres decir? —Chris ahogó un grito—. ¿Que eran Cambiados? No, eso es imposible. No están tan organizados.

—Hasta donde nosotros sabemos... —continuó Weller.

Aquello nunca se le había pasado por la cabeza y la idea lo conmocionó.

«Pero si había un montón de cadáveres... El grupo de rescate no llegó hasta el mediodía. Los Cambiados habrían tenido tiempo de arramblar con toda la carne fresca que quisieran. ¿Por qué iban a llevarse sólo a Peter y...?».

—Espera un momento. —Volvió a mirar a Weller—. Peter y Tyler eran los únicos Salvados.

—Sí, ya nos hemos dado cuenta. —Stiemke, que era tuerto, apenas hablaba, se limitaba a escuchar como un lagarto adormilado. Ahora, sin embargo, ladeó la cabeza; su párpado izquierdo se contrajo nerviosamente para revelar un diminuto iris lechoso—. ¿Qué crees *tú* que significa eso?

—¿Quién? ¿Yo? —Chris frunció el ceño—. ¡Y yo qué sé!

—Weller ha dicho que corrían ciertos rumores —insinuó su abuelo, Yeager, entrecerrando los ojos, negros como el tizón—. Algo sobre unos cazarrecompensas.

—Sí. Oímos que los militares estaban reclutando a gente de la zona para entregar Salvados y reunir Cambiados. ¿Crees que los cazarrecompensas nos tendieron una emboscada por el mero hecho de capturar a Peter y a Tyler?

—Y a *ti*, si hubieras estado allí. —La voz y el aspecto de Ernst, un hombre imponente vestido de negro, siempre le habían recordado a Darth Vader, salvo en lo de la respiración pesada—. El asunto es: ¿cómo sabían los tiradores dónde tender la emboscada? ¿Cómo sabían dónde interceptar a Lang, el ordenanza? Hallamos su caballo a unos quince kilómetros de Rule, con un reguero de sangre congelada en la oreja izquierda y un buen cráter en la parte derecha de la cara por donde había salido la bala. Lang, sin embargo, había desaparecido.

—No lo sé. No seguimos siempre los mismos caminos por eso. —Chris miró a Weller—. Díselo.

—Ya lo he hecho. —Weller agachó la mirada—. Peter dijo que hablasteis de coger por el Hombre Muerto cuatro o cinco días antes, justo antes de que te separases para ir al norte.

«¿Ah, sí?».

—Pues no me acuerdo.

A su espalda, oyó que Kincaid abría la boca por primera vez:

—Es lo normal cuando se ha sufrido una conmoción cerebral, Reverendo. El chico tendrá lagunas…

—El caso es que Chris lo sabía de antemano —espetó Yeager.

—Supongo que sabía que era una posibilidad —respondió Chris, pero entonces cayó en la cuenta de lo que insinuaban—: Esperad, ¿no pensaréis que *yo* tengo algo que ver con esto? Estáis locos. Yo nunca…

—Entonces, ¿por qué abandonaste a tus hombres?

—Yo no abandoné a nadie, ya te lo he dicho. Nos llegaron rumores de que había Salvados cerca de Oren.

—Ah, sí. —Desde su asiento en el extremo derecho, Born dejó escapar una áspera risotada—. Tú y tus famosos rumores. ¿Y por qué Weller no recuerda nada de eso?

Weller se acercó arrastrando los pies, visiblemente incómodo, y le lanzó a Chris una mirada de disculpa.

—Chris, yo…

—No te preocupes.

El fuego estaba en todo su apogeo y la recalentada habitación resultaba sofocante, pero no creyó que aquello tuviera nada que ver con el repentino sudor que le brotaba por encima del labio. Peter no le había preguntado nada, así que Chris no le había mentido. Pero ahora aquellos hombres querían respuestas que no se atrevía a dar.

—Weller no sabía nada porque no estaba allí —le dijo a Born—. Peter y yo inspeccionamos una casa de labranza al este de la frontera y un hombre nos lo dijo. —En realidad, habían estado en una casa de labranza, aunque llevaba mucho tiempo desierta.

—Y tú no dejas escapar ningún rumor…

—Claro que no. ¿Acaso tenemos otra opción? Oídme bien. Estamos ahí fuera robando y matando para que ahora me vengáis con que no confiáis en mí.

La voz de Kincaid emergió como una advertencia:

—Tranquilo, Chris.

—Estoy bien. —Mantuvo los ojos fijos en el Consejo, mirando por turnos a todos los jueces—. Escuchad, vosotros no estáis ahí fuera, pero yo sí… Peter, yo, algunos chavales como Tyler y cualquiera que aún no sea tan viejo como para utilizar pañales.

—Chris —insistió Kincaid—. No…

—Gracias, doctor, sé muy bien lo que digo.

Los ojillos de pájaro de Yeager no se apartaron de la cara de Chris.

—Vigila esa lengua, jovencito. No te atrevas a desafiarnos.

—No lo estoy haciendo —se excusó Chris, aunque ganas no le faltaron. Tal vez fuera por culpa de la conmoción o por el hecho de haber perdido a Alex y ahora también a Peter, pero lo cierto es que de pronto se sentía hastiado de aquellos hombres—. Es sólo que no sé adónde queréis ir a parar. Yo nunca le haría daño a Peter. Jamás.

—Muy bien. —La toga negra de su abuelo hizo frufrú cuando este se levantó de la silla y le ofreció sus manos con las palmas hacia arriba—. Entonces lo único que tienes que hacer es responder a nuestras preguntas.

Chris vaciló durante una fracción de segundo y luego soltó su primera mentira:

—Claro, no tengo nada que ocultar —respondió, y posó sus manos en las palmas de su abuelo. La piel del anciano le pareció artificial, como plástico resbaladizo, y se le erizaron los pelos de la nuca—. Dispara.

—Primero, siéntate —le ordenó Yeager.

—No. —Vio cómo la cara del anciano se crispaba por la sorpresa. Bien. Si podía mantener a su abuelo en aquel estado de desconcierto y hacer algo inesperado, a lo mejor tenía una oportunidad. «Lo próximo que diga *tiene* que ser verdad…»—. Prefiero quedarme de pie.

—Ya veo. —Como para reafirmar su autoridad, Yeager miró al guardia que estaba detrás de Kincaid—. Creo que es hora de que el doctor y los demás esperen en la cocina.

—No —volvió a decir Chris. Echó un rápido vistazo por encima del hombro. Sus ojos atisbaron la cara pálida de Lena, pero la chica seguía siendo una esfinge. Se volvió hacia el Consejo—. No tengo nada de lo que avergonzarme. ¿Y vosotros?

—Las cosas no funcionan así, jovencito. —Los labios de Prigge se fruncieron como los de un maestro remilgado—. *Nosotros* decidimos, no tú.

—Esto no es un juicio. ¿Qué vais a hacer? ¿Dispararles? ¿Dispararme? ¿Tanto miedo tenéis de lo que pueda decir? —Al ver que Prigge no contestaba, sus ojos se posaron de nuevo en Yeager—. Venga, ¿qué quieres saber?

La expresión de su abuelo no había cambiado y su cara, que parecía de cera, era inexpresiva, idéntica a la de un maniquí. Tan sólo sus ojos mostraban algún signo de vida: chispeaban como los de un buitre a punto de abalanzarse sobre carroña.

—¿Tuviste algo que ver con la emboscada?

—No.

—Pero sí le aconsejaste a Peter que cogiera el Pasadizo del Hombre Muerto —apuntó Ernst.

—Ya he dicho que no me acuerdo.

—Aunque lo hiciera, no es un crimen —lo defendió Kincaid.

—Ya lo sabemos —dijo Prigge.

—Pues entonces dejen de acusarlo. —Chris reconoció la voz de Lena—. No tienen derecho.

—Cállate, niña. —Yeager hizo una pausa y luego le preguntó a Chris—: ¿Por qué pasaste de Oren y te dirigiste al asentamiento amish?

El corazón le dio un vuelco. El único modo de que su abuelo supiera aquello era que hubiese hablado con Greg o con alguno de los otros. Además, ellos se lo habrían dicho sin reparos porque no tenían ninguna razón para mentir. Si se limitaba a dar respuestas breves…

—Oímos que podría haber Salvados.

—Pero ¿cómo sabías dónde buscar? —insistió Ernst—. Los demás dijeron que ibais de granja en granja, pero que nunca entrabais en los cobertizos… hasta que llegabais a un granero concreto.

Los pulmones se le comprimieron. Se le iba acabando la adrenalina y la boca le sabía a metal prensado y miedo.

—No puedo decíroslo.

Alguien ahogó un grito. Advirtió que Kincaid se ponía tenso y vio que los otros guardias se echaban miradas que él no lograba descifrar. Los ojos de Nathan habían quedado reducidos a dos pequeñas rendijas.

Las manos de Yeager se desplazaron como si este fuera a tomarle el pulso.

—¿Por qué no?

«Di lo mínimo que puedas y de la mejor manera posible, pero que sea verdad».

—Porque hice una promesa.

—La promesa me la hiciste a *mí* —le espetó Yeager—. Yo te acogí y puedo expulsarte con la misma facilidad. Así que respóndeme.

Chris no dijo nada.

—Será mejor que hables, chico —le advirtió Born—. La verdad acabará saliendo a la luz.

—¡Basta! —Lena volvió a la carga—. ¡Déjenlo en paz! ¡No es culpa suya!

—Cállate, niña. —Los dedos de su abuelo se tensaron como cables—. Respóndeme.

Chris reprimió el impulso de zafarse. Si lo hacía, empezaría a arremeter contra el anciano y no podría parar… Además, había dicho la verdad. Siguió callado.

—¿Por qué te quedaste un día entero después de que Greg y los demás se marcharan? ¿Querías comprobar si había otros? ¿Los encontraste? ¿Quién te dijo dónde buscar?

«No lo sé. Sí. No. Eh, dímelo tú para que los dos lo sepamos». El silencio se hizo más denso. El pulso le latía tan fuerte que creía que todos los allí presentes podrían oírlo, pero continuó sin abrir la boca.

—Muy bien. —Yeager lo escudriñó—. ¿Te importa Alex?

Aquel giro inesperado lo descolocó. Sintió el calor subiéndole hasta la coronilla. La respuesta —la verdad— escapó de sus labios antes de que pudiera dar marcha atrás:

—Sabes que sí —dijo con voz ronca.

—Pues nos mintió, muchacho. —Born soltó otra de sus risotadas de sabueso—. Te utilizó.

—No. —«No es verdad, no es verdad. Nos besamos, sé que ella sintió lo mismo que yo. Aquello no fue mentira»—. No fue así.

—Claro que sí. No sería la primera jovencita que manipula a un chico para salirse con la suya.

—¡Eso no es justo! —protestó Lena, dando un paso al frente e intentando esquivar al guardia—. No es lo mismo, ni por asomo. No lo envenenen así.

—¡Eh, niña! —Hammerbach hizo ademán de sujetarla, pero era una mujer grandota y con la edad sus movimientos se habían vuelto lentos—. Quietecita. No deberías estar aquí.

—¡Que te den! —espetó Lena, y se plantó de un salto a la derecha de Chris, con el guardia pisándole los talones—. No tienen ni idea de lo que ocurrió. Puede que Alex pensara que no tenía otra opción.

—Sí, claro —escupió Yeager—. *Tú*, Lena, deberías saberlo mejor que nadie. Eres una experta en el arte de la traición.

—Dejadla al margen —pidió Chris—. Estamos hablando de Alex y de mí.

—Nosotros también —recalcó Yeager—. Alex no es más que una niña y, sin embargo, los guardias dijeron que tenía una escopeta y municiones. Así que ¿quién le dio todo eso? ¿Quién la ayudó?

Buena pregunta.

—No lo sé —respondió Chris—. Preguntad a los guardias.

—¿Qué te crees? ¿Que no lo hemos hecho? —rumió Ernst.

—Ajá. Entonces los creéis a ellos y dudáis de mí.

—Hombre, si tenemos en cuenta la emboscada y tu oportuna ausencia, o el hecho de que la chica necesitara ayuda para escapar y lo lograra… —admitió Born—. ¿Qué pensarías tú si estuvieras en nuestro lugar? ¿No dudarías?

—Intenté detenerla —se excusó Chris—. ¿No os lo dijeron los guardias?

—Déjalo, Chris. ¿No lo ves? Ya han tomado su decisión —dijo Lena. Tenía lágrimas en los ojos cuando arremetió contra Yeager—.

Usted ya lo ha condenado. Aunque Alex regresara, usted se aseguraría de que nunca volviera a poner un pie en Rule ni viera más a Chris.

—¡Ha quebrantado las reglas! —Yeager se encendió—. ¡Nos ha desafiado y no pararé hasta saber quién la ayudó!

—¡Y yo te estoy diciendo que no lo sé! —Chris se liberó de un tirón. Le ardían las muñecas como si se las hubieran quemado—. ¡Nos necesitáis y os creéis con el derecho de controlar cómo nos sentimos y por quién nos preocupamos! ¡Pero somos nosotros los que salimos ahí fuera y asumimos el riesgo! ¡Somos nosotros los que morimos mientras vosotros os quedáis aquí sentaditos enfundados en vuestras togas y nos juzgáis! Y aún queréis más. Lo queréis todo. Queréis controlar lo que pienso y lo que sien…

—*¡Cállate!* —La mano de su abuelo se desdibujó de repente. El tortazo fue tan fuerte y tan rápido que sonó como un hielo quebradizo rompiéndose en dos. Le rebotó la cabeza y se le cortó la respiración, y un atónito bufido de dolor escapó de sus labios—. ¡No te atrevas a sermonearme! ¡Tu lealtad es hacia mí y hacia Rule, y no tendremos a ningún judas entre nosotros! —Su abuelo volvió a abofetearle, ahora mucho más fuerte—. ¡Te voy a destrozar, muchacho! ¡Te voy a *destrozar*!

—¡Yeager! —exclamó Kincaid, horrorizado. Hizo amago de detenerlo, pero un guardia le sujetó los brazos—. ¡Reverendo, por favor! ¿Se da cuenta de lo que está diciendo?

—Me necesitáis —bramó Chris. Le zumbaban los oídos. El sabor cobreño de la sangre le dio náuseas—. Necesitáis que hable para demostrar que aún seguís al mando. Lo que queréis saber ya lo sabéis; de lo contrario, no habríais traído a todos estos guardias. Estoy vendido. Hable o no hable, me vais a encerrar. —Le sobrevino una risilla ensangrentada y burbujeante—. Queréis que elija, pero para vosotros sólo hay una respuesta válida.

—Quiero oírla. —Los labios de su abuelo eran tan finos como una fisura en una piedra—. De tu boca.

—¿Para que Dios la oiga? —Chris volvió a reír. Se pasó la mano por los labios, tiñéndosela de rojo. Su abuelo era la Autoridad y no pararía hasta que Chris acabara doblegándose. «Pero eso no va a ocurrir»—. Tú no eres Dios. No hay ningún dios y, si lo hay, es un cabrón por poner al mando a una panda de viejales como vosotros.

«Me he vuelto loco. —Se asombró. Vio cómo la mano de su abuelo retrocedía de nuevo—. Podría derribar de un golpe a este tío, pero entonces sería como él y como papá. Sé lo que siento por Alex. Y eso no va a cambiarlo nadie».

Lena se interpuso entre ellos.

—¡Parad! ¡No necesitan que hable! Yo puedo hablar por él.

—¡No quiero que hables tú, niña! —dijo Yeager.

—Peor para ustedes —replicó Lena.

—Lena, no pasa nada. —Chris la cogió por los hombros—. Tengo bastante experiencia con matones.

—Yo también —dijo ella. A Yeager—: ¿Quieren saber quién ayudó a Alex? Pues yo se lo diré. —Señaló a Nathan con el dedo—: Él.

16

Nathan dio un respingo de sorpresa.

—¿Qué? Chorradas.

—No, no lo son. —Lena se quedó mirando a Yeager. Oh, aquello era lo único que podía hacer para evitar sacarle los ojos a aquel viejo asqueroso. Si tuviera un cuchillo, le haría lo mismo que le había hecho a Karl *el Triturador* un año antes de que empezara aquella pesadilla y no lo sentiría lo más mínimo. El mundo se desmoronaba y lo único que conseguía era ir de abusón en abusón—. Fue Nathan y lo más seguro es que Jess también. Siempre andaban juntos por ahí. La noche antes de que Alex se fuera, Tori dijo que Nathan y Jess habían estado hablando y luego fue Nathan el que trajo de vuelta a Jess, y, ¡mira por dónde!, ahora está en coma. ¿No les parece demasiada casualidad?

—¿Casualidad? —repitió Kincaid. Lena percibió la sorpresa en la voz del médico—. Un momento. ¿Qué demonios insinúas?

—Y apuesto a que Kincaid está metido en el ajo. —Lena no miró a su alrededor—. A Jess y a él también se les ve muy unidos.

—¡Eh, eh…! —exclamó Kincaid.

—Lena, cállate. —Las manos de Chris se aferraron a sus hombros—. Esto no está ayudando.

«Sí, pero tampoco le hace mal a nadie. No creo que las cosas empeoren mucho más».

—Chris no tiene nada que ver con esto. —Mantuvo los ojos clavados en Yeager, que la miraba como si de pronto le hubiera brotado una segunda cabeza—. Le digo que fue Nathan, y puedo demostrarlo.

—Está… —empezó a decir Nathan, pero el viejo reverendo alzó una mano y el guardia se calló en el acto.

—¿Qué estás diciendo, muchacha? —preguntó Yeager.

«Me llamo *Lena*, gilipollas».

—¿Se acuerda de la escopeta que dijeron que Alex había cogido? Pues bien, yo la vi. Nathan la llevaba enganchada en la montura con uno de esos chismes de piel…, una funda de tubo. No la han vuelto a poner en el dormitorio de Jess, así que…

—¿Qué? —Era Hammerbach—. Tú, jovencita, ¿has estado en el dormitorio de Jess husmeando entre sus cosas?

—Me importan una mierda sus cosas, pero les estoy diciendo que Jess tiene una escopeta. La funda está en su armario. —Se metió una mano en el bolsillo, sacó el cartucho de escopeta con dos dedos y se lo entregó a Yeager—. Hay una caja de estos en la misma balda. Este estaba en el suelo. Seguramente se le cayó cuando estaba cargando la escopeta, porque quedan tres más en una caja de diez.

—No sabía que Jess tuviera un arma —dijo Tori, perpleja. Sarah se limitó a menear la cabeza.

—Yo tampoco —respondió Lena—. Nathan dice que Alex se la llevó. ¿Cómo? O sabía de su existencia y obligó a Jess a que se la diera o la propia Jess se la entregó. Da igual. El caso es que no está en el armario, lo cual significa que sigue en poder de Nathan, y apuesto lo que sea a que tiene los mismos cartuchos.

Yeager se quedó mirando el cartucho Remington negro y luego alzó la vista hacia Nathan.

—¿Es eso verdad? ¿Tienes la escopeta?

—Sí, la recuperé después de que Alex la tirara. Ese es mi trabajo.

—Sí, pero ¿la limpiaste, gilipollas? —le espetó Lena.

Se produjo un breve silencio, que Yeager rompió.

—¿Y eso qué importancia tiene?

—La tiene porque había sangre en la culata y pelo y… —continuó Lena.

—Alex *golpeó* a Jess —dijo Nathan, mostrando su desprecio con cada palabra—. ¿Qué esperabas?

«Sí, sí, muérdeme».

—Pero no todo el pelo era de Jess. Alguno sí, pero había de otro tipo, negro y más corto, que no coincidía. La única persona que tiene el pelo así y que recibió un golpe en la cabeza ese mismo día fue Chris. —Miró a Yeager—. Nathan se inventó una historia sobre *Night* para cubrirse las espaldas, y a lo mejor Jess… No sé. Pero me fijé en los cascos de *Night* justo después de que lo trajeran de vuelta y estaban limpios.

—Los limpiaría la nieve —replicó Nathan.

—Puede que sí. Pero acabas de decir que Alex tiró la escopeta. ¿Por qué iba a hacerlo? ¿Qué sentido tiene? Se mete en todo este lío para conseguir *dos* armas y resulta que, cuando se hace con un buen rifle y con la escopeta, va y tira una, ¿no? —Se fijó en que los ojos de Yeager se entrecerraban mientras digería aquello.

—Le entró el pánico —apuntó Nathan, pero hasta a Lena le sonó a excusa barata.

—Si tú lo dices… —A Yeager obviamente le sonó a lo mismo, porque le hizo un gesto con la cabeza a uno de los otros guardias, que asintió, se escabulló de la sala y se dirigió a la puerta—. Supongo que no te importará que le echemos un vistazo a esa escopeta.

—No —dijo Nathan, aunque para Lena, estaba acabado.

—No entiendo nada. —Chris parecía aturdido. La mano de su abuelo le había dejado una huella carmesí en la mejilla—. ¿Por qué iba Nathan a…?

—No pudo ser sólo él. Tuvieron que ser los dos juntos, Jess y Nathan —observó Lena—. Porque el estuche…, ese estuche negro tan importante para Alex, está en el cuarto de Jess, en la misma balda.

A Chris se le descolgó la boca.

—¿Alex se lo dejó? Ella nunca haría eso.

—Pues allí está. Te lo enseñaré.

—Creo que a todos nos gustaría verlo —añadió Yeager.

17

La culata de la escopeta hablaba por sí sola. Los ojos de Chris se desviaron del arma que el guardia había traído de las dependencias de Nathan y se posaron durante un instante en aquel estuche negro acolchado antes de volver de nuevo al arma. La culata de la Remington estaba impregnada de sangre seca en la que se distinguían claramente varios pelos grises y negros, preservados como insectos en ámbar.

Chris abrió la cremallera del estuche y dobló hacia abajo la parte superior, aunque ya sabía por el peso que las dos bolsas, llenas de ceniza, seguían allí. «Alex nunca se habría marchado sin ellas». Barrió el aire por encima del contenido del estuche, sin atreverse a tocarlo. Pertenecía a Alex; sus padres merecían respeto. Manipularlos más de lo necesario era como caminar sobre sus tumbas.

—No me lo puedo creer. —Weller, que había traído el estuche del cuarto de Jess, miraba hacia abajo con ojos desorbitados—. ¿Fueron ellos? ¿Jess y Nathan?

—Eso parece. Por favor —Yeager se dirigió a Nathan—, dinos que tienes una explicación.

—Yo sí que la tengo —interrumpió Weller, volviéndose y arremetiendo contra el otro guardia—. Tú, hijo de puta, tú estabas al tanto de todo. Atacaste a Chris y a Jess, o puede que ella atacara a Chris y que tú la atacaras a ella para no levantar sospechas.

—Pero ¿por qué? —preguntó Tori. Sarah y ella estaban de pie abrazadas, como sujetándose la una a la otra.

—Yo lo sé —dijo Chris con seriedad—. Volví demasiado pronto. Se suponía que tenía que reunirme con Peter, pero decidí volver directamente. En el punto de control, uno de los guardias mencionó que había visto a Alex en el caballo de Kincaid y supe que algo iba mal, entonces... —Apretó los puños en señal de frustración—. No logro recordarlo. Veo a Alex en el caballo y luego nada más... hasta que me desperté aquí.

—No necesitas acordarte. Yo te diré lo que pasó: arruinaste sus planes y tuvieron que improvisar. —Weller le lanzó a Nathan una mirada asesina—. Fue una buena idea lo de atacar a Jess, ¿eh? Me apuesto lo que sea a que los dos estabais cagaditos de miedo por si Chris recordaba lo que había pasado. Lo que quiero saber es qué más habéis hecho. Tuviste que ser tú quien interceptara a Lang, el ordenanza. Él era el único que sabía dónde estábamos y qué ruta íbamos a seguir para volver a Rule. Debíais de tener a hombres esperando y luego disteis el chivatazo a esos cazarrecompensas. Hijo de...

Weller se fue hacia él y le propinó un puñetazo en toda la cara. La cabeza de Nathan rebotó hacia atrás, despidiendo una fina rociada de sangre. Weller se le encaró y arremetió con la frente contra la cara de Nathan.

—¡Weller! —gritó Kincaid—. ¡Weller, para!

«No, no pares. —Chris apretó los dientes con tanta fuerza que se le tensaron los músculos del cuello—. Alex se ha ido, y Peter también. Este gilipollas se merece todo lo que le pase».

A Nathan le flaquearon las rodillas, pero Weller no lo soltó, sino que siguió hostigándolo y lo fue empujando por toda la habitación. Los ancianos del Consejo se dispersaron con un repentino frufrú de sus togas negras, como cuervos en desbandada. Nathan levantó las manos para protegerse la cara, pero ni siquiera intentó contraatacar. Weller lanzó una maldición y le propinó una brutal patada en la ingle a la que Nathan respondió con un débil chillido gutural. Se dobló por la mitad y dio varias arcadas. Tambaleándose, fue a estrellarse contra una mesita expositora y se desplomó sobre ella, provocando un fuerte estallido de madera y figuritas de porcelana. Los perros, que seguían encerrados en la cocina, se pusieron a ladrar como locos.

—¡Ya basta, ya *basta*! —vociferó Yeager. El viejo tenía las mejillas salpicadas de manchurrones color ciruela—. ¡Para, Weller! Primero necesitamos respuestas; después puedes hacer lo que quieras, pero ahora detente.

—Reverendo, usted… usted no lo entiende. —Weller se puso en pie a duras penas, resollando. Nathan estaba hecho una pelota inmóvil en el suelo—. Los hombres que vigilaban la Zona, John, Randy y Dale…, también debían de estar en el ajo. ¿No es así, Nathan? ¿Eh? —Weller le soltó otra patada en la barriga y el hombre esbozó un quejido apenas audible—. ¿No es así?

—Si lo matas, no nos servirá de nada —dijo Yeager—. Tendrás tu oportunidad, te lo prometo.

—No la desperdiciaré —espetó Weller, y se limpió la sangre de la cara con el brazo—. Reverendo, tenemos que coger a los demás antes de que huyan. Y, si sirve de algo mi opinión, yo pondría a un par de hombres a vigilar a Jess.

—Ella no es una amenaza —opinó Kincaid—. Está en coma. Sin equipo ni electricidad es difícil mantenerla estable. Casi no tengo medicinas que darle.

—Sí, como ha dicho la niña, eso es de lo más conveniente, ¿no? —dijo Weller—. ¿Cómo sabemos que no la estás manteniendo en coma con todos esos medicamentos?

A Kincaid se le demudó la cara.

—¿Qué estás diciendo? Hice un juramento.

—Sí, sólo que tal vez no a Rule —espetó Weller. Se dirigió a Yeager—: Esa chica también tiene razón sobre otra cosa. Kincaid y Jess están muy unidos. Creo que debemos tenerla vigilada. A lo mejor despierta si no permitimos que Kincaid se le acerque.

—O quizá no despierte nunca —apuntó Kincaid—. Reverendo, si no deja que haga mi trabajo, puede morir.

—A lo mejor es lo que se merece. Venga, Weller, haz lo que creas mejor —le ordenó Yeager y, cuando Weller se fue, se volvió para mirar a Chris—: Tú también recogerás lo que has sembrado. Lo sabes, ¿no?

—Sí —respondió Chris. Intentó que su voz sonara firme, pero sentía las perlas de sudor en el labio superior. El mundo que conocía volvía a desmoronarse. Lo había presenciado con sus propios ojos, en aquella misma habitación. Nathan y Jess y… ¿Kincaid?

«Ellos mataron a Alex. La enviaron fuera de Rule, a la Zona. La *asesinaron*, igual que si le hubieran puesto una pistola en la cabeza y apretado el gatillo».

—Bien —dijo Yeager—. Odiaría pensar que alguien de mi sangre, aunque la haya mancillado, es estúpido. Me has desafiado; te has puesto del lado de quienes buscan mi ruina, la del Consejo, la de Rule. Has puesto a una chica por delante de mí y no vas a irte de rositas. Y Alex tampoco. Si vuelve, no le daré asilo.

—¿Qué te crees? ¿Que ella va a volver a ti arrastrándose? Ya ha sobrevivido antes sin ayuda y volverá a hacerlo. —Dios, ojalá fuera así.

—¿Tan bien la conoces?

—Sé lo que siento por ella. —Consiguió sostenerle la mirada. Ella se enfrentaría al viejo. Nunca daría marcha atrás, ni él tampoco. En cuanto viera su oportunidad, iría tras ella; tal vez aún no fuera demasiado tarde—. Eso no puedes quitármelo.

—Cierto. Pero a ti sí que puedo quitarte del medio. —Los ojos de Yeager se posaron en Kincaid y en Lena y luego volvieron a apuntarlo a él—. Puedo quitaros del medio a todos.

18

Fue lo que Karl *el Triturador* habría llamado una noche de perros. Cuando los grandes caballos de tiro se espantaron —corcoveando y dando coces mientras los guardias los subían a ellos a la carreta—, poco faltó para que se quedaran en el sitio, lo cual a Lena le habría parecido estupendo. La carreta era descubierta y un único farol rebotaba y se balanceaba mientras la nieve, cada vez más gruesa, caía en forma de densa y esponjosa cortina que revoloteaba, se arremolinaba y amortiguaba todos los sonidos. Parecía que estaban en medio de un tornado dentro de una campana de cristal o de una bola de nieve. El viento le tiraba del pelo y se lo enmarañaba; no le habían dejado coger un gorro y tenía las orejas tan heladas que le quemaban. El farol era un borrón bamboleante y desenfocado y el guardia, una mole, se había visto reducido a un bulto blanco.

Una repentina ráfaga de viento le restregó la cara. Lena hizo una mueca de dolor y parpadeó, pues los ojos se le inundaron de lágrimas. Quería secárselas, pero tenía los dedos entumecidos incluso dentro de los guantes por culpa de las bridas de plástico. Cuando el guardia se las puso, ella trató de tensar los músculos, pero él le dio tal bofetada que le dejó la mejilla ardiendo.

—Nada de truquitos, monada —dijo el guardia mientras le envolvía la cintura con una cadena que enganchó a una gruesa arandela metálica—. Puede que Seth sea viejo, pero no es tonto.

—No, sólo es un gilipollas que no sabe hablar en primera persona —respondió, pero no hubo réplica y Lena se limitó a quejarse cuando Seth tiró tanto de las bridas que los dientes de estas sonaron como una sierra.

Así que se enderezó apretando los dientes para tratar de soportar el dolor del plástico clavado en la piel. Tenía las muñecas húmedas. Sangre. Lo que le faltaba. Agachó la cabeza y se restregó los ojos contra el hombro.

—¿Estás bien? —le preguntó Chris. Se encontraba a su derecha con la cabeza, el pecho y los hombros cubiertos de nieve espumosa.

—No, no siento las manos. Tengo las bridas demasiado apretadas.

—Sí, a mí me pasa lo mismo. No creo que tardemos mucho más.

—¿Sabes adónde nos llevan? —En cuanto doblaron la esquina de la calle de Jess, se dio cuenta de que no se dirigían al centro del pueblo, sino hacia el este.

—A la casa de tortura —dijo Kincaid. Cuando bajó la vista hasta ella, un montoncito de nieve resbaló del ala de su Stetson y cayó en su regazo.

—*¿Qué?*

—Bueno, ellos lo llaman centro de interrogatorios, pero… en fin. —Kincaid se balanceaba cuando la carreta pillaba algún bache—. A veces a los chicos se les va *un poco* la mano. Después me llaman para que le haga una cura al tipo al que estén machacando y así poder empezar de nuevo.

—¿Tortura? —A Lena le salió un hilillo de voz—. ¿Quieres decir que van a…? —Giró rápidamente la cabeza hacia Chris—. ¿Sabes de qué va esto?

No había muy buena luz, pero vio que titubeaba.

—Bueno, yo…

—¡Joder, lo sabes! —Su bravuconería se había evaporado y volvió a preguntarse en qué demonios había estado pensando. A ella ni siquiera le gustaba Alex. Y si Chris sabía que estaban torturando a gente, ¿por qué no había hecho nada al respecto?

—Se limitarán a asustarte —estaba diciendo Chris—. No te harán nada, te lo prometo.

—No está en tu mano cumplir esa promesa, Chris. Además, estoy seguro de que en realidad tiene información. —Kincaid miró a Lena—. ¿Me equivoco?

—No tengo nada que decirte —contestó—. Eres uno de ellos.

—Ah, vale. Gracias por recordarme que soy de los malos, por si estas bridas no eran suficientes.

—¿Cómo puedes bromear en un momento así? —Tenía ganas de vomitar otra vez y necesitaba hacer pis urgentemente.

—No sabía que lo estuviera haciendo. —Kincaid hizo una pausa y luego su tono cambió—: Tú eres de Oren, ¿no?

—¿Y qué? Que yo sepa, eso no es un delito —respondió, y luego pensó: «Mierda, he hecho que suene como si lo fuera».

—No le debes ninguna explicación, Lena —intervino Chris.

—Sé hablar por mí misma.

—Lo único que digo es que…

—Eh, eh —dijo Kincaid—. Si eso es lo mejor que sabéis hacer, no duraréis ni diez segundos. Chris, tú más que nadie deberías saberlo.

—¿Estás insinuando algo? —le preguntó Chris.

—¿Tú qué crees? —Como Chris no decía nada, Kincaid continuó—: Chris, me refiero a lo que te preguntó tu abuelo. ¿Cómo sabes dónde buscar a esos chicos que siempre encuentras?

Más silencio. Lena sentía que Chris se cerraba, que levantaba un muro. Una casa de torturas, y Chris conocía su existencia…

—Seguíais una especie de sistema —dijo Kincaid—. Tiene que ser eso. Eso del reloj, si mal no recuerdo. Por supuesto, necesitabas un poco de ayuda. —El Stetson de Kincaid se movió un milímetro y Lena sintió el ardor de los ojos del anciano clavados en su cara—. ¿Alguien de allí, tal vez? ¿Te daba pistas sobre dónde buscar o qué?

Chris saltó antes de que Lena pudiera responder:

—Como has dicho, estamos en el mismo bando. ¿Quieres explicarme entonces qué pasó con Alex?

—Pues, sinceramente, no lo sé, Chris —respondió Kincaid—. La última vez que la vi estaba bien. Si acaso, supongo que tuvo que ver con aquel chico…

Se produjo un repentino destello. En la cabina del conductor, Seth dio un respingo al tiempo que Chris se abalanzaba contra Lena en medio de un fragor de cadenas metálicas. Ella se dio un batacazo contra la base de madera al caer en peso muerto y gritó de dolor cuando la cadena que le rodeaba la cintura se le ciñó y se le clavó en la piel.

—¿Chris? —consiguió decir—. ¿Qué…?

—Alguien está disparando. —Alzó la cabeza unos cautelosos centímetros. La carreta había ido dando bandazos hasta detenerse—. Seth ha caído. Gracias a Dios que los caballos no se han espantado. Kincaid, ¿estás bien?

—Sí. —Lena oyó cómo el metal se arrastraba por la madera cuando el anciano se movió—. Seguimos en Rule —dijo Kincaid—. ¿Quién demonios…?

Lena aguzó el oído ante el sonido de unos cascos amortiguados.

—Permaneced agachados —murmuró Chris. Lena sintió que este reptaba de espaldas—. Tú también, doctor.

Se produjo un movimiento en la cabina del conductor al tiempo que una silueta —del tamaño de un hombre envuelto en nieve— se colaba en el haz de luz del farol. Cuando el hombre se giró para mirar en su dirección, Lena por poco dejó escapar un chillido. No tenía cara.

«Idiota. —El pulso se le aceleró—. Lleva puesto un pasamontañas, eso es todo».

La silueta se escabulló. Lena notó que recorría la carreta lentamente a todo lo largo. Esta se hundió y luego rebotó cuando el hombre subió…

Chris le asestó una patada con ambos pies. Se oyó un gruñido cuando su bota impactó en el pecho del hombre y entonces aquel tipo sin cara se bamboleó y enganchó una mano en el borde de la carreta. La bota de Chris volvió a cocear y la suela le aplastó los dedos. El hombre aulló mientras Chris aprovechaba para levantarse de un salto. Ahora tenía las manos delante y aprovechó para coger impulso y propinarle un doble puñetazo.

—¡Chris, *no*! —Alguien se abalanzó desde el lado de la carreta donde se encontraba Kincaid. Sorprendido, Chris soltó un grito al ver que el hombre se le echaba encima. Se vieron envueltos en una maraña de golpes y forcejeos encima de Lena y de Kincaid. La cabeza de la chica impactó contra la madera. El médico gritaba «¡basta, basta, basta!», pero Chris seguía peleando, hasta que el segundo hombre gritó—: ¡Para, Chris, soy Weller, soy Weller!

—¿Weller? —Lena reconoció la sorpresa en la voz de Chris—. ¿Qué estás…?

—Debemos darnos prisa —apremió Weller. Se oyó un *clic* y un instante después apareció un rayo de luz amarilla—. Dame las manos, Chris. Nathan, ¿estás bien?

—Sí. —El hombre al que Chris había pateado se quitó el pasamontañas negro—. Pero estoy un poco harto de que me machaquen —respondió Nathan.

—¿Qué estáis haciendo vosotros aquí? —les preguntó Chris.

—¿A ti qué te parece? —Weller tiró las bridas de Chris—. Salvaros el pellejo.

19

—¿Oren? —dijo Chris. La tormenta estaba arreciando. La nieve derretida le resbalaba por el cuello y empezaba a notar el frío, y las repentinas rachas de viento traían copos helados que le aguijoneaban las mejillas. Seguían agazapados en la carreta, aunque ahora Weller ocupaba el pescante. Había tirado el cuerpo de Seth al suelo sin ningún miramiento y este no había tardado en cubrirse de nieve. Además de su propio ruano y del alazán de Nathan, ambos cargados con pesadas alforjas, Weller había traído un rucio flaco. Los caballos pateaban el suelo y resoplaban, sacudiéndose la nieve de vez en cuando con un fuerte tintineo metálico—. A ver si lo he pillado. Quieres que nos vayamos ahora… ¿en *eso*?

—Ajá —asintió Weller con voz cansina. Nathan tenía el labio tan hinchado que parecía una salchicha alemana, así que era Weller quien llevaba la voz cantante. Para ser un tipo que se había criado en Michigan, el papel de *cowboy* descafeinado le venía que ni pintado—. Por eso he traído todos los bártulos. Claro que no esperaba que tuvierais que largaros con la chica, pero como ha vivido con ellos…

—Pero yo no soy amish de nacimiento —añadió Lena. Se acurrucó a la izquierda de Chris y se abrazó a sí misma para calentarse.

Weller se había quitado el gorro de lana y, aunque le estaba varias tallas grande, la chica se lo había calado hasta las orejas. La punta del gorro se había arrugado, confiriéndole el aspecto de un elfo abatido—. Mi madre lo fue por matrimonio, pero no hizo más que un paripé. Y tampoco es que a mi padrastro lo tuvieran en mucha estima. Conozco el asentamiento, pero no tanto, y estoy segurísima de que nunca he oído hablar de ningún tipo llamado Isaac Hunter.

—O sea que, aunque exista, nunca le has visto la cara —dedujo Chris dirigiéndose a Weller.

—Jess dice que sigue vivo.

—¿Y cómo lo sabe? ¿Y quién es el tal Hunter? Pongamos que lo encuentro. ¿Cómo sabéis Jess o tú que los chicos que se ocultan en torno a Oren están con él?

—Chris tiene razón —intervino Lena—. En el grupo donde yo estaba había diez niños. Uno de ellos, Jayden, decía que había muchos grupos, pero que estaban desperdigados para que la gente no pudiera encontrarlos. La mitad del tiempo ni siquiera sabían dónde estaban los demás. Jayden explicó que así era más seguro, pero nunca mencionó que ningún adulto estuviera al mando. Nosotros estábamos solos.

—Créeme, dondequiera que estén esos niños, no quieren que nadie los encuentre. Lo sé. Llevo meses buscándolos —arguyó Chris—. Y esa idea que se te ha ocurrido de que debería convencerlos para que regresen a Rule, como una especie de ejército desorganizado, porque crees que aquí nadie va a abrir fuego contra los Salvados, y de que yo asuma el mando es complemente disparatada.

Aunque aceptara, cosa que no pienso hacer, ¿por qué no habría de ir al norte? Es mil veces más rápido que desviarse hacia el este.

—Porque si me dejaras un rastro hacia el este, todo el mundo buscaría en esa dirección y no en Oren —lo contradijo Weller—. Esta tormenta nos va a venir de perlas. El Consejo estará deseando salir a por ti, pero yo podría convencerlos para que no nos movamos hasta que lo peor haya pasado. Así tendrás una buena ventaja. Digamos que un desvío hacia el este de ochenta o noventa kilómetros…

—¿*Ochenta* kilóme…? —Chris abrió los ojos como platos—. No podríamos ni aunque fuéramos a caballo y no hubiera tormenta: la nieve es profunda. ¿Sabes cuánto tardaríamos?

—Claro. Pero luego podrás cerrar el bucle y poner rumbo al noroeste.

—Pero si se tardan tres o cuatro días en llegar a Oren con buen tiempo… —protestó Lena.

—Con los kilómetros de más, no llegaremos a Oren hasta dentro de diez o doce días. Tal vez dos semanas. Es demasiado tiempo para pasarlo en la nieve.

—Sí, pasaréis calamidades. —Weller se encogió de hombros como si aquello no tuviera importancia—. No será muy agradable y os moriréis de frío…

—Y probablemente de hambre.

—Así que tendréis que cazar, como hacéis habitualmente cuando vais a buscar provisiones. Ya sabes cómo hacerlo. Además, tienes todo lo necesario. Aunque como no esperaba sacaros del pueblo a los tres, sólo hay dos sacos de dormir. Eso le da un poquito de... —Ladeó la cabeza hacia Lena— *interés* al asunto.

—Dios, eres repugnante —le espetó Lena.

Weller hizo oídos sordos.

—Para cuando os sigamos, el rastro ya se habrá perdido.

—Ja, ja. Perdido. Como si no lo estuviéramos ya. —La voz de Lena denotaba burla—. Qué ironía.

—Lena. —La chica le estaba dando dolor de cabeza. Volvió a centrarse en Weller—: ¿Creéis que lo tenéis todo calculado? Estáis locos de remate.

—Vale, estamos locos de remate. —Weller hablaba con total naturalidad—. Entonces supongo que no os importará que os llevemos a la casa de tortura.

—No seas estúpido. —Peter nunca le había permitido entrar en la casa de tortura y él jamás había cuestionado sus órdenes. Pero no era imbécil. Él mismo había llevado a sus prisioneros allí. La mayoría hombres, aunque también a unas cuantas mujeres. Tampoco importaba demasiado: una vez que las cosas se ponían feas detrás de aquellas paredes... todos los gritos sonaban igual. En una ocasión había visto fugazmente un carro saliendo de allí y, por los bultos y montones que se apilaban bajo una lona empapada de sangre en la parte trasera, supo, sin lugar a dudas, en qué estado salían la mayoría de los prisioneros—. O sea, que no tengo elección.

—Va a ser que no —contestó Weller.

—¿Os dais cuenta de lo que estáis diciendo? —El médico había permanecido en silencio, pero su voz irrumpió con rabia—. ¿Es que tú y Nathan y los demás sois conscientes de lo que acabáis de hacer aquí, de lo que le estáis pidiendo a este chico? ¿A qué estáis jugando, tíos?

—No se trata de ningún juego. —La expresión de Weller se había oscurecido por la nieve y las sombras, pero su voz sonó enfadada—: Siento que no te pusiéramos al corriente, jefe…

—¿Al corriente? ¡Maldita sea! —exclamó Kincaid—. ¡Estamos hablando de la vida de una chica!

—Espera un segundo, ¿qué quieres decir con «al corriente»? —Chris no daba crédito a sus oídos—. Kincaid, ¿tú estabas en el ajo?

—Te lo dije —murmuró Lena. Se sacudió la nieve de la cara con el dorso de la mano—. Están todos metidos hasta el cuello.

—No, no del todo ni hasta el final —dijo Kincaid enigmáticamente—. De haber sabido lo que planeaban para Alex, los habría detenido.

«Sí —pensó Chris—, pero ¿qué demonios habían planeado para Alex?». Le incomodó aquel pensamiento porque significaba que Kincaid estaba de acuerdo con aquel plan de locos, al menos en parte. Y lo peor era que el médico sabía que al final aquellos tipos le pedirían a él que… ¿Qué? ¿Que los salvara? ¿Que salvara Rule?

—Puede que Alex todavía esté bien —sugirió Nathan, aunque las palabras salieron húmedas y babosas a causa del labio hinchado: *Alesh* y *eshté*—. Es una chica lista. —*Esh-una-shica-lishta*.

—¿De verdad crees que tiene alguna posibilidad? —ironizó Kincaid.

—Tienes que creerme —insistió Nathan—. Me sabe fatal lo que ocurrió con Alex. Se supone que las cosas no tenían que salir así.

—¿Y cómo diablos tendrían que haber salido…?

—Doctor. —Chris colocó una mano en el brazo del médico y vaciló durante una fracción de segundo. Lo más fácil era dejar que aquellos hombres se pelearan entre ellos, pero, le gustara o no, eran su billete de salida de Rule, y lo sabía—. Dime cómo tenían que salir las cosas, Nathan. No te prometo nada…

Weller lo interrumpió.

—Yo diría que no estás en posición de…

—Sí, pero hasta donde acierto a comprender me necesitáis. Así que cállate, Weller. —Ignorando las protestas de Weller, Chris miró a Nathan con dureza—. Dime qué ocurrió exactamente.

—Bueno… —Nathan bajó la mirada—. Lo que Lena dijo… sobre tu caballo… es cierto. —*Shobre-tu-caballo.*

—¡Anda! No me digas, Sherlock —se burló Lena.

—¿No fue *Night*? —La mano de Chris trepó hasta la herida de su cuero cabelludo y los tiesos puntos de sutura—. ¿Fuiste tú quien me golpeó?

—No. —Nathan negó con la cabeza y siguió hablando como para sí—: Fue Jess.

—¿Jess…?

—Tenía que hacerlo, Chris.

—¿Cómo que *tenía* que hacerlo? ¡Esa no es una razón!

—Bueno, algunos de los hombres y yo intentamos apartarte de allí, pero tú no querías irte.

—¡Porque Alex estaba allí fuera! —gritó Chris—. ¿Qué demonios esperabais que hiciera? ¿Que la dejara marchar?

—Chris, tienes que entender que Jess hizo lo único que se podía hacer para impedir que fueras detrás de Alex —farfulló Nathan—. Volviste demasiado pronto. No podíamos hacer otra cosa.

—¡No me digáis eso! —Chris estaba furioso—. Claro que podíais. Podíais haberme dejado alcanzarla. ¡Podíais haberme dejado *salvarla*! ¡Aunque hubiera traspasado la Zona, podríais haber mantenido la boca cerrada y haber dejado que la trajera de vuelta!

—Eso no es lo que Jess quería —masculló Nathan. Como si eso fuera una explicación—. Dijo que tenías que saber dónde te estabas metiendo. Tú eres el único que puede arreglar las cosas, Chris. Siempre has sido el único. Si simplemente te ibas, sin pensar en las consecuencias, sin solucionar las cosas, es que te habías dejado guiar por tu corazón.

—¿Y por qué se supone que debería guiarme? —Chris luchó por controlarse. Tenía una pelota de rabia en la garganta—. Lo único que quería era mantener a Alex a salvo.

—Jess dijo que tenías que aspirar a más. Incluso quería morir para demostrártelo. ¿Sabes que me pidió que la matara?

«Ojalá lo hubieras hecho. Mejor ella que Alex».

—No me extraña. Otra cosa que achacarle a Alex. —Al ver dudar a Nathan, Chris supo que llevaba razón—. ¿Y por qué no lo hiciste?

—Porque… no pude.

—Pero sí que dejaste marchar a Alex, ¿no? No te importó que se metiera en…

—No estoy orgulloso de lo que pasó. Necesito que comprendas por qué hice lo que hice, eso es todo. —Nathan por fin se atrevió a levantar los ojos, aunque se dirigió a Kincaid—: Siento que tuviéramos que dejarte al margen, jefe. Créeme: cuanto menos supieras, mejor.

—Oh, Nathan, ni te creo ni creo que puedas enderezar el entuerto —repuso Kincaid. Su voz sonó baja y apagada; su furia era un eco de la de Chris—. Esa chica se ha ido y, para colmo, le cerrasteis la boca a Jess y ahora se debate entre la vida y la muerte. Por mucho que intentes engañarte, siempre tendrás las manos manchadas.

—¿Y tú te crees mejor que él? —lo acusó Lena—. Sabías que planeaban algo, pero nunca alertaste a Chris, ni a Alex ni a...

—Déjalo, Lena —la interrumpió Chris—. Lo hecho, hecho está, ¿vale? —Se volvió de nuevo hacia Nathan—: ¿Por qué es tan importante ese tal Hunter?

—Jess dijo que sabe lo que hace —explicó Nathan—. Por lo visto, Isaac puede influir de alguna manera en el Consejo.

—Vale, pero ¿cómo? —Al ver que Nathan no respondía, Chris miró a Weller—: Oh, Dios, no lo sabéis. No tenéis ni idea.

La cara de Weller era una máscara.

—Nos fiamos de la palabra de Jess. Ella lleva más tiempo en Rule que ninguno de nosotros, desde mucho antes de que Yeager asumiera el mando. Sabe cómo trabaja el Consejo y dónde están enterrados los secretos, hasta los más inconfesables.

—Pero vosotros no —saltó Lena.

—Aunque lo supierais... ¿con eso os basta? —exclamó Chris—. ¿No veis que esto es de locos?

—Sabe lo que hace —insistió Nathan.

Chris abrió la boca para protestar, pero decidió que no merecía la pena gastar saliva. Vaya panda de chiflados. A Jess se le había ocurrido algún plan disparatado, que ni era plan ni era nada, y esos tipos le habían seguido el juego.

—Seguro que sigues pensando que hemos perdido la cabeza —apuntó Weller.

—Pues ya somos dos. —Lena metió baza, pero Weller no le prestó la menor atención.

—Pero déjame decirte algo, Chris: ¿Alguna vez cuestionaste una orden de Peter?

Un pequeño clic de advertencia resonó en su mente.

—¿Qué quieres decir? —preguntó.

—Creo que la pregunta es bastante clara. ¿Alguna vez has estado en desacuerdo con Peter?

—Sí, varias veces.

—¿Y alguna vez has actuado a sus espaldas?

—Weller —le advirtió Kincaid—. No es culpa suya.

—Está bien, doctor. —Chris examinó a Weller durante un buen rato—. Siempre he intentado no cuestionar a Peter delante de los demás hombres, si es eso lo que me preguntas.

—¿Por qué no?

«Porque confiaba en él. Peter era como el hermano mayor que nunca tuve».

—No siempre estaba de acuerdo con él —expuso—. A veces estaba más receptivo; otras no daba su brazo a torcer.

—Y tú acatabas sus órdenes. —Weller masticó las palabras como si supieran fatal.

—Tenía que hacerlo. El Consejo tomaba las decisiones y Peter daba las órdenes. Yo sólo hacía lo que se suponía que tenía que hacer. —Sabía que aquello había sonado a excusa barata y trató de enmendarlo—: Igual que vosotros.

—¿Ah, sí? —Weller desplegó los brazos—. ¿Y qué demonios estamos haciendo ahora?

—Una locura —dijo Lena inexpresivamente—. Si no os gusta lo que hace el Consejo, pues arregladlo.

—No podemos —intervino Nathan—. No es así como funciona Rule. Nunca hemos logrado convencer a suficiente gente y, para no empeorar las cosas, lo hemos dejado estar. «Resignarse o morir». De todas formas, sólo se puede desafiar al Consejo…

—Desde dentro del Consejo —remató Chris con impaciencia—. O siendo pariente de sangre del alguien del Consejo. Sí, sí, ya lo sé; lo pillo. Pero ¿qué os hace pensar que la gente me escucharía?

—Tienes que explicar lo que pasa —dijo Nathan—. Mostrarles las razones. Y ellos tendrán que asumir que el Consejo, el propio Peter y todo el pueblo han hecho un pacto con el Diablo.

—¿Peter? —Un frío que nada tenía que ver con la tormenta se le metió en los huesos—. ¿Qué tipo de trato? ¿De qué hablas?

—¿Qué hay más allá de la Zona, Chris?

—No lo sé.

—¿Por qué no?

—Porque no. Porque nunca he ido. No… no está permitido. Siempre que hemos ido a por provisiones, Peter…

—Peter elegía las rutas —apuntó Weller—. Peter siempre decidía. Peter tenía influencia en el Consejo. ¿Y qué pasa con los Expulsados? ¿No te has preguntado por ese castigo en particular? Cuando te echan del pueblo, es para siempre. Pero ¿por qué? Se supone que esta es una buena comunidad cristiana, ¿no? ¿Por qué no conceden una segunda oportunidad? ¿Qué hay del perdón cristiano? Y eso va a misa. Como rebases cierto punto y pongas un pie fuera de la Zona, ya no hay vuelta atrás. ¿Por qué? ¿Por miedo a que los Expulsados traigan historias que al Consejo no le gustaría escuchar?

«Cállate. —Chris tragó saliva haciendo un ruido atronador—. No quiero oírlo; no quiero saber nada».

—Chris —dijo Nathan—, ¿no te has preguntado por qué los Cambiados ya no atacan Rule?

Haciendo un terrible esfuerzo, logró que su voz saliera del pecho:

—No.

—¿Y por qué no?

—No lo sé. No lo he hecho, simplemente —replicó Chris—. ¿Por qué iba a importarme? Mientras no tenga que luchar contra ellos…

—Pero ¿acaso tiene sentido? Lucháis contra ellos ahí fuera. Sabes que no están muertos. Se las están apañando de alguna manera y no huyen, ¿verdad?

—¿Y?

—Piensa, Chris. A estas alturas del invierno aún tenemos invasores. Siguen llegando refugiados. Y llevamos más de dos meses sin enfrentarnos a los Cambiados dentro del territorio de Rule. ¿Por qué?

—Somos demasiados. Saben que los mataríamos.

—Pero sí que los acogemos —interrumpió Weller—, ¿verdad?

—¿Qué? No. Si los encontramos, acabamos con ellos.

—¿Ah, sí? —continuó Weller—. Pues hemos traído a niños que se supone que pueden cambiar cuando sean mayores.

—Si es que la edad es el único factor determinante... —señaló Kincaid—. Ni siquiera lo sabemos.

—¿Qué? —Chris estaba mudo de asombro—. Nosotros... No es así como funciona el cambio.

—Bueno, por ahora no sabemos cómo funciona o si ha concluido —dijo Kincaid—. Por esta razón, no podemos estar seguros de que los Salvados estén realmente a salvo a largo plazo.

—¿Qué quieres decir con que no estáis seguros? —chilló de pronto Lena—. ¿Cómo que a lo mejor no ha *concluido*?

—Puede que no.

—Pero nosotros somos Salvados. —La voz de Lena volvió a sonar desesperada—. Ya han pasado *meses*. ¿Cómo podríamos no estar a salvo?

—En primer lugar, no sabemos por qué sois Salvados ni por qué sois tan pocos. ¿Qué tienes en común tú, Lena, con Alex, Sarah, Chris o Peter?

Demasiada información. Chris sentía que los pensamientos se arremolinaban en su cabeza y que esta estaba a punto de estallarle.

—¿Y qué tiene eso que ver con los Expulsados o con la Zona?

—Es muy sencillo, Chris —respondió Weller—. ¿Por qué el extremo suroeste, adonde enviamos a los Expulsados, es el menos protegido?

—No lo sé —dijo Chris—. ¿Qué insinúas? ¿De qué estáis hablando?

—Estamos hablando de lo que hay más allá de la Zona. De por qué Peter envía a los Expulsados allí y no a cualquier otro sitio. De por qué Peter decide que ciertas rutas se transiten sólo en ciertos momentos. —Weller se inclinó hacia delante—. Estamos hablando de por qué Peter nos ha hecho robar niños. ¿Por qué nos llevamos a esos niños a la fuerza y los separamos de sus familias?

—Oh, mierda, *mierda* —profirió Lena antes de que Chris pudiera contestar—. Fuisteis vosotros. ¡Vosotros tendisteis la emboscada para deshaceros de Peter!

—No seas estúpida, niña —espetó Weller—. Peter tenía cosas que explicar, es cierto, pero intenté salvarle.

—¿Cosas que explicar? —repitió Chris—. ¿Qué cosas?

—Respóndeme a una pregunta, Chris —dijo Weller—: ¿Dónde están los hijos de Rule? ¿Y los nietos?

—Pues... pues... cambiaron, ¿no? ¿No los...? Vosotros los matasteis, ¿no?

—¿Y dónde están las tumbas? Enterramos a todos los nativos de Rule, incluso a los Cambiados a los que tuvimos que pegar un tiro. Pero ¿cuántos niños crees que había en un pueblo de dos mil habitantes? Yo te aseguro que allí no hay ni la mitad de tumbas de las que debería haber. Por eso te pregunto: ¿dónde están los que faltan?

—Yo… —La voz de Chris sonó como un áspero gruñido—. No tengo ni idea. Se marcharon. Huyeron. Se… se *fueron*.

—¿Ah, sí? —Weller volvió a echarse hacia delante—. ¿Estás seguro?

20

Nada. Ni sueños ni sonido. Ningún pensamiento. Sencillamente… nada.

Luego, dolor: un estallido rojo que no dejaba de aumentar. Y voces, pero voces que se confundían unas con otras: «Sujétalo, atención, se está viniendo abajo, trabajo lo más rápido que…». Gritos y otros sonidos, aunque confusos e imprecisos como niebla fina. Sólo al final, justo antes de desmayarse, su mente se aferró a un pensamiento único y cristalino: era él quien profería aquellos gritos terribles y violentos.

Más vacío. Más oscuridad. De vez en cuando, su mente volvía a la vida chisporroteando como un antiguo motor que se niega a arrancar, por muy suave que pisen el acelerador. A veces se oía gemir a sí mismo y, de vez en cuando, también le llegaban otros alaridos, aunque esos los sentía ajenos y… en otro lugar, como si fueran voces atrapadas en esos bocadillos flotantes de los tebeos.

Un vacío más largo.

Entonces volvió en sí de golpe en medio de un ígneo y candente estallido de dolor. La transición fue devastadora. Su cuerpo era una blanca llamarada de agonía, pero él estaba sumido en la oscuridad.

Era incapaz de abrir los ojos. O tal vez los tenía abiertos como platos y no lo sabía.

«Oh, no, me he quedado ciego, me he quedado ciego, me he...». En la garganta le bulló un grito y forcejeó tratando de moverse..., pero no pudo.

—Tranquilo —dijo alguien—. Tranquilízate, estoy aquí.

No era capaz de discernir si la voz pertenecía a un hombre o a una mujer.

—Yo... yo... —resolló. Intentó girar la cabeza, pero otra flecha roja de dolor lo asaeteó en lo más profundo y dejó escapar otro grito.

—Basta. —Esta vez una mano le tocó el hombro—. Procura no desesperarte.

Si no le doliera tanto al hacerlo, hasta se habría reído.

«Dios mío, ¿qué me pasa?». Se olía a sí mismo: carne agria, sangre reseca y miedo.

—No... v-veo... No puedo... mo-moverme.

—Eso es por las correas, muchacho. —Aquella voz definitivamente pertenecía a un hombre. Peter reconoció el duro tono de mando, pero también un rudo cansancio que asociaba con los ancianos—. Eres un luchador, hay que reconocerlo.

«¿Correas?». El corazón le dio un vuelco.

—K-Kincaid... ¿D-dónde...?

—Tranquilo. —De nuevo la primera voz: un contralto reconfortante. Una mujer—. Has estado inconsciente tanto tiempo que te hemos puesto vendas en los ojos para que no se te ulcerasen las córneas. Relájate. —Sus dedos pulularon por sus mejillas y luego tiraron de algo. La piel se le fruncía a medida que retiraban el adhesivo pegajoso. El aire suspiró sobre sus párpados cerrados—. Inténtalo ahora.

El mero acto de abrir los ojos le requirió una tremenda concentración. Tenía los músculos atrofiados, como engranajes en desuso llenos de mugre y aceite coagulado. Apareció una fina rendija de luz y poco a poco sus párpados fueron abriéndose del todo. Otra sacudida de pánico le desgarró el pecho.

—Bo. —Quería gritar. Tenía la lengua espesa; era un colgajo de músculo que se negaba a cooperar—. Borrrr…

—¿Borroso? —Le cayeron gotas de agua en la frente—. Vuelve a cerrar los ojos… Así. Dales un par de minutos, ¿de acuerdo? Tuve que utilizar tranquilizantes para animales. Lo siento, pero es lo mejor que tenemos. Es una suerte que seas fuerte como un caballo y que tu corazón sea joven. De lo contrario, no estaríamos hablando ahora mismo.

Era todo un alivio sentir aquel paño fresco y húmedo. Dejó de bregar y le permitió trabajar. Oyó agua que borboteaba y goteaba y sintió cómo, a continuación, la mujer le refrescaba la frente, la cara y el cuello. Sus dedos le desabrocharon los botones y le lavaron el pecho y no pudo reprimir un gemido, aunque esta vez de alivio.

—¿A que te sientes mucho mejor? —Volvió a dejar de sentir el paño y, poco después, la mujer le estiraba la camisa sobre el pecho y lo tapaba con una manta áspera que olía a lana vieja y a muerte—. Intenta abrir los ojos ahora.

Así lo hizo. Seguía teniendo la vista nublada, pero era capaz de distinguir una lona verde sobre su cabeza. Una tienda de campaña.

Su mirada recorrió una vara de metal junto a su hombro izquierdo y una botella de líquido claro que caía a gotas y penetraba en la gran vena de la sangradura de su brazo a través de un tubo de plástico. Tenía las muñecas amarradas con correas de piel provistas de grandes hebillas de metal y, por la presión que sentía alrededor de los tobillos, sabía que sus pies corrían la misma suerte.

«Una especie de enfermería. —El aire olía a frío y a humedad. Estaba tumbado bajo varias mantas en una camilla metálica que le daba la sensación de ser endeble y demasiado ligera, como esas plegables que utilizan los servicios de emergencias—. ¿Militares?».

—¿Mejor? —Por encima de él y a su izquierda, la cara de la mujer cobró forma y sustancia. No era obesa, pero sí robusta y roma. Llevaba el pelo recogido en un moño en la nuca y una piel curtida enmarcaba unos ojos nebulosos. Era mucho mayor de lo que esperaba: puede que tuviera setenta y tantos o casi ochenta años. Su uniforme de trabajo estaba pasado de moda, como si procediera de una tienda de saldos. Sin embargo, la insignia de su hombro izquierdo parecía nueva: una bandera colonial con un «III» romano justo en el centro de un pequeño círculo de trece estrellas.

«Mierda». Antes de que el mundo se fuera al garete, él había sido ayudante de un *sheriff*, así que sabía exactamente lo que significaba aquella insignia.

—¿Quiénes sois? —susurró.

Volvió a oír la voz dura y retumbante a su derecha:

—Relájate, muchacho, estás entre amigos, aunque tienes que admitir que nos has dado un buen susto. —Era un hombre cuadrado y corpulento, de cabeza enorme, semejante a un bloque de granito forrado con un espeso mechón de pelo blanco cortado a cepillo. Tenía el pecho tan ancho y se asemejaba tanto a un tonel que sus brazos parecían un añadido: cortos, regordetes y postizos. No era alto, pero sí fornido y compacto, recio como un buey. Además, su uniforme era diferente: negro azabache de la cabeza a los pies, pero con la misma insignia en el hombro y una única estrella amarilla prendida a las solapas de la cazadora de aviador de piel negra con cuello de borrego. Llevaba un voluminoso *walkie-talkie* (de la misma época que los de tipo militar que utilizaban en Rule) enganchado en la cadera izquierda. Una pistolera reposaba en la derecha; la empuñadura de la pistola despedía un débil destello perlado.

—Te has tirado ocho días en el otro barrio, muchacho. Me alegro de que hayas decidido volver con nosotros. —Los labios del hombre cuadrado esbozaron una sonrisa—. Habíamos hecho una apuesta sobre si lo conseguirías. Me complace decir que estoy en el bando ganador. Me llamo Finn. Esta buena mujer es la doctora Mather. ¿Y tú eres…?

Ocho días. ¿Llevaba allí más de una semana? Si Rule lo estaba buscando, ya se habrían dado por vencidos. Chris se habría negado, de eso estaba seguro. Pero ni siquiera Chris era capaz de justificar una búsqueda eterna.

—¿Dónde estoy? —preguntó.

—Estás vivo y a salvo.

—Pero ¿d-dónde…? ¿Qué les ha pasado a mis hombres? —Su voz sonaba oxidada como un viejo muelle—. Había un niño.

—Espera —dijo Finn. Se giró hacia un lado, le sirvió agua de una jarra de plástico y le metió una pajita—. Seguro que estás muerto de sed.

La pajita le quedaba tentadoramente cerca y el olor del agua lo mareaba. Con todo, vaciló. Tuvo la sensación de que, si aceptaba el agua que aquel hombre le ofrecía, estaría cruzando una especie de línea.

—Vamos, bébetela, muchacho. Que no muerdo… como esos Chuckies. —Finn señaló con la cabeza el extremo más alejado de la tienda. Los ojos de Peter se desviaron hacia la derecha y divisó algo que no había visto antes. Más camillas con cuerpos: dos chicos y una chica. Todos estaban amarrados y completamente inconscientes, debido con toda seguridad a la sedación que penetraba en sus venas gota a gota a través de aquellos tubos de plástico—. En cuanto decidamos dejar que esos pequeños angelitos despierten, los meteremos en nuestras celdas junto con los otros seis. Diez es el número máximo que podemos manejar y alimentar sin riesgos. Mocosos del demonio. Tú eres el primero normal de tu edad que nos han traído los cazadores. Será interesante ver qué pasa con el tiempo —explicó.

¿Qué significaba aquello? ¿Cazadores? ¿Cazarrecompensas? «Dios mío». Capturarlos a Tyler y a él había sido el objetivo desde el principio. Recordó cómo la nieve había cobrado vida a modo de géiseres helados. Podrían haberlo matado, pero no lo hicieron.

«Intentaron acorralarme, pero corrí hacia Tyler, ahí fue cuando me dieron. Me dispararon como último recurso porque no querían que huyera».

Se quedó mirando a Finn.

—¿Dónde está el niño?

—Me temo que murió. Pero ten por seguro que a Tyler le dimos un buen uso.

«¿Qué?».

—No… no entien…

—Venga, no más preguntas. Bebe, muchacho. Has perdido mucha sangre. Eres 0 negativo, ¿lo sabías? Un grupo sanguíneo muy poco común y, aunque eso es bueno si yo necesito sangre, Mather sólo pudo hacerte una transfusión con el mismo tipo. Por suerte para ti, Peter, no estamos hablando de nada contagioso.

¿Qué significaba aquello? Y Finn sabía su nombre… y el de Tyler. Por supuesto. Los cazarrecompensas sabían quiénes eran y hacia dónde se dirigían.

«Estaban sobre aviso, pero ¿cómo? No decidí que nos dirigiríamos hacia el Hombre Muerto hasta aquella misma mañana». Fue cuando mandó a Lang que se adelantara. ¿Le habrían tendido una emboscada a su ordenanza los cazarrecompensas de Finn? No quedaba otra explicación.

—¿Dónde estoy? —preguntó con voz ronca.

—Pues mira, estás en mi territorio, Peter, y tengo el agua que quieres y necesitas. Venga. —Finn le volvió a ofrecer la taza—. No más preguntas.

A pesar del miedo que lo atenazaba, quería beber con todas sus fuerzas. Dejó que Finn le colocara la pajita entre los labios. El agua, fría y refrescante como una bendición, le inundó la lengua. Creyó que iba a desmayarse. Dejó la taza seca en tres ansiosos tragos.

—Excelente. Si no lo echas, podrás beber más dentro de un rato. —Finn desvió la mirada hacia Mather—. Trae a Davey, ¿quieres? Peter y él deberían conocerse.

—Sí, señor. —Mather le dirigió un saludo militar y pasó rozando a los Cambiados en sus camillas. Al verla salir, Peter se percató de algo más.

—Vosotros… —Su mirada se clavó en una vieja bombilla con jaula protectora. La luz no era suave ni agradable, sino muy potente, un despliegue de amarillo hiriente y cegador que producía oscuros fosfenos en las retinas de Peter. Con todo, era incapaz de apartar la vista de ella—. Tenéis luz.

—Un poco, sí —respondió Finn—. Tenemos energía suficiente para mantener calientes unas cuantas tiendas: esta enfermería y donde Mather realiza las operaciones y… otros trabajillos. Disponemos de un depósito muy bien provisto (los vehículos son prácticamente inservibles, aunque contamos con unas cuantas camionetas viejas), pero usamos lo que tenemos con mucha moderación.

Generadores. Y un depósito. Ahora estaba seguro. Todo cuadraba con aquella insignia del hombro. El «III» romano significaba Tres Por Ciento. Esa era la estadística que las milicias privadas se jactaban de manejar porque sólo ese pequeño porcentaje de colonos norteamericanos lucharon contra los británicos en la Guerra de Independencia. De modo que aquel no era un mero campamento de supervivientes. Se trataba del complejo de una milicia privada que probablemente existía mucho antes de que el mundo se fuera al traste.

—¿Sabes? Por desafortunado que fuera que recibieses un tiro, eso nos ha dado la oportunidad de descartar otra teoría —afirmó Finn.

A pesar del agua, volvía a tener los labios fruncidos y resecos.

—¿Qué-qué quieres de-decir?

—Bueno, perdiste mucha sangre. Por muy fuerte o joven que seas, habrías muerto si Mather no hubiera encontrado a un donante.

Pero ¿qué estaba diciendo aquel hombre? «Por suerte para ti, no es contagioso». Dios.

—Tú… —Las palabras querían atravesársele en la garganta y quedarse allí—. Me hiciste una transfusión de *sangre* d-de…

—Así es y, mira, te has despertado y sigues siendo tú. —Finn se pasó la mano por la frente—. ¡Uf! ¡Nos has tenido en ascuas, muchacho!

Las palabras tropezaban con sus dientes.

—¿Cu-cuánta?

—Hasta la última gota. Dejamos seco a aquel pequeño Chucky. Hasta el animal sabía que se estaba muriendo. Se le notaba en los ojos. Me puse justo a la altura de su cara. El pequeño cabrón intentó arrancarme la nariz, pero las viejas costumbres nunca se pierden: le corté los párpados para que pudiera verlo todo. Fue muy gratificante.

Peter estuvo a punto de gritar como nunca en su vida.

—Sois una milicia, ¿verdad? Pero ¿quién es tu gente? ¿Qué coño queréis?

La expresión de Finn se ensombreció.

—Somos lo queda y tú vas a mostrarnos el respeto que merecemos o, con la ayuda de Dios, te haré picadillo y te daré a comer a los

Chuckies poco a poco. Dejaré los ojos para el final. Les encantan los ojos. Seguro que por ese chasquido que hacen al estallar en la boca.

Las alas de la tienda se abrieron. Por la ranura, Peter vio la inclinación de la nieve al caer. Mather entró seguida de un hombre.

«Joder».

—¿Dónde quiere que lo coloquemos, señor? —Lang, *su* hombre, *su* ordenanza, hizo un tajante saludo militar. Su uniforme, salpicado de nieve, era idéntico al de Mather, y llevaba un rifle automático. No le dedicó a Peter ni una sola mirada.

—Justo aquí. —Finn dio unas palmaditas en una camilla vacía y, acto seguido, le guiñó un ojo a Peter—. No te lo tomes tan a pecho, muchacho. Lang estuvo bajo mis órdenes en Vietnam. —Lo dijo como si tal cosa—. Imagina lo contento que me puse cuando me informó de lo mucho que respetabas sus habilidades de combate.

Lang era uno de los hombres de Finn. Una ola de pavor ensombreció su mente cuando recordó algo más. Lang y Weller habían servido juntos en Vietnam.

«Pero eso no prueba nada. Weller intentó salvarme la vida». Un momento. Algo que Weller había dicho desfiló de improviso por su mente como el teletipo electrónico de Times Square: «Cuando llegue el momento, recuerda que fui yo quien hizo esto».

«¡Dios!». Un profundo y oscuro malestar le subió por las venas como si una plaga hubiera infestado el aire. Weller no le había salvado la vida. Weller tenía órdenes de mantenerlo con vida. Pero ¿por qué?

—No te importa que os pongamos de dos en dos, ¿verdad? —Finn enarcó una ceja—. Me han dicho que eras muy buen chico.

«Le han dicho. —¿Sólo Lang y Weller o había más? ¿A cuántos hombres había tomado por leales, pero en realidad maquinaban contra Rule?—. Y para Weller es algo personal. Parece una revancha, algo que tiene que ver conmigo, pero ¿qué?».

—¿Qué quieres? —preguntó en tono áspero.

—Peter, los caminos del Señor son inescrutables para ver cumplidas Sus maravillas. Él cabalga sobre la tormenta y en las profundidades de minas insondables. —A Finn le brillaron los ojos—. Bueno, creo que ya sabes todo cuanto hay que saber sobre minas, ¿no es cierto?

Minas. Se quedó sin aliento y sin palabras. ¿Cómo sabía Finn aquello? Nadie fuera del Consejo lo sabía, ni siquiera Chris. Sobre todo Chris.

Finn se giró mientras Lang sujetaba un ala de la tienda y dos personas más entraban a toda prisa en medio de una nube de nieve glacial. El hombre de Finn, calvo y con dientes de conejo, agarraba firmemente con las manos una larga varilla de metal que Peter reconoció en el acto: uno de esos lazos que se utilizan para controlar animales, de los que tienen cabeza giratoria. Aquello era fundamental, porque no importaba lo mucho que forcejeara un perro salvaje: nunca se estrangularía a sí mismo con aquel nudo corredizo de nailon. Y menos mal, porque aquel animal estaba dando bastante guerra.

Sólo que… no era un perro.

21

El chico no era mayor que Tyler, iba completamente desnudo y estaba tan flaco que se le marcaban las costillas. Tenía la piel surcada de cortes y arañazos en proceso de cicatrización, úlceras con muy mala pinta y barro congelado, y, a juzgar por el olor que emanaba, era obvio que lo que cubría sus pies eran excrementos. No hizo ningún sonido, pero la cuerda volvió a tensarse y, por la forma en que se revolvía, las gordas lombrices de sus venas parecieron a punto de explotar.

—¡Vamos, cabroncete! —Los labios de Dientes de Conejo se retrajeron cuando le propinó un tirón brutal al lazo. El chico cayó de rodillas al suelo dando arcadas.

—¡Barnes! —le gritó Finn. Se produjo un sonoro *plas* cuando las palmas abiertas de Finn impactaron en las orejas del hombre. A Barnes ni siquiera le dio tiempo a chillar, se desplomó en el acto. Finn recogió la vara y aflojó el nudo hasta que el chico tomó aire en una larga y ruidosa boqueada. Maldiciendo, Finn fue a darle una patada a Barnes, pero el viejo ya estaba inconsciente.

—Señor —intervino Mather—, tal vez no sea la mejor forma de...

—Cállate. —Finn sacó el revólver de repente. Dos escasos centímetros separaban la boca plateada del arma de la nariz de la anciana—. Ni una palabra más, doctora.

—Sí, señor —convino Mather.

—Eso son dos —replicó Finn.

El sonido del disparo fue tremendo. El cráneo de Mather saltó por los aires en medio de una nube roja y la mujer se desplomó como un árbol recién talado.

Finn se volvió hacia Lang, que se había quedado lívido y petrificado.

—Trae a alguien para que limpie todo esto. Y dile al doctor Grier que acaba de ser ascendido.

Lang asintió con la cabeza una sola vez y se escabulló a toda prisa. Peter no se atrevía a moverse. Observó cómo Finn se aproximaba al chaval, que seguía de rodillas. Sus manos mugrientas continuaban aferradas a la soga, pero, aunque echaba espumarajos rojos por la boca, ahora respiraba con normalidad.

—Tranquilo, Davey —canturreó Finn lo más calmadamente posible, como si intentara apaciguar a un perro salvaje—. Así está mejor, ¿lo ves? ¿Tienes hambre, muchacho? ¿Te gustaría comer algo? —Levantó la vista cuando Lang regresó en compañía de dos hombres—. Lang, sujeta bien a Davey —le ordenó, cediéndole la vara de control—. Vosotros dos, quedaos con Barnes y Mather un minuto, que no van a irse a ninguna parte, y ayudad a Lang a mantener a Davey bajo control. —Le dio una palmadita a la camilla vacía que había junto a la de Peter—. Aquí, junto a su nuevo compañero de habitación.

Los guardias se apresuraron a cumplir las órdenes y Finn se concentró en examinar la bandeja de instrumental de la difunta doctora Mather. Tarareando, toqueteó los instrumentos con el dedo y seleccionó un escalpelo grueso y enorme. El metal emitió un brillante destello amarillo al cernirse sobre el cuerpo de la mujer. La anciana aún tenía los ojos abiertos como platos. Su boca formaba una laxa O de sorpresa. Finn se acercó, le desenroscó la lengua y empezó a seccionar.

«Está loco. —A Peter le dieron arcadas y no tardó en volver la cabeza y vomitar el agua que acababa de beber junto con un buen escupitajo de flema. La habitación le daba vueltas. Tragó aire—. Se le va la pinza, está chiflado».

—Allá vamos —musitó Finn. Peter abrió los ojos y vio que el tipo se inclinaba sobre la camilla contigua. Habían atado al chico con correas de cuero y el pecho le palpitaba frenéticamente. Sus chispeantes ojillos de cuervo estaban fijos en las manos brillantes y ensangrentadas de Finn—. ¿Un bocadito, Davey?

El chico jadeó cuando el primer goterón de color rubí cayó en sus labios. Un hambre voraz se dibujó en su cara al lamer la sangre y no tardó en abrir más la boca y estirar el cuello para que esta goteara directamente en su interior. A Peter le recordó a un pajarillo esperando a que su madre introdujera un gusano en su garganta y se preguntó qué aspecto habría tenido él cuando Finn le había ofrecido el agua. Seguramente no muy distinto.

Entonces el chico levantó de súbito la cabeza a la velocidad de una víbora, pero Finn retrocedió justo a tiempo y los dientes de Davey mordieron el aire.

—Chico malo. —Finn le propinó un fuerte capirotazo—. No, Davey, no se muerde.

El chaval Cambiado soltó un gruñido y volvió a la carga, aunque esta vez Finn le estampó un puñetazo justo debajo del ojo y esperó a que los guardias le ataran la frente con una correa.

—Muy bien, intentémoslo de nuevo. —Finn seccionó otro trocito de lengua con el escalpelo. Le costó tres intentos más y otros tantos puñetazos que Davey le permitiera introducirle la chorreante carne en la boca sin que le mordiera los dedos. Peter observó cómo el chico por fin mantenía el pedacito en la boca y lo masticaba a dos carrillos—. Sigamos. —Lo dijo como si fuera un abuelito dándole a su nieto preferido un Huevo Kinder a hurtadillas aun a sabiendas de que le quitará las ganas de comer. Sin volver la vista, añadió—: De hecho, es bastante interesante. Ya he examinado a un buen número de ellos. Y *has* de saber que el… ¿Cómo lo llamáis? ¿El cambio? Pues bien, que el cambio, desde mi punto de vista, no ha terminado, muchacho, ni mucho menos.

El corazón le dio un vuelco. ¿Que el cambio no había terminado? En algún lugar de su mente, sabía que podía ser así, pero en Rule nadie lo había visto con sus propios ojos en ningún Salvado.

«¿Nadie está a salvo? —Peter sintió que su mente se encogía de miedo—. No, está equivocado. Yo soy un Salvado. Eso no va a ocurrirme a mí, ni a Chris ni a ninguno de los otros Salvados. Ha pasado demasiado tiempo, *meses*. No puede ser».

—¿Sabes lo que me pregunto? —La cara de Finn se tornó un tanto soñadora—. Me pregunto cómo será.

—¿Qué? —Peter no daba crédito. Se humedeció los labios—. ¿Te refieres a… cambiar?

—Sí. La autoconciencia es una bendición y una maldición, Peter. Uno es consciente de que está cogiendo un resfriado. Hay señales y síntomas. Así que ¿cómo será cambiar? ¿Se notará de alguna manera? ¿Tú lo notas? ¿Acaso te darías cuenta? Deberías. Los moribundos adquieren un sexto sentido cuando el fin se acerca. Hasta los locos saben cuándo se les va la pinza. Tal vez se engañen a sí mismos, por supuesto, pero… lo saben.

—Yo… yo no lo sé. —Estaba temblando y sus dientes no paraban de castañetear—. No me importa. No qui-quiero sa-saberlo. No-no me importa.

—Oh, pero sí que importa; *debería* importarte. Para conocer a tu enemigo y batirle en su propio terreno, debes colarte en su cerebro, ver a través de sus ojos. Esto no es «visto un Chucky, vistos todos». Ya lo creo que no. Por ejemplo, nuestro Davey es la muestra perfecta de lo que le ocurre a un Chucky cuando ha cambiado del todo. —Finn señaló al chico con la mano—. Cuando los Chuckies acaban de convertirse son como animales. Algunos continúan siendo salvajes, pero otros evolucionan, y hay algunos que parecen más listos que otros. Es como la campana de Gauss, muchacho. Me apuesto lo que sea a que hay un Chucky astronauta por ahí perdido en alguna parte. Ay, me encantaría capturar a un chico normal mucho antes de que se convirtiera en uno de ellos para poder medir la velocidad a la que recupera sus funciones. Sobre todo, me interesan los que están cambiando ahora. Su trayectoria debe de ser muy distinta a la de los de la primera tanda, ¿no te parece? ¿Y cómo se comunican? Sabemos que algunos trabajan juntos, viajan en grupos, en manadas, en bandas, en tribus o qué sé yo, y que otros son solitarios. ¿Hablamos de telepatía? ¿Infrasonidos? ¿Olor? ¿Lenguaje corporal? ¿Sólo un método? ¿Varios combinados?

—¿De qué habla? —susurró Peter. Por primera vez desde que el mundo se había ido al garete, estaba completamente aterrorizado—. ¿Quiere ver si voy a cambiar? No voy a hacerlo. Ha pasado demasiado tiempo. ¿Quiere saber algo de Rule? Pues ya puede torturarme, que no le diré nada. —Como Finn no respondía, continuó—: Por el amor de Dios, ¿qué es lo que *quiere*?

—¿Un chico listo como tú no puede imaginárselo? —Finn plantó una rodilla en el suelo y empujó hacia abajo el párpado inferior de Mather con el pulgar, luego deslizó el escalpelo en el tejido rosa que unía el globo ocular derecho de la doctora con su cuenca y, con la hoja, alcanzó el hueso—. Me decepcionas, Peter. A pesar de lo que se ve reflejado en las películas, no todos los veteranos de Vietnam están chiflados. Algunos de nosotros incluso llegamos a senadores. Yo me dedico a estudiar el mundo natural. Como Darwin, ahora que lo pienso. La evolución, la selección natural, la supervivencia del más fuerte… Todo eso lo tenemos ante nuestros propios ojos. Somos los autores del nuevo origen de las especies, muchacho.

—¿Qué? —Peter estaba sobrecogido de espanto—. ¿Qué vas a hacer conmigo?

—¿No es obvio? —respondió Finn. El ojo de Mather pendía de sus dedos por un trozo de nervio ensangrentado—: Experimentar.

TERCERA PARTE

EL PALITO MÁS CORTO

22

Pasaron ocho días.

Alex había llevado la cuenta haciendo una marca en la puntera de su bota derecha con el pincho metálico de la correa del reloj. En esos últimos ocho días calculaba que habrían recorrido una distancia de ochenta o noventa kilómetros. Orientarse era todo un reto. Los días estaban nublados, las noches sin estrellas y su grupo se adentraba cada vez más en el bosque. No obstante, le dio la impresión de que seguían una especie de circuito, de que se habían dirigido primero al oeste y luego habían virado al norte. Además, se detenían a intervalos regulares, durante los cuales los Cambiados cazaban, papeaban y se echaban una siesta.

La buena noticia, en general, era que seguía con vida.

La mala: que era muy posible que pronto sacara el palito más corto.

Era cuestión de tiempo.

Ocho días atrás, aquella primera mañana de sábado, los Cambiados tenían a su disposición seis Happy Meals entre los que elegir, Alex incluida. Después de la que había montado, asumió que era la siguiente en el menú. Sin embargo, al parecer los Cambiados —bueno, Lobezno en realidad— habían echado otras cuentas. Aunque Araña estaba consciente, seguía atontada, de modo que Lobezno se había encargado de supervisar el rebaño con aquel machete ensangrentado en ristre. Dos veces se detuvo ante Alex, que entonces estaba atada entre la anciana, Ruby, y el tipo enfermizo cuyo nombre, como descubriría más tarde, era Brian. Los ojos de Lobezno se posaron en ella y luego revolotearon sobre los demás antes de volver a clavársele de súbito. ¿Estaba jugando con ella? No lo tenía del todo claro. A lo mejor sentía tanto desconcierto como ella. ¿Habrían vivido experiencias parecidas? ¿Había sentido lo mismo que ella, aquel extraño desliz en su consciencia? ¿Era capaz de leerle la mente? No, no lo creía. Durante la lucha en la nieve, había sorprendido a Araña y, además, recordó lo mucho que se había sobresaltado Lobezno cuando le echó el escupitajo.

«Puede que no se produzca en ambos sentidos. —Le había lanzado a Lobezno una mirada desafiante mientras él se paseaba por la hilera escrutando a cada cautivo—. A lo mejor puedo usarlo de algún modo».

Al final, Lobezno escogió a una mujercilla diminuta y parda como un chochín como plato principal de aquel sábado. Lo que la desconcertó fue que la mujer no forcejeara ni protestase. Tampoco lo hicieron los demás. Se limitaron a mirar impasibles cómo Acné y Beretta sacaban a la mujer de la fila y le hacían recorrer a trompicones por la nieve los diez metros escasos que la separaban de donde Lobezno esperaba. Cuando la soltaron, la mujer trastabilló, pero no se cayó. Consiguió permanecer en pie, meciéndose, con la cabeza gacha y los hombros caídos. Lobezno se había vuelto a colocar la capucha, así que sólo se le veía la cara de la nariz para abajo. Esperó un buen rato. Luego, por fin, la agarró del pelo. La mujercilla dejó escapar un gritito cuando Lobezno le dio un violento tirón que dejó al descubierto la garganta e hizo que la espalda se le combara como un arco.

Fue entonces cuando Alex se dio cuenta. Lobezno iba a matarla allí mismo, delante de todos. El estómago se le revolvió. «No puedo ver esto. —Presa de la repulsión y a la vez furiosa, apartó la mirada—. No les daré la satisfac…».

El impacto fue impresionante: una bofetada tan brutal con la mano abierta que la cabeza le dio un latigazo hacia la derecha. Sintió una aguda punzada de dolor cuando los dientes se le clavaron en la lengua. La mente se le nubló y ella, que tenía los pies trabados, se tambaleó y a punto estuvo de caer. Se salvó porque el tipo enfermizo, Brian, tenía la corpulencia justa para sujetarla.

—Por favor. —De hecho, Brian intentó apartarse, como preocupado por que pudiera dar la impresión de estar ayudándola—. Limítate a hacer lo que quieren.

—¡Y una mierda! —Sentía como si una bomba le hubiese explotado en la mejilla. Era un milagro que no le hubiese roto la mandíbula. Jadeando, dio un empujón y miró a su alrededor para averiguar cuál de los Cambiados la había atacado por sorpresa. Cómo no, Caracortada estaba allí y, a juzgar por la postura relajada de sus hombros, se la veía más que dispuesta a endilgarle otra hostia en los morros.

—Hazle caso a Brian, *por favor*. —Era la anciana, Ruby, que la flanqueaba por el otro lado—. No opongas resistencia. Limítate a hacer lo que quieren.

—No. —Con la cabeza atontolinada y la boca inundada de un sabor cálido y salobre, escupió sangre—. ¿Cómo podéis quedaros ahí tan tranquilos?

—Porque es mejor que recibir una paliza —bufó a su izquierda una mujer de aspecto arisco con la delicadeza de una ex reina motera—. Si eres lista, darás las gracias por que esta vez te hayan perdonado la vida y cerrarás el pico.

—Sharon tiene razón. —Ruby tenía los ojos desencajados—. Sígueles la corriente. Tú…

Fuera lo que fuese lo que Ruby estaba a punto de decir, terminó con un *arg* cuando Caracortada rodeó con una mano el endeble cuellecillo de la mujer y lo apretó.

—¿Qué haces? —le gritó Alex. Parecía que los ojos de Ruby iban a salírsele de las órbitas; sus esqueléticos miembros se sacudían en una especie de baile espasmódico de san vito mientras abría la boca al máximo, aunque de ella no salía sonido alguno, ni siquiera un graznido—. ¡Basta!

—¡Virgen santa! —soltó un hombre de pecho fuerte y grueso casi al final de la fila, que más tarde sabría que era el marido de Ruby, Ray. Tenía la cara blanca como la pared, presa del horror—. ¡Por el amor de Dios, coopera y la soltará!

—De acuerdo. —Cuando Caracortada enseñó los dientes a modo de feroz sonrisa, Alex exclamó—: ¡De acuerdo, de acuerdo, tú ganas, zorra! Me quedaré mirando, ¿vale? ¡Suéltala ya!

Caracortada, aún sonriente, continuó apretando el cuello de Ruby durante otra fracción de segundo y luego abrió la mano.

—¡*Guh!* —Ruby, boqueando y con la cara del color de la grana, se derrumbó en la nieve, casi arrastrando a Alex con ella. Alex se giró a medias por instinto para ayudar a la anciana a incorporarse antes de advertir movimiento, alzar la vista y ver que Caracortada se acercaba de nuevo.

—¡Que no estoy haciendo nada! —Se enderezó y levantó las muñecas atadas en un rápido gesto de rendición—. No la estoy ayudando, ¿vale? ¿Lo ves? Estoy mirando.

—Buena chica —murmuró la ex reina motera. Se llamaba Sharon, pero Alex no llegaría a saberlo hasta una hora después de que Lobezno le arrancara los ojos de las órbitas a la mujercilla y los chupara pinchados en los dedos como el relleno blandito de chicle de un Chupa Chups.

—Estás aprendiendo —dijo Sharon mientras Lobezno se acercaba—. Mantente sumisa y te irá bien.

¿Qué otra cosa aprendió Alex aquel primer día? Que puede que a Araña le gustase el machete…

Pero a Lobezno le gustaban sus dientes.

Y entonces quedaron cinco.

Después de desayunar, los Cambiados embutieron los restos chorreantes de la mujercilla en aquellas bolsas de nailon. Acto seguido, emprendieron la marcha. Otras cuantas horas de caminata los condujeron a una cabaña de caza tosca pero espaciosa. A juzgar por el estado de la nieve, la banda de Lobezno había estado yendo y viniendo unas cuantas veces. Cuatro baterías de coche, conectadas en serie por cables, descansaban en el porche nevado y seguramente alguna vez proporcionaron suficiente energía para encender luces. Sin embargo, o bien las baterías estaban descargadas, o bien a los Cambiados no les agradaba la luz o no la necesitaban. En cambio, Acné y Beretta llevaban los brazos llenos de troncos que traían de una pila cubierta con una lona impermeable amontonada en un cobertizo desvencijado. Pronto dos columnas de humo gris salieron resoplando de una chimenea y del conducto de una estufa. Los Cambiados pasaron la noche en la cabaña, mientras que Alex y los demás se acoplaron en el viejo cobertizo, un sitio plagado de corrientes de aire y que apestaba a aceite de motor rancio y a ratones muertos. Para calentarse disponían de un camping gas y del calor humano que se daban unos a otros, aunque ya no estaban atados, pues los habían dejado libres para que deambulasen por el cobertizo bajo la atenta mirada de Acné.

Les habían devuelto la mochila que Jess le había dado a Alex. Ruby dijo que era lo que solían hacer: «Siempre venimos con algo y lo que tenemos lo compartimos». La forma en que lo dijo resultó un tanto extraña, como si diera por hecho que cualquier capturado iba a traer suministros. En realidad, aquello no tenía sentido. La gente podía ser secuestrada de improviso, pero Ruth había dicho «siempre». De todas formas, para entonces, el brazo le dolía a rabiar y no tenía fuerzas para seguir preguntando.

Había tenido suerte. Dentro de la mochila, Jess le había escondido un kit de primeros auxilios que parecía no haber visto la luz del día desde la era mesozoica. Las torundas impregnadas en alcohol llevaban mucho tiempo secas. No obstante, los paquetes de gasas seguían intactos y varios envoltorios de mejunje antiséptico estaban bastante blandos, por lo que pensó que servirían. No había ningún antibiótico bebible, aunque tal vez no lo necesitara. Mientras los demás se disputaban las barritas energéticas y la comida precocinada, derritió nieve en una lata vacía e hirvió agua que dejó enfriar para no achicharrarse.

El dolor que la martirizaba era atroz, como si algo con garras y dientes le royera la carne hasta el hueso. Era tan tremendo que el estómago le dio un vuelco y se le revolvió en una oleada de náuseas. Dejó lo que estaba haciendo para meter la cabeza entre las rodillas. «Dios». Tenía la cara y el cuello cubiertos de una fina y grasienta capa de sudor. Tragó aire e hizo un esfuerzo por ahogar un grito. ¿Cómo había conseguido Tom no desmayarse? Ella lo estaba pasando fatal, y eso que sólo se trataba de agua caliente y una gasa. Tom había soportado un cuchillo al rojo vivo.

«Oh, Tom. —Se le formó un nudo en la garganta y una sensación de remordimiento y pena se apoderó de ella. Consiguió controlar un gemido, pero sintió que las lágrimas le corrían por las mejillas. Pensó en lo mucho que había luchado por aferrarse a su recuerdo: su cara, su olor, el modo en que la miraba. Cómo la hacía sentir—. Me rendí. Debería haber luchado más, haber encontrado una salida, pero fue más fácil continuar como estaba».

No era estúpida. Sabía que estaba siendo ilógica. Alguien —algo— había dado con él. Tom estaba muerto y ella no tenía la culpa.

Había hecho cuanto había podido. Entonces, ¿por qué sentía aquella opresiva sensación de culpabilidad, como si ella fuera la responsable? A Tom no le haría gracia. La única cosa sensata que Jess había dicho jamás era que el sacrificio de Tom —todo lo que había hecho y lo que había sufrido por mantenerlas a Ellie y a ella con vida— no debía ser en vano. Tom habría querido que siguiera con su vida, que no se fustigara.

«Tom, lo estoy intentando, pero ¿para qué lucho? Estar viva por el mero hecho de estarlo no es suficiente».

Sintió unas ganas repentinas e irracionales de reír. Dios, se preocupaba por el significado de la vida cuando lo más probable es que terminara hecha picadillo y convertida en *sushi*.

—Eh. —Alzó la vista y se encontró con que Sharon, la ex reina motera, la observaba. La mujer aferraba una ración de comida precocinada con una mano y estaba entretenida pinchando fideos chinos de queso con un tenedor—. ¿Estás bien? —le preguntó con la boca pringosa y llena de pasta a medio masticar.

La verdad es que Sharon no parecía muy preocupada. «Seguro que espera que me dé un patatús para tocar a más comida». Aquella sustancia viscosa y amarillenta en su barbilla le estaba revolviendo el estómago. Los demás también se estaban poniendo las botas. Las miradas apáticas y vacías que le dedicaban carecían, en el mejor de los casos, de todo interés.

—Sí. —Se limpió las lágrimas con el dorso de las manos y dejó escapar un trémulo suspiro. No iba a darles el gusto de llorar delante de ellos. Nadie se había ofrecido a ayudarla. No, lo único que les interesaba era llenarse la tripa—. Me duele el hombro, eso es todo.

—Ah, bueno. Ya conoces el dicho. —Sharon masticó, tragó y utilizó el pulpejo de la mano para limpiarse la barbilla.

—¿Cuál? —Sharon parecía ser una fuente de sermones sin el menor sentido y en realidad a Alex no le interesaba escucharla. «Por favor, ¿cómo pueden comer después de lo que han visto? A lo mejor yo también termino así..., si es que vivo lo suficiente, claro. Es como tener miedo. ¿Cuánto tiempo puede durar realmente el horror antes de que termines anestesiado?»—. ¿No hay miel sin hiel? ¿Siempre hay luz al final del túnel?

—¡Qué va! —Sharon se chupó los dedos—. No importa lo mal que creas que van las cosas. —Se llevó el tenedor lleno de fideos agusanados a la boca—. Siempre pueden ir peor.

Se quedaron allí a pasar la noche de aquel primer sábado, un retraso que más tarde sabría que no era normal. Con el ocaso, los Cambiados solían ponerse en marcha. En su fuero interno, Alex sospechaba que la paliza a Araña tenía algo que ver con aquella escala.

El domingo al anochecer volvieron a ponerse en camino. La densa capa de nubes que había obstruido el cielo aquella tarde no se había roto y la noche era oscura como boca de lobo. Sin estrellas, sólo podía orientarse por intuición, pero seguía pensando que se dirigían al norte o al noroeste.

Otra cosa: a menudo los Cambiados utilizaban linternas o faroles, pero sólo de manera intermitente. Mientras Alex y los demás caminaban a duras penas y trastabillaban, los Cambiados eran sombras que se movían con relativa facilidad por el bosque. Como panteras, pensó, o como lobos. Sabía por la clase de Ciencias del instituto que los ojos de los animales nocturnos eran diferentes, aunque no recordaba exactamente por qué. Además, aquella habilidad traía aparejada otra pregunta: ¿habían terminado de cambiar los Cambiados?

Al final —según el reloj de Mickey Mouse de Ellie—, caminaron hasta las tres de la madrugada del lunes y recorrieron unos diez kilómetros antes de llegar a otro campamento. Esta vez sin refugio. Acné y Caracortada se encargaron de atarlos los unos a los otros y de amarrarlos a tres robustos robles antes de irse a cazar. Lobezno, ataviado de nuevo con su piel de lobo, lideraba el grupo. Sólo se quedó Araña, acurrucada junto al fuego, mientras los demás excavaban en la nieve y esperaban.

Cuando los Cambiados volvieron con las primeras luces del día, trajeron caras nuevas: una mujer fofa y un hombre campechano con forma de boca de incendios que más tarde dijo llamarse Otis. La mujer era Claire, pero fue Otis quien les dijo el nombre. Apenas cinco minutos después de que los Cambiados hubiesen vuelto, Lobezno puso en marcha sus dientes y Claire ya no tuvo que preocuparse de semejantes formalismos.

Día 5, miércoles: creyó que había llegado su hora.

Para entonces, Araña estaba lo bastante recuperada como para hacer los honores. Se puso a merodear por el grupo y le dedicó a Alex una buena mirada de arriba abajo. Su odio era tan palpable que no se necesitaban sentidos arácnidos para detectarlo, pero, mientras los demás se achantaban al menor contacto visual, Alex no estaba dispuesta a dejarse intimidar. De hecho, casi disfrutaba de la vista. La cara de Araña estaba hecha un auténtico desastre. Ya no tenía aquella naricilla respingona, y su estupenda ortodoncia se había ido al garete. Además, sus moratones se estaban volviendo de un enfermizo tono verdoso tirando a negro y tenía la mejilla izquierda tan hinchada que el ojo era sólo una ranurita plateada.

«Cuando me desaten, se va a enterar. —Alex se tensó, ensayando los movimientos en su mente—. Abalánzate sobre ella, esquiva el cuchillo y…».

Un instante después, un aguijonazo a resina le picó en la nariz y pensó: «Oh, oh». Sus ojos se desviaron unos milímetros a la izquierda y el pulso se le aceleró.

La cara de Lobezno era el culmen de la inexpresividad, aunque Alex veía cómo se le crispaban los pequeños músculos de la mandíbula y cómo le serpenteaba la cicatriz. El halo que rodeaba su propia cabeza parecía crepitar y soltar chispas. El aire adquirió un olor a chamuscado, como el rastro de ozono que queda después de una tormenta eléctrica. La espalda de Araña se tensó mientras las cabezas de los demás Cambiados iban de ella a Lobezno y viceversa.

Se la estaban disputando, pensó. «De un modo u otro, estoy perdida». El fuerte sabor a desesperación le dejó los labios arrugados y resecos. Después de haber visto lo que Lobezno era capaz de hacer, lo mucho que disfrutaba, no veía la forma de salir de aquella. Una cosa era darle un cabezazo a Araña y arrebatarle el cuchillo, y otra enfrentarse a aquellas mandíbulas asesinas.

«Él es más fuerte y, además, no puedo esquivarlos a todos. Se me echarán encima y entonces Lobezno me…».

De repente, Araña vaciló. Un profundo estremecimiento le recorrió el cuerpo y sus labios destrozados se retorcieron cuando aquella chispa química —miedo y rabia combinados— colmó el aire. La chica retrocedió rápidamente varios pasos, se giró haciendo volar su piel de lobo y recorrió la hilera para detenerse justo enfrente del pobre Otis.

«Dios mío. —Si no acabara de verlo, no lo habría creído—. Lobezno me deja vivir. Lobezno *se ha enfrentado* a Araña y le ha hecho dar marcha atrás. —Se imaginaba que aquello al final no acabaría bien por todo tipo de motivos. Araña la odiaba a muerte—. Lo mismo digo, bonita».

Pero Alex no lo entendía. ¿Por qué Lobezno la estaba manteniendo con vida? ¿Para ser él quien acabase con ella? Genial. Para él sería igual que comerse un helado. No conocía a un solo niño que no dejara la guinda para el final.

Entonces, ¿de cuánto tiempo más disponía?

Día 6, jueves.

Un poco antes de las cuatro de aquella madrugada, Brian —el que Alex había identificado como el diabético— se desplomó. Después de abrirse camino a trancas y barrancas durante kilómetros por nieve profunda, sus pies estaban negros debido a una gangrena que se iba extendiendo, que le maceraba la carne hasta las rodillas y le envenenaba la sangre. Estaba en tan mal estado que a Alex le dio la impresión de que no llegó a enterarse hasta el tercer o cuarto corte.

Entonces Brian empezó a gritar. Diez segundos. Tal vez veinte. Araña, visiblemente harta de aquel griterío, le dio un violento tajo del revés. Los alaridos de Brian cesaron de inmediato cuando una sonrisa ensangrentada se le abrió en el cuello.

Y la cabeza se le descuajaringó. Se le descolgó tan hacia atrás que sus ojos llenos de sorpresa se quedaron clavados en Alex *cabeza abajo*. La barbilla arriba, los ojos abajo y la nuca entre los hombros, mientras le salían disparados dos chorros de sangre carmesíes. Ante aquella escena, la mente de Alex desconectó y pensó, fuera de sí: «Igual que aquel androide de *Alien*».

Quedaban cuatro.

Día 8, domingo de madrugada.

Otis era un reguero de huesos desperdigados. Alex no era capaz ni de recordar qué aspecto tenía. Los Cambiados habían reducido al pobre y enfermizo Brian a una plasta temblorosa y despedazada, aunque todavía no habían probado bocado, seguramente por la misma razón por la que nadie en su sano juicio come mortadela verde y putrefacta. Así que, si sólo quedaban cuatro y los Cambiados no añadían a nadie al redil, le quedaba una semana y media de vida como mucho.

También sabía que Lobezno estaba cada vez... más hambriento.

Una buena hamburguesa tampoco iba a saciarlo. Ya fuera por intuición o por su sentido arácnido, sencillamente lo *sabía*. Lobezno irradiaba hambre como el asfalto recalentado emana bochorno. De vez en cuando la tocaba. Nada obsceno, pero a veces su mano le rozaba el brazo y se recreaba en él mientras su oscura esencia se intensificaba, volviéndose cada vez más embriagadora. Una vez se detuvo al pasar a la altura de su hombro —no se acordaba de para qué— y sus caras quedaron a pocos centímetros de distancia. De nuevo. Tan cerca que vio cómo le palpitaba la cicatriz, como si de algo vivo se tratase, a medida que el corazón se le aceleraba. Las aletas de la nariz se le hincharon, despegó los labios, la saboreó como una serpiente y la magnitud de su hambre aumentó y se tornó en algo casi físico, tan palpable y real como un abrazo.

Y, que Dios la amparase, cuanto más tiempo permanecía con aquellos Cambiados —sobre todo cerca de Lobezno—, más le nublaba la mente aquella sensación tan extraña, trémula y aturdidora. A pesar de todos los horrores que había padecido, cada vez que Lobezno la tocaba o se le acercaba, el corazón le daba un vuelco, presa a partes iguales de atracción y pánico. Se estaba… *desdoblando* de algún modo; sus límites se disolvían como si un segundo ser tenebroso se escabullera de su cuerpo para ubicarse al otro lado: no era empatía, pero se le parecía mucho.

Aquella idea le provocó un estremecimiento de repugnancia y le puso la piel de gallina. En Sociología de segundo, había leído acerca de prisioneros y víctimas de secuestros y lo que les pasaba cuando un rehén empezaba a compadecerse de ellos y a ver el mundo a través de los ojos del secuestrador. Además, existían ejemplos famosos: Patty Hearst; las víctimas del robo del banco sueco de donde el síndrome de Estocolmo tomó su nombre.

«Pero yo no soy como ellos, así que no me está pasando, y no lo hará jamás».

No obstante, era consciente de la atracción. Se permitió atravesar aquel hedor a putrefacción y llegar a un aroma familiar a niebla fresca y a sombras envolventes que saboreó en la boca y dejó que su lengua paladease. Casi igual. Cerró los ojos. El pulso se le aceleró. *Casi igual.* Si se dejase llevar, casi podría creer que aquel chico era Chris, porque eran las dos caras de la misma moneda, una clara y la otra oscura. Ninguno era maléfico. Ambos eran fieles a su propio ser.

«Pero Lobezno es el enemigo. Siempre será el enemigo. Recuerda eso. Al final, te matará. No le quedará otra opción. Es lo que es».

23

El sábado había llegado tan rápido… y ahora el último día con él tocaba a su fin.

Grace miró por el ventanal. El sol era más una sugerencia que una realidad, un borrón mortecino oculto tras un grueso velo de nubes color peltre que se tiñeron rápidamente de un gris broncíneo cuando sus ojos se movieron hacia el norte. Los tarayes que revestían la ribera oeste del Odd formaban una maraña de púas oscuras y cortes verticales, a modo de estacadas, en contraste con la nieve recién caída. La víspera, la tormenta había azotado aquella zona de Wisconsin y se había marchado en dirección al este, a Michigan, pero nadie podía asegurar que no fuera a dar marcha atrás. Era habitual que las tormentas se estancaran en torno al lago Superior. Ella albergaba la esperanza de que aquella retrasara su marcha, pero él estaba completamente decidido a marcharse.

«En fin. Así son las cosas. Una especie de "última cena" —pensó, y se enfadó un poco consigo misma—. No te pongas triste. No lo hagas más duro para él de lo que ya es».

Bueno, al menos, gracias a ella, se iría con el estómago lleno. La comida estaba casi lista: patatas, estofado de venado, tres manzanas asadas y una buena sartenada de pan de maíz. Sólo faltaba por preparar el bizcocho, lo cual era todo un desafío. Grace observó el pesado horno holandés de hierro fundido que se asentaba sobre unos carbones brillantes. La velocidad de cocción variaba, por lo que la forma de los carboncillos era importante. El calor era energía mecánica convertida en energía térmica, pero la temperatura la determinaba la energía cinética. Así que era complicado.

Demasiada preparación, pero el simple placer de imaginar la cara que pondría hacía que mereciera la pena. Sobre la mesa yacían varios espumillones de una Navidad lejana. Grace había desempolvado un viejo papel de regalo para la bufanda y los cuatro pares de calcetines de lana que había tejido a escondidas. Con lo que sobró, había fabricado un brillante rótulo plateado con su nombre —su verdadero nombre— recortado en grandes letras de imprenta.

Ella siempre lo había sabido, por supuesto. Tal vez tuviera la cabeza llena de números, pero no estaba en las nubes. En ocasiones fingía, pero no era estúpida.

Por ejemplo, aquella tarde, cinco años atrás, cuando los marines llamaron a su puerta. ¿Qué probabilidades había de que pasaran a tomar café y pastas? Muy pocas. Aquel cabo tan amable tuvo que sujetarla para que no se cayera. Ella se disculpó, pero aquel tipo le dijo que, cuando el corazón falla, todo se derrumba.

Le dio la vuelta al reloj de arena y dibujó otra marca en un trozo de sobre viejo. Observó cómo los diminutos granos se escurrían en avalancha de aquella montaña en miniatura. Cada grano era un milímetro, factor determinante para el volumen, y había tres mil granos en cada reloj de tres minutos, mil granos por minuto, dieciséis con seis-seis-seis-seis-seis (hasta el infinito) granos por segundo…

«Dios, no pido tanto. Sólo que el bizcocho salga bien. Concédeme este último deseo».

Otra vuelta. Otra marca. Iban seis, quedaban siete. Le había dicho a Jed que por nada del mundo regresaran del cobertizo de los botes antes de cuarenta y cinco minutos. Había tiempo de sobra. Se figuró que al bizcocho le faltaban otros diecinueve. Veintiún minutos como mucho.

Lo malo era que a ella sólo le quedaban diez.

24

—Ojalá te llevaras el caballo —le dijo Jed.

—Te digo lo mismo que te he respondido las otras ochenta veces que me lo has pedido. —Tom enrolló una camisa de franela y la embutió en la mochila; luego, sopesó esta última con ambas manos. En total llevaría unos trece kilos y medio a la espalda, cosa que no le supondría ningún problema. Había hecho largas caminatas con raquetas, subiendo colinas a toda velocidad y cronometrando su ritmo con el viejo Timex de Jed. La pierna aún se le quedaba agarrotada, pero era capaz de aguantar perfectamente medio día sin hacer demasiadas paradas—. Necesitas los dos caballos y lo sabes. Además, con lo que me has dado ya es más que suficiente.

Jed hizo un mohín como si hubiera chupado un limón.

—¿Aunque te dijera que es un regalo de cumpleaños?

—Mi cumpleaños fue en diciembre.

—Pues un regalo con retraso.

—No.

Pausa.

—A Grace le gustaría.

—*Jed.*

—De acuerdo, tú ganas. —Jed suspiró y se enganchó los pulgares en los bolsillos de su parka—. Eres muy cabezota, Tom Eden.

—Eso me han dicho. —Tras un momento de silencio, añadió—: ¿Qué cara de sorpresa debo poner teniendo en cuenta que me has contado lo de la tarta?

—¡Dichosa tarta! —Jed se dio una palmada en el muslo—. ¡Diablos! Debo de haber envejecido diez años escuchándola hablar de química y de todas esas ecuaciones y coeficientes moleculares. La única física que he necesitado en mi vida ha sido la de la trayectoria de una bala y la de la velocidad del viento.

—Creo que en realidad te gusta.

—Oh, sí. Grace siempre ha sido más lista que el hambre. Michael se parecía más a ella que a mí. Iba a… —Al anciano se le hizo un nudo en la garganta—. Se había decidido por la Escuela de Ingeniería, pero el dinero era un problema, así que se alistó. Luego descubrió lo mucho que le gustaba la Infantería de Marina y allí se quedó. Creí que cuando Alice apareció en su vida, se pararía a pensar en lo que le pasaría a ella y a Deb si lo mataban, pero era tan testarudo como tú. Cuando se le metía algo en la cabeza, no había forma de convencerlo de lo contrario.

Jed parecía tan triste que Tom tuvo que reprimir el impulso de soltarle que sí, que vale, que se quedaba. No tenía otra opción: su partida haría daño, y no había nada que pudiera hacer al respecto.

El farol Coleman siseó. Tom dejó que Jed rompiera el silencio.

—Tengo algo más para ti.

—No tenías por qué —dijo Tom en voz baja—. Ya me habéis regalado muchas cosas.

—Y no llegan ni a la mitad de lo que mereces —repuso Jed con fiereza. Los profundos surcos de su nariz estaban húmedos.

Tom no dijo nada. Jed abrió la cremallera de la alforja derecha de la Road King, metió la mano y sacó un voluminoso archivador de plástico tipo acordeón atado con una cuerda.

—Ahí llevas mapas y te he señalado cómo ir adonde Grace y yo nos dirigiremos cuando llegue la primavera. También hay una lista —añadió mientras Tom desataba la cuerda—. Tipos que te pueden echar una mano llegado el caso. Sé que te dije que no te fiaras de nadie, pero, si estos siguen por ahí, son buena gente.

Tom toqueteó el sobre y luego sacó un trozo de papel quebradizo tan viejo que los bordes estaban deshechos, aunque la tinta era nueva.

—¿Quiénes son?

—Veteranos, la mayoría. Servimos juntos en la operación Rolling Thunder. Y esto. —Jed se metió las manos por dentro de la camisa y se desenganchó algo del cuello—. Llévatelas. Enséñaselas a cualquiera de esa lista y sabrán que eres de fiar.

Las chapas de identificación, tibias por el calor corporal de Jed, no casaban. La más vieja tenía rebordes y no llevaba ningún número de la seguridad social, sólo el nombre de Jed, su número de identificación del ejército, su grupo sanguíneo y la religión. El diseño de la otra le resultaba muy familiar: la chapa de identificación que llevaba tatuada en la piel contenía los mismos datos. Sus propias chapas, enfundadas en silenciadores de goma, estaban metidas en el fondo de un viejo cajón de calcetines en una casa que probablemente ahora no fuera más que un montón de cenizas.

—No puedo aceptarlas.

—Tom, eres joven. Crees que puedes con todo solo, pero, a estas alturas, deberías saber que no es así. Vas a necesitar ayuda, así que cógelas. —Jed hizo una pausa—. Síguele la corriente a este viejo chocho. Hazlo por mí, anda.

Jed tenía razón. Si los veteranos de Vietnam se parecían en algo a los que existían en la actualidad, la red era fuerte y los vínculos se adquirían de por vida. Se enganchó las chapas alrededor del cuello y se las metió por dentro de la camisa.

—¿Dónde está tu otra chapa?

—Con Michael. Esa que te he dado es la que nos trajeron a casa, pero la noche antes del funeral colé una de las mías en su ataúd para que no estuviera solo. —Jed le puso la mano en el hombro—. Tú tampoco lo estarás.

Llamaron a la puerta. Tres veces. Golpes secos y uniformemente espaciados.

«¡Vaya!». Grace frunció el ceño. Jed se había adelantado, pero… él siempre utilizaba la puerta trasera. Y además, nunca llamaba.

Más golpeteos:

—Grace, soy yo.

Grace relajó los hombros un poco. Conocía aquella voz, pero no eran ni el lugar ni el momento adecuados. Tendría que ingeniárselas de algún modo para librarse de él. No podía ver ni la mesa ni los regalos.

—¿Grace?

«¡Bueno, venga!». Echó un rápido vistazo al reloj de arena, que ya iba por la mitad de su novena vuelta. Atender la llamada de la puerta no debería llevarle más de veinte segundos. Tenía tiempo de sobra.

«Mil ciento uno, mil ciento dos… Ya está: le diré que no se puede quedar. —Se dirigió a la habitación que daba al oeste y tomó el pasillito que conducía a la puerta de entrada—. Mil ciento tres, mil ciento… Seré firme y luego cerraré la puerta y no volveré a contestar, por mucho que… Mil ciento seis. —Abrió la puerta con ímpetu, recibiendo una gélida bocanada de aire—. Mil ciento…».

Lo que iba a decir se amontonó como los granos de arena de aquella montaña en miniatura. Abrió la boca, pero no articuló palabra. Reconoció al anciano con su parka negra y su gorro de aviador demasiado grande, tan calado que tenía que echar la cabeza hacia atrás para ver por dónde iba.

A los otros dos —con cara de pocos amigos y también viejos, como era ahora casi todo el mundo— no los conocía de nada.

«Tres hombres». Durante un instante, tuvo una extraña sensación de *déjà vu*. No estaba en la cabaña, el mundo no se había ido al traste y los marines acababan de llegar mientras ella salía deambulando de la cocina con cucharas medidoras en las manos… porque, por más que lo intentase, era incapaz de recordar para qué servían.

Entonces desvió la mirada hacia los caballos.

Tres hombres, dos rifles.

Pero *seis* caballos.

«Aquí hay tres. —Sintió que el aire le secaba la lengua y que la voz se le evaporaba igual que una pompa de jabón al explotar—. Un caballo para él también, pero no para mí ni para Jed… porque no están aquí por nosotros. Con eso suman cuatro. Entonces, ¿dónde están los otros dos?».

Miró al anciano ataviado con aquel gorro ridículamente grande.

—¿Sí, Abel?

25

Sábado por la noche.

—No me gusta. Llevan fuera demasiado tiempo, prácticamente desde el amanecer, y nunca cazan durante el día. Además, se han dejado una fogata encendida en la nieve. ¿A cuento de qué? —Sharon introdujo una uña mugrienta en la enorme úlcera supurante que tenía en la mejilla derecha. La llaga, amarronada y pulposa, ocupaba el centro de un tatuaje desteñido que representaba una telaraña concéntrica. Sharon echó un vistazo a Acné, que permanecía sentado en una baja mesita de café a la izquierda de un fuego chisporroteante que Alex había encendido, y luego volvió a mirar a Alex con la misma suspicacia—: ¿Cómo es que no han vuelto al campamento?

—¿Y cómo voy a saberlo? —respondió Alex, aunque aquello difícilmente podía llamarse «campamento». Por el olor metálico a hielo duro y lo poco que había acertado a distinguir en la luz decreciente, los Cambiados se habían apoderado de la vieja casa del lago de alguien: un enorme caserón victoriano muy recargado, con un columpio en el porche e incluso un asta de bandera. Acné y Caracortada, los fuertes del grupo, los habían conducido a una casita de huéspedes que conservaba el tufo a azufre y grasa rancia de los huevos fritos de algún desayuno lejano. Comparado con los ruinosos refugios y los gélidos cobertizos de la semana anterior, aquel lugar les parecía una mansión—. Yo sé lo mismo que tú.

Sharon soltó una risotada. Su aliento olía peor que unos calcetines sucios.

—¡Y una mierda! —le espetó—. No estoy ciega. Y al parecer tu amiguito tampoco.

—¡Cielos! —exclamó Ray, que una vez había sido entrado en carnes y que ahora tenía la tripa metida para dentro como una bolsa de papel vacía. Le pasó el brazo por los hombros a su esposa y la atrajo hacia sí—. ¿No están las cosas ya lo bastante feas?

—Sólo transmito lo que todos pensamos —dijo Sharon. Desde su posición, Acné se volvió para mirarlos y Sharon soltó otra carcajada—: Eh, tú, hijo de puta, ¿cuándo pensáis darnos de comer?

—Sharon. —La voz de Ruby temblaba como la cuerda de un arco a punto de romperse—. No los provoques.

Sharon frunció el ceño.

—No lo haría si no estuviéramos hambrientos. ¡Necesitamos comida, a menos que queráis que seamos sólo piel y huesos, malditos mamones!

Dado que Sharon atesoraba más tinta por centímetro cuadrado que cualquier persona que Alex hubiera conocido y que los Cambiados sentían una especial predilección por los —digamos— *accesorios* inusuales, como pañuelos o bufandas de piel tatuada, Alex supuso que estarían encantados de que Sharon se consumiera del todo. Así sería más fácil de pelar. Sabía que era un pensamiento mezquino, pero Sharon la sacaba de sus casillas.

—Ya sabes por qué no nos han dado de comer, Sharon —intervino Ruby—. Porque no han encontrado a nadie. Es... mala suerte.

—¿Suerte? No tiene nada que ver con la suerte. Vamos a acabar todos como carne mechada, menos, tal vez, esta *señoritinga.* —Sharon miró a Alex de reojo—. No creas que no me he dado cuenta de las miraditas que os echáis tú y tu amiguito el lobo. Creo que le pica algo que sólo tú puedes rascar.

—Sharon —la reprendió Ray—, cierra el pico.

—No pasa nada, Ray —lo tranquilizó Alex.

—Sí, *Ray* —se burló Sharon—. Alex y yo sólo estamos charlando mientras seguimos aquí con el culo pegado esperando la muerte.

—¿Por qué eres tan impertinente? —Ruby se apartó el pelo de la cara con una mano quebradiza que era toda huesos envueltos en un velo de piel—. Estamos todos en el mismo barco.

—Pues yo apostaría a que *uno* de nosotros se ha buscado un bonito bote salvavidas, ¿verdad, Alex? Anda, dinos dónde crees tú que se ha metido tu noviete. —Sharon esbozó una sonrisa sardónica que dejó al descubierto un espectáculo dantesco de dientes mellados y raigones torcidos y amarillentos—. ¿Crees que se ha pirado y se ha buscado otra amiguita? ¿O que la rubia y él están...?

Alex trató de evadirse. Se sabía la cantinela de memoria. Se apartó de los demás y con mucho cuidado se levantó el vendaje del hombro. El brazo izquierdo le daba punzadas y casi podía ver el calor que desprendía. Aunque mantenía la herida lo más limpia posible, las punzadas habían comenzado poco después del mediodía, si es que podía confiar en Mickey.

«Dios, que no sea una infección». Si eso ocurría, ya podía tumbarse en la nieve y esperar la muerte. Cuando desprendió la última gasa, tuvo que morderse el labio inferior para sofocar un quejido. Aquel olorcillo a putrefacción era inconfundible. Algunos trozos de músculo parecían espesas mucosidades. «Vale, no te acojones. Límpiala, busca un poco de alcohol y antibióticos por ahí. Esto es un caserón en toda regla. Tiene que haber un botiquín en alguna parte».

—Oooohhhh. —La lengua de Sharon culebreó por entre las ruinas de sus dientes—. Qué mala pinta tiene eso. Podrías dejar que se pudriera, ¿sabes? Si te pasa como a Brian, seguro que sólo te matan.

Vaya, aquello la hacía sentir mucho mejor. Quiso responderle con algo ingenioso, pero tenía un agujero en el estómago y el cerebro seco como una pasa, así que simplemente acertó a decir:

—Vete a la mierda, ¿vale?

—Demasiado tarde. —Sin embargo, a Sharon parecían habérsele bajado aquellos humos proverbiales, porque le dio la espalda a Alex, se volvió hacia Ruby y le soltó en tono confidencial—: Esto es lo que pienso: creo que el motivo por el que esos monstruitos no han vuelto con nadie en estos dos últimos días es porque no había nadie esperando, lo cual significa que los otros han dejado de cumplir su parte del trato.

—O eso o que no tienen a nadie a quien enviar —argumentó Ray.

—¿De qué estáis hablando? ¿Cómo que *nadie esperando*? —Alex nunca los había oído hablar así y sentía curiosidad, a pesar de sí misma. Puede que compartieran la comida, pero en realidad no los conocía demasiado. Era comprensible: nadie quería hacerse colega de nadie a quien después tuviera que ver convertido en hamburguesa—. ¿Qué trato? ¿Qué queréis decir con que no tienen a nadie a quien enviar?

—Bueno, ya sabes. —Ray lanzó una mirada de desconcierto a Ruby y luego volvió a mirar a Alex—. Enviar a alguien como te han enviado a ti. Como nos han enviado a todos.

—Yo huí, me escapé. Nadie me envió —repuso Alex, pero enseguida se acordó de que, dadas las circunstancias, a ella le habían dicho exactamente adónde ir… y la escopeta de Jess había sido de lo más persuasiva. Entonces asimiló las palabras que Ray y los demás habían empleado—: ¿Con enviado queréis decir «expulsado»? ¿A propósito? ¿Por qué? ¿Hicisteis algo malo? —Se imaginó que esa sería la explicación más factible. Probablemente Rule no fuera el único pueblo que castigaba con expulsiones por mal comportamiento.

—Claro que no —interrumpió Sharon. Parecía sentirse insultada—. Simplemente sacamos el palito más corto.

—¿El palito…? —Alex se quedó boquiabierta—. ¿Lo echasteis a *suertes*?

—Sí —asintió Ray, encogiéndose de hombros—. Por supuesto, cada pueblo o grupo decide cómo hacerlo.

—Pero tú te podrías haber quedado —dijo Ruby con calma—. Tú no deberías haber venido, Ray.

Ray apretó la mandíbula.

—Eres mi esposa. Si tú vas, yo voy.

—¡No debisteis hacerlo! ¡Ninguno de vosotros! —Por el rabillo del ojo vio que Acné giraba la cabeza para mirarlos, pero estaba tan concentrada en lo que Ray decía, en lo que todos sugerían, que no le importó.

—¡Claro que sí! Es por el bien común —alegó Ruby.

—Lleváis con Sharon demasiado tiempo —criticó Alex.

—Ojito, ¿eh? —contraatacó esta.

Alex la ignoró.

—¿Qué bien puede hacer que muráis? ¿Salir de vuestro pueblo por propia voluntad para que os coman? ¿Cómo os prestáis a eso? ¿Por qué aceptasteis el trato?

—Tú eres de Rule… —dijo Sharon. Su voz se tornó baja y temblorosa a causa de la rabia—. ¿Eres de ese maldito pueblo y te atreves a darnos lecciones? Fuisteis vosotros los que ideasteis el plan… —Se interrumpió cuando vio la cara de Alex—. ¿Qué pasa?

—Yo… —En medio de su confusión y distraída por la repentina y opresiva mezcla de olores, Alex estuvo a punto de soltar algo estúpido que podría haberla delatado. Pero entonces Acné se puso tan rígido que los demás también se percataron de que algo iba mal.

—¿Qué pasa? —exigió de nuevo Sharon, al tiempo que Acné se ponía de pie y los apuntaba con el rifle. Miró a Ray y a Ruby—. Dios, a lo mejor han cogido a alguien.

—Eso espero —dijo Ray—. Necesito comer algo.

«Así debe de funcionar. —A pesar de que la cabeza seguía dándole vueltas, Alex siguió a los demás cuando Acné los condujo a la puerta encañonándolos con la escopeta—. Eso es lo que Ruby quiso decir el primer día cuando mencionó lo de *compartir*. El que expulsan trae algo de comida. No mucha, pero la suficiente para que los Cambiados puedan reunir una especie de rebaño y seguir avanzando».

Observó cómo Acné ordenaba a Ray que abriera la puerta. El fuego menguó cuando una ráfaga de aire helado y nieve gruesa se coló en la estancia. Unos treinta metros más adelante, Caracortada se había vuelto de la hoguera crepitante hacia el bosque.

«Ella también los huele, igual que Acné. Igual que yo; incluso los he olido con la puerta cerrada». Vale, lo que faltaba. Su sentido arácnido se estaba agudizando, por eso sabía lo que hacían Acné y Caracortada.

¿Tendría razón? ¿Y si lo que olía era cierto?

Entonces todos acababan de sacar el palito más corto.

26

De no ser por la linterna, Jed se habría dado cuenta de que algo iba mal antes de que Tom y él hubieran subido casi hasta la cima de la colina y les faltaran poco más de cuarenta metros para salir del bosque. Pero estaba concentrado en el resplandor de la nieve a sus pies, alzó la vista hacia la cabaña por pura casualidad… y fue entonces cuando se percató de que algo no iba bien.

Una vez que el día tocaba a su fin, la ventana que daba al oeste se convertía en una rendija de tremor anaranjado procedente del fuego de la cocina de Grace. Cualquier otra noche, Grace habría encendido una vela o el Coleman, pero esta vez había querido que la cabaña estuviera lo más oscura posible para darle la sorpresa a Tom. Con todo, distinguía su silueta perfectamente, así como las letras pegadas con cinta adhesiva a una viga que quedaba justo encima de la mesa: Te queremos, Tom. Así que todo iba bien.

No obstante, enseguida advirtió que aquellas palabras relucientes danzaban y revoloteaban y que el espumillón titilaba, y *aquello*, según razonó, era porque había corriente y esta sólo podía circular si alguien acababa de cerrar la puerta de la calle.

De modo que Jed lo supo al instante: algo iba muy mal. Por si le quedaba alguna duda, aquel estúpido gorro de aviador era una señal de mal agüero.

Afinar su ojo de halcón hasta que distinguió la cara de su dueño fue una mera formalidad.

«Abel. —Jed observó que su vecino se adentraba más en la habitación—. ¿Qué diantres…?».

Entonces vio que Abel no estaba solo. Su acompañante, también masculino, era rudo y tenía papada. Un viejales, pensó Jed, aunque aquel rifle parecía bastante vivaracho.

—¡Leche! —exclamó Jed, y se detuvo tan de repente que Tom casi tropezó con él—. Se me ha olvidado el puñetero destornillador. Grace se estaba quejando de que una de las patas de la silla estaba coja.

—Yo lo traigo. —Tom se reacomodó la mochila en el hombro—. Un poco de ejercicio siempre viene bien.

—¿Te importa que me quede la linterna?

—Para nada. Llevo pateándome tanto tiempo este bosque que encontraría el camino con los ojos vendados. Venga, *Raleigh*, vamos a echar una carrerita.

—Aquí te espero —mintió Jed. Se quedó clavado en el sitio hasta que los pasos del chico se perdieron en el bosque antes de apagar la linterna. Tal vez ya fuera demasiado tarde. Aquel foco parecía una auténtica baliza, aunque a lo mejor el bosque lo había resguardado.

Jed se descolgó el rifle del hombro y avanzó agachado por el sendero, manteniendo la cabaña a la vista del ojo bueno. Abel no habría venido con un único cazarrecompensas y Jed no tenía la menor intención de cooperar. Si Tom huía, tendrían que darle caza. Abel era un inútil, por lo que un anciano vigilaría a Jed y a Grace mientras otro iría en busca de Tom. Eso sería arriesgado. Tom era joven y fuerte y, aunque estaba cojo de una pierna, ya corría bastante rápido. Así que al menos debía de haber dos hombres más, tal vez tres.

Se encogió contrariado cuando una maraña de arbustos se le enganchó en la parka. El sonido fue atronador en medio del gélido frío y contuvo la respiración con los nervios a flor de piel mientras escuchaba. Nada. Ni pisadas en la nieve ni crujidos de ramas. Estaba solo.

Vio que ahora Grace se había adentrado aún más en la habitación y se había acercado a la ventana. Abel y el cazador la siguieron, como sujetos por un ronzal invisible. El pecho se le hinchó de orgullo. Sí, esa era su chica. Se las había ingeniado para colocarlos a su antojo —para poner a los muy panolis en la posición adecuada—, porque ella sabía mejor que nadie que la gravedad ejercía su efecto incluso con la bala más rápida. Pero si le ofrecía un tiro perfecto…

Su Bravo 51 estaba cargado, listo para disparar, con las patas ajustadas a su altura. Rápidamente separó las piernas, asentó el bípode en la nieve y luego se tendió a todo lo largo. Se acomodó la culata en el hombro derecho, pegó el ojo bueno a la mirilla… y por poco se le escapa una carcajada. No necesitaba mirilla, ¿verdad? Pero la cabra siempre tira al monte. La cabeza del cazador apareció en el punto de mira; el aumento era tan grande que Jed fue capaz de distinguir que tenía los ojos marrones.

«Un disparo. Eso bastará. Abel se quedará de piedra y entonces me lo cargaré a él también».

Sólo esperaba que Grace tuviera la sangre fría de quedarse quieta hasta que los hubiera derribado a los dos y que luego hiciera lo que habían planeado en caso de emergencia: encerrarse primero en el dormitorio y luego en el baño. Lo más probable es que hubiera otros cazadores, pero los disparos los atraerían hasta la casa. Mientras estuvieran ocupados echando puertas abajo, ella tendría tiempo suficiente para salir por la ventana del cuarto de baño. Para entonces, él estaría lo bastante cerca como para ayudarla. Si no era así, sabía que debía dar la vuelta hasta el sótano y echar el cerrojo tras ella. Aquellas puertas eran sólidas y tenían buenas bisagras de hierro. Se necesitaban muchas balas para perforarlas y, de todos modos, los cazadores no querrían desperdiciarlas con ella.

Tom era el único cabo suelto, el único que podía echarlo todo a perder en un periquete. El chico podía oír aquel primer disparo. Dios, Jed esperaba que el muchacho se diera cuenta de que dirigirse a ciegas hacia un tiroteo era un gravísimo error.

«Usa el coco, hijo. Da un rodeo y…».

De pronto, sintió que una dura protuberancia metálica le presionaba la coronilla.

—Yo que tú no lo haría —dijo el cazador.

Jed se quedó de piedra, pero pensó: «Adelante, sé rápido». No había tiempo para planear otra jugada, y rendirse no era una opción.

Grace lo entendería. Además, ella sabría exactamente qué hacer a continuación. Sólo esperaba que Tom también.

«Sé listo, hijo. Piensa en lo que vas a oír y huye».

—Entonces supongo que es una suerte que no seas yo —le dijo al hombre cuya cara no conocía y no conocería jamás.

27

Beretta fue el primero en aparecer por el bosque. Respiraba con dificultad, resollando como un perro. Tenía la chaqueta desgarrada y la cara surcada de cortes y profundos arañazos. También había perdido un guante por el camino. Acné lo alcanzó justo cuando al chico le flaquearon las rodillas, cargó con él y lo condujo medio a rastras hacia el fuego, mientras otros Cambiados emergían del bosque… esquiando.

—¡Ay, Dios! —A Ruby se le encogió el corazón—. *¿Más?*

Alex supuso que se trataba de otra cuadrilla. Los recién llegados estaban divididos de manera equitativa en chicos y chicas, todos ataviados más o menos con la misma indumentaria: blanco sobre blanco con pasamontañas a juego; sólo se adivinaban los oscuros agujeros de sus ojos, como si fueran las cuencas de una calavera. Cada uno llevaba anudado a la frente un colorido pañuelo de piel tatuada, como los pilotos kamikazes. Cuando se detuvieron, empezaron a soltar mochilas de camuflaje.

—¡Madre mía, vaya arsenal! —exclamó Ray.

Tenía razón, pero Alex sabía que aquellas mochilas no pertenecían a esos nuevos Cambiados. El olor de sus auténticos propietarios aún estaba muy presente. Volvió a inhalar, esta vez con mayor intensidad. «Oh, Dios mío, hay comida». Canela y pasas, cacahuetes y chocolate, y galletas saladas, sí, galletas saladas y... Se le hizo la boca agua y le temblaron las rodillas. Consideró la posibilidad de que también hubiera algo de queso. Tenía tanta hambre que ni siquiera el hecho de saber que sus dueños habían estado vivos poco tiempo antes le causó demasiada impresión. Sólo quería la comida.

De pronto le vino el olor de Araña y divisó a la chica saliendo del bosque, flotando sobre sus esquís como una aparición. Tenía la piel de lobo y la parka salpicadas de sangre y por el camino se le había venido el pelo a la cara completamente revuelto. Su herida rezumaba pus, pero el brillo plateado de sus ojos revelaba excitación y las ansias de sangre hacían relucir su piel.

Sin embargo, en vez de Lobezno, un chico larguirucho al que nunca había visto antes avanzaba por la nieve a su lado. El atuendo blanco nuclear del muchacho tenía salpicaduras de sangre y apestaba a hierro, metal chamuscado y pólvora quemada.

«Restos de un disparo —pensó—. Y a bocajarro». El chico estaba bastante fuerte y parecía un majestuoso leopardo de las nieves con manchas rojas. Se quitó los esquís ayudándose con los pies, se puso detrás de Araña y se apretó contra ella, alzando los brazos para agarrarle los pechos. Con los ojos cerrados y el cuello arqueado, Araña se apoyó en el muchacho y empezó a restregarse contra él mientras le bajaba la cabeza con los brazos hasta el ángulo de su cuello. La mezcla de olores que emanaban —animal aplastado, hierro y Araña putrefacta— se intensificó y, conforme su excitación aumentaba, el aire se volvió más denso y opresivo, tanto que Alex creyó que iba a asfixiarse. Vio que los demás recién llegados también se iban animando y al instante estaban todos apiñados en un delirio de bocas febriles y manos sobonas.

—¡Eh, id a un hotel, cabrones! —gritó Sharon.

—¡Dios santo! —dijo Ray—. ¡No me digas que van a montar una orgía en la nieve!

Alex lo dudaba. Parecía que estuvieran sedientos de sangre, que fueran presa del típico alivio que suele experimentarse cuando se sobrevive a algún tipo de batalla. Eso explicaría todas aquellas mochilas que no les pertenecían, el olor a pólvora, la herida de Beretta y la sangre.

«Pero Lobezno… —Se concentró, tratando de olisquear más allá del hedor general…, de la infinidad de nuevos olores y, sobre todo, de las ansias crecientes de sexo…, pero no logró olerlo—. ¡Oh, Dios mío, no estará…!».

—¿Dónde está el otro chico? —preguntó Ruby—. El lobo.

—Con suerte, muerto. —Sharon le dio un empujón a Alex con su huesudo codo—. Anímate. Ese mocoso parece adorable… Y si no te convence, a esos otros sin duda les va la marcha…

Alex no dijo nada, pero le sorprendió descubrir que le afectaba la posibilidad de que Lobezno estuviese muerto. Era como si ella también hubiera perdido algo.

«No, ni se te ocurra pensarlo. Era un monstruo, no tu amigo».

Volvió a fijarse en los recién llegados. Araña y Leopardo seguían morreándose, pero su olor era ahora menos intenso. Ni siquiera un Cambiado obsesionado por el sexo iba a sucumbir a tirarse en la nieve y ensuciarse cuando tenía a su disposición aquella bonita casa seguramente llena de habitaciones. A lo mejor hasta había un pequeño mueble bar y un jacuzzi, que no funcionaría, claro, pero eso era lo de menos. Los demás también se habían calmado y se apiñaban alrededor de Beretta como si fueran jugadores de fútbol en torno a un compañero lesionado. Ahora que estaban más cerca de la hoguera, reparó en el brillo tornasolado de los largos cuchillos que aquellos tipos llevaban atados a la espalda. También estaban metiendo un montón de armas en las mochilas: rifles y revólveres negro mate en sus respectivas fundas y balas brillantes en bandoleras. ¿Y aquel chico llevaba un cinturón de *granadas*?

—Mierda —susurró Ray—. Son como una especie de escuadrón de la muerte de ninjas chiflados.

Y así era, pensó Alex, exactamente así. Entonces, ¿qué…? ¿Eran amigos? ¿Aliados? ¿O sólo una tribu diferente que se les había unido como buenos vecinos en una ceremonia *potlatch*? Sus ojos se posaron en Araña y Leopardo y reparó en cómo se metían mano mutuamente. Que los Cambiados practicaran sexo le ponía la piel de gallina.

Pero también estaba Lobezno, y su hambre, pensó. Tal vez sexo y hambre fueran de la mano.

—Cuántas armas —murmuró Sharon.

—Sí —soltó Alex, contenta de centrarse en algo distinto a Araña y Leopardo dándose el lote. Se fijó en un niño que blandía una Uzi. ¿Dónde demonios habían conseguido armas de asalto?—. Pero son demasiadas. Todas no pueden ser suyas. Creo que son como un botín o algo así, igual que las mochilas. La cuestión es: ¿contra quién han luchado?

—Querrás decir quién está lo suficientemente loco para luchar contra ellos, ¿no? —ironizó Sharon.

—¿Y qué más da? Ya era hora de que alguien tuviera los cojones de hacerlo. —Ray se interrumpió y luego acortó las distancias—: Escuchad, todos están ahí y nosotros *aquí*. ¿Entendéis lo que quiero decir?

—Mala idea —dijo Sharon.

Por una vez, Alex estuvo de acuerdo con ella.

—Aún van armados. Nos atraparían con facilidad, si la tormenta no nos mata primero.

—A lo mejor no —siseó Ray—. Ya los estáis viendo. Están colocados, distraídos. Venga, Alex, tú eres la que siempre dice que tenemos que mover el culo.

—Sí, pero no para que nos peguen un tiro en él… —se burló Sharon.

De pronto, un tremendo aullido de cólera resonó en el interior del bosque. Hasta Acné dio un repullo. Todos los Cambiados se giraron para escrutar la oscuridad, más allá de la nieve.

—¡Por Dios! —resopló Ray—. ¿Quién…?

«¡Oh, no!». Aunque no hubiera visto cómo se miraban Acné y Caracortada, ni descifrado el lenguaje corporal de los otros ni recordado que, salvo en muy contadas ocasiones, los Cambiados no hablaban ni emitían sonido alguno… lo habría sabido. Aun así, examinó el aire, dejó que se posara sobre su lengua, confiando en que tal vez estuviera equivocada.

Pero no lo estaba.

28

Primero se oyó un crujido y, acto seguido, cuando el ventanal explotó, una lluvia de cristales rotos invadió el suelo de madera. Algo surcó el aire zumbando como un rayo junto a su oreja derecha y luego se oyó un *puf* más suave cuando la bala impactó de lleno en carne y hueso. La cabeza del hombre retrocedió casi al mismo tiempo que su cráneo estallaba produciendo un sonido amortiguado y húmedo, como si un camión aplastara una calabaza. El hombre se desplomó.

Grace nunca había sido atlética. Su cuerpo era frágil y no muy fuerte, pero el odio y la aflicción le imprimieron valor y velocidad. Pasó agachada junto a un Abel estupefacto que seguía allí plantado mientras los sesos del cazador le chorreaban por su absurdo gorro, agarró una sartén con la mano derecha, cogió impulso y se giró. La sartén silbó y, aunque dio en el blanco, Grace pensó: «Qué pena que no sea un palo de golf; sería mucho más rápido, tendría más potencia angular, menos masa que vencer…».

Abel estaba volviéndose en ese preciso momento. El golpetazo sonó a hueco, como cuando se trocea una lechuga en una tabla de cortar, seguido casi al instante de un chasquido tremendo, húmedo y viscoso. La cara de Abel cedió en medio de una explosión de sangre y sus dientes tintinearon en el suelo como cuando cae arroz en una superficie de madera. No gritó. Su cuerpo retrocedió unos cuantos pasos y se limitó a bracear arriba y abajo como si fuera un niño patoso tratando de dominar un enérgico *swing*. Luego cayó de espaldas. La cabeza rebotó contra el basto suelo de madera. Tenía los ojos abiertos, al igual que la boca, de modo que Grace pudo ver los raigones rotos y ensangrentados donde sus dientes habían estado unos segundos antes. El resto de su cara era un cráter. El pecho no se le movía, pero sus pies y sus dedos seguían dando espasmos mientras la última parte de su cerebro moría.

Tiempo total desde el momento en que la bala atravesó la ventana hasta entonces: siete segundos. Tal vez un poco más.

«Vete al dormitorio. —La sartén cayó al suelo de madera formando un gran estrépito metálico—. La velocidad del sonido depende de la raíz cuadrada de la temperatura absoluta dividida por la masa molar». El segundo cazador la había dejado a solas con Abel y su compañero ahora muerto, lo cual significaba que él y los hombres que ella no había visto habrían oído el disparo en el bosque y luego la lluvia de cristales a una velocidad tan sólo un poco más lenta que si todo hubiera ocurrido en verano, porque el sonido alcanzaba menos velocidad en el aire frío. Pensó que disponía de entre nueve y quince segundos, pero existían demasiadas variables y no podía considerarlas todas.

«Si quienquiera que está ahí fuera rodea la casa para acechar, tengo más tiempo. Si no… Ya voy, Jed, ya voy». Empezó a cruzar la habitación, pero llevaba puestas unas zapatillas de casa y sintió que patinaba, que perdía el equilibrio. Los pies salieron volando como si hubiera intentado correr sobre el hielo y se cayó. El impacto fue sólido y muy fuerte y la peor parte se la llevó primero la pierna derecha y luego la cadera. Oyó dos chasquidos agudos y crocantes y acto seguido el dolor le explotó en la pelvis y se le extendió por la columna. Grace lanzó un grito de dolor y cogió aire para soltar otro, pero la boca se le llenó de sangre y de coágulos que también le obstruían la nariz: había aterrizado bocabajo en el charco cada vez más extenso de la sangre del hombre. Le sobrevino entonces una tos débil en forma de arcada. Tenía la pierna derecha torcida, extendida en un ángulo extraño, y el dolor era tan insoportable que no se atrevía a moverse. Un segundo después, se dio cuenta de que no podía.

«Debo hacerlo. —El olor a cobre de toda aquella sangre le estaba provocando náuseas. Un acceso de vómito le fue subiendo por la garganta y le llegó a la boca. El dolor de la cadera era insoportable y le nublaba el pensamiento—. La cantidad de sangre que tenemos en el cuerpo depende de la masa y yo soy muy pequeña. Tengo que moverme, tengo que llegar al dormitorio… Jed, Jed…». Por encima de los latidos de su corazón, oyó el *clic* y luego el chirrido de la puerta.

«Alguien viene. Tengo que levantarme. ¡Levántate, levántate!». Pero no podía moverse. Boqueaba como una trucha moribunda y era incapaz de levantar la cabeza. Hasta la calculadora de su mente se había quedado pillada. ¿Cuánta sangre corría por sus venas? Se había quedado en blanco; los números no le venían.

Vio cómo el charco de sangre vibraba y formaba ondas conforme se acercaban unas botas de invierno. Entonces las pesadas botas aparecieron ante sus ojos y vio que eran diferentes a como las había imaginado: unas botas militares de color tostado en lugar de negras o marrón oscuro. El hedor herrumbroso a sangre era tan fuerte que percibió tarde aquel otro olor: fuerte y a la vez un poco dulzón.

Gasolina.

Se produjo un estallido de estática y luego una serie de *clics*, muy nítidos y tajantes. A Grace le recordaron a las chicharras en un caluroso día de verano. El índice de chasquidos de una chicharra estaba relacionado con la temperatura, pero estos no eran rítmicos. Un código. Podía ser incluso el código Morse procedente de una radio. Hubo una pausa y a continuación el dueño de las botas tecleó una respuesta.

A Grace aquel patrón no le decía nada. Su hermano había sido *scout* Águila. Habría sido capaz de explicarle qué significaban aquellos golpecitos, pero estaba muerto. Como, por otra parte, lo estaba ella.

Muy por encima de las botas, una nueva voz, una que Grace sabía que no habría podido proceder de los hombres que había visto, dijo:

—De modo que es un chico. Tom. —Se recreó en la palabra saboreando el nombre—. ¿Dónde está?

«Corre, Tom». Tenía la lengua bañada en la sangre del anciano y en su propio vómito cuajado. El dolor de la cadera y de la pierna se acompasaba con los latidos de su corazón.

—Déjeme decirle algo. Normalmente, convertiría a alguien como usted en hamburguesas, o tal vez incluso en un par de cuartos traseros asados para los Chuckies. Pero esta cabaña está a tomar por saco y usted es tan poquita cosa que no merece la pena el esfuerzo, así que haré una excepción en su caso.

«Corre, Tom. —Sin el ventanal, la habitación se estaba helando por momentos—. Corre, corre…».

—De modo que esto es lo que voy a hacer —prosiguió la voz—. Dígame dónde está y la mataré ahora mismo. Una bala en el cerebro y adiós muy buenas. Pero si no me lo dice…

«El aire está congelado; todo es cuestión de tiempo. La velocidad inicial depende de…».

—Dejaré que se encargue el fuego. Seguramente morirá por inhalación de humo antes de que el fuego haga su trabajo, o tal vez sus pulmones hiervan y se asfixie. O a lo mejor no. A lo mejor permanece consciente todo el rato mientras el fuego la devora viva.

«La velocidad del sonido es…».

—Contaré hasta tres.

«No, no serán tres, no exactamente. La velocidad de un pensamiento es de trescientos milisegundos y el tiempo para llevar a cabo la acción depende de…».

—Uno.

«No exactamente tres. —Inhaló aire y lo retuvo—. Tres segundos, suficientes. Si está cerca…».

—Dos.

«Corre, Tom, corre, corre…».

—Tr…

—*¡Coooorreeee, Tom, coooorreeeeeeee!* —gritó Grace; las palabras manaron de su boca porque el pensamiento estaba allí, en la parte frontal de su cerebro, y tuvo el tiempo justo, tuvo…

29

Otros seis pequeños ninjas salieron penosamente del bosque y, por cómo resollaban, se veía que la empresa era ardua: cada uno tiraba de un largo trineo de plástico rojo intenso con los bordes redondeados.

—Dios mío. —Ruby se tapó la boca con la mano—. Traen *niños*.

Doce en total. Muertos y bien muertos. Chicas y chicos. Dos por trineo, revueltos en una maraña de brazos y piernas flácidos y pelo mustio como cadáveres procedentes de un campo de concentración. Distinguió unos cuantos disparos en la cabeza. Aquel chorreante tercer ojo y aquellos cráneos deformes no dejaban lugar a dudas. Sin embargo, a la mayoría les habían rebanado el cuello, pues exhibían amplios baberos de sangre congelada. Algunos —la mayoría— habían muerto con los ojos abiertos como platos y la boca congelada en un último grito silencioso.

El olor persistente del pánico de los niños muertos se alojó en su garganta, aunque también acertó a distinguir un resto de pólvora y de aceite para armas de fuego. Disolvente... y cenizas raspadas de una chimenea ennegrecida. Entonces lo supo: no eran sólo niños.

Eran soldados.

Otros dos pequeños ninjas hicieron su aparición. Ellos también arrastraban algo, sudando a mares como ganaderos que lucharan a brazo partido contra un toro desmandado.

Lo cual no era del todo falso.

Era alto como Chris y Lobezno, pero musculoso como Tom, y llevaba el pelo, muy rubio, recogido en una pequeña coleta con un trozo de cuero. Calculó que contaría más o menos la edad de Chris, año arriba, año abajo. Tenía la parka rota y abierta y una enorme araña de sangre dibujada en la camisa, abajo a la izquierda. La cara y el hueco de la garganta también estaban manchados de sangre. Sus manos desnudas se habían teñido de un rojo carmesí.

—Ca-cabrones. —El chico se debatía, jadeaba y expelía el aire a trompicones en dolorosas boqueadas—. Debí mataros cuando se me presentó la oportuni… —Soltó un agudo chillido cuando Acné le clavó el puño en la barriga y las rodillas se le doblaron como una navaja al verse liberado por los dos ninjas. Cayó en la nieve dando arcadas, tratando de sujetarse el costado herido con una de sus manos teñidas de sangre—. Por-por favor, déjalo. —El chico llevaba el dolor y la desesperación grabados a fuego en el rostro—. *Por favor.* Podéis llevarme a mí, pero dejad…

—*¡¿Daniel?!* —La palabra sonó con estridencia, como un arpón afilado lanzado desde las profundidades del bosque—. *¡¿Daaaanieeeeeeel?!*

—¡Oh, mierda! —exclamó Sharon.

«No. —Los ojos se le empañaron y convirtieron la hoguera y todos aquellos cadáveres en un borroso arcoíris—. Por favor, otro no; este no».

Volvió a oírse el grito, aunque ahora era inarticulado y no una palabra, sino una línea de sonido puro, fino y brillante como un láser. Apenas un momento después, aparecía un último ninja. Tiraba de algo y se tambaleaba un poco por el esfuerzo, pero sonreía de oreja a oreja como un pescador que acabara de hacer la captura de su vida.

—¡Oh, Dios mío! —musitó Ray.

30

Cuando se produjo el disparo, Tom estaba trasteando en la caja de herramientas con una pequeña linterna de bolsillo sujeta entre los dientes para dejar las manos libres. Al oírlo, dio un respingo y los dientes se entrechocaron con el metal. El perro emitió un pequeño ladrido y luego gruñó.

«Pero ¿qué pasa? ¿A qué le está disparando Jed?». Entonces se percató de la leve separación, de los ecos que se superponían, y su cerebro, tan habituado a las armas de fuego, lo entendió enseguida: dos disparos con sólo medio segundo de diferencia si acaso. Y cerca.

«¡Jed! —El destornillador cayó al suelo formando un gran estrépito. Apagó la linterna, se desenganchó la mochila y se descolgó el rifle. Metió una bala en la recámara a la carrera y casi se había plantado en la puerta de la casa cuando se paró a pensar—. Tranquilo. Sea lo que sea lo que ha pasado, ya ha terminado. Como te metas en una emboscada, no podrás ayudar a nadie».

Dos disparos, tres posibilidades: o dos tiradores habían disparado a Jed prácticamente al mismo tiempo, o Jed había disparado primero y el otro tipo lo localizó en el último segundo, o Jed había hecho un disparo de advertencia y el otro tipo…

«No. No puedo pensar eso. Todavía no».

—*Raleigh,* agáchate —susurró. El perro obedeció al instante. Tom aguzó el oído, agazapado en el suelo. Nada: ni disparos ni gritos ni Jed. Una punzada de pánico le atravesó el pecho. Tenía que salir del cobertizo. La gran ventana corredera daba al oeste, al lago. La única puerta con bisagras quedaba a la derecha, pero sólo le venía bien si no había alguien siguiéndole ya la pista. La corredera, entonces. Dar marcha atrás por la nieve hasta...

Otro sonido: agudo, fino. El perro dejó escapar un gemido. Tom sintió un zumbido en los oídos. ¿Qué era aquello? ¿Un grito? No, un chillido y...

Un crujido lejano.

Un tercer disparo. En la distancia, hacia el norte. La cabaña.

«¿Grace? —Todo el aire que había retenido en los pulmones lo expulsó en una rápida y fuerte exhalación parecida a un sollozo. Descansó la frente en el rifle. El metal estaba tan frío que quemaba—. Por mi culpa, no debería haber esperado tanto».

—¡Chico! —El grito sonó tan cerca que Tom a punto estuvo de salirse del pellejo. A su lado, el perro se puso en pie de un salto y emitió un gruñido ronco y amenazador—. ¡Chico, no queremos hacerte daño! ¡Vamos, sal!

«¿No *queremos*?». ¿Cuántos eran? ¿Dos? ¿Tres? O a lo mejor el tío estaba tirándose un farol. No obstante, ahora sabía, sin asomo de duda, que Jed también había muerto.

«Os mataré, cabrones. —Sus pulmones eran plomo—. Os mataré. Os...».

—Chico, podemos arreglar esto por las buenas o por las malas. No queremos hacerte daño, pero si disparas, nosotros responderemos, así que abre la puerta y sal despacio con las manos en alto.

Desde donde él se encontraba, estarían a unos cuarenta y cinco metros de distancia y un poco a la derecha, lo cual tenía sentido porque aquella era la dirección del bosque. Eso le hizo decidirse.

—¿Qué queréis? —En realidad, le importaba un comino, pero necesitaba ganar un poco más de tiempo.

—Sólo queremos que vengas con nosotros. —Un instante después, de la oscuridad manó una luz amarilla que iluminó la ventana corredera por encima de su cabeza. La luz barrió el cobertizo de derecha a izquierda y viceversa. Le hicieron un favor, porque vio las máquinas a la perfección: el trineo eólico estaba a la derecha y un poco por delante de la motonieve. La Road King de Jed estaba acoplada más al fondo, atravesada por delante del catre y del radiador de propano.

El perro volvió a gimotear. Un instante después, él también lo detectó: un leve olor a madera quemada. Sabía todo cuanto había que saber sobre el humo y el fuego y su nariz no tenía ningún problema en aislar olores. Si empapabas la madera en gasolina u otro acelerante, el olor era muy diferente. Quemar ropa y productos sintéticos dejaba un tufo químico. La cabaña era pasto de las llamas.

Los muy cabrones eran listos: trataban de tenderle una encerrona. Sabían que no tendría adónde ir. Además, el cobertizo sería lo siguiente. Lo quemarían vivo.

—¿Hueles eso, chaval? —La voz sonaba mucho más cerca—. Vamos, te estás complicando las cosas tú solito.

Cogió la mochila del suelo, se movió rápido, tiró sus cosas en el asiento trasero del trineo eólico y deslizó el rifle por la base de este pensando en todo momento en lo que iba a hacer…, en la secuencia exacta.

En realidad, todo dependía de lo rápido que ellos lo descubrieran. Y de si encontraban un modo de seguirlo. Le echó un vistazo a la motonieve. Con aquella luz granulosa, el agujero que había dejado al arrancar el dispositivo de arranque parecía una cuenca vacía. Sin embargo, la cuerda seguía colgando. Así que podían utilizarla.

«La motonieve es más rápida. Tiene luces. Uno puede disparar mientras el otro conduce».

No tenía elección.

—¡Vamos, muchacho! —Las luces se mecían arriba y abajo a medida que los cazadores se acercaban. El interior del cobertizo se iba volviendo gris.

—*Raleigh*, ven —susurró mientras daba palmaditas al asiento trasero. Mientras el perro correteaba hacia el trineo eólico, Tom se abalanzó hacia la ventana corredera—. Buen perro. Quieto. —Metió la mano derecha por la manija de hierro forjado, asentó bien los pies y se apoyó en la pierna izquierda, la más fuerte. Inspiró profundamente. Una vez hecho, no había vuelta atrás.

«Hazlo».

Dio un tirón, quizá demasiado fuerte. La ventana se deslizó sin mayor problema gracias a todo el 3-en-Uno que Jed le había echado; las ruedecillas de metal susurraban sobre los raíles como una bola de jugar a los bolos se desliza por un parqué encerado. Una bocanada de aire gélido inundó el cobertizo, trayendo consigo el olor a madera quemada y a plástico derretido. Luego se giró y saltó de vuelta al trineo. Fuera, la luz empezó a moverse en cuanto los cazadores se dieron cuenta. Cinco segundos, puede que diez. Saltó al asiento delantero del Spitfire, le dio al contacto y pisó a fondo el acelerador para meterle combustible al motor. Al cabo de un milisegundo, el motor por fin rechinó, tosió, chisporroteó…

Pero no arrancó.

«¡Vamos, vamos, vamos!». Fuera se oyó un grito. Las luces cabeceaban; sintió el zarandeo de zarzas y de troncos helados. Se acercaban, y muy rápido. Tom apretó los dientes, se obligó a darle al motor dos preciosos segundos que no tenía y, acto seguido, lo volvió a intentar.

«Si se ahoga, estoy muerto. —El sudor le corría por el cuello—. Están a la vuelta de la esquina y si sigo aquí sentado…».

El motor volvió a la vida en medio de un renqueante rugido en aumento.

Y empezó a moverse.

31

El niño era moreno y le brillaban los ojos de pánico, pero Alex se percató del parecido en el acto. Tenía la cara salpicada de sangre y había más en sus manos, pero aparentemente eso era todo, por lo que tal vez se tratase de la sangre de su hermano.

—¡Daniel! —grito el niño—. Daniel, ¿estás bien?

—¡Sí, Jack! —Daniel logró ponerse de rodillas—. Estate tranquilo, ¿vale?

—Pero ¿qué nos van a hacer? —La voz de Jack sonaba cargada de tensión y sus labios dibujaban un severo rictus. Era muy pequeño, no mayor que Ellie. Enormes lagrimones resbalaban por sus mejillas y se fundían con las rojas salpicaduras, como si llorara sangre—. ¿Nos van a comer?

—No. —Daniel intentó levantarse con dificultad, apoyándose en los muslos. Le suponía un grandísimo esfuerzo; los brazos le temblaban y Alex era testigo de cómo contenía y soltaba la respiración—. Vas a estar bien. No pasa nada.

Pero sí que pasaba. Acné ayudaba a Beretta a incorporarse. Araña, Leopardo y los demás hacían corrillo alrededor de Daniel y Jack como Lobezno y sus secuaces habían hecho cuando Araña y ella se pelearon. Además, Araña llevaba su inseparable machete. El aire, ya de por sí denso, febril y enloquecido, se arremolinó y agitó bruscamente.

—¡Oh, Dios! —exclamó Alex.

A su izquierda, Sharon la atravesó con la mirada:

—¿Qué?

Alex no respondió. Era incapaz. Pero tenía la suficiente experiencia con los Cambiados como para identificar aquel olor.

A Daniel y a Jack no les quedaba mucho tiempo.

A ninguno de ellos.

32

Un trineo eólico no es una motonieve. El principio por el que se rige se parece más al de un hidrodeslizador: un motor potente que produce el aire suficiente para impulsar un barco por una superficie de hielo o de agua poco profunda. Tiene dos controles: un acelerador para darle potencia y un volante o un mando que controla el timón y orienta el aire.

¿Qué problema presenta un trineo eólico? Que no tiene frenos. Las dos únicas formas de detenerlo son descargar aire o apagar el motor. Y es aparatoso. No vira en ángulos cerrados. Si giras demasiado rápido el volante, soltarás demasiado viento y se te calará, garantizado.

En cuanto Tom sintió que el Spitfire se movía, pisó el acelerador a fondo. El trineo respondió con un traqueteo sordo y luego salió disparado del cobertizo tan rápido que Tom cayó hacia atrás estrellándose contra el perro. El pie se le resbaló del acelerador y oyó que, automáticamente, el motor se venía abajo y refunfuñaba mientras el Spitfire ralentizaba el ritmo hasta no superar la velocidad de un lento paseo. Tom se incorporó jadeando y pisó el acelerador con todas sus fuerzas.

El trineo salió disparado del cobertizo envuelto en una nube de humo, saltó por encima del saliente de tierra y se precipitó sobre el hielo cubierto por un manto de nieve dando un buen golpetazo. El firme era irregular: cada imperfección y bache en la nieve y en el hielo se traducía en un brusco rebote y un zarandeo, pero al menos se estaba moviendo. La extensión del lago Odd se desplegaba ante su imaginación. El tinglado de pesca de Jed le quedaba a la derecha, más o menos a la una en punto. Mejor virar y escorarse hacia la izquierda para darle un buen rodeo.

Algo titiló, líquido y naranja, y sus ojos parpadearon hacia la derecha. La cabaña era una hoguera. Descomunales lenguas de fuego bullían por el ventanal hecho añicos y se extendían por los aleros. En el interior de aquella habitación delantera, el fuego, brillante como la lava, subía a raudales por las paredes y se dispersaba por el techo. Incluso a aquella distancia, vio el momento en que una bombona de propano salió disparada hacia atrás en medio de una bocanada de color azul eléctrico en cuanto el fuego la alcanzó. La detonación fue de tal magnitud que superó el rugido del trineo.

Tom se quedó tan estupefacto que no se percató de que estaba perdiendo velocidad hasta que el motor finalmente se vino abajo. Pisó el acelerador, pero era demasiado tarde, pues el Spitfire se estaba deteniendo. En medio del repentino silencio, oyó un estridente chisporroteo, como el chirrido de una sierra circular.

La motonieve de Jed.

«¡Vamos!». Le dio al botón de encendido, pero el motor se había ahogado y lo único que hacía era emitir un sinfín de chasquidos, zumbidos y poco más. Con el corazón a mil por hora, se obligó a esperar…, esperar… Y luego volvió a accionarlo. Esta vez se vio recompensado con un bramido. El trineo dio una sacudida y empezó a ganar velocidad.

Echó un vistazo por encima del hombro. El único faro de la motonieve permanecía inmutable. No se movían. ¿Por qué? Entonces vio que el lago se extendía a sus pies como una reluciente alfombra plateada. *Reflejo*. Lo estaban deslumbrando para que…

Sintió que algo —grande, enorme— se le echaba encima. Sobresaltado, volvió a mirar al frente justo a tiempo para ver la caravana de pesca de Jed y su propia sombra aparecer de improviso en medio de la penumbra. Sin aliento, giró el volante y viró hacia la izquierda. La caravana pasó como una exhalación en medio de un vertiginoso remolino mientras el trineo derrapaba, soltaba aire y aminoraba la marcha. Se oyó un gran golpetazo cuando el casco de fibra de vidrio del Spitfire chocó y saltó por encima de los deslizadores de madera de la caravana. Entonces vio refulgir una brillante chispa por el rabillo del ojo. Una milésima de segundo después, un agudo tintineo metálico delataba el impacto de la bala en la chapa de metal.

Ahora sabía por qué se habían quedado en la orilla. La cubierta metálica de la caseta de pesca reflejaba la luz igual que la nieve. Apuntar y cambiar de dirección a trescientos sesenta y cinco metros de distancia con un rifle con mira telescópica no era nada.

«¡Vamos, vamos!». Pisó a fondo el acelerador y describió una amplia curva con el trineo. El Spitfire hizo una guiñada. Detrás, sentía que el perro pataleaba en un intento por mantener el equilibrio, pero ahora se movían, iban ganando velocidad y zigzagueaban despidiendo finas crestas de hielo y nieve en forma de gran nebulosa.

Sabía lo que harían a continuación. La motonieve era vieja, pero mucho más potente y rápida. Lo único con lo que él contaba era con un poco de ventaja. En ese momento no oía más que el rugido del motor. La velocidad convertía el aire frío en una guadaña que le rebanaba la piel. Estaba cruzando el lago a toda pastilla, volaba a ciegas, de memoria, confiándose a su suerte. Cuando el Spitfire dio el bandazo, echó un vistazo sobre el hombro y vio que la noche se teñía de azul y luego se iba iluminando a medida que la luz de la motonieve perforaba la oscuridad con un arco nítido y preciso.

«Me estoy quedando sin tiempo». ¿Dónde estaba? ¿Cuánto tiempo llevaba en el hielo? ¿Dos minutos? ¿Cuatro? Debería estar ya allí...

Sintió el momento en que el hielo y la nieve acumulada cambiaban de textura. Se produjo una sacudida seguida de un hundimiento cuando el hielo se tornó rugoso y, a continuación, el trineo empezó a rebotar, pues el casco daba de lleno contra baches y ondas congeladas. Tras el enésimo bote, el firme se volvió más agreste y a Tom le castañetearon los dientes cuando el trineo dio con el hielo aún más fino del canal.

Daba igual, debía ir más rápido, pisar a fondo el acelerador y salir de allí cagando leches. Aquellos cazadores le pisaban los talones, ganaban terreno a cada segundo y pronto se le echarían encima, así que necesitaba meterle caña, caña, *¡caña!*

Pero, en lugar de eso, levantó el pie del acelerador. La velocidad cayó en picado y el motor refunfuñó; el hielo y la nieve se aferraban al casco. Sintió que el trineo se ralentizaba y se encasquillaba. Se produjo un fuerte golpe sordo cuando la proa salvó un resalte de nieve y el Spitfire rebotó e impactó contra un maremágnum de témpanos unidos entre sí mediante una sutura de hielo fino como papel de fumar. Perfecto. Fue cada vez más despacio y se quedó observando cómo la oscuridad se tornaba gris, luego azul y después plata mientras el ronroneo de la motonieve sonaba cada vez más cerca…

«¡Ahora!». Pisó a fondo el pedal. El motor se revolucionó y el Spitfire bramó con el acelerador a tope a medida que se abría paso por el hielo cabeceando con el casco como cuando una piedra plana cruza un estanque haciendo cabrillas. Se oyó un tremendo zambombazo y de repente estaba en medio del agua. Una fría aspersión lo envolvió, pero él continuó, resuelto y confiado, preparándose para la repentina sacudida que sabía que se produciría en cuanto el trineo volviera a ganar el hielo y la nieve. Rezaba por que su velocidad fuera suficiente para que el bote patinase y compensara su peso, el de sus cosas y el del perro. ¡Dios, el perro! Esperaba que *Raleigh* fuera lo bastante listo como para echarse cuerpo a tierra; de lo contrario, el impacto lo lanzaría por la bor…

La proa del Spitfire impactó en el hielo a toda velocidad. Había cruzado el canal y ahora chirriaba por la superficie. Sentía que el lago volvía a solidificarse y que las sacudidas menguaban. Dio un brusco volantazo hacia la derecha para soltar aire y viró de forma que la proa quedase mirando justo hacia donde había venido.

—¡*Raleigh,* agáchate! —Apagó el motor, empuñó el rifle y se lo colocó en posición mientras giraba la cintura, listo para disparar…

Justo cuando la motonieve apareció en escena.

33

—¿Qué diablos quieren? —Ray se giró a derecha e izquierda—. ¿Qué pasa?

Nadie respondió. Los Cambiados los habían rodeado, dejando a Alex y compañía y a Daniel, que seguía escoltado por dos pequeños ninjas, mirándose cara a cara en el centro. Otro ninja sostenía a Jack por el cogote. Araña estaba junto al chico, calentando motores, cuchillo en mano. El olor del miedo de Jack —leche cuajada y orín caliente— era tan intenso que Alex podía notarlo en la lengua.

Acné se abrió paso a codazos, seguido por Beretta y Leopardo. Aún podía leerse una nota de dolor en el rostro de Beretta, pero ya andaba por su propio pie. Su olor a *peligro* le aceleró el pulso. Acné portaba dos rifles: el suyo, con aquel pistón de gas, y otro que reconoció en el acto, el Browning X-Bolt que Nathan le había dado antes de su huida descabellada de Rule.

A aquella corta distancia, pudo echar un buen vistazo al revólver que Leopardo llevaba enfundado en la pretina del pantalón. Reconocería una Glock en cualquier sitio.

—¿Qué queréis de mí? —preguntó Daniel. Le costaba mantenerse en pie. Estaba arqueado como una alcayata, sujetándose el costado con una mano—. Ya os lo he dicho: cogedme a mí. No volveré a oponer resistencia. Pero dejad que Jack se vaya.

Beretta se lo quedó mirando durante un largo segundo. Acné dio una zancada hacia delante y le tendió el Browning.

—¿Qué? —Daniel contempló fijamente el rifle como si Acné le estuviera ofreciendo una pitón—. Ni de coña. ¿Quieres dispararme? Bien. Si quieres matarme, hazlo, pero…

—¿No lo pillas, chico? —dijo Sharon como si tal cosa—. Tienes que elegir: pegarle un tiro a uno de nosotros o dejar que le rebanen el pescuezo a tu pequeño Jack.

A Alex se le secó la boca. Sabía que Sharon estaba en lo cierto. Era una especie de trueque: ojo por ojo y diente por diente.

—¿Qué? —profirió Ray, y ocultó a Ruby detrás de él—. ¿Qué *coño…*?

—Daniel. —Jack tenía el miedo reflejado en los ojos—. Daniel, Daniel, *Daniel…*

—No pienso hacerlo —jadeó Daniel. Una fuerte sacudida recorrió su cuerpo y uno de los ninjas lo sostuvo para que no se cayese. Daniel se zafó con una maldición entrecortada—: No me convertiréis en uno de vosotros. Yo no soy un asesino.

—Pues está claro que a ellos se lo pareces —dijo Sharon de forma mecánica. Si la fatalidad hablara, sin duda tendría la voz de aquella mujer, pensó Alex—. Lo que quiera que hicierais tus amigos y tú les ha cabreado y van a hacéroslo pagar.

«Y no sólo pagar». El aire se había vuelto tan compacto por el hedor de los Cambiados, los muertos y sus colegas prisioneros —y ahora también por el pavor de Daniel y Jack— que parecía que los respirara a todos: sus historias, sus destinos. Estaba convencida de que aquello era una prueba. Un ensayo.

Un rito.

—Por favor, dijisteis que dejaríais libre a Jack. —Daniel se volvió hacia Beretta y Acné—. Yo soy el responsable. Yo organicé el ataque. Matadme, pero dejad a Jack y a esta otra gente al margen, por favor.

—¿Y qué pasa si no elige? —Ray miró a Sharon, desesperado, como si ella conociera la respuesta—. No tiene que hacerlo.

—Seguro que ideas no les faltan —contestó Sharon.

—No puedo hacerlo. —Daniel los barrió con la mirada. Cuando sus ojos se posaron en Alex, se la quedaron mirando fijamente—. No pueden pedirme que haga esto.

Pero sí podían. Y lo estaban haciendo. Alex quería decir algo, cualquier cosa. En una película o un libro, aquel era el momento en que la heroína se ofrecía voluntaria. Daba un paso al frente, hacía lo correcto. Debía ser ella. No quería morir, pero el monstruo seguía viviendo en su cabeza. Tenía los ojos amarillos y los dientes afilados. Se le estaba formando una cara. El cáncer acabaría matándola de todas formas. Tom lo habría hecho sin dudar. Y Chris también. Aquel crío merecía una oportunidad.

«Ninguno de los otros dará el paso. —Podía olerlo. Un dedo huesudo y gélido le recorrió la columna, deteniéndose en cada una de sus vértebras—. Sólo hazlo, hazlo antes de que te arrepientas…».

Por el rabillo del ojo izquierdo vio que algo temblaba y se movía a gran velocidad…

—¡Ray! —gritó—. *¡No!*

34

El cambio fue repentino e inmediato. La motonieve iba rugiendo sobre el hielo y, un instante después, la luz se alzó hacia el cielo cuando la parte trasera de los esquís, que era más pesada, se hundió en el agua. El moscardeo del motor paró. Más allá del foco, distinguió a los hombres, oscuros como focas. Uno ya estaba en el agua. El tipo de delante iba repechando por el parabrisas para llegar al carenado. La motonieve se volcó hacia la izquierda y se oyeron chapoteos y gritos desesperados:

—¡¡ESTOY ATRAPADO, ESTOY ATRAPADO, ESTÁ TIRANDO DE MÍ, ESTÁ TIRAN…!!

El trineo volvió a escorar y la voz se apagó. Un segundo más tarde, la luz desapareció de su vista.

Tom bajó el rifle. Tenía la respiración acelerada. El corazón le iba a mil por hora. A sus espaldas, sintió que el trineo se desplazaba cuando el perro se puso en pie.

El otro hombre seguía clamando por su vida con la voz aflautada debido a la conmoción:

—*¡Por favor!* —El tipo, además, sonaba mayor—. ¡Por favor, sé que estás ahí! ¡Ayúdame, por favor, ayúdame, por favor! ¡Por favor, no puedes dejarme *morir*!

«Oh, ya lo creo que sí». Aquellos hombres habían matado a Jed y a Grace. La cabaña había desaparecido. Eran el enemigo.

—Por favor. —Más chapoteo—. No... no siento las piernas y...

Tom se bajó del trineo con sumo cuidado a cuatro patas.

—Quieto —le dijo al perro, y se puso a dar zancadas por la nieve. La brecha estaba a unos cuarenta y cinco metros largos, de modo que no se alejó mucho, tan sólo unos quince o veinte metros. Se quitó la parka y se tiró a lo largo en la nieve y el hielo; luego fue arrastrándose lentamente para recorrer la distancia que le faltaba. En el último momento se le pasó por la cabeza que el cazador podía tener una pistola, pero se figuró que el viejo seguramente no era un suicida. Si le disparaba, acabaría ahogándose.

—¡Ya voy! ¡Sigue hablando! —Sentía cómo se transformaba el hielo bajo su cuerpo y estaba pendiente de crujidos y chasquidos delatores. Fue reptando tan rápido como pudo—. ¡Háblame!

—Oh, gra-gracias a Di-Dios. A-a-aquí. —El anciano estaba exhausto, sin aliento; tartamudeaba de frío y miedo—. N-no-no p-puedo qui-quitarme el-el a-abrigo... E-e-está ti-ti-rando...

—Ya casi he llegado. —Tom oyó cómo el agua salpicaba el hielo y vio cómo se le mojaba la mano derecha. Suficiente. Diez centímetros podían soportar el peso de una persona. Siete a lo mejor. Cinco, ni por asomo. Sin luz procedente de aquella enfermiza luna verde ni resplandor de la cabaña envuelta en llamas que le iluminara el camino, la noche se hallaba sumida en la negrura. Ni siquiera sabía si el tipo estaba en su lado de la brecha—. Dirígete hacia mi voz. ¿Puedes moverte?

Se oyeron chapoteos y luego al viejo decir:

—S-sí.

Venía de su izquierda y estaba muy cerca.

—Aguanta —dijo Tom.

Y entonces cometió su primer error.

Clavó las punteras de sus botas y se retorció utilizando su abdomen como pivote, pero se confió y no cayó en la cuenta de que ahora su cuerpo quedaba paralelo a la brecha… sobre un fino borde de hielo deshecho.

—Voy a lanzarte mi abrigo —dijo—. En cuanto lo toques, agárralo y…

Dos cosas pasaron al mismo tiempo.

Tom dejó escapar un gruñido de sorpresa cuando la mano del anciano emergió en medio de la oscuridad y le agarró la muñeca derecha. Antes de que pudiera zafarse, sintió que le tiraban del brazo: el viejo cazador intentaba salir desesperadamente del agua utilizando a Tom como si de una escalera de cuerda se tratase.

—¡Eh, no, *para*! —gritó Tom. Trató de recular, pero aquel tipo clavaba los dedos como garras y Tom no tenía margen de maniobra. Se sintió resbalar hacia un lado; ya tenía las piernas rodeadas de agua y seguía resbalándose…

Entonces fue cuando cometió su segundo error —el peor movimiento que podía hacer en ese preciso instante— porque se asustó.

En cuanto el agua helada se le arremolinó por las piernas, gritó e intentó dar marcha atrás y ponerse a gatas. Su centro de gravedad se desplazó.

El hielo emitió un agudo chirrido casi animal. Se oyó una explosión tan tajante como un disparo, seguida por un quejido y…

¡CRACK!

Y entonces Tom también estaba en el agua.

35

—¡No, Ray! —chilló Ruby—. ¡Detente!

Pero Ray ya había pasado el punto de no retorno. Había irrumpido con tanta fuerza y velocidad que a ninguno de los Cambiados le dio tiempo a reaccionar. Ciñó el Browning con una mano, plantó la otra en el pecho de Acné y le propinó un empujón. Acné agitó los brazos como un molinillo de viento cuando sus botas se enredaron y cayó al suelo pegándose un fuerte culazo.

A continuación se oyó cómo cargaban las escopetas, descorrían los cerrojos y se sacaban las pistolas, y Ray estaba allí, en el punto de mira de todas aquellas armas: el blanco perfecto. Salvo por el hecho de que tenía el Browning clavado en la frente de Beretta y gritaba, escupiendo al viento:

—¡Lo mato! ¡Lo mato! ¡Por Dios que lo mato!

—¡Ray! —le suplicó Ruby, al tiempo que daba un paso al frente tendiéndole la mano—. Ray…

Se produjo un destello naranja, como el del carbón al rojo vivo. Ruby se detuvo en el acto, con los ojos tan desmesuradamente abiertos que no eran más que dos globos blancos con dos motas negras en el centro. El aire se colmó de un olor fétido a metal húmedo. Algo grueso y líquido cayó en la nieve.

Entonces Ruby se puso a gritar como una posesa:

—*¡Aaaaahhhhh, aaahhhhhh, aaaahhhhhh!*

36

Tom aulló sorprendido y se atragantó cuando el agua helada se le coló a borbotones por la garganta. Las vías respiratorias se le cerraron y se hicieron un nudo. Un pánico instintivo y animal le inundó las venas. Empezó a dar manotazos sin pensar en nada, pues una llamarada roja de terror le nublaba la mente. Necesitaba aire… ¿Dónde estaba? No paraba de abrir y cerrar la boca mediante boqueadas silenciosas y convulsivas mientras los músculos de la garganta se afanaban por hacer justo lo contrario, intentando mantener la tráquea a salvo, ya que la parte primitiva de su cerebro creía que se estaba ahogando. Entonces la garganta se relajó un poco y Tom inhaló en medio de un gran alarido. Otra boqueada y luego otra… Eso fue a lo que le dio tiempo.

El viejo cazador se le subió a la espalda, en un intento por salir trepando del agua.

—¡P-para! —farfulló Tom, pero el viejo estaba como loco. Una milésima de segundo después, Tom se encontraba completamente sumergido. El agua quemaba. Era negra como la tinta; no había luz alguna. Arriba, sobre sus hombros, sentía las botas del viejo bregando por encontrar un punto de apoyo. Le dio una patada en la frente.

De no haber estado sumergido, tal vez eso lo hubiera dejado completamente fuera de combate, pero el agua ralentizó el golpe. Con todo, le dio con la suficiente solidez como para hacerle daño. Manoteó en el agua para tratar de agarrar las piernas del viejo y saber dónde quedaba la superficie.

Logró sacar la cabeza desesperadamente al aire fino. El viejo volvía a la carga montándose en su espalda como un mono, clavándole los dedos en los hombros, tirándole del pelo... Sus fibrosos brazos se le aferraron al cuello en forma de llave estranguladora y lo volvió a sumergir. Tom no lo alcanzaba, le resultaba imposible quitárselo de encima, no disponía de ventaja estratégica. Lo único que podía hacer era coger una bocanada de aire mientras el peso del viejo le aplastaba la garganta. No le quedaba mucho tiempo. Cuanto más luchaba, menos energía le quedaba para mantenerse a flote. El corazón iba a explotarle. Sólo podía hacer una cosa, pero oía perfectamente que su cerebro no dejaba de quejarse: «¡¿Estás chiflado, tarado, loco?!».

Contra toda razón e instinto, se dejó caer en picado, escurriéndose bajo el hielo.

Y los arrastró a ambos.

37

—*¡Aaaaahhhhhh!* —gritaba Ruby—. *¡Aaahhhhhhh, aaaahhhh, aa-ahhhh!*

Su mano izquierda yacía en la nieve con los dedos curvados como una tarántula muerta. Sin dejar de chillar y crispando su huesuda mano derecha, la anciana bajó la vista hacia el espacio vacío que había ocupado su otra mano hacía apenas unos segundos, mientras la sangre salía a borbotones de las arterias seccionadas.

—¡Santo cielo! —Sharon se precipitó hacia Ruby, que seguía dando alaridos, la protegió con su cuerpo y logró echarla al suelo. Luego le envolvió la muñeca con sus enormes manos y se la apretó con fuerza—: ¡Hijos de puta! ¡Hijos de puta!

—¡Ruuubyyyyyy! —vociferó Ray. Hizo ademán de dar un paso hacia su esposa, pero se lo pensó mejor y volvió a amenazar a Beretta con el Browning—. ¡Levántate, hijo de puta, *levántate*! Nos vamos de aquí. Y si a alguno de vosotros se le ocurre mover un músculo, si alguno de vosotros se mueve...

Nadie lo hizo, pero Beretta tampoco se levantó. El aire se había cargado de electricidad y se había vuelto gaseoso por la mezcla de olores y significados. Eran tantos que Alex sólo tuvo tiempo de pensar en lo extraño que resultaba que, con todas aquellas armas, nadie hubiera disparado todavía. El único que había actuado era el pequeño ninja de la cuadrilla de Leopardo que le había cortado la mano a Ruby. Otro habría podido cortarle la cabeza a Ray con la misma rapidez. Con todo aquel arsenal, sólo tenían que derribar a Ray. Aunque la presión del gatillo del Browning era media —dos kilos y treinta gramos—, las posibilidades de que el dedo de Ray la ejerciera mientras lo acribillaban a balas eran mínimas. No cero, pero prácticamente infinitesimales. Por esa razón, Acné estaba justo allí y podía barrer los pies de Ray de una única y potente patada. Cualquiera de ellos podía hacer *algo*. Lo de Ruby se les ocurrió después, sólo habían querido hacer alarde de poder… y Ray ya debería estar muerto.

«Oh, Dios mío. —Ahogó un grito cuando por fin se hizo la luz en su cabeza—. Ya lo está. Nunca ha tenido elección porque se trata del Browning. Es el rifle de Nathan, y el primer día, cuando Araña apretó el gatillo, no…».

—¡Ray! —lo alertó— ¡Ray, *no*, el rifle no…!

Ray apretó el gatillo.

38

En cuanto se escabulleron bajo el hielo, Tom sintió que el viejo empezaba a forcejear, pero no se le soltaba del cuello. A pesar del peso añadido, sus pulmones habían retenido aire y este le había proporcionado capacidad para flotar como un corcho hasta que se hundiera.

Así que Tom se hizo un ovillo y se zambulló en picado, braceando con fuerza. Iba contra toda lógica. Su mente le gritaba que parase, ¡que parase! Que el aire estaba arriba. Que abajo hallaría la muerte. Precisamente ese fue el motivo por el que lo hizo.

El hombre por fin lo soltó.

Un instante después, Tom se retorcía y daba media vuelta, tratando de recordar dónde estaba la superficie, porque, con aquella terrible negrura, no tenía ni idea. Sentía que el viejo bregaba no muy lejos. Unas manos ansiosas trataban de aferrarlo en medio de la oscuridad; unos dedos le pellizcaban la camisa. Tom cogió impulso retrasando el codo y pegó un derechazo. Notó el impacto, luego oyó el grito del hombre, amortiguado por el agua. Algo pasó vibrando por delante de su cara: burbujas borboteando en busca de la superficie. Pataleó un poco, las siguió y dejó atrás al anciano sumido en las tinieblas.

«Poco, poco, poco, poco…». La palabra tenía peso y sustancia; se acompasaba con los latidos de su corazón y residía en la radiante quemazón de su pecho. Ya debía de faltarle poco para llegar; ya debía de faltarle *poco, poco, poco…*

Entonces oyó algo nuevo, frenético y rítmico. *Raleigh. Raleigh* en la superficie, ladrando. Siguió el sonido. Con sus últimas fuerzas, llegó a la superficie, extendió los dedos de una mano…

Y tocó una lámina de hielo sólido.

39

«¡No-no-no-no-no-no! —A Tom le quemaban tanto los pulmones y la necesidad de aire era tan grande que una enorme bola de pánico luchaba por escapar de sus labios en forma de grito. Le dio un puñetazo al hielo. Empujando hacia arriba con todas sus fuerzas, empezó a mover las piernas como un loco y a hacer presión, tratando de abrirse camino en busca de oxígeno—. Aire, aire, aire, vamos, vamos, vamos...».

El perro volvió a ladrar. ¿Dónde? ¿A su derecha? No lo sabía. El agua estaba tan fría que quemaba y era negra como el petróleo; no veía nada. Estaba más asustado que nunca..., aunque eso también le confería una espantosa claridad mental: o pensaba o estaba muerto.

«Sigue el sonido, sigue al perro; *Raleigh*, vuelve a ladrar, venga, bonito, venga, por favor...». Otro ladrido. Esta vez se aferró al sonido del perro como a una tabla de salvación. Exprimiendo las pocas fuerzas que le quedaban, logró escapar a nado de las garras de la oscuridad y anduvo con las manos a lo largo del hielo, tanteando en vano con sus dedos enguantados, escarbando, buscando desesperadamente una grieta, una fisura, por nimia que fuera.

De pronto, ya no pudo *más*: jaque mate. No había nada que hacer y lo sabía. Era incapaz de contener el aliento un segundo más. Absolutamente incapaz. Todo había terminado y, antes de que pudiera pensar en ello, su garganta se convulsionó y su cuerpo empezó a revolverse a medida que expulsaba el aire de los pulmones con un *grito*…

Entonces su mano derecha emergió del agua sin chocar con nada. Sólo con el *aire*. Y, en un último impulso, por fin su cabeza salió a la superficie, ¡aleluya! Empezó a toser, a escupir y a dar boqueadas como pez fuera del agua y, conforme seguía revolviéndose, los trozos de hielo oscilaban y se estrellaban contra su pecho y sus brazos. Los pulmones apenas le funcionaban. No podía coger suficiente aire; ni siquiera tenía aliento para chillar.

«¡Tienes que salir de aquí! ¡Tienes que salir de aquí! ¡Tienes que salir de aquí!». El pánico se le instaló en la garganta. Ahogarse era su peor pesadilla. Peor que morir desangrado de un disparo o estallar en pedazos… Y ahora estaba tan cerca de ahogarse que se quemaba, no le cabía duda de que iba a morir. El frío era una palma gigante que ceñía su cuerpo y ahuyentaba el calor. Se iba debilitando por momentos. Como dejara de mover las piernas durante unos segundos, volvería a hundirse. Oyó cómo sus brazos chapoteaban, pero el sonido era cada vez más tenue, se iba disolviendo mientras el pánico arraigaba en su mente.

«Tranquilo, tranquilo, tranquilo. —Jadeaba y empezaba a marearse. Sabía que, si no dejaba de hiperventilar, perdería el conocimiento, pero no podía controlar el terrible pánico que correteaba como una rata por su cabeza—. Aún tienes tiempo, venga, vamos, despacio, despacio…».

Raleigh gimoteó.

—*R-R-Raleigh*. —Tenía los labios entumecidos y tiritaba con tanta fuerza que se mordió la lengua. Para su horror, sintió sólo un lejano pinchazo y no supo distinguir si se había hecho sangre o no—. Ven a-aquí, bo-bonito—. El perro soltó un gañido y Tom pensó que debía de estar justo delante. «No demasiado lejos»—. *R-Raleigh*, ven aquí.

El perro respondió con un pequeño bufido. ¿Estaría más cerca de lo que pensaba? No sabría decirlo. Sacó una mano enguantada, chapoteó un poco más y se dirigió al lugar en la oscuridad donde creyó que podría estar el perro. Se abrió paso con el pecho por la superficie, medio nadando, pero sobre todo intentando mantenerse a flote y chapoteando, hasta que sus dedos rozaron algo duro e inmóvil. El filo de la brecha. Sacó una mano y tanteó aún más lejos, acariciando la oscuridad, hasta que, por encima del hielo, palpó una capa más densa de nieve compacta. No había ningún perro. Todavía estaba lejos y el tiempo se le agotaba.

Sacó ambas manos y apartó la nieve, luego posó las palmas en el hielo duro y trató de hincarlas en él. Los guantes apenas se le curvaron y se percató de que la tela se había congelado al contacto con el hielo. ¿Podría serle útil? Tal vez no se ahogara si dejaba que sus manos se quedaran pegadas al hielo.

«Mala idea, moriría de hipotermia. Tengo que salir del agua». Hizo tijera con las piernas con todas sus fuerzas y propulsó su cuerpo hacia arriba, dando saltitos como una torpe foca. No llegó muy lejos. Aunque se había desprendido de la parka, estaba empapado y la ropa pesaba demasiado. No tenía fuerzas. Pero al menos había conseguido sacar el pecho, que empezaba a congelarse. Eso ya era un progreso.

Notó que algo se movía. El perro. ¿Se alejaba? Estaba tan débil que sólo pudo susurrar su nombre. Nada. Entonces algo negro se le acercó y *Raleigh* le olfateó la oreja.

—Oh, Dios. —resolló Tom. Se quitó con cuidado uno de los guantes y estiró el cuerpo hasta que palpó el collar del perro, y este le respondió con un lametón en los dedos. Tenía tanta urgencia por aferrarse al animal que tuvo que controlarse. Nada de movimientos bruscos… Despacio, despacio… Hasta que logró colar los dedos bajo el collar.

El perro no se achantó. Tom tiró un poco más y el brazo derecho se le tensó. Con aquel súbito tirón, el perro empezó a retroceder, lo cual estaba bien, era exactamente lo que necesitaba mientras seguía pataleando y abriéndose paso a través de la nieve.

Una vez fuera del todo, se dejó caer en el hielo como una trucha aún cogida por el anzuelo. Chorreando. Entonces se dio la vuelta y se quedó tumbado de espaldas, como un águila con las alas desplegadas, tomando aire y dejando que el perro le lamiera el agua de la cara.

«Levántate —pensó—. Levántate o te congelarás. Venga, levántate, quítate del hielo, tienes que entrar en calor».

Ay, pero la lengua del animal estaba caliente, y también su aliento, y estaba tan cansado… Entumecido, en realidad. No sentía los pies ni las manos y tenía tanto frío que ni siquiera tiritaba. Sólo iba a descansar unos segundos…

«¡No te desmayes! —Creía que tenía los ojos abiertos, pero todo estaba negro. El perro le olisqueó el cuello y luego le puso una pata en el pecho—. Vamos, levanta, no te desmayes, no puedes perder el conocimiento…».

Aún seguía pensando en ello cuando lo hizo.

40

Ray apretó el gatillo. El mecanismo del Browning hizo *clic* y emitió un chasquido…

Y eso fue todo.

Ray, que esperaba una detonación, permaneció clavado en su posición durante un instante; luego parpadeó y se quedó mirando, perplejo, el arma inservible.

—No. —Tiró el Browning con un gesto rápido y brusco como si el metal, de repente, se hubiera puesto al rojo vivo. Tragó saliva y dio un traspié hacia atrás con las manos levantadas y abiertas—. ¡N-no, no!

Leopardo se le acercó. Dio un latigazo con la mano derecha y, apenas una fracción de segundo más tarde, Ray tenía la boca de la Glock, malvada y negra, clavada bajo la nariz.

—*¡No!* —chillaron Alex y Daniel al unísono.

—¡Basta! —gritó Daniel—. ¡No lo hagas!

—¿Rubyyy? —Los ojos de Ray, presos del pánico, giraron en sus órbitas tratando de encontrar a su esposa, pero esta se había desmayado en medio de un charco brillante y rojo de sangre—. *Ru…*

Se produjo un repentino fogonazo destellante y la Glock retrocedió.

41

El disparo resonó y se desvaneció, despedazado por el viento y la nieve. El aire se saturó con el hedor a pelo quemado, a cerebro asado, a muerte fresca… y a los Cambiados, a los sempiternos gases asfixiantes que emitían los Cambiados. Sharon aún asía a Ruby por la muñeca. La sangre le salpicaba y le resbalaba por el cuello. Ruby estaba flácida e inmóvil.

Leopardo se apartó del cuerpo de Ray y se guardó la Glock en la pretina mientras Acné ayudaba a Beretta a incorporarse. Araña continuaba rondando a Jack, cuya cara estaba blanca como la leche. Sólo los ojos del chico mostraban algún signo de vida y oscilaban de la destrozada cabeza de Ray a su hermano. Daniel se había puesto ceniciento y parecía una estatua en medio de aquel remolino de nieve, como el aire inmóvil en el ojo de un huracán.

Sharon fue la única que rompió el hielo:

—¡Ya tenéis lo que queríais! La elección ya está hecha. Qué más da si ha sido el chico o no.

Claro que estaba hecha. Alex entendió por qué los Cambiados le habían ofrecido aquella arma en concreto, y también se dio cuenta de otra cosa: el rifle de Nathan no había fallado ni se había encasquillado al final. De haber sido así, el cañón habría explotado.

Volvió a pensar en la reticencia de Nathan y en la insistencia de Jess. Había sido pan comido. Quitar el cerrojo, retirar discretamente el percutor o viciar el muelle y reemplazar el cerrojo... sin que nadie se diera cuenta. Veía a Nathan haciendo el numerito, porque estaba segura de que Jess se habría imaginado, por cómo estaban las cosas, que Alex intentaría responder al ataque de los Cambiados y tal vez acabaría disparándolo.

Así que en realidad el Browning nunca había funcionado. La anciana no quería arriesgarse a que Alex truncara sus planes y matara a su nieto.

«Lo cual significa que ella lo sabía. Lobezno estaba ahí fuera, esperando. Jess *lo sabía*».

Alex también llevaba razón sobre otra cosa. Aquello era una prueba. Los Cambiados debían de haber examinado el rifle y se habrían dado cuenta de que no funcionaba. Sólo querían ver la reacción de Daniel. No sabía por qué, pero el resultado final —lo que ocurriría a continuación— siempre había estado claro.

—No lo hagáis —les pidió. Todos los Cambiados volvieron la cabeza y posaron sus ojos en ella—. Tenéis a los otros niños. Nos tenéis a nosotros. ¿Qué más necesitáis? Tenéis de sobra para una buena temporada. No necesitáis hacer esto.

—¡¿Qué?! —Vio cómo la cara de Daniel se nublaba de pánico cuando al fin este comprendió lo que estaba a punto de suceder—. ¡No! —Miró a su alrededor, desesperado—. Por favor, dejad que se vaya, *por favor*.

—¿Daniel? —Jack alzó la voz y luego estiró la cabeza para observar a Araña, que estaba plantando firmemente los pies en el suelo para estabilizarse. La herida derramaba lágrimas de cocodrilo de pus ensangrentado—. ¿Daniel? —llamó—. *¿Daniel?*

—¡No! —gritó Alex, seguida de Daniel, e intentó abalanzarse sobre Araña, pero la cuadrilla de Leopardo la interceptó. La vapulearon y la tiraron al suelo a patadas—. ¡Sólo es un niño! —chilló—. ¡Un crío!

A través del círculo, vio que Daniel se revolvía por la nieve, con la cara contraída en un espasmo de amor, furia y desesperación.

—¡No, por favor, Dios, no! —aulló—. *¡No-no-no-no-no-no!*

Se necesitaron cinco Cambiados para sujetar a Daniel.

Araña sólo necesitó un minuto.

CUARTA PARTE

EN EL VALLE DE LA SOMBRA, EN LA HORA DEL MONSTRUO

42

—¡Vamos! —vociferó Sharon. Se puso a horcajadas sobre una Ruby inconsciente, tumbada ahora sobre una alfombrilla ante la chimenea de la casa de invitados. Ni siquiera Sharon, una mujerona grande y fuerte, era capaz de detener los finos e intermitentes géiseres de sangre que manaban de la muñeca amputada de Ruby. La alfombrilla se iba tiñendo lentamente del oscuro color de la herrumbre a medida que las arterias de Ruby se vaciaban—. ¡Vamos, vamos, vamos!

—¡Un segundo, un segundo! —Torpemente, Alex se desató el cordón de una de sus botas y se hizo un hueco entre los demás junto a Sharon. Le amarró el cordón a la anciana alrededor del antebrazo, unos centímetros por debajo del codo ensangrentado… Una, dos vueltas. Durante un momento, le preocupó que el polipropileno le cortara la piel, que era frágil y fina como el papel. «A la mierda» Hizo fuerza y lo dejó bien ajustado—. Muy bien, ya puedes aflojar.

Los dedos de la mujerona se fueron relajando con cautela. El chorro continuo y carmesí se convirtió en un lento goteo.

—¡Joder! —Sharon estaba jadeando. Tenía mechones de pelo plateado pegados a la cara, empapada de sudor, y el pecho y el cuello salpicados de sangre medio seca—. ¿Qué coño vamos a hacer?

—No lo sé. Aguantar. —Cuando se retiraron con mucho esfuerzo a la casa de invitados con Ruby, Acné y Caracortada las siguieron, tirando seis de las mochilas de camuflaje tras ellas. Luego, Alex cogió una e inspeccionó el contenido: comida y ropa. Trató de no prestar atención a los olores a revuelto de frutos secos y a comida precocinada o al penetrante aroma procedente de un paquete de chicles de menta. Ni a la ropa: olor a suavizante floral y a talco tibio en la piel de un niño. No encontró munición en la mochila y los matones de los Cambiados habían sacado cualquier cosa que se pareciera remotamente a un arma. Así que nada de cuchillos ni de tijeras.

«Vamos, vamos, estos niños venían preparados; debe de haber algo». Vació otra mochila y le echó un rápido vistazo al contenido; sus ojos se fijaron en un pijama de niño: Spiderman. Cogió una tercera mochila.

—¿Qué estás buscando? —le preguntó Sharon. Su hilillo de voz sonaba como un globo desinflado. La sangre de Ruby le barnizaba ambos brazos hasta los codos.

—Suministros médicos. —Alex volteó la mochila, de la que cayó una lluvia de objetos de color rosa y púrpura que olían a vainilla y a niña pequeña—. Estos niños iban preparados para pasar fuera una buena temporada.

Cuarto intento: ¡bingo! Escudriñó tubos de pomada antibiótica, apósitos, toallitas antisépticas, alcohol, gasas, esparadrapo y vendas. Y pastillas, montones de pastillas: comprimidos para el resfriado de los que no necesitan receta, paracetamol, ibuprofeno y grajeas para la tos. Pero también había gran cantidad de material más potente:

analgésicos con receta como el Percocet y la Vicodina, un puñado de diminutos Valiums verdes y, el gran filón, antibióticos: pastillas rosas y gigantescas de eritromicina de efecto prolongado y otras blancuzcas de amoxicilina.

Perfecto, iban bien encaminados, pero seguían teniendo un problema de los gordos. En el momento en que quitaran aquel torniquete, la hemorragia comenzaría de nuevo. Durante las pocas amputaciones que había practicado con Kincaid, él había hablado de aislar el nervio del músculo para minimizar el dolor del miembro fantasma y de cómo pinzar los vasos sanguíneos, qué sutura utilizar ahora que no había electricidad para electrocauterizar…

«Cauterizar. —Reprimió un grito—. ¡Eso es!».

—¿Qué pasa? —preguntó Sharon cuando Alex se puso en pie.

«Tom. —Corrió hacia la cocina y empezó a abrir armarios de par en par y a tirar de cajones. Tom le había dicho lo que tenía que hacer; se lo había ido explicando paso a paso. Ya lo había hecho antes—. Vamos, venga, lo he olido antes, sé que lo he hecho, sé que está por aquí».

—¿Qué estás haciendo? —le preguntó Sharon.

—El metal retiene el calor. —Abrió otro armario de un tirón. Polvo, ratones y migajas. Los Cambiados habían sido lo suficientemente listos como para llevarse lo obvio: cuchillos, tenedores, cualquier cosa que pudiera convertirse en un arma potencial. Pero no todo. Había algo. Lo único que tenía que hacer era fiarse de su olfato…

—¿Qué?

—Que si encuentro algo de metal y consigo calentarlo bastante, puedo utilizarlo para detener la hemorragia. —En cuanto abrió la puerta del horno, percibió el olor a azufre y a grasa añeja. «Te encontré». La sartén estaba bocabajo en la rejilla: hierro colado, muy pequeña, salpicada de herrumbre y un poco pegajosa de mantequilla Crisco rancia. Haría el apaño. Cogió una manopla y la sartén y volvió corriendo donde estaban las demás. En cuanto llegaron, ella se había encargado de encender un fuego rápido y voraz que consumiera aquella primera tanda de troncos, sobre todo para calentar la chimenea y crear la corriente necesaria para que el fuego siguiera ardiendo. Ahora este se había reducido a ascuas rojas. Se enfundó la manopla, estiró el brazo e hizo hueco con una larga astilla de roble.

—Tráeme más leña —dijo. Utilizó la astilla para echar a un lado los troncos apagados—. Ponla ahí, en la chimenea.

Extendió la leña en una rejilla, se arrodilló, sopló las ascuas y se vio recompensada con una llama incipiente. Colocó con destreza la sartén en un nido de brasas al rojo vivo.

—¿Estás segura de que va a funcionar? —quiso saber Sharon.

—No, pero es mejor que nada. —Esperó hasta que el olor a hierro requemado inundó la casa de invitados y luego retiró la sartén del fuego. El hierro despedía calor, que se filtraba por el guante, donde la capa gris resistente al fuego se había desconchado.

—Sujétala —le ordenó a Sharon. Ruby seguía desmayada, pero Alex no creía que aquello durara más de un nanosegundo—. No importa lo que pase, no dejes de apretar hasta que yo te lo diga.

—Entendido. —Sharon se puso a horcajadas sobre Ruby apoyando las rodillas en los hombros de la mujer. Le agarró el brazo izquierdo con ambas manos—. Adelante.

«Tiene que funcionar». Apretó los dientes y pegó con fuerza la sartén caliente al muñón en carne viva de Ruby.

Se produjo un chispazo y un chisporroteo. Ruby dio un respingo y estiró las piernas como si hubiese sufrido una descarga. Sacudió la cabeza, abrió los ojos y la boca a más no poder y se puso a corcovear, a retorcerse y a gritar, gritar, *gritar*...

—¡Sujétala, sujétala! —gritó Alex. Le estaba llegando el olor, denso y pesado: el inconfundible aroma a carne frita y a grasa derretida. Oyó el chisporroteo de la sangre en ebullición. De repente, la boca se le hizo agua y la saliva le envolvió la lengua: su cerebro registró que aquello era carne, *carne*, y aquel el aroma de la *comida*. Hamburguesas a la parrilla. Sabrosos filetes.

«Vamos, no pierdas la cabeza; no significa nada».

Su cuerpo no importaba. Una enorme rata hambrienta le rasguñaba la tripa. Para horror suyo, el estómago dejó escapar un largo y tremendo rugido.

No obstante, por una vez, para variar, pasó lo que tenía que pasar: Ruby se desmayó.

—¡Gracias a Dios!—suspiró Sharon.

Alex dispuso de un segundo de oro en que creyó que realmente todo iba a salir bien; que podía achacar el hambre que había sentido por la carne de Ruby al fantasma de un pasado remoto en que los trogloditas se sentaban alrededor de un dientes de sable a la parrilla.

Sin embargo, su mente cambió el chip. Otra vez. La sensación fue casi como la de oír un sonido: un crujido seco cuando el monstruo hizo una demostración de su fuerza. Aquella mareante sensación apareció de la nada e inundó su mente, erizándole los vellos del cuello. Un zumbido brotó en su cerebro —un sonido negro— y, al instante, la boca se le llenó del húmedo y blandengue olor a hierro caliente y de algo pastoso parecido al Blandi Blub.

—¡No! —exclamó. Su garganta, agria y caliente, pujaba contra su pecho. Alex dio media vuelta y se fue. La sartén cayó al suelo de madera dando un golpetazo amortiguado y Sharon gritó: «Pero ¿qué haces?», aunque a ella no le importó. Echó a correr hacia la puerta como alma que lleva el diablo y salió a la tormenta, a la nieve que se arremolinaba en ráfagas blancas, al viento que le revolvía el pelo. No había ningún guardia en la puerta. No necesitaban a nadie gracias a la tormenta.

A través de la nieve, en el claro, divisó a los Cambiados dándose un festín. La fiesta acababa de empezar. No tenía ni idea de adónde se habían llevado a Daniel, pero vio lo que habían hecho con Jack.

A la luz de las llamas anaranjadas, las vísceras saltaban por los aires como una escena sacada de una película de serie B: por increíble que pareciera, habían ensartado el cadáver en un palo y lo habían atado con cables alargadores. El hedor a goma chamuscada competía con el aroma a carne asada y a grasa churruscada.

Araña estaba justo allí, en todo el meollo, comiendo a dos carrillos, con la piel rojiza por la luz de la candela y por la excitación. Le estaba metiendo a Leopardo un puñado de algo en la boca…

Y Alex sintió que el borde de sus dientes mordía sigilosamente sus propios dedos.

«Dios. —Un helado cuchillo de horror se le clavó en el pecho—. No. —Observó cómo Leopardo atraía hacia sí a Araña cada vez más…».

Y fue *su* piel la que se puso de gallina cuando la lengua de Leopardo recorrió el cuello de Araña.

«¡Dios!». Estaba ocurriendo de nuevo, su mente cambiaba el chip, se alejaba… y se metía en la de Araña.

«¡No! —Un acceso de bilis rugió en su boca y terminó salpicando la nieve—. Ella no soy yo; yo no soy ella. No soy uno de ellos, ¡no lo soy!».

—¡Eh! —gritó Sharon—. ¿Quieres entrar de una puñetera vez?

«Dios, ¿qué me está pasando? —Los músculos de Alex estaban débiles y temblorosos. Se dejó caer contra la puerta y apoyó su sudorosa cara en la madera helada—. No soy Araña. Soy Alex y estoy aquí, aquí, justo aquí».

Pero entonces creyó oír un debilísimo susurro desde una profunda y oscura rendija de su mente. O a lo mejor no llegó a oír nada y era una simple alucinación evocada por su cerebro confundido y enfermo. Daba igual. Estaba allí, sardónico y pequeño.

«Me parece muy bien —dijo el monstruo—. Pero yo también estoy aquí. Yo también».

43

—Hiciste bien —farfulló Sharon masticando un puñado de frutos secos mientras con la otra mano daba un tirón a la camisa de franela roja y negra con la que habían tapado a Ruby. La mujercilla había despertado a una especie de semiconsciencia neblinosa durante el tiempo suficiente para que Alex le administrara eritromicina y Percocet antes de sumirse de nuevo en un profundo sueño. Dada la pequeñez de Ruby, Alex había dudado de la dosis, pero dejarla sin sentido le parecía lo más prudente y humano. Ya tendrían tiempo de lidiar con los horrores de la noche al día siguiente—. Nunca se me habría ocurrido utilizar una sartén. —Sharon alisó la camisa bajo la barbilla de Ruby—. Fue muy inteligente, Alex.

—Sí, bueno. —Alex depositó un comprimido rosa de eritromicina en la palma de su mano.

Después de vendar a Ruby y de ocuparse de su hombro, había examinado cuidadosamente los tarros de pastillas para intentar discernir cuál sería la apropiada y se había decantado por la eritromicina, un medicamento con el que estaba familiarizada por su trabajo con Kincaid. Los comprimidos pertenecían a un tal Bev Ulrich, quien, al parecer, había sido un pésimo paciente, pues sólo había ingerido cuatro de las dos pastillas al día que debía tomar durante dos semanas por *estricta* prescripción médica. O quizás el tal Bev hubiera sido un paciente estupendo y el Cortocircuito hubiera convertido aquella bronquitis en el menor de sus problemas.

La etiqueta aconsejaba que la medicina se ingiriera con un gran vaso de agua y con el estómago lleno. Vale. Casi podía oír a tía Hannah: «¡Pues a hacer puñetas!».

«¿Qué voy a hacer? —Al pensar en su tía, las diminutas letras negras de la etiqueta se emborronaron y temblaron. La eritromicina no le curaría los males, pero se tragó el antibiótico a palo seco y este se le quedó en la garganta—. Está ganando, tía Hannah. Después de todo lo que he pasado, el monstruo me va a ganar la batalla».

—Hey. —Sharon sacó una botella de agua y desenroscó el tapón—. Será mejor que le des un trago si quieres que baje.

—Gracias. —Se acercó la botella a la boca, estremeciéndose un poco por el sabor. El agua olía a sangre y a hierro. Y a Jack muerto.

—¿Estás bien? —Sharon le ofreció cacahuetes.

—Sí, claro. —El tufo a cacahuetes rancios y a pasas dulzonas le revolvió el estómago—. Es sólo que… —Dio un gran trago a la botella y sintió que el antibiótico proseguía su camino esófago abajo—. ¿Cómo puedes comer después de lo que ha pasado?

Esperaba que Sharon explotase, pero esta se limitó a seguir engullendo y a encogerse de hombros.

—Que yo me muera de hambre no va ayudar en nada a ese pobre chico. Está muerto, y créeme que lo siento, pero yo estoy vivita y coleando, y tú también. Así que échale algo al estómago. Estás hecha una mierda.

—¿Por qué te importa tanto que coma? —Alex le dedicó una larga mirada de soslayo—. Si no lo hago, a más tocas.

—Sí, es cierto, pero eres lista. Si me hieren, sabrás lo que hay que hacer. Me estoy cubriendo las espaldas. Así que toma. —Sharon le lanzó un paquete de comida precocinada—. Cómetelo antes de que te lo haga tragar como mi abuelo hacía con los gansos.

—¿Con los gansos?

—Ajá —bufó Sharon—. Creía que iba a hacerse rico fabricando esa cosa franchute, esa que se hace con hígado.

—*Foie gras*.

—Sí, eso. Tenía un tubo de metal así de grande. —Las manos de Sharon abarcaron unos treinta centímetros—. Así de largo, y yo tenía que sujetarle la cabeza al ganso mientras él le metía el grano por la boca. Casi un kilo de comida cuatro veces al día. Pobrecillos, cómo se retorcían... a pique de asfixiarse... Me hacían llorar. El viejo nunca llegó a hacerse rico, claro está. Era tan impaciente que al final fueron más los gansos con las tripas destrozadas que los sanos. No me extraña que estuviera a punto de arruinarse, ¡que se pudra! Pero yo me licencié en eso de alimentar a la fuerza. No creo que quieras experimentarlo en tus propias carnes.

Alex pensó que aquello se parecía bastante a una disculpa, viniendo de Sharon, y echó una ojeada a la etiqueta del paquete: espaguetis a la boloñesa. Sólo de imaginarse los fideos con forma de gusanos nadando en salsa roja le dieron arcadas. Pero obligó a sus dedos temblorosos a abrir la caja y las bolsitas. La comida venía con un calentador, pero, cuando intentó añadir el agua, se la derramó en los pantalones.

—Eh, eh, espera. Déjame a mí. —Sharon le arrebató el paquete de las manos, añadió agua y deslizó la comida en la bolsita calentadora—. ¿Estás preocupada por ese chico, Daniel? ¿Crees que lo habrán trinchado también?

Eso, sin contemplaciones. Así era Sharon.

—Lo dudo. Siempre nos hacen mirar, como hicieron con... —Se interrumpió—. Lo que no entiendo es por qué no lo han encerrado aquí con nosotras. ¿Qué querrán de él?

—¿Tal vez información? Ya oíste al chico: lo de tender una emboscada a esos cabrones fue idea suya, así que a lo mejor creen que pueden sacarle algo más. Eso es lo que haría yo de estar en su pellejo. Aunque —Sharon frunció el ceño— no sé cómo. No son muy habladores que se diga, ¿verdad?

Era cierto, pero Daniel había dicho algo importante. Les había soltado aquella frase: «Dijisteis que lo dejaríais libre». ¿A qué se refería? Los Cambiados emitían ruidos ocasionales, pero no hablaban. No era capaz de determinar si sabían hacerlo o no. Quizá se les hubiera frito el centro cerebral del habla. Así que ¿cómo era posible que le hubiesen *dicho* algo a alguien que no era uno de ellos? Ella los comprendía, pero sólo a veces y a medias, y siempre mediante el olfato y aquellas extrañas idas de pinza, aunque sobre todo por conjeturas, lo cual no suponía exactamente un intercambio de información. Y Lobezno tampoco había dado muestras nunca de comprenderla a ella. Lo que tenía con los Cambiados era una rara especie de empatía, como un sexto sentido que se iba intensificando cada vez más.

¿Porque estaba cambiando?

«No. —Aunque lo pensara, sintió que su mente rechazaba rotundamente la idea—. No, ha pasado demasiado tiempo y Tom dijo que, cuando su amigo Jim empezó a cambiar, se desorientó y empezó a olvidar cosas».

Sin embargo, ahora sabía que el cambio no afectaba a los niños pequeños ni a los ancianos, y que los adolescentes no cambiaban a la misma velocidad. Algunos lo hacían justo en el acto, en cuestión de minutos, mientras que otros tardaban varios días. Eso venía a decir que el modo en que cambiabas tal vez dependiese de quién fueras. Las hormonas de un chico no eran iguales que las de una chica; el cerebro de un crío no era igual que el de un adolescente de catorce años. Su mente renqueante tenía tanto en común con la de una persona normal como un gato con un orangután.

O quizás el Cortocircuito hubiese provocado algo en el monstruo. Kincaid dijo que no sabía con seguridad si el monstruo estaba muerto o dormido... o aún vivo, pero transformándose, tal vez evolucionando. «Reorganizándose», en palabras del médico.

Pero *¡Dios!* La idea de que cobrara vida propia le ponía la piel de gallina. Era espeluznante. Aunque podía ocurrir. Cuando se lo diagnosticaron, se empapó del tema. Todo lo de Oliver Sacks para ella era como la Biblia. Gracias a él había aprendido que, por razones que los médicos desconocían, ciertos tumores cobraban *vida propia*: desarrollaban piel y dientes, les crecía pelo, cartílagos y ojos, como si fueran minipersonitas. Eso le alucinaba.

Los tumores también provocaban ataques, sobre todo a medida que se iban comiendo el cerebro. Y esos ataques podían desencadenar experiencias fuera del cuerpo, exactamente lo que le había pasado a ella.

Así que, en el fondo, lo único que sus cambios inesperados demostraban era que el monstruo le estaba enviando una bengala roja para indicarle el final de la partida: «Te quedan dos minutos, querida». Lo que venía a significar que contaba casi con las mismas opciones que antes de que aquella pesadilla comenzara en octubre, cuando había huido al Waucamaw: podía quedarse en el tren y llegar hasta el final de la línea, donde acababan las vías…, o saltar.

—Pero he oído que eso está pasando —continuó Sharon.

—¿Qué? —Estaba tan absorta en sus pensamientos que le costó retomar el hilo de la conversación, aunque no tardó en darse cuenta de que no tenía ni idea de lo que la otra mujer estaba diciendo—. ¿Qué es lo que está pasando?

—Que bandas de niños están matando a esos monstruos. Si te paras a pensarlo, tiene sentido. Los niños que no han cambiado… son los únicos en condiciones de rastrear a los Chuckies. No me malinterpretes, yo puedo apuntar y disparar, pero salir ahí fuera, esquiar y acampar… *Buf.* —Sus labios se crisparon en una mueca de ironía y desprecio mientras se mesaba su flácida papada, deformando las hebras descoloridas de aquella telaraña tatuada—. Me sobran carne y años.

—Y en tu grupo, la gente con la que vivías antes, ¿alguno luchaba? —preguntó Alex—. ¿Había niños?

Sharon se puso a preparar otro paquete de comida precocinada.

—No exactamente. Todos nuestros niños…, bueno, en realidad, nietos… cambiaron. Los tres que no lo hicieron eran prácticamente bebés. Los demás estábamos tan ocupados rapiñando comida y manteniéndonos calientes que no nos preocupamos por eso.

«Todos nuestros niños cambiaron. —Se tragó el impulso de interrogar a la mujer sobre lo que había ocurrido y cuáles habían sido los síntomas—. ¿Cómo sería ver cambiar a tus nietos? ¿Qué haría yo en su lugar? ¿Matarlos?». Tenía que haber adultos que no pudieran apretar el gatillo o que no perdieran la esperanza. Pero, en cualquier caso, sería como Larry le había dicho en el Waucamaw hacía ya una eternidad: ¿cómo podías vivir con eso?

Decidió dejarlo estar.

—¿Sabes algo más de los chicos como Daniel? ¿De los que están luchando?

—No, pero nos figuramos que tienen a otros chicos mayores o a adultos que al menos les enseñan a no volarse la cabeza. Toma. —Sharon le tendió la caja de cartón que contenía el sobre de espaguetis a la boloñesa—. Aprovecha ahora que está caliente.

La caja estaba empapada y el paquete interior, casi hirviendo. Abrió el envoltorio con cuidado. Aquel hedor vomitivo a plástico caliente y tomate guisado desprendía volutas de vapor. Dentro había un amasijo de fideos pegajosos y cobrizos que flotaban como nervios fibrosos y venas desgarradas en un charco de sangre añeja.

—¿Les pasa algo a los espaguetis? —dijo Sharon.

«A lo mejor ya estoy lo bastante cebada como para que me hinquen el diente, o casi».

—No —respondió, y se llevó a la boca un puñado chorreante de pasta aceitosa.

«Pero creo que no y, cuando llegue el momento, seré yo quien lo haga. Ni Araña, ni Leopardo ni nadie».

—Están de muerte. —Trituró los espaguetis en la boca—. De muerte.

Una hora más tarde, los Cambiados vinieron a por ella.

44

La tufarada a sexo y a alcohol le alcanzó unos cien metros antes de llegar a la puerta de la vieja casa victoriana mientras seguía a Caracortada arrastrando los pies por la nieve. Ya se sabe, sábado, sabadete, camisa limpia y polvete. Aunque ella no iba de juerga precisamente. Estudiaba la espalda de Caracortada mientras esta avanzaba con pesadez con el viento en contra. Su olor era más agrio que nunca, pero estaba desprovisto de toda información útil. Alex no supo lo que querían hasta que Caracortada le señaló con la punta del pie los suministros médicos que ella había colocado en ordenadas pilas.

—Parece que quieren que juegues a los médicos —había observado Sharon, que hizo un gesto hacia el alijo de pastillas—. Déjame un puñado de analgésicos y somníferos si no te importa. Por si Ruby se despierta.

—Claro. —Alex metió el resto (gasas, vendas, paquetes esterilizados de instrumental médico, pomadas y una botella de agua oxigenada) en una mochila de camuflaje—. Pero ten cuidado. Ruby es muy poquita cosa. No vayas a darle una sobredosis.

—No te preocupes. Cuidaré de las dos. Ahora vete y haz lo que tengas que hacer. Y, Alex… —Los ojos de Sharon se clavaron en los suyos durante un momento largo y desconcertante—. Ese niño, Daniel… acaba de perder a su hermano pequeño. Le quedan unos días duros por delante. No importa lo que pase, no te separes de él.

Alex le había respondido con un «vale, de acuerdo» para salir del paso, pero ¿a qué había venido aquello? Iba a ayudar a Daniel. Por supuesto. Hasta ahí, ningún problema. Pero si la llevaban ante Beretta, otro gallo cantaría. Si de ella dependiera, lo dejaría que se pudriera. Además, si los ayudaba, estaría un paso más cerca de convertirse en una de ellos.

«Y no lo voy a hacer. No voy a permitir que ni ellos ni *esta cosa* ganen».

La casa estaba mucho más caldeada que la cabaña de invitados y apestaba a sexo. Ambas chimeneas estaban encendidas. En un lugar de aquellas dimensiones, seguro que también había un par de estufas de leña. A la luz anaranjada que danzaba entre las sombras, vio una maraña de cuerpos, la mayoría desnudos, y el destello de botellas vacías. No cabía la menor duda de que alguien había vomitado en el rincón de la derecha. Una chica de la panda de Leopardo estaba atrapada en un diván entre dos chicos contorsionistas. Acné estaba despatarrado en un sofá con los gayumbos por los tobillos y la cabeza de una chica subía y bajaba entre sus piernas.

«Demasiada información. —Ya se había mentalizado cuando entró por si se le volvía a ir la pinza, pero no ocurrió nada, lo cual le hizo preguntarse si sus hipótesis no serían completamente descabelladas. Tal vez aquello no tuviera nada que ver con el hambre, ya fuera sexual o de otro tipo—. Porque, como momento y lugar…

—Esquivó a un par de chicos borrachos que se estaban sobando mutuamente en las escaleras—, ninguno mejor que este».

Una vez en el piso de arriba, Caracortada la sorprendió al girar a la derecha. Por el olor, sabía que Beretta quedaba a sus espaldas, en la habitación más alejada a la izquierda. De modo que aquello no tenía nada que ver con él. Pasaron junto a una mesita expositora con tapetes y baratijas además de fotos enmarcadas. Allí arriba también había dormitorios. Captó la esencia de Araña casi en el acto procedente del otro lado de una puerta cerrada. Por la mezcolanza de olores, creyó que debía de haber otros dos con ella, y uno, intuyó, seguro que era...

Casi obedeciendo a una señal, el pomo giró y Araña y Leopardo aparecieron ante sus ojos. Araña tenía el pelo alborotado y Leopardo la sostenía por la cintura. Ambos estaban completamente desnudos y apestaban a sexo y a basura. Cuando Leopardo reparó en Alex, la miró con verdadera lascivia y sus ojos la recorrieron lentamente de arriba abajo, recreándose, haciendo inventario. Como habría dicho Sharon, se le veían las intenciones a la legua.

«Mierda. —El corazón de Alex se detuvo por un instante—. Dios, gracias, de verdad, pero puedo pasar sin hacer una paradita en el camino. Concéntrate en otra cosa, en *cualquier* cosa». Clavó los ojos en el agujero de la mejilla de Araña y lo miró con tanta intensidad que fue un milagro que la cara no le arrancara a arder.

En cambio, Araña sonrió, y eso resultó mucho peor. Su sonrisa fue lenta y tan llena de satisfacción que Alex casi creyó que la chica iba a ponerse a ronronear. Era la típica sonrisa de suficiencia que toda niña ha visto cientos de veces en los labios de la chica más popular del colegio: «Eres una pringada».

Un minuto más tarde, después de que Araña y Leopardo hubieran cerrado la puerta de nuevo, Caracortada la condujo al umbral de la última habitación del pasillo. Allí los olores también eran muy fuertes: sudor de niño, sangre y...

«Oh, Dios». El corazón intentó salírsele del pecho y, durante un instante, el regusto ligeramente metálico de la salsa de los espaguetis precocinados se le repitió y le subió un acceso de bilis agria a la garganta.

Porque en ese momento creyó entender exactamente por qué Araña había sonreído.

45

Caracortada se marchó unos segundos más tarde, probablemente escaleras abajo para emborracharse, enrollarse con alguien y recuperar el tiempo perdido. El hecho de que la hubiera dejado sola debería haberla tranquilizado un poco —«márchense, aquí no hay nada que ver»—, pero Alex sentía la tensión chispeando en su piel como una descarga eléctrica.

«Cálmate. —Se humedeció los labios, agradecida por el sabor de su propia sal. Cualquier cosa era mejor que los asquerosos residuos que revestían su lengua—. Tal vez no sea nada. Hay muchos en la casa, esa peste está por todas partes».

Observó que la habitación había pertenecido a un chico de gustos eclécticos. Un póster de LeBron James competía por el espacio con otro de Derek Jeter. Un guante de béisbol atesoraba pelotas de tenis. Había una guitarra eléctrica roja y blanca en un rincón y, pegado con cinta adhesiva en una puerta del armario, un póster del batería de algún grupo de música del que nunca había oído hablar.

Daniel estaba en la cama, apoyado contra el cabecero y envuelto en una maraña de sábanas a rayas azules y marrones que su sangre había teñido de púrpura. Un farol Coleman siseaba en la mesita de noche. Bajo aquella implacable luz blanca se acentuaban sus negras ojeras, y su mirada, distante y perdida, no buscó encontrarse con la de Alex, ni siquiera cuando esta lo llamó por su nombre dos veces y le tocó la cara. Tenía la piel cerosa y grasienta por el sudor.

La herida que presentaba en la parte baja del costado izquierdo era limpia, lo que explicaba que siguiera con vida. Con toda la delicadeza de la que fue capaz, Alex le limpió la sangre de la barriga, que en buena parte se había secado formando una costra que ahora se desprendía en enormes escamas herrumbrosas. Luego roció los bordes amoratados de la herida con agua oxigenada. El líquido burbujeó y se tornó en una espuma rosa. Daniel reaccionó. Sus párpados se crisparon y su cara se ensombreció, hasta que por fin sus ojos se despegaron de cualquiera que fuese el horror que estuvieran contemplando, pasaron raudos por su cara y, dando marcha atrás, volvieron a enfocarla, vacilantes.

—Hola —dijo.

Aquello hizo saltar algo en su cabeza: tenía a Daniel ahí delante y necesitaba su ayuda. Además, su mente seguía dándole vueltas a lo que el chico había dicho en la nieve: «Dijisteis que lo dejaríais libre». Si Daniel *podía* oír a los Cambiados y hablar con ellos, valía la pena arriesgarse.

—Hola —le respondió—. ¿Puedes ponerte de costado? Quiero limpiarte la espalda. Estoy casi segura de que la bala salió limpiamente, pero me gustaría cerciorarme.

—Claro.

Con una mueca de dolor, el muchacho hizo lo que le decía. Por los tirones que pegaba, Alex sabía que el agua oxigenada escocía, pero Daniel no se quejó en ningún momento. La luz del Coleman teñía su piel de un blanco hueso. El orificio de salida de la bala, del tamaño de una moneda de cuarto de dólar, la miraba como un viscoso y negro ojo de pez. Después de secar la herida, le untó una pomada antibiótica y se la tapó con una gasa y esparadrapo. Le dio una eritromicina y le hizo beber media botella de agua a sorbitos. Con el agua restante, humedeció una toalla y le lavó la cara.

Entonces Daniel dijo con voz pastosa:

—Fue por mi culpa.

Alex se detuvo y dejó que el frío trapo le presionara la mejilla.

—¿Porque tú les tendiste la emboscada?

—Sí. —Sus ojos tropezaron con la cara de Alex—. Mellie me dijo que no hiciera ninguna tontería, pero la hice.

—¿Mellie?

—La mujer que nos reunió. Algo así como la madre de las películas de *Terminator*, ¿sabes? Aunque en este caso era más bien una abuela.

—¿Ella os enseñó a luchar? —Al ver que Daniel asentía, se aventuró—: ¿Dónde conseguíais las armas?

—Oh, por ahí. —La voz de Daniel sonó como si mascara chicle—. Se puede encontrar casi de todo. Hasta tenemos varios lanzagranadas.

Se acordó de las Uzis y de aquel chico de la cuadrilla de Leopardo que portaba la bandolera. Sin duda, iban armados hasta los dientes.

—¿Dónde está Mellie ahora? ¿Está muerta?

—No. —La cabeza de Daniel rodó sobre las almohadas—. Se ha ido.

—¿Por qué?

—Dijo que había perdido a un par de niños antes de que nos reuniéramos con ella a las afueras de Hurley.

—¿Y eso dónde está?

—En Wisconsin. En la frontera. Ella creía que habían sido cazarrecompensas.

—¿Cazarrecompensas? —Aquello cobraba un terrible sentido: recogían a niños para negociar con ellos. Harlan había visto a los Salvados como meros *tickets* de comida, y de eso ya hacía meses. Rule pensaba que los Salvados, sobre todo las niñas, eran muy valiosos—. ¿Para quién trabajan?

—Depende. Circulan tantas historias que ya no sé qué creer. Algunos dicen que para los militares, ya sabes..., el ejército. Una chica, Sandra, creía que para gente que intentaba averiguar por qué a nosotros no nos había pasado nada. Para experimentar, ya me entiendes.

El estómago le dio un vuelco. De repente se le ocurrió que quizá Rule, a pesar de todo, había dado con la mejor solución posible. No cabía duda de que estaba más segura en el pueblo que fuera y de que los Cambiados tan sólo eran uno de los muchos enemigos que acechaban por ahí.

«Espera. ¿Qué estoy pensando? Lena tenía razón. El Consejo nos veía como conejitas. Seguían valiéndose de nosotras para negociar».

—¿Así que les premian por traer niños? —quiso saber.

—Ajá. Yo era el mayor, por eso Mellie me dejó al mando. Me encomendó que llevara a los demás a un campamento que ella conocía. Allí estaríamos a salvo.

¿Y cómo lo sabía Mellie? La idea de una abuela recogiendo niños y conduciéndolos a un refugio le dio que pensar. ¿Acaso Mellie era más de fiar que los demás abueletes? ¿Por qué? Sería mejor que se ahorrara ese tipo de preguntas. No iba a conseguir nada cuestionando a Daniel, y necesitaba información.

—¿Qué campamento? ¿Dónde? ¿De qué tipo?

—Con otros chicos, aquí, en Michigan, pero al sur de donde tú… de donde estamos ahora. —Levantó las cejas con esfuerzo—. A una semana a pie…, más o menos.

Otros niños. Sharon había hablado de grupos de niños que luchaban contra los Cambiados. Así que estaban reuniéndose… Y al sur quería decir que ellos habían ido al norte, pero ¿cuántos kilómetros?

—Entonces, ¿dónde estamos exactamente? Quiero decir, si estamos cerca de algún pueblo, porque he perdido el rastro. Llevamos moviéndonos… —Su mente retrocedió hasta la muesca que había hecho esa misma mañana— ocho días. Nueve, con este. Debe de ser más de medianoche, ya domingo. Y supongo que hemos recorrido unos diez u once kilómetros por noche.

—No conozco mucho Michigan. Soy de un sitio bastante más al oeste, en Wisconsin, cerca de Mellen. —Como Alex negaba con la cabeza, Daniel añadió—: A medio camino entre el lago Clam y Hurley.

Aquellos nombres no le decían nada. Aparte del pueblo natal de su tía, Sheboygan, el resto de Wisconsin le parecía un estado de paso, una larga expansión cruzada por autopistas que utilizaba para ir rápidamente de Chicago a Michigan.

—¿Y por qué viniste aquí? ¿Por qué no te quedaste en Wisconsin?

—Oímos que la península superior era más segura.

«Bueno, no tanto».

—Ajá. Entonces, ¿dónde estamos?

—Muy cerca de la frontera. —Daniel dejó escapar un suspiro casi desinteresado, como si le costara demasiado calcular—. A unos... dos días de camino.

Odiaba acribillarlo a preguntas de esa manera, pero necesitaba saber.

—¿En qué dirección? ¿Te acuerdas de algún pueblo? ¿La frontera está al oeste? —Se suponía que Wisconsin estaba al oeste de Rule—. ¿Al norte? —Pensó que tal vez sí. ¿Estaba Hurley al oeste del Waucamaw? Dios, tenía que haber prestado más atención a los mapas que habían encontrado Tom y ella.

—Ahora estamos al este de la frontera y se supone que Wisconsin está justo al oeste, en línea recta —respondió Daniel—. El campamento al que nos dirigíamos está... —sus labios resecos se movieron mientras calculaba mentalmente— a una semana de aquí y al sur de esta vieja mina, que era donde Mellie decía que se congregaban todos los Chuckies, y...

—¿Qué? —¿No había dicho Chris que su abuelo explotaba una mina? ¡Sí! Algunos de los antiguos mineros residían en un ala del asilo. Chris les leía cuando estaba en el pueblo—. ¿Sabes cómo se llama esa mina?

—No. Sólo que se trata de una vieja mina de hierro, creo. Tenía un mapa, pero lo perdí. Lo único que sé es que estamos a unos cinco días al noroeste y que tiene que haber una buena tonelada de Chuckies por ahí.

—¿Una especie de gran tribu, quieres decir?

—Más bien un montón de grupitos que entran y salen de allí, como si fuera un campamento base. Mellie dijo que probablemente habían elegido la mina porque ya la conocían y porque las minas son más cálidas cuanto más te adentras en ellas.

Alex lo consideró. ¿Araña y Leopardo también se dirigirían al sur? ¿Querrían reunirse con sus amigos, pillar un par de cervezas, trinchar unos jugosos filetes y asar hamburguesas a la parrilla? No había manera de saberlo y, de todas formas, ¿qué más daba? Sin Lobezno, Alex pensó que se acercaba su hora. Araña la necesitaba por Daniel —de eso no cabía ninguna duda—, y por más de una razón. A menos que los Cambiados quisieran que se convirtiera en su enfermera particular, Araña no tenía motivos para dejarla con vida de forma indefinida. Sin embargo, si la mina de la que Daniel hablaba era la mina de Rule, es que aún estaban relativamente cerca del pueblo.

«Tengo que averiguar dónde estamos. —Su mente iba varios pasos por delante—. Puede que esta sea mi última oportunidad. Me bastaría con un plano improvisado».

Sus ojos se posaron en un escritorio al otro lado de la habitación.

—Si te traigo papel y lápiz, ¿sabrías dibujarlo de memoria?

El chico movió la cabeza, receloso.

—No se me da muy bien dibujar.

Alex luchó por contener su irritación.

—¿Podrías intentarlo?

—¿Y si lo dejamos para otro momento? —A Daniel le temblaban los labios. Tenía la cara demacrada y profundas líneas de tensión y dolor surcaban su nariz y su frente—. ¿Tal vez más tarde?

Alex tuvo que reprimir el impulso de cogerlo por los hombros y zarandearlo: «¿No te das cuenta de que *no podemos*?», pero se obligó a calmarse.

—Sé que es duro, pero esto es importante, Daniel. Soy consciente de que estás mal. Yo también he perdido a gente. Una niña pequeña y… —Notó que los ojos se le llenaban de lágrimas—. Le fallé a alguien que me importaba de verdad, hice todo lo que pude y, aun así, no fue suficiente y ahora está muerto por mi culpa. Así que sé lo que es querer rendirse, créeme. Pero tú no puedes, por favor. —Le apoyó una mano trémula en el pecho—. Por favor, Daniel. Piensa. Intenta recordar. ¿Dónde está el campamento?

Los ojos del chico parecían dos lagos vidriosos.

—Alex, yo… no lo sé, de verdad. Ojalá lo supiera, pero lo único que recuerdo es que, una vez que cruzamos la frontera, Mellie me dijo que continuara hacia el sur.

—¿Te explicó por qué?

—Sólo nos dijo que no era conveniente que nos alejásemos demasiado hacia el este y que nos adentráramos en Michigan. No se me ocurrió preguntar nada más. Creí que teníamos tiempo de sobra y estaba exhausto y asustado. Jack y yo habíamos tenido que arreglárnoslas solos durante mucho tiempo. Fue un alivio que alguien me dijera qué hacer. Ojalá le hubiera hecho caso.

—¿A qué te refieres?

—Me refiero a que… —empezó, pero se interrumpió. Un enorme lagrimón tembló en el rabillo de su ojo izquierdo.

—¿Daniel? —Como seguía sin responder, le tocó la mejilla. Tenía la piel fría y resbaladiza como el mármol—. Daniel —le susurró—. ¿Qué quieres decir? ¿Por qué no le hiciste caso a Mellie? ¿Por qué?

Observó cómo la lágrima se desprendía y le salpicaba la mejilla, y notó que el aroma amargo de su pérdida y su desesperación —y, peor aún, la quemazón del desprecio que el muchacho sentía hacia sí mismo— se apelotonaba en su garganta.

—Porque… no pude, no pude hacerlo. —Se atragantó—. No después de verte.

46

Aquello la dejó estupefacta.

—¿A mí? ¿De qué estás hablando?

—Yo… nosotros avistamos a tus colegas, a la gente lobo, hace unos tres días, y entonces… —Sus ojos empañados en lágrimas se desviaron durante un instante para volver después—. Os seguimos la pista.

—Vosotros… —empezó a decir, pero se calló. Tres días atrás, Brian seguía con vida—. ¿Te estás quedando conmigo? ¿Nos seguisteis? ¿Durante *tres días*? —Quería abofetearle la cara: «¡Teníais armas! ¡Teníais lanzagranadas! ¿Qué estabais esperando, una invitación formal?»—. ¿Por qué?

—Ya te lo he dicho. —Daniel se llevó una mano temblorosa a los labios—. Os seguimos porque te vi. No podía permitir que los Chuckies se llevaran a alguien normal. Eres de los nuestros. Yo… no podía permitir que te llevaran sin más, así que os seguimos y esperamos la oportunidad para cargárnoslos.

¡Joder! Daniel había convencido a otros niños de que se embarcasen en una misión de rescate. Querían salvar a los suyos. A los más pequeños, que no tenían edad siquiera para comprender lo feas que podían ponerse las cosas, los habrían espoleado. Seguro que para ellos, un rescate era como echar una partida especial a los videojuegos.

—Lo que no me explico es cómo la gente lobo supo que veníamos —añadió Daniel—. Permanecimos todo el rato en dirección contraria al viento y eso, como nos enseñó Mellie. Aquella otra tribu…

—Tribu. —Claro, tanto la panda de Lobezno como la de Leopardo podían considerarse tribus—. ¿Te refieres a los chicos de blanco?

—Sí. Salieron de la nada. Sólo nos dio tiempo a meter un par de tiros y entonces Jack… —Se puso un brazo sobre los ojos y giró la cabeza hacia la pared.

La rabia de Alex se desvaneció. Pero ¿qué estaba haciendo? No tenía ningún derecho. Daniel no era mayor que ella, su único delito era haber intentado ayudarla… y mira cómo había acabado todo. Volvió a tener náuseas y a sentirse débil. La verdad es que ella no tenía la culpa. No podían echárselo en cara. No podía controlarlo todo. Aquellas putadas ocurrían.

«Sí, bueno. Primero Tom, luego Chris resulta herido por mi culpa… Y ahora los amigos de Daniel mueren y Jack…».

Daniel se dio la vuelta en medio de un sollozo.

—También sorprendieron a aquel chico lobo.

A Alex le costó un segundo caer en la cuenta de lo que decía debido a la amarga niebla de culpabilidad que la embargaba.

—¿Qué chico? ¿Te refieres a Lobezno? —La repentina opresión en el pecho era algo que se podía haber ahorrado. No llegaba a entender por qué seguía preocupándose por un monstruo como aquel—. ¿Lo viste?

—Sí. La chica, la que tiene la cara… —Se tocó la mejilla—. Le disparó.

—¿Que le disparó? —Las palabras se le secaron en la lengua—. ¿Que Araña le *disparó*? —Al ver que el chico le lanzaba una mirada inquisidora, añadió—: Así es como la llamo. Ya sabes, por la ropa que lleva. Bueno, ¿por qué le disparó? ¿Qué pretendía?

Se dio cuenta de que Daniel reflexionaba sobre el tema.

—Parecía… enfadada. Como si no quisiera estar allí. No estoy del todo seguro de cómo lo sé, pero así era.

—¿No quería estar dónde?

—En un claro a unos ochocientos metros de aquí. Estaban haciendo ese ritual tan raro. ¿Te has fijado en las pieles de lobo que llevan? Pues tenían un lobo de verdad, uno gris enorme que seguro que habían cazado con trampas. No terminé de verlo porque estaba oscureciendo y ya había empezado a nevar, pero el lobo era muy, muy fuerte y forcejeaba para desatarse. La chica, Araña, tenía un cuchillo enorme y el tío también. Estoy seguro de que iban a matarlo y a despellejarlo.

Aquello era nuevo. Alex no tenía ni idea de esta otra faceta de los Cambiados. Volvió a pensar en aquella explanada cerca de Rule, en el camino flanqueado por cadáveres de lobo desollados.

—¿Y qué le pasó? —preguntó—. Me refiero al lobo.

—No lo sé. Puede que aprovechara la confusión para huir. Pero, por la forma en que esa gente lobo estaba reunida en corrillo, parecía algo… —Se devanaba los sesos en busca de la palabra— religioso. Menos por la chica. Araña, ¿no? Ella estaba cabreada, de modo que no era idea suya.

«Mmm. —Era la segunda…, no, la tercera vez que Daniel parecía saber o intuir lo que sentían los Cambiados».

—Así que pensé: «Genial, aplastémoslos ahora que están distraídos» —continuó—, pero los otros tipos se nos echaron encima y luego la vi con uno de ellos, un tío muy alto…

—Leopardo.

—Ese. —Daniel aceptó el apodo—. Leopardo se fue directo hacia Araña, y ella le quitó la pistola de un tirón. Se giró rápido y le metió un par de tiros al chico lobo. Él había echado a andar antes de que terminara de darse la vuelta y se internó en el bosque, pero seguro que iba herido. Ella empezó a seguirlo, pero el tipo bajito intentó detenerla y ella le disparó por la espalda.

Seguro que el tipo bajito era Beretta. Pensó en aquello. Había asumido que los Cambiados se leían el pensamiento los unos a los otros como telépatas, pero aquello no tenía mucho sentido. Lobezno no vio venir a Araña o, cuando lo hizo, no tuvo tiempo de salvarse, de modo que los Cambiados no podían estar, por así decir, transmitiendo todo el rato, si es que eso era lo que hacían.

«Pero por eso estoy aquí con Daniel. —Tuvo otro pálpito, un tañido en la cabeza, pero creyó estar bien—. Araña mató a Lobezno. Caracortada me llevó ante Daniel, lo cual significa que a Araña le importa un bledo que Beretta muera por falta de cuidados». ¿Por qué? ¿Porque Beretta era leal a Lobezno? Era una posibilidad. Del grupo, Beretta y Acné parecían más cercanos a Lobezno que Caracortada. Los tíos solían hacer piña. Caracortada y Araña eran las únicas tías. A lo mejor Caracortada era una subordinada, la típica chica de instituto que agradecía ser una rémora del tiburón, en este caso de Araña.

Pero, para empezar, ¿cómo se puso Araña en contacto con Leopardo? ¿Cómo *conoció* a Leopardo? ¿Lo conocía de antes? A menos que…

—Daniel —dijo—, me comentaste que había otros Cam… eh, Chuckies en la mina, ¿no? ¿Sabes cuántos? ¿Son como tribus que cooperan las unas con las otras o…?

—No lo sé. —Los labios le temblaron. Volvió a apartar la cara—. De verdad, tengo que dejarlo ya. No quiero seguir hablando de esto.

—Está bien. —Y lo decía en serio. No estaba segura de poder soportar más revelaciones inesperadas. Sacó un paquete de comida precocinada de su mochila de camuflaje de suministros médicos—. Son fideos con pollo. También he traído un cubito de caldo concentrado. El médico con el que trabajé decía que la sopa de pollo era buena cuando habías perdido sangre.

El chico le dedicó al paquete una mirada apática.

—No tengo hambre.

—Deberías probarlo. —Como volvió a negar con la cabeza, ella insistió—. ¿Tienes sed?

—Un poco. —Las lágrimas no paraban de manarle del rabillo del ojo y de mojar la funda de la almohada—. Sólo quiero dormir y no despertarme más.

Alex no dijo nada.

—¿Por qué no me han matado todavía, Alex? —susurró—. ¿Por qué me mantienen con vida?

Para aquellas preguntas no tenía respuestas que quisiera oír. Cuando los hombros del chico empezaron a temblar, Alex sintió el impulso de rodearlo con sus brazos, pero no estaba segura de si a él le gustaría o de si era lo correcto. Nunca antes había visto a un chico llorar así. Bueno, no desde que en primero de primaria, sin querer queriendo, tirara de un codazo a Scott Rittenhouse de las barras del recreo. El sonido de la pena de Daniel le resultaba terrible, como si una sierra le atravesara el corazón, y el pobre lloró durante un buen rato.

—L-lo siento. —Sólo le quedaba un hilillo de voz y este no tenía mayor consistencia que un clínex usado. «Ya se ha desahogado», pensó Alex—. ¿Te importaría quedarte un rato conmigo? —le pidió con la misma voz frágil—. No quiero quedarme solo con ellos.

Alex pensó en Sharon y en Ruby, que seguían en la casa de invitados. Con suerte, Ruby dormiría el resto de la noche. Después de aquello, en fin, no sabía qué más podía hacer por ella, aparte de atiborrarla de antibióticos y analgésicos y esperar que sanara.

—Me quedaré mientras me dejen —contestó—. Deberías intentar dormir.

—No quiero dormir. Cada vez que cierro los ojos, veo a Jack. Ve-veo…

—Shh, está bien —dijo ella, odiando lo pánfilo que había sonado aquello. Las cosas no iban para nada bien. Le puso una mano en el brazo. Estaba temblando y sus ojos brillaban y transmitían desesperación. Alex pensó demasiado tarde en los analgésicos que había dejado con Sharon y Ruby. Tal vez fuese mejor y más piadoso que se durmiera y no volviera a despertar.

«Pero ¿qué estoy diciendo? No soy yo quien tiene que tomar esa decisión».

—Alex. —Se estremecía como aquejado de una fiebre repentina—. Tengo miedo de dormirme. Si me duermo, ¿qué encontraré cuando despierte?

—Sólo estás cansado —le respondió ella—. Y herido.

—Quiero *morir* —confesó con fiereza—. Si tuviera un arma, me v-volaría la t-tapa de los sesos. Me suicidaría, pero soy un c-cobarde y ahora J-Jack...

Esta vez lo abrazó mientras lloraba. Todavía le quedaban muchas lágrimas por derramar.

Al final el chico se relajó en sus brazos y su cuerpo fue descargando la tensión. Alex sintió que el pobre se amodorraba y decidió que dormir era una bendición. En lo más profundo de su corazón, creyó saber por qué los Cambiados lo habían retenido. Tal vez se equivocara. Tal vez, si se mantenía a su lado, sirviera de algo.

«Porque nada está grabado en piedra. Mírame a mí». Lo había leído en la cara de su tía y tras todas aquellas chorradas de mira-el-lado-bueno-de-la-vida del médico: ambos alucinaban con lo que estaba durando. Y no les faltaba razón, pues, con el tipo de monstruo que vivía en su cabeza, debía llevar tiempo muerta. Quienquiera que dijese «mientras hay vida, hay esperanza» lo clavó.

No obstante, había una cosa que sí tenía que saber. Porque podía ser importante. ¿Una pista? ¿Una manera de entender lo que le estaba pasando? No estaba segura.

—¿Daniel? —susurró. Vio que sus párpados se abrían al instante—. Daniel, ¿sigues despierto?

Él murmuró algo con voz pastosa. Bajo los párpados, los ojos se le pusieron en blanco.

—Mmm…

Alex se incorporó hasta que sus labios rozaron la oreja del chico.

—Daniel, has dicho que te aseguraron que dejarían que Jack se fuera. ¿Cómo lo supiste? ¿Te hablaron?

Él no contestó, y siguió sin contestar, y Alex pensó que era demasiado tarde, que ya se habría dormido. Entonces se movió, haciendo chirriar los muelles de la cama.

—No —murmuró. Seguía teniendo los ojos cerrados, pero su garganta hizo un gran esfuerzo por tragar y se pasó la lengua por los labios en su intento de hablar—. No lo sé. —Pausa—. Puede.

Aquello no era una respuesta en condiciones.

—¿Y el olor? ¿Es así como funciona? ¿Los hueles? ¿Daniel? —Le acarició la mejilla, sin querer traerlo de vuelta al horror que el sueño se llevaría lejos, aunque sólo fuera de manera temporal, pero tenía que saberlo—. Daniel, ¿qué es lo que hueles?

Esta vez hubo una pausa muy larga.

—A ti —fue su respuesta.

47

Según indicaba Mickey, Caracortada entró para llevársela a las siete en punto. Para entonces, la habitación se había clareado y, por las rendijas de las persianas, Alex atisbó que todavía nevaba. Había dormido a trompicones durante unas cinco horas, más bien poco, y tenía la mente saturada, repleta de pensamientos que saltaban como grillos. A pesar de lo mal que se sentía, experimentó cierta satisfacción al ver que Caracortada parecía incluso más torpe de lo habitual: caminaba como con resaca, si es que aquellas ojeras oscuras bajo sus ojos enrojecidos podían tomarse por un indicio de algo.

Daniel no se movió cuando Alex se levantó de la cama para echarle un edredón por los hombros y palparle la frente: no tenía fiebre, pero estaba sudando. ¿La dejarían volver? Probablemente. Por el momento, Daniel les interesaba más vivo. Sin embargo, dejó el frasco de eritromicina donde el chico pudiera verlo cuando despertara, por si acaso estaba equivocada y Araña tenía otros planes para él.

Siguió a Caracortada hasta el vestíbulo. En la casa reinaba el silencio, pero la peste asfixiante a animal atropellado era más intensa que nunca por aquella profusión de Cambiados en un espacio relativamente reducido. Gracias a Dios, la puerta de Araña estaba cerrada. A la luz del alba, las fotos de la mesita expositora desprendían un brillo tentador. Se moría por examinarlas. Vio que Caracortada arrastraba los pies varios pasos por delante y pensó: «Puede que no tenga otra oportunidad».

Actuó con rapidez: se quitó la mochila, la abrió de un tirón, acortó la distancia y simuló que se tambaleaba, dando un trompicón y luego otro hasta que se estampó con Caracortada, que no pudo reprimir un gruñido. Todo el material —botes de pastillas, paquetes de gasas e instrumental, el rollo de esparadrapo y el frasco de agua oxigenada— salió disparado y se esparció por el vestíbulo; las dos chicas cayeron al suelo hechas una maraña. La escopeta de Caracortada hizo un ruido estrepitoso al estrellarse contra el suelo y a Alex apenas le dio tiempo a pensar en la suerte que había tenido de que no se disparase. La rodilla se le resintió un poco al golpear la madera, pero Caracortada le estampó un bofetón que le hizo restallar los oídos y la rodilla lastimada se convirtió en el menor de sus problemas.

—¡Espera! —Con el brazo bueno, empujó a la otra chica y retrocedió con las manos en alto, mostrando las palmas en señal de rendición—. Ha sido un accidente, ¿vale? Un accidente.

Caracortada respiraba con dificultad y rezumaba irritación por todos y cada uno de sus poros. Había rescatado la escopeta y, por el modo en que sus hombros se habían puesto tensos, no cabía duda de que habría disfrutado volándole la cabeza. Alex no se movió y cayó en la cuenta de que aquello había sido un soberano disparate y, tal vez, su última ocurrencia, pero, por suerte, Caracortada bajó ligeramente el arma y dio marcha atrás, retrayendo el labio superior en una mueca silenciosa.

«De buena te has librado, Alex». La rodilla le dolió un poco al incorporarse y se vio obligada a cojear. Vaya, sí que dolía. Luego se agachó para recoger tranquilamente sus pertenencias y aprovechó para echar un vistazo a las paredes, a aquella mesita expositora… y a las consabidas fotografías.

Al final resultó que se había arriesgado para nada, porque en los días sucesivos tendría tiempo de ver y analizar aquellas fotografías más de una vez.

Lo que no sabía entonces, ni sabría en el transcurso de los siguientes cinco minutos, aunque el hecho de que no saliera humo por la chimenea de la casa de invitados debería haberla puesto sobre aviso, era que Sharon y Ruby estaban muertas. A juzgar por el rígor mortis —estaban tan tiesas que Caracortada, Acné y un par de esbirros de Leopardo tardaron un buen rato en sacar los cuerpos de la casa—, llevaban muertas varias horas. No había que ser muy avispado para averiguar la táctica que había seguido Sharon. Un hedor químico a vómito y a calmantes y somníferos medio digeridos flotaba en el ambiente y una miríada de trocitos de pastillas que las mujeres no se habían tragado yacían desperdigados por el suelo de madera. Conociendo a Sharon,

Alex supuso que, nada más salir ella de la habitación, la mujer se habría puesto a repartir las pastillas como si fueran M&Ms: «Una para ti, dos para mí; dos para ti, cuatro para mí». No le costaba imaginárselo.

Tras aquella pequeña debacle, a ella la instalarían en la habitación de Daniel. No la atarían a una silla ni nada por el estilo, pero tampoco la dejarían salir durante mucho tiempo y, al poco, aquello acabaría pareciéndose irremediablemente a ese rollo que había aprendido en la escuela, hacía ya una eternidad, sobre cómo las arañas envolvían a su presa para comérsela después en un día de lluvia.

Pero todo eso formaba parte del futuro. Ahora, mientras bajaba las escaleras y se abría paso entre cuerpos resacosos esparcidos sobre sillones y alfombras, sabía algunas cosas. Cosas importantes.

Uno: A juzgar por el parecido, la madre de Lobezno debía de llamarse Emily. La última vez que se habían reunido todos en aquella casa de verano había sido cuatro años antes contando desde el pasado agosto. Eso decía la foto. Así que Lobezno debía de tener unos trece años por aquel entonces.

Dos: Lobezno tenía abuelos. Eso no era ninguna novedad. Hasta entonces había pensado que se trataba de Jess y Yeager. Pero Jess no estaba en la foto. En cambio, Yeager aparecía junto a una mujercilla rolliza con el pelo rubio platino llamada Audrey. Por tanto, si Jess era la abuela de Lobezno, las incógnitas se disparaban.

Tres: Una de las fotografías no había sido tomada en aquella casa del lago. No sabía dónde exactamente, aunque el lugar le parecía... ¿una cueva? O tal vez una hendidura en una pared rocosa; no estaba segura. Sin embargo, celebraban una fiesta. Reconoció una parrilla, platos desechables, tazas y envoltorios; un par de niños sostenían refrescos y hamburguesas.

Los niños estaban colocados de esa forma poco sistemática que indica jerarquía: quién estaba unido a quién, quiénes se llevaban mal... Más adelante, cuando tuvo más tiempo, contó que eran cuarenta y siete en total. Identificó algunas caras: eran las mismas que las de los chavales ataviados con aquellos trajes de ninja blancos que tanto fascinaban a la cuadrilla de Leopardo. Otros no le sonaban de nada. Todos hacían muecas a la cámara y alguien se había encargado de escribir los nombres con una pulcra caligrafía. Así se enteró de que, antes del Cortocircuito, Araña se llamaba Claire Krueger. De su sonrisilla de satisfacción se deducía que ya por entonces manejaba el cotarro. Sin embargo, los nombres y las caras que mejor conocía eran los que levantaban sus sospechas respecto a lo que Rule había estado haciendo y por qué.

Acné era Ben Stiemke. Andrew Born moriría menos de un día después, pero Alex lo conocía como Beretta. Caracortada era Beth Prigge... y hasta era guapa por derecho propio: más delgada, menos huraña y, sobre todo, más tersa de piel. No tenía ninguna cicatriz ni ningún arañazo. Por alguna razón, Alex pensó en Lobezno y en aquella medialuna del cuello por donde le habían rajado la garganta. Por primera vez, se preguntó si las dos cicatrices formarían parte de la misma historia.

Pero la cuarta cosa era la más contundente y, quizás, la más irrefutable, porque explicaba muchas otras.

Había dos niños más —dos chicos— cuyas caras identificaba con una claridad pasmosa. Se habían quitado la camisa; era verano, a juzgar por sus piernas, hombros y torsos desnudos, y saltaba a la vista que hacía mucho calor. Los chicos se pasaban el brazo por el cuello el uno al otro en una especie de simpática llave típicamente masculina.

Dado que llevaba el pecho al descubierto, Alex comprobó que tenía la piel lisa. No había rastro de ninguna cicatriz. Como estaban abrazados, no le veía el cuello, pero apostaba lo que fuera a que el chico no había intentado rebanárselo con un cuchillo o con un trozo de vidrio afilado como un puñal. Era una corazonada.

Por aquel entonces, Lobezno se llamaba Simon.

Un poco más a la derecha había dos chicas guapísimas partidas de risa. Penny, con el cabello rubio miel, era alta y esbelta. La otra chica era pequeña y de ojos endrinos y se llamaba ¿Amy? ¿Anna? ¿Amanda? La tinta se había corrido y no se leía bien.

Aunque era el colega —el amigote de Lobezno, que parecía sacarle varios años— el que le había llamado la atención. En aquella época tenía el pelo más corto, pero lo habría reconocido en cualquier parte. Además, había algo… Sus ojos oscilaron entre el colega y la chica bonita del cabello rubio, Penny. Sí, la mandíbula… o tal vez el corte de las mejillas… o los ojos…, algo hizo pensar a Alex: «¿Su hermana?».

Comoquiera que fuese, Peter Ernst había conocido a Simon Yeager, y muy bien. Por aquella fotografía, cualquiera habría dicho que eran como hermanos.

Tenía la prueba ante sus ojos, escrita en pulcra tinta negra: Stiemke, Prigge, Born, Ernst, Yeager. Hecha de pirámides de calaveras y huesos de Expulsados. La historia estaba escrita con sangre. No había lugar a dudas.

Aquellos Cambiados eran los hijos y los nietos de Rule.

48

La noche que se marcharon de Rule —ocho días después de que Alex huyera y de que Peter desapareciese— fue una pesadilla y a punto estuvieron de morir. Aunque Lena no se hubiese encontrado indispuesta, habría corrido el mismo peligro casi desde el principio, y lo sabía. Como todos. La nieve seguía cayendo, impulsada por una cuchilla de viento vertical. Los mapas eran una pérdida de tiempo. En medio de la nieve, los puntos de referencia se difuminaban y el sendero no era más que una vaga esperanza.

Luego, tras cuatro horas fuera de Rule y demasiados kilómetros al este, el caballo de Lena se zambulló en la nieve y cayó en el hoyo formado por una pícea caída. El asustadizo animal llevaba todo el viaje dándole problemas, reculando, caracoleando y corcoveando; en general, siendo un incordio. Por suerte para ella, estaba bien agazapada y echada hacia delante, tenía las manos asidas a las crines del animal y las rodillas tan altas que prácticamente iba acuclillada en la silla cuando el caballo dejó escapar un relincho. No oyó el chasquido con el ruido de la ventisca, pero sintió la sacudida inmediata. Y lo supo. Había visto lo mismo en la granja de Karl *el Triturador*. Cuando el caballo se precipitó hacia la nieve, ella se tiró de la silla. Si el caballo caía de lado y la aprisionaba, podía quedarse atrapada para siempre. Salió volando vertiginosamente y luego se hundió como medio metro largo en un montón de nieve. Chris tuvo que apuntalar los pies a cada lado del hoyo para sacarla. Para entonces, el caballo estaba muerto y Nathan se guardaba el revólver en la pistolera.

Ninguno volvió a montar después de aquello. Reinaba la más absoluta oscuridad y puede que estuvieran locos, pero no eran suicidas. El viento soplaba demasiado para intentar siquiera montar una tienda de campaña, a menos que alguno de ellos tuviera una imperiosa necesidad de quedarse tieso. Lo que hicieron fue agrupar a los caballos, trabarlos y utilizar sus cuerpos como pantallas para resguardarse un poco del viento mientras unían los sacos de dormir y se acurrucaban debajo. Lena pasó el resto de aquella primera noche entre Chris y Nathan con una tiritera monumental.

Cuando el cielo empezó a clarear, se abrieron paso a duras penas a través de la tormenta dirigiendo los caballos hacia el este. Weller sólo había echado raquetas para Chris y para Nathan, así que Lena y Chris tuvieron que compartirlas. Al final, Chris encontró un buen lugar en la parte de una colina baja que daba a sotavento. Lena utilizó las raquetas para apisonar la nieve en polvo mientras Chris y Nathan se turnaban con la pala, uno cavando y el otro sacando nieve con las manos. Lena no estaba acostumbrada al trabajo físico y menos de media hora después estaba jadeando y bañada en sudor. Después de aquello, no había manera de entrar en calor. El viento era un puñal. El calor corporal se le escapaba por los poros. Además, se encontraba débil por la falta de comida y sueño. Pasó de tiritar a estremecerse de pies a cabeza. Un agotamiento monstruoso la agarró por la garganta y no la soltaba. Lo único que quería era hacerse un ovillo y dormir, así que se sentó… para descansar. Al menos eso es lo que se dijo a sí misma. No recordaba haberse tumbado.

Lo siguiente que supo es que alguien la estaba zarandeando, y fuerte. Le pareció que alguien gritaba, pero sus pensamientos eran como semillas resbaladizas de sandía que se le escurrían entre los dedos por mucho que intentase atraparlas. Ya no tenía frío, aunque la nieve le picoteaba la cara. Era un alivio.

—No debe dormirse —advirtió Nathan, pero la voz del anciano era vaporosa y parecía venir de muy lejos.

—Ya lo sé. Está completamente empapada en sudor —dijo Chris—. Tal vez deberíamos regresar. Intentaría encontrar ayuda.

—Pues entonces mejor que te eches y esperes la muerte. Sabes que el Consejo no dejará pasar esto. Además, no andarías ni tres kilómetros sin perderte.

—¿Más de lo que ya estamos? —espetó Chris. Incluso a través de la extraña niebla que le aturdía la mente, Lena sintió su rabia—. Vamos —le dijo, dándole una buena sacudida—. Debes permanecer despierta hasta que hayamos terminado esto.

—Que te den—le contestó Lena, aunque su voz era lánguida e incolora. Estaba más cansada de lo que había estado en toda su vida.

—¡Maldita sea! —exclamó Chris, y le abofeteó la cara dos veces. No fuerte, pero lo suficiente para que ella ahogara un grito.

—Vete —dijo, empujándolo con unos brazos tan flojos como dos espaguetis pasados—. Déjame dormir.

—No. —Chris tiró de ella para ponerla en pie. Las rodillas se le doblaban, por lo que volvió a desplomarse en la nieve—. ¡Vamos, despierta! —le gritó Chris al oído—. ¡Levántate! ¿Qué quieres, morir?

No, sólo quería dormir. Oyó el sonido de una cremallera —que no fue más que un suave siseo— y, acto seguido, sintió que Chris le subía el saco de dormir por las piernas y el cuerpo.

—Eso no va a servir de nada —le advirtió Nathan—. Está mojada. Empapará el saco y entonces…

Las voces se desvanecieron de nuevo. Bien. Tampoco es que le importara mucho lo que dijeran. Su mente se alejó de allí como una flor de diente de león. O quizá, sencillamente, perdió el conocimiento.

Volvió en sí cuando sintió que alguien la manipulaba para sentarla. El tufo a algo dulce le inundó la nariz y le revolvió el estómago.

—Bébetelo. —Reconoció la voz de Chris—. Venga, te calentará.

—Noooo —gimoteó. Entonces sintió algo caliente y empalagoso en los labios y luego en la boca. Se sacudió, pero Chris retiró la taza a tiempo para evitar que ambos acabaran escaldados—. ¡Ayyyy! —exclamó. Se había quemado la lengua—. ¿Qué es eso?

—Chocolate caliente. —Chris la rodeaba con un brazo y la mantenía erguida sujetándola con la rodilla—. La colina y la nieve nos han hecho de pantalla, así que he podido encender el camping gas. Venga —repitió, volviendo a acercarle la taza a los labios—. Bebe.

El olor del chocolate le provocaba náuseas, pero Chris insistió. Dio un buen trago y luego otro y otro hasta dejar la taza vacía. Su estómago dio un vuelco, pero al final se asentó. Poco a poco, ya fuera por el azúcar o por el calor, empezó a espabilarse. Vio que el día estaba más radiante, aunque la nieve seguía cayendo en forma de cortina gruesa y nebulosa. A su derecha, apartados, los dos caballos que quedaban eran manchas oscuras entre unas cuantas cicutas y pinos.

—Vaya. —Eructó y luego hizo una mueca al sentir el sabor de la bilis agria y del chocolate pastoso. Se giró hacia un lado y escupió—. ¡Qué montón de nieve!

—Sí. Nathan dice que nunca ha visto nada igual.

—¿Dónde está?

Chris ladeó la cabeza hacia la izquierda.

—Allanando la cueva de nieve e improvisando unos escalones para que no nos caigamos. Casi hemos terminado. Venga —dijo, quitándole el saco de dormir de las piernas y luego enganchándola por debajo de los brazos—. Vamos a meterte dentro.

La entrada era un boquete de unos noventa centímetros de diámetro. El túnel, excavado en la nieve, era oscuro y parecía muy largo y con la anchura justa para entrar reptando de espaldas. Durante un segundo, se quedó petrificada. Tenía la nieve a sólo unos centímetros de la nariz y le costaba respirar. El túnel parecía derrumbarse a su alrededor, haciéndose cada vez más pequeño.

—Venga. —La voz de Nathan sonaba lejos—. Se ensancha una vez que atraviesas el túnel.

Se impulsó y recorrió el resto del camino. No estaba segura de lo que esperar, pero la cueva era pequeña, tal vez de dos metros y medio de largo y no muy alta, y sólo daba para andar un par de pasos.

—Aquí arriba. —Nathan se arrodilló en una amplia cornisa a unos sesenta centímetros del suelo. Había cubierto la cornisa con la tienda y había colocado encima un saco de dormir. La mayor parte del equipo también estaba amontonado en la plataforma. La luz en el interior era muy tenue, pero vio que la cueva se arqueaba por encima de sus cabezas con el espacio justo para sentarse cómodamente.

Lena trepó los escalones que Nathan había cortado en la nieve. Ahora que se encontraba a resguardo del viento, se dio cuenta de que ya no tenía frío. No es que se asara, pero ya no se estaba congelando.

—¿Cómo es que hay dos pisos?

—El calor sube. —Nathan metía y sacaba una gruesa rama por uno de los dos agujeros practicados en el techo—. Aquí arriba tendremos calor suficiente. Algo se derretirá, pero, mientras mantengamos las cosas secas, estaremos bien.

Lena se giró cuando sintió que Chris se abría paso por el túnel y entraba en la cueva. Bocarriba, colocó una alforja y una de las mochilas vacías en la entrada, dejando un hueco de quince centímetros.

—Toma. —Le alargó el saco de dormir que había arrastrado tras de sí—. Extiéndelo. Creo que no está demasiado mojado. Necesitas quitarte esa ropa.

—¿Y qué me pongo? —preguntó.

Chris había sacado su cuchillo de caza de la funda y ahora dirigía la punta hacia una pequeña pila de ropa que había en la plataforma junto al resto de sus cosas.

—Puedes ponerte algo mío. No te quedará bien, pero al menos estará seco.

—Ah. —Miró a su alrededor—. ¿Dónde me cambio?

—Lo que ves es lo que hay —observó Nathan con el deje justo de regocijo en la voz—. Puedes desnudarte y vestirte en el saco.

Lena se ruborizó, pero Nathan ya estaba metiendo el palo en el segundo agujero y Chris hincando el cuchillo en la nieve cerca de la entrada. Ninguno la miraba. Después de desatarse las botas, cogió la ropa —pantalones de camuflaje y una muda nueva de calzoncillos largos, calcetines, una camiseta negra de manga larga, una bufanda verde y un jersey a juego— y se metió en el saco hasta el cuello. Rápidamente, se quitó los calcetines empapados, los vaqueros, los pantalones térmicos calados y, tras un momento de vacilación, las bragas. «Hagamos la gracia completa». Levantó el trasero y empezó a meter las piernas por los calzoncillos largos.

—¿Qué estás haciendo?

—Cavar un hueco para el camping gas. —Chris cortó un cuadrado con el cuchillo y aplanó la nieve con la bota—. Así ventila hacia el exterior y lo que se derrita se queda aquí abajo, no arriba donde estamos nosotros.

A Lena le bailaban los pantalones de camuflaje de Chris, pero eran de nailon y estaban forrados por dentro, tenían un cordón ajustable y elástico en los tobillos. Y lo más importante: estaban secos. Aún metida hasta el cuello en el saco, se quitó el jersey, la camiseta y se desabrochó el sujetador; luego se puso la camiseta seca.

—¿Y qué pasa con los caballos?

—Estarán bien —respondió Nathan—. Por suerte para nosotros, no los tapamos demasiado durante el camino, de modo que ahora tienen un buen pelaje. Mientras se mantengan de espaldas al viento y se queden entre los árboles, estarán bien.

—¿Y la comida?

Apuntó con el pulgar por encima del hombro.

—Hay comida en las alforjas. Cuando eso se termine, arrancaremos cortezas de los árboles.

—¿Vamos a quedarnos aquí tanto tiempo? —Se enfundó el jersey, se sacó su larga melena y empezó a desenredársela con los dedos.

—El tiempo que haga falta —anunció Nathan mientras Chris subía trepando por los escalones de nieve. Con los tres allí dentro, el espacio era más bien justo, pero quedaba sitio suficiente para tenderse y girarse—. Este temporal es de los buenos. Estas tormentas embarrancan cerca del lago Superior y allí se quedan durante cuatro o cinco días. Aunque la nieve deje de caer, si el viento sigue soplando, tendremos que quedarnos aquí. La sensación térmica te mataría en menos que canta un gallo, así que no nos moveremos de aquí durante un tiempecito.

—¿No nos seguirán? —preguntó Lena.

—Lo más probable es que no —le contestó—. Aun en el caso de que no tuviésemos a Weller para asegurarnos de que Rule sigue mirando en los lugares equivocados, nadie está tan loco como para perseguirnos con este temporal.

—Pero estamos aquí fuera.

Nathan se encogió de hombros.

—Pues eso.

Permanecieron metidos en aquella cueva de nieve cuatro deprimentes días, que para Lena fueron tres días y medio más de la cuenta. Sin privacidad y sin nada que hacer salvo pensar, estaba empezando a volverse medio loca. Su mente no era precisamente un lugar en el que le gustara morar mucho tiempo y tenía unas pesadillas tan horribles que no dejaba de despertarse sobresaltada, convencida de que había hablado en sueños. O gritado. Ni Chris ni Nathan lo mencionaron en ningún momento, pero pilló al anciano echándole una mirada inquisidora en más de una ocasión. Durante la mayor parte del tiempo, Chris se limitaba a callar y a rumiar las cosas, con lo que permanecían en el más absoluto silencio.

La mañana del quinto día, Nathan entró reptando por el túnel y dijo:

—La tormenta ha pasado. Recoged. Prepararé los caballos.

—¡Gracias a Dios! —soltó Lena cuando Nathan volvió a escabullirse. Se sentó hecha un ovillo y tuvo que quedarse un momento quieta y esperar a que se le pasaran las náuseas. Qué raro. Aún no se le había asentado el estómago; había conseguido tomar algo de caldo, pero poco más. Demasiado tiempo para que fuera una gripe. Además, nadie más estaba enfermo.

¿Podía ser el periodo? Tal vez. El problema era que no tenía manera de saberlo. Cuando tenía trece años, su pediatra le puso un tratamiento con anticonceptivos para controlar sus periodos, que eran irregulares y tan dolorosos que entendía por qué los llamaban «la maldición». A veces se preguntaba si las píldoras eran la razón por la que Karl *el Triturador* se había atrevido. Nada de inoportunos embarazos que justificar.

No le había hablado a nadie de la píldora y, por supuesto, no se lo había comentado a Jess. ¿Para qué? Una vez que el mundo se fue al garete, nadie iba a fabricar anticonceptivos a corto plazo, eso estaba claro. De todas formas, no tenía manera de conseguir más. Ahora que se había quedado sin ellos, no sabía qué esperar. Creía que la regla le volvería a venir después del primer mes, pero nada.

«A lo mejor por eso no me encuentro bien. Quizás esto es lo que pasa cuando has tomado la píldora durante tanto tiempo». Y podía estar teniendo tan mala suerte de sufrir el peor caso de síndrome premenstrual de la historia. Reprimió un suspiro, se deslizó para bajar de la plataforma, agarró una de las mochilas y empezó a meter cosas. Miró a Chris, que estaba recogiendo un saco de dormir, y le preguntó:

—¿Vas a seguir mucho tiempo así?

La espalda de Chris se tensó, pero no se dio la vuelta.

—¿Así cómo?

—Oh, venga ya, Chris. No has dicho ni tres palabras seguidas en cuatro días. Sé que estás cabreado. Te sentirías mejor si hablaras del tema.

—Lena. —Chris introdujo el saco de dormir en su funda y tiró fuerte del cordón ajustable—. Olvídalo, ¿vale?

—No —le contestó. Chris murmuró algo que Lena no llegó a pillar del todo—. ¿Perdona?

—Nada.

—¿Qué?

—¡Dios! —Lanzó el saco de dormir hacia el túnel—. Siempre estás agobiando. ¿Es que no puedes dejarme en paz y ya está? No hay nada de lo que hablar. No se trata de ti, para variar, ¿entiendes?

Aquello le dolió.

—Sí que se trata de mí. Estás aquí por mi culpa. Porque no quisiste contar que fui yo quien te dijo lo de los niños que quedan por Oren.

—Delatarte ante mi abuelo no habría cambiado las cosas. Él había tomado su decisión incluso antes de entrar en la sala, aunque claro, mandarlo a la mierda tampoco ayudó mucho. —Chris soltó una carcajada amarga—. Una gran postura, sí señor. Déjalo, Lena. Lo de seguir yendo allí fue cosa mía.

—Pero yo no debería haberte agobiado tanto. —Sintió una pequeña punzada de dolor cuando se arrancó un poco de piel del labio inferior con los dientes—. Si te hubieras quedado con Peter y los demás…

—También estaría muerto. Y Alex seguiría… —Tragó saliva con dificultad. Volvió a apartar la vista—. No importa.

—Chris. —Le puso una mano vacilante en el brazo. Él se sobresaltó y ella casi creyó que se la iba a sacudir de encima, pero no lo hizo—. No sabes si está muerta.

—Me gustaría creerlo, pero lo cierto es que no imagino cómo podría seguir viva, no si Weller y los demás tienen razón. Aunque se equivocaran, ¿cuánto tiempo ha pasado? ¿Doce días? ¿Y nevando durante los últimos cuatro? La única razón por la que nosotros lo hemos conseguido es por todas las cosas que Weller nos agenció. Alex sólo tenía un rifle y una mochila.

—Pero es muy lista.

—Alex es buena, pero está sola y la munición no le va a durar eternamente. Lena, mucha suerte tendría que tener para evitar a los Cambiados. Ya debe de haberse topado con ellos.

—O a lo mejor no. Weller dijo que sólo eran suposiciones. Ya los oíste. Ninguno de esos tipos ha puesto un pie fuera de la Zona.

—Pues yo diría que es una suposición cojonuda. —Se produjo una larga pausa y entonces Chris alzó los ojos. La piel que los bordeaba estaba más negra que el carbón y los tenía inyectados en sangre por el dolor y, según pensó Lena, por los remordimientos—. Creo que siempre lo supe, Lena. Me refiero a lo que había fuera de la Zona. Por qué no necesitábamos apostar a tantos guardias o por qué los ataques nunca parecían venir de ese lado. Si me hubiera parado a pensarlo durante dos segundos, lo habría entendido. Mierda. —Soltó una siniestra carcajada—. Peter me lo dejó muy claro. Se aseguró de que nos mantuviésemos alejados. Si Rule es el centro de un reloj, entonces esta extensa región que va de las siete a las once está plagada de Cambiados… y Peter siempre procuraba que la atravesáramos sólo en momentos muy puntuales. No puede ser más obvio, Lena.

—Mira, es muy fácil ver las cosas cuando ya han pasado, pero, Chris, el mundo se fue a la mierda, ¿entiendes? La gente cayó como moscas, por el amor de Dios. Peter lo hacía lo mejor que podía. Intentaba cuidarnos.

—Había muchas otras maneras. No tenía que tomar esa ruta. Ojalá supiera por qué. Porque no lo pillo. ¿Qué le hizo pensar que era una buena idea?

—No sabes si fue idea suya. —Aquello le sonó a excusa barata incluso a ella, y añadió—: A lo mejor se limitaba a cumplir órdenes.

—Pues eran unas órdenes terribles y no debería haberlas acatado.

—¡Venga ya! —le espetó ella—. Tú también has cumplido órdenes. Hacías lo que Peter te decía. Permitiste que tu abuelo impusiera las expulsiones; no te quejabas cuando Peter y el Consejo decidían quién se quedaba y quién se iba.

Las mejillas de Chris se encendieron.

—Eso… eso era diferente.

—¿Por qué? ¿Porque aquellas órdenes no eran terribles, sólo malas?

—¿Te crees que no he pensado en eso? Por Dios. —Apartó el brazo de debajo de la mano de Lena, se llevó las manos a la cabeza y se tiró del pelo—. ¿Cómo pude ser tan estúpido? Había un montón de señales que decidí ignorar. Como cuando aquel tipo, Harlan, el que se quedó con las cosas de Alex y le disparó a su amigo, Tom, y todo eso… Cuando mi abuelo lo echó, sabía que lo más probable es que muriese allí fuera. Aquello me pareció bien. Le había hecho daño a Alex. Pensé: «La has cagado, colega, así que a pringarla».

—Eso lo único que significa es que te preocupabas por Alex. La hirieron y tú estabas cabreado.

—Lena, no es que la hubieran humillado en la cafetería del instituto. Decidí que estaba bien que Harlan muriese. Además, tenía una idea bastante clara de cómo iba a ocurrir. Todos sabemos que los Cambiados están ahí fuera. Lo único que no sabía era que estaban *justo* ahí; que Peter había puesto en marcha este sistema. Y mira que lo tuve todo el tiempo delante de las narices. Como aquel par de veces en que Peter se fue por su cuenta. Ya sabes, igual que yo hacía con Oren. Cogía una carreta con suministros y se iba sin más… y siempre por las mismas zonas. Y luego la traía vacía y, cuando yo le preguntaba dónde habían ido a parar los suministros, no me contestaba. Quiero decir que era obvio que estaba llevando comida a otro sitio y simplemente lo dejé pasar.

—Chris —intervino Lena—, no podías saberlo.

—Porque preferí no hacerlo. —Hizo una mueca con los labios como si las palabras se le hubieran agriado en la lengua—. Eso me convierte en alguien tan culpable como él. Pero Peter ya no está y lo sé. Alguien tiene que responsabilizarse, Lena. Alguien tiene que intentar enderezar las cosas. La única manera es empezar de cero y, tal como funciona Rule, yo soy el único que puede hacerlo.

Su mandíbula volvió a tensarse en una dura línea que Lena nunca había visto antes y que habría creído imposible ver en él. Aquella dureza de acero iba más con Peter, que veía el mundo en blanco y negro. Chris era diferente. Para Lena, él era lo más parecido que tenía a un amigo, pero no reconocía a aquel extraño que tomaba forma ante sus ojos, ni aquella piel tan tensa que se le pegaba al cráneo ni aquella furia que le irritaba la nariz como si fuera pimienta. Aquel no era el chico de buen corazón que había arriesgado tanto para encontrar a su hermano pequeño.

—Chris. —Tenía la lengua tan seca que le parecía soltar las palabras con la boca llena de polvo—. Chris, estás hablando de empezar una *guerra*.

—Sí —confesó Chris—. Supongo que sí.

49

Tras marcharse de la cueva, el día fue a peor. La nieve era demasiado profunda para los caballos. El ruano de Weller llevaba ramplones, pero el alazán no, y, para colmo, era demasiado pequeño. Nathan cortó una camisa en pedazos para envolverles a ambos los espolones y las cañas, pero al final tuvieron que caminar. Como sólo disponían de dos pares de raquetas de nieve, una persona debía ir a lomos del ruano y Chris estimó oportuno que fuera ella. Por la cara que puso, Lena sabía que a Nathan no le hacía ninguna gracia.

—Ya hemos perdido un caballo —protestó.

—Yo no tuve la culpa —se defendió Lena.

La cara de Nathan sugería todo lo contrario, aunque al final aceptó:

—Vale. De todas formas iba a ponerlo en cabeza para que abriera camino.

—Yo me encargaré —se ofreció Chris.

—Sé manejar solita mis riendas, gracias —gruñó Lena. Sin embargo, el animal no parecía más contento de cargar con ella que el caballo al que Nathan había tenido que disparar. Chris hizo un intento de sujetar al ruano por el freno, pero Lena acababa de incorporarse a la silla cuando el animal empezó a corcovear—. ¡Basta! —gritó, sacudiendo las riendas—. ¡Quieto!

—Deja de tirar de las riendas —dijo Nathan—. Aflójale el bocado.

—Sé manejar a un estúpido caballo —le espetó Lena.

—Sí, ya vi lo bien que lo hiciste la última vez —replicó Nathan; luego suspiró y agitó la mano con un gesto de abandono—. Vale. Tú ganas. No pienso discutir. Vámonos antes de que perdamos más tiempo de luz.

Lena, que estaba que echaba humo, siguió a Nathan con la mirada cuando este se dirigió a trompicones a su caballo castrado, que cargaba con los fardos de todos.

—No dejes que te moleste —dijo Chris.

—Lo del caballo no fue culpa mía —respondió Lena, aunque era consciente de que no había sabido manejar al animal. El ruano se había calmado un poco, pero seguía bufando y estremeciéndose. Sentía cómo luchaba por desprenderse de sus piernas, como si fuera una mosca repugnante de la que no podía librarse. A lo mejor intuía que estaba enferma. ¿Los caballos tenían esa facultad? Dios, esperaba que aquello pasara pronto y todo el mundo se tranquilizase.

Pero no fue así. Al cabo de una hora, tuvo que saltar del animal y adentrarse en el bosque a toda prisa. Lo vomitó todo dando grandes arcadas, no sólo la mísera mitad de una barrita energética que se había obligado a comer antes de salir de la cueva, sino también el caldo de aquella mañana y lo que quiera que fuera que no había logrado digerir…, aunque, mirándolo bien, no había podido digerir nada.

Después se quedó doblada sobre la nieve como una navaja, aferrándose con la mano enguantada a un larguirucho álamo temblón. Se había adentrado bastante en el bosque y se había escondido tras una pantalla de cicutas, donde Nathan y Chris no pudieran verla. Una agria bola de flema se le vino a la boca y escupió. Dios, el síndrome premenstrual nunca le había afectado tanto. Dolor de barriga, sí, y a veces vómitos, pero nunca durante tanto tiempo. ¿La píldora te daba abstinencia o algo así? No tenía ni idea. A menos que…

«No. —Cerró los ojos para combatir aquella idea tanto como las náuseas—. No, por Dios, venga ya, es injusto. Sólo lo hicimos dos veces. No es justo».

—¿Lena? —Chris la llamó desde el otro lado de los árboles—. ¿Estás bien?

—¡Sí! —acertó a decir—. ¡Dame un segundo!

«Puede que me caiga otra vez —pensó mientras volvía a subirse al caballo, que no dejaba de quejarse y hacer cabriolas—. O a lo mejor lo consigo montando. Tiene que haber algo que pueda hacer o tomar; tiene que haber algo».

Tenía que haber alguien que le diera una solución. Podía preguntarle a Kincaid, si es que volvía a verlo alguna vez. O podía contárselo a Chris, que era una buena persona y seguramente querría ayudarla. Sí, pero él ya tenía bastante con lo suyo y ella se convertiría en otro problema más con el que cargar. Mejor que esperase a estar segura. No debía precipitarse. Y, de todas formas, Chris tampoco podía hacer nada.

—Hey. —Lena bajó la vista hacia Chris, que sostenía al caballo por las riendas con cara de preocupación—. ¿Estás bien, Lena?

—Sí, sí —mintió—. Perfectamente.

Pero en realidad pensaba: «Ay, Peter. ¡La que hemos liado!».

50

Peter reconocía *C-G* y *C-Y*: *cuartel general* y, seguramente, *Chucky*. El resto no le decía nada. Pero, aunque no entendiera el código Morse, estaba aprendiendo a descifrar los estados de ánimo de Finn y aquella mirada sombría se lo decía todo.

—M-m-malas. —Su garganta, ya seca, se cerró casi de inmediato y empezó a convulsionarse dando grandes y estremecedoras arcadas. Cada vez que inspiraba era como si alguien le clavase punzones entre las costillas.

Llevaba doce días prisionero, pero no habían empezado a suministrarle pastillas hasta hacía un día y medio. Esperaba que aquellas pastillas enormes acabaran de cuajo con su neumonía, aunque parecía estar empeorando. Lo más probable era que lo que le estaban inyectando tampoco le hiciera ningún favor. A juzgar por los colores —amarillo pálido, blanco tiza y rojo amarronado—, las inyecciones podían estar matándolo mucho más rápido. Peter escupió un espeso gargajo verde de flema en una palangana que ya contenía un tercio de la misma porquería viscosa. No le sorprendió en absoluto ver vetas de sangre roja y brillante. Además, la fiebre volvía a subirle. Estaba ardiendo y temblaba al mismo tiempo. Lo que sí le sorprendió fue que la herida de bala estuviera curándose y que las magulladuras fueran adquiriendo un tono entre verde y amarillento moteado.

Exhausto por el ataque de tos, se dejó caer en la almohada empapada en sudor y lo volvió a intentar:

—¿M-malas n-n-noticias?

—Digamos que, de momento, vas a ser nuestro único invitado normal. —Finn miró a Grier—. ¿Se le puede trasladar?

—Yo... eh... —Grier era un hombre diminuto y élfico que padecía una gran miopía. Cogió la palangana, la meneó un poco, echó un vistazo a la mezcla entrecerrando los ojos, se encogió de hombros y dijo—: No creo que le haga ningún mal.

—Bien. —Finn chasqueó los dedos dirigiéndose a Steiner, el guardia más nuevo. Dos días atrás, Peter había aprovechado una oportunidad para atacar a Lang. Sólo había dispuesto de unos preciosos segundos, pero no necesitó más. Después del destrozo que le hizo en la cara, volvieron a amarrarle tobillos y muñecas a guantazo limpio, pero le daba igual. Partirle la cara a Lang había merecido la pena. Ojalá Weller hubiera estado allí también—. Llévatelo —ordenó Finn—. Pero antes tráele ropa de abrigo.

Steiner y otros dos guardias volvieron con un atadillo de ropa idéntica a la que ellos llevaban puesta: pantalones y camisa color verde oliva, calcetines y ropa interior, un jersey grueso e incluso una parka de camuflaje y un gorro de lana. También le devolvieron sus viejas botas, que estaban salpicadas de manchas herrumbrosas de sangre: la suya, la de *Fable* y la de Tyler. Peter se encontraba tan débil que los dedos le temblaban al intentar abrocharse los botones y Steiner tuvo que ayudarle.

—¿D-dónde v-vais a…? —resolló.

—No puedo decírtelo —farfulló Steiner, pero Peter observó la fina capa de sudor que comenzaba a formarse en el labio superior del guardia—. Todavía puedes apañártelas—añadió el anciano.

—¿Qué? —Giró la cabeza hasta que encontró a Grier a unos metros de distancia, con las manos metidas en los profundos bolsillos de su bata de médico—. ¿Por qué?

—No depende de mí —contestó Grier. Su voz era la caricatura de un viejo granjero cascarrabias, del tipo que lleva gafas con montura de metal y una horca de dientes largos—. No tengo nada que ver con esto.

Sin embargo, en ningún momento tuvo miedo. No creía que fueran a ejecutarlo; para Finn era valioso y Peter estaba seguro de que aún le quedaba mucho por ver en lo que a sus pequeños experimentos se refería, así que no se resistió. Además, estaba sin fuerzas. Tenía las piernas tan lacias que a Steiner y al otro guardia no les quedó más remedio que cargar prácticamente con él desde la tienda.

Era la primera vez que Peter salía de la enfermería. De haber estado bien, habría hecho un reconocimiento exhaustivo a derecha e izquierda, memorizando la disposición del lugar por si las moscas. Después de cuatro días, parecía que al fin la tormenta pasaba de largo, aunque seguía nevando. No vio mucho: un puñado de tiendas medio vencidas y unas cuantas cabañas de aspecto más sólido cubiertas por un manto blanco. Una oscura pantalla de árboles tras una vaporosa cortina de nieve que caía a rachas. Se le pasó por la cabeza que no sabía si seguía en Michigan. Las grandes tormentas solían estancarse, cosa que siempre ocurría alrededor de los Grandes Lagos. Habían recorrido ya una gran distancia cuando lo encontraron, de modo que debían de seguir cerca de Rule, pero tenía sus dudas, y el entorno no le ofrecía ninguna pista. Captó el resoplido regular de un generador y, por los zumbidos, le pareció que había dos más a su derecha, fuera de su vista.

Los guardias lo condujeron casi a rastras hacia la izquierda y tomaron un sendero semidespejado flanqueado por un denso bosque de hoja perenne. Se abrieron paso a duras penas por la nieve durante lo que le pareció una eternidad. El zumbido del generador se apagó casi por completo. Ante ellos, el sendero se ensanchaba. Una cabaña de madera oscura, robusta y achaparrada, del tipo que parece hecho con troncos de juguete Lincoln, apareció en medio de un claro. La cabaña era un rectángulo perfecto, pero muy largo con dos chimeneas de piedra que expulsaban humo gris. Los postigos de las ventanas estaban echados. En los alféizares habían fijado rejas de hierro negras con gruesas capas de cemento. Dos guardias custodiaban la puerta. Cada uno portaba un rifle de asalto M4, del todo ilegales cuando las leyes importaban. Le dio la sensación de que Finn llevaba mucho tiempo dictando sus propias reglas.

Steiner le hizo un gesto de asentimiento a uno de los guardias, que se giró, llamó a la puerta de entrada y esperó. Un segundo después, se iluminó una ventanita en la puerta a la altura de los ojos. Peter vio el rápido fogonazo blanco de una cara y los herrajes traquetearon cuando quienquiera que estuviera dentro descorrió un pestillo.

La hedionda bocanada que salió —heces, orines rancios y carne pasada— fue de tal magnitud que hasta a Steiner se le saltaron las lágrimas. Entraron en *troupe*: Steiner a su derecha y el segundo guardia a su izquierda. Los recibieron dos guardias más que llevaban pistolas y porras extensibles en una funda lateral. A juzgar por las marcas que presentaban estas últimas, les daban bastante uso.

El espacio interior era mucho más grande de lo que esperaba. El diseño no era muy diferente de las otras cárceles que había visitado en su vida. A la izquierda se veía un escritorio de madera muy básico y dos sillas para los guardias de servicio tras unos barrotes de hierro que se alzaban del suelo al techo. Un fuego crepitaba en una profunda chimenea tras una pantalla de hierro forjado.

A la derecha había celdas: cinco a cada lado, diez en total. Las celdas eran simples jaulas enrejadas y cada una contaba con un desagüe que debía de conducir a una fosa séptica. Sin embargo, nadie se había molestado en darle un manguerazo a aquel suelo de hormigón desde hacía mucho tiempo. Había montones de heces —algunas muy recientes y otras tan viejas que se habían secado y convertido en piedra— por todos sitios.

Allí también había Cambiados agazapados. Reconoció a los chicos de la enfermería. Davey era el único Cambiado que llevaba puesto algo de ropa, si es que podía llamarse así a sus calzoncillos mugrientos. También llevaba un collar alrededor del cuello: piel negra con relucientes argollas en D a derecha e izquierda y un pequeño candado. Cuando entraron, el chico giró la cabeza. Un momento después, los demás Cambiados hicieron lo mismo y la levantaron para olisquear mejor el aire. A continuación, abandonaron sus encorvadas posturas al unísono, mediante una sincronía tan silenciosa y espeluznante que a Peter se le erizaron los vellos del cuello y de los brazos.

Nueve Cambiados. Diez celdas.

Y huesos. Montones de huesos pequeños. Dedos de las manos. De los pies. Vértebras. Algunos dientes.

—N-no. —El miedo le agarrotó la garganta. Ya estaba empapado en sudor, pero ahora una nueva capa de humedad le rezumaba y goteaba por las costillas. Trató de zafarse, pero ni con la fuerza que le proporcionó el pánico era rival para todos aquellos guardias.

—Basta —dijo uno, clavándole en el cogote la boca de una M4—. No te mataremos, pero te dejaremos para el arrastre. No hagas esto más difícil de lo que debe ser.

«No, déjame para el arrastre —pensó Peter enloquecido—. Aprieta el gatillo. Por favor, mátame ya». Mas su cuerpo no le hizo caso y se paralizó. Era incapaz de moverse. Comprendió lo que debía de sentir un conejo cuando lo rondaba un zorro.

—Po-por favor. —Temblaba con tal virulencia que oía el duro castañeteo de sus dientes. Desvió la mirada y la clavó en Steiner—: N-n-no.

—Lo siento, muchacho —dijo Steiner, sin crueldad—. Si fuera tú, ahorraría energías.

51

Cuatro días después de que la casa de Jed ardiera en llamas y a dos días de camino de la frontera de Michigan, Tom halló unos huesos.

Había transitado por los bosques y evitado las carreteras. Asimismo, se había alejado todo lo posible de las pocas casas y granjas que llevaban mucho tiempo abandonadas. Así que sabía que esa gente no había salido de paseo. A juzgar por el tamaño de los cráneos, algunos eran muy jóvenes, más bien niños, y también había unos cuantos bebés. Algunos llevaban muertos mucho tiempo, los huesos parecían marfil en contraste con la nieve. Pero, sorprendentemente, otros, bastantes, aún conservaban algo de carne, helada y dura como una roca, algo extraño. Un invierno riguroso implicaba animales hambrientos. Si querías cenar, había que roer. Al parecer, a los carroñeros tampoco les atraían las sobras de los Chuckies.

Le dio muy mala espina que los huesos estuvieran así, a la vista. Él iba persiguiendo la tormenta y la nieve estaba fresca, pero también llena de huellas tan recientes que fue capaz de distinguir los dibujos y la marca de las botas.

«Deben de regresar a los mismos lugares para alimentarse». Con ese descubrimiento, sintió que se quedaba sin aire en los pulmones.

Los Chuckies eran como animales que volvían a su guarida o perros que escondían huesos bajo un árbol concreto… y estaban en el bosque, con él.

«Bueno —pensó—, yo no puedo evitarlo. Sólo hay que tener cuidado».

Esa noche espantosa en el lago Odd, el perro le había salvado la vida; había recuperado la consciencia gracias a sus manotazos y empujoncitos. Tardó un buen rato, pero finalmente pudo darse la vuelta y deslizarse sobre el vientre para avanzar serpenteando por el hielo, utilizando el cuchillo como pico. Con cada crujido el corazón se le subía a la garganta. Para cuando consiguió volver al trineo eólico, la ropa se le había acartonado y el pelaje del perro estaba salpicado de trocitos de hielo. Se quitó los vaqueros, los calcetines, la camisa, la ropa térmica y hasta la ropa interior —la parka se había quedado en el agua, en el fondo del lago con aquel viejo cazarrecompensas— y se enfundó otro juego de ropa interior térmica. Luego se colocó por encima todo lo que tenía, sacudió y rajó una gruesa bolsa de basura y se la metió por la cabeza. Le faltaba el carrito de supermercado para parecer un auténtico mendigo. No habría desentonado para nada si se hubiese calentado junto a un cubo de basura ardiendo debajo de un puente. Poco le faltaba.

El perro y él pasaron la noche en el bosque, acurrucados en el saco de dormir al final de una cueva de nieve, al abrigo del viento.

No quiso arriesgarse a encender una hoguera o el hornillo, pero se hizo un chocolate caliente empleando el sobrecito calentador de la comida precocinada para derretir la nieve, y le dio de beber al perro agua calentita. Después se quedaron dormidos.

El cazador llegó al amanecer, como Tom suponía. Él habría hecho lo mismo. Dio un rápido rodeo a pie y se quedó allí plantado durante un buen rato, oteando el panorama desde la orilla lejana con unos prismáticos, girándose lentamente a un lado y a otro. Tom y el animal estaban bastante lejos, envueltos en el saco y protegidos por los árboles. Tom divisó la forma alargada del trineo en el hielo, justo donde lo había dejado, y, en la distancia, la franja más oscura de la brecha. Si tenía suerte, el cazador pensaría que también se había ido a pique.

Al final se marchó. Tom aguardó otra hora, según el Timex de Jed. No oía nada, salvo el susurro del viento, y veía todavía menos. Pero tenía que intentarlo.

Primero escondió el trineo, sacándolo a rastras del hielo e internándolo en el bosque durante un larguísimo trecho hasta que llegó a un montón de cantos rodados en la base de un esker. Las piedras estaban dispuestas formando una cueva. Soltó el Spitfire a un lado y lo empujó por la abertura en forma de cuña acordándose —demasiado tarde— de que aquel era territorio de osos pardos. Pero nada salió para hincarle el diente. Tal vez fuera un buen augurio.

Si el cazador regresaba —y lo haría; aquel trineo merecía la pena—, se daría cuenta de que aún estaba vivo con sólo echar un vistazo. Era un riesgo que tenía que correr. No sabía si aquel trineo le resultaría útil, pero, por si acaso, quería mantenerlo a salvo donde pudiera encontrarlo.

De ningún modo pensaba dejar a Jed a merced de los carroñeros o, peor aún, de los Chuckies que quizá vagasen por ahí. Tal vez fuera una tontería y una pérdida de tiempo y habría sido mejor echar a correr, pero le cubrió la cabeza a Jed, se echó el Bravo al hombro y arrastró a su amigo colina arriba.

La cabaña estaba destrozada, no era más que un esqueleto de madera chamuscada y escombros carbonizados que flotaba en un foso gris de nieve y ceniza recongelada. Pisando con mucho cuidado, empezó por la chimenea y fue caminando más o menos en diagonal hasta que encontró los cuerpos. Había tres: miembros ennegrecidos que habían ido encogiéndose y corrugándose cual fetos en útero conforme ardían los tendones, labios sin carne que revelaban una dentadura demasiado blanca en cráneos sin ojos. A pesar de eso, fue fácil identificar a Grace, porque era pequeña y porque el suyo era el único cadáver que presentaba los restos chamuscados de un delantal y una alianza de oro y diamante.

Los puso a los dos juntos en un lugar bonito con vistas al lago... y luego se detuvo y se quedó mirando a Jed mientras *Raleigh* olfateaba el cuerpo y gañía. Tom no tenía parka; Jed todavía sí. Sólo de pensarlo se sintió culpable y avergonzado, pero necesitaba la chaqueta y a Jed ya le traía sin cuidado. Diablos, seguro que el anciano incluso habría insistido.

—Lo siento —murmuró.

Tardó un buen rato en bajarle la cremallera a causa de la sangre congelada, pero despegar la chaqueta del cuerpo tieso y congelado de Jed fue peor aún. Tuvo que hacerlo rodar como un tronco para liberar la parka. La chaqueta era demasiado grande y olía a Jed y a sangre, pero serviría. Luego, valiéndose de piedras y ladrillos de las chimeneas, construyó una especie de túmulo. Temía que las piedras no cubrieran demasiado, pero hizo lo que pudo.

Jed le había explicado en una ocasión que los francotiradores de los marines llamaban a sus armas «Cate». El nombre no se refería a una chica; significaba: «Cargarse A Todo Enemigo».

Tom colocó la mano sobre la fría tumba de piedra y prometió:

—Eso es lo que haré.

* * *

La paciente yegua standardbred de ambos permanecía en el bosque junto al garaje que Jed había transformado en establo improvisado. *Dixie* se moriría de hambre allí sola. La otra, el poni de las Shetland de Grace, se había tirado por el precipicio, muerta de miedo, y se había hecho pedazos contra las rocas. Aunque no cabía duda de que el poni debía de estar muerto, Tom se echó el Bravo al hombro y descendió todo el risco para asegurarse. No pensaba dejar que el animal sufriera.

Por fortuna, Jed guardaba el pienso de los caballos y la comida de *Raleigh* en el establo y no en el sótano de la cabaña. Llenó las alforjas de granos de heno y avena y vertió pienso para perros en una bolsa de lona. Wisconsin estaba a cuatro o cinco días de camino si hacía buen tiempo y a una o dos semanas si hacía malo. Iría más rápido a caballo, pero seguir las carreteras principales era demasiado temerario. Donde había un cazador tenía que haber otros y él era un botín por el que merecía la pena matar. Así que no podía despegarse del bosque, y eso significaba más tiempo y más distancia. Nada de atajos.

A pesar de lo que Jed dijera, no tenía intención de cruzarse con nadie. Mira lo que les había pasado a Jed y a Grace por ayudarlo. No quería ser responsable de ninguna otra muerte. Pero ahora debía tener en cuenta a los animales. Aunque él tuviera provisiones para dos semanas, los animales se quedarían sin comida antes. Y como hubiera otra maldita tormenta, también él estaría en apuros.

En el establo encontró la lista y los mapas de Jed mientras *Raleigh* metía el hocico para que le hiciera caso. Había tres nombres que resaltaban como perlas equidistantes entre aquel lugar y la frontera, y un cuarto en Michigan. Para entonces, no le quedaría más remedio que parar. Dobló la lista dando un suspiro y se la guardó en uno de los bolsillos interiores de la parka. «Si lo hago, malo, y si no lo hago, peor».

El perro gimió y apoyó el hocico en su regazo.

—Sí, lo sé, bonito. Todo saldrá bien. Venga. —Le restregó las orejas—. Ahora tenemos que ocuparnos de una chica.

Después de cuatro días de camino, aún seguía en Wisconsin, viajando bajo el bilioso resplandor de la luna creciente.

«Demasiado lento. —Abrió un paquete de macarrones con queso a la mexicana precocinados. Si existía la posibilidad de que los Chuckies anduvieran por el bosque, no podía hacer fuego, así que vertió agua en el sobre calentador, deslizó el paquete de comida e introdujo ambos en la cajita de cartón—. Ya casi no queda comida para la yegua. —Enderezó la caja para que los componentes químicos liberaran su magia—. Podría darle cortezas, pero…».

A su lado, *Raleigh* se enfureció de repente y dejó escapar un minúsculo ladrido que se extinguió casi en el acto, como si el animal supiera que no debía hacer ruido.

Tom se dio cuenta enseguida de lo que pasaba. «Mierda. —Menos mal que no había llegado a hacer fuego. Le bastó una mirada a los ojos vidriosos de *Dixie* para comprobar que la yegua estaba aterrorizada. Resollaba—. Por favor —le rogó en silencio, estirándose para alcanzar el Bravo de Jed—, estate quieta». El rifle ya estaba cargado, así que le quitó el seguro, estremeciéndose un poco por el suave chirrido metálico.

Permaneció a la escucha, aguzando los oídos. Nada. Ningún sonido. El brillo gangrenoso de la luna teñía la nieve de un peltre intenso, apenas distinguible de los árboles más oscuros. El vaho manaba de su boca como grises telarañas. Exhaló un aliento más largo, como si soplara por una pajita, para observar qué rumbo tomaba. A su izquierda, y *Raleigh* miraba a la derecha. Así que estaba a favor del viento.

«Bien. Si esas cosas se guían por el olor, tal vez me libre».

Algo crujió. Su corazón saltó como un pez recién pescado.

Un susurro en la nieve y luego un golpe seco. Pasos. Otro golpe seco.

No eran raquetas, decidió; debía de haber un sendero bien marcado que no había visto. Giró el torso a la derecha, apretando el rifle de manera que su mejilla descansara sobre la culata, y dejó que sus ojos se desenfocaran para poder distinguir mejor bajo aquella luz cenicienta.

Dos sombras pasaron como fantasmas entre los árboles a menos de cincuenta metros de distancia. Las dos tenían el pelo largo y Tom pensó que el más menudo podía ser una chica. Llevaba una escopeta corta en una mano, algo parecido a una pistola. El más alto era grandote y ancho de hombros como un defensa de rugby en acción. El Chucky masculino dio un paso en falso, trastabilló… y de pronto sacó un tercer brazo.

«¡Dios mío! —Se le puso la piel de gallina—. ¡Tienen un cadáver!».

El chico se agachó para levantar el cuerpo y echárselo sobre los hombros, gruñendo ligeramente por el peso. Ahora que comprendía lo que pasaba, Tom distinguió que el cadáver sólo tenía un brazo, el derecho. El izquierdo acababa en un agujero negro como el tizón en la coyuntura del hombro.

De pronto, la cabeza de la chica muerta cayó flácidamente hacia atrás despejándosele el pelo de la cara.

«¡Alex! —pensó su mente, horrorizada—. ¿Alex?».

En ese momento, la Chucky se llevó la escopeta a la boca… y le pegó un bocado.

¡No era una escopeta!

¡Era un brazo! La chica seguía desgarrando trocitos de carne sin parar. Sus mandíbulas no descansaban y, bajo aquella luz enfermiza, Tom veía la blanca curva de su garganta al tragar.

«No. NO». Tom sintió que la tierra se desmoronaba bajo sus pies y que caía y caía sin poder detenerse, y Alex… y Alex… y *Alex*…

—*¡NO!* —gritó, apretando el gatillo. La noche se rompió con un rugido. Una llamarada naranja irrumpió en la oscuridad como un cometa. Oyó que la yegua relinchaba asustada a su espalda. La cabeza de la chica desapareció en el acto, pero la imagen carmesí de la explosión quedó grabada a fuego en su retina: el cráneo estallando en forma de halo con tropezones.

Se giró para apuntar de nuevo y volvió a disparar. Otro rugido. En mitad de aquel nuevo resplandor, vio al chico, como iluminado por una luz estroboscópica, a punto de darse la vuelta, boquiabierto de la impresión… y cómo una bala le impactaba en el pecho y se desplomaba.

Cuando el rugido cesó, oyó ladrar al perro. *Dixie* seguía encabritada, relinchando, intentando soltarse del ronzal, taladrando la nieve con las patas delanteras.

«¡Alex!». Salió corriendo dando tumbos mientras la nieve le agarraba por los pies y dúctiles ramitas le azotaban la cara. El gélido aire le rajaba los pulmones. El perro corría a su lado tratando de seguirle el ritmo, tanto que no le quedaban fuerzas para ladrar. A unos diez metros, sus pies detectaron un cambio repentino en la nieve y, sin dejar de dar bandazos, fue a parar a un camino bastante bien apisonado donde, más adelante, los divisó a los tres: el cadáver, la Chucky sin cabeza y el chico. También atisbó el brazo medio roído.

—¡Alex! —lloriqueó—. Alex.

Cayó de rodillas junto a la chica muerta. Estaba bocabajo y su larga melena yacía esparcida sobre la nieve negra y ensangrentada. Le dio la vuelta con una mano temblorosa.

—Oh, Dios.

No era una chica. Ni siquiera lo parecía. Con aquella luz tan deficiente era difícil adivinar su edad, pero las mejillas de la mujer estaban curtidas. Tenía el pelo del color de la grava y le arrastraba desde un enorme colgajo de cuero cabelludo que se había desprendido de la frente a la coronilla, revelando un cráneo tan blanco y liso como una bola de billar. De la nariz sólo quedaba el hueso. Al igual que de los ojos.

«Oh, joder, oh, Dios, oh, mierda. —Jadeaba. El sudor le caía por el cuello y sentía que la ropa se le pegaba a la espalda y al pecho. También se había echado a llorar: enormes sollozos de alivio—. ¡Para, para, para! —Se quitó el guante y se metió el puño en la boca hasta que se hizo daño con los dientes y la boca se le llenó de sangre—. Para, tienes que parar. No es ella; es normal alegrarse de que no sea ella, pero tienes que…».

Entonces el chico tosió.

Más bien gorjeó. Tom oyó cómo la sangre borboteaba y cómo una sibilante ráfaga de aire traía consigo cada aliento que el chico exhalaba.

Aquel sonido lo despejó más que cualquier otra cosa. Se había visto envuelto en demasiados tiroteos y había visto caer a demasiados colegas; todo soldado sabía reconocer una herida succionadora en el pecho cuando la oía. Con cada respiración, el chico se llenaba el pecho de aire, hasta que la presión acabara por pararle el corazón, si es que no se desangraba antes, lo cual era muy posible.

Él podía ponerle fin. Bajó la vista hacia el chico. Una bala en el cerebro; una tajada rápida a las carótidas. Cualquier opción era correcta, compasiva. O, mierda, también podía intentar salvarlo. Bueno, en teoría. Sabía lo que tenía que hacer. Todo soldado lo sabía. Cualquier soldado podría haberlo hecho.

«Ya no existe el bien ni el mal. —La mente le ardía, blanca y caliente como una estrella de neutrones—. No hay leyes ni dios. Sólo existe el aquí y el ahora y lo que haga a continuación… lo que haga a continuación…».

Los ojos del chico eran dos negros abismos y su cara se había vuelto gris. Un charco negro y viscoso se esparcía bajo su cuerpo, filtrándose en la nieve. Volvió a toser. La sangre rebotó en sus labios y se derramó por la barbilla hasta chorrearle por el cuello.

«No puedo salvarte. —Sacó el cuchillo de su funda—. Ya sé que no tengo justificación».

Tom le abrió la parka. El Chucky no opuso resistencia, se limitó a mirarlo con aquellos ojos oscuros, brillantes y pulidos como la obsidiana. Su sangre olía a hierro dulce. La bala se había insertado en la parte inferior derecha del pecho. Tom se sentó a horcajadas sobre el chico y le clavó el cuchillo justo debajo del esternón. Luego lo movió arriba y a la izquierda. Los músculos se separaban con facilidad conforme serraba, pero el muchacho empezó a estremecerse y eso lo hizo dudar.

Podía hacerlo. El mango palpitaba contra su palma al compás del corazón del chico. Tenía que hacerlo.

El Chucky lo miró fijamente e hizo ademán de mover los labios.

—No, no lo hagas —dijo Tom, y fue directo al grano: le clavó el cuchillo en el corazón y se lo retorció con fuerza.

Chas.

Chas.

Chas.

Nada.

El chico siguió mirándolo. Fijamente.

El perro gruñó y eso lo hizo volver en sí.

—No, *Raleigh* —lo acalló.

Retiró el cuchillo y lo clavó en la nieve para limpiarle la hoja.

Después huyó de aquel infierno lo más rápido que pudo.

Al cabo de dos días estaba en Michigan.

52

Venus era un diamante puro al este. El aire estaba seco como el polvo e iba tornándose quebradizo por el frío a medida que la luz se desvanecía en el cielo. Pronto anochecería. Pero Tom tenía que pensárselo bien. Una vez hecho, no habría vuelta atrás.

A través de la mira del Bravo, estudió la granja desde una pantalla de abedules nuevos y densas cicutas justo en la linde de un campo ancho y cubierto de nieve que descendía en pendiente. La granja de dos plantas era sólida, de piedra del lugar y con ventanas abuhardilladas, aunque parecía necesitar una buena reforma. Una bandera norteamericana pendía como una flácida lengua de un mástil muy alto que se erigía sobre un montículo a la derecha. Un hilillo de humo macilento salía de una única chimenea medio en ruinas que había perdido su capuchón y que se tambaleaba como un cúmulo de ladrillos de juguete a punto de derrumbarse. Había una pila baja de leña apoyada contra un rectángulo vallado que debía de ser un huerto. La media hoja de una robusta hacha reposaba contra un montón de tocones sin cortar. A la izquierda del huerto había una camioneta muerta de la que sólo se adivinaba el destello del parabrisas bajo un montículo de nieve y, al final del sinuoso sendero, tres retretes portátiles verdes.

Unas cuantas construcciones anexas se apelotonaban al otro lado de una amplia extensión ininterrumpida: seguramente una carretera que conducía a la granja, pero que llevaba meses sin ver tráfico. De los dos establos, el gris a dos aguas de la pradera también había visto días mejores; la esquina suroeste del tejado se había derrumbado. En un prado de nieve pisoteada, un único caballo y una vaca solitaria se inclinaban sobre una bañera de hierro lacada en blanco mientras tres cabras y media docena de pollos deambulaban de acá para allá y escarbaban el suelo alrededor de un bebedero de piedra. A la izquierda del establo de la pradera había otro mucho más pequeño con puertas correderas y un edificio más largo y bajo de ladrillo dispuesto de norte a sur con una especie de silo de piedra para el grano. Anexo a este, cinco enormes cerdos se apiñaban en una porqueriza al aire libre. Otras tres estaban vacías, con la nieve intacta.

Afianzado sobre sus raquetas, se mordió el labio inferior y se lo pensó. Los King eran los últimos en la lista de Jed. Hasta ahora había evitado a la gente... —bueno, los Chuckies no contaban—, así que podía hacer lo mismo con ellos, volver sobre sus pasos hasta el bosque y pasar allí la noche.

Pero los animales estaban en las últimas. *Raleigh* tenía que conformarse con un puñado de pienso. *Dixie* se había quedado sin comida hacía dos días. Había descortezado algunos árboles y había escarbado hasta encontrar mantos de musgo que arrancar de los árboles caídos, pero *Dixie* se había limitado a mordisquearlo. Y para colmo, ese día había tropezado y se había hecho un buen tajo en la pata delantera izquierda, desde la rodilla hasta el espolón.

Tom había gastado dos rollos de gasa y una venda para cortar la hemorragia.

¡Dios, es que estaba tan cerca! Podía saborearlo. Encontrar a Alex sería un buen presagio. Un nuevo comienzo. No tanto una expiación como una aceptación de su destino. Quizá, con Alex, las pesadillas desaparecieran. *Tenía* que llegar hasta ella. Detenerse por la razón que fuera parecía un error.

Si llamaba a aquella puerta, asumiría otra deuda que no quería pagar. No sería justo aceptar comida y pienso de aquellos ancianos sin darles nada a cambio. Por el aspecto de aquel sitio, una ayuda les vendría bien, de modo que se le iría otro día, tal vez dos. Tal vez más. Perdidos. Puf. Sin más.

Podía ser egoísta. ¿Acaso no se lo había ganado? Pero los animales necesitaban descansar. Se pasó una mano enguantada por los labios agrietados. Ellos tenían que hacer lo que él quería… y él, más que nadie, sabía lo que era aquello. No era justo machacarlos más.

«De todas formas, *Dixie* necesitaría el mismo tiempo para recuperarse lo suficiente como para montarla, ¿no? Sólo un par de días más».

—De acuerdo, colegas —dijo, agarrando las riendas de *Dixie*—. Vamos a saludar.

Justo cuando Tom llamaba a la puerta, la cabeza de *Raleigh* se giró hacia la izquierda. Un gruñido fue cobrando fuerza en el pecho del perro. Tom echó un vistazo a su alrededor, se fijó en el establo en ruinas de la pradera con su silo de piedra y divisó fugazmente algo naranja que pasó escabulléndose de derecha a izquierda.

—Eh, vamos, pequeño —le dijo al perro—. Es sólo un viejo gato de granja.

Entonces la puerta se abrió, liberando una bocanada de aire recalentado que olía a cebolla frita y a algo acre y con levadura, como pan o quizá cerveza casera, y se olvidó del tema.

Craso error.

53

A Wade King le apasionaba el cerdo. Para la tarde del segundo día, lunes, Tom sabía más de granjas porcinas de lo estrictamente necesario.

—Mala suerte han corrido las carnes blancas estos dos últimos años. —Wade King estaba tan orondo como sus cerdos berkshires, con una panza que habría necesitado de una carretilla. Tras cargar el comedero de maíz y cebada, salió de la pocilga a duras penas mientras los cerdos se daban empellones unos a otros y olfateaban su cena—. La gente ha pasado de zamparse los cerdos a decir que son unos guarros. Pero su estiércol, si se hace bien, es mano de santo para una granja, aunque parece que la gente no quiere enterarse…

«Yo entre ellos». Tom deslizó la pala bajo la tercera y última montaña de mierda de cerdo. El suelo estaba inclinado, hormigonado y diseñado para que pudiera drenarse fácilmente en aquellos días en que aún salía agua de las mangueras. A medida que el invierno avanzaba y Wade no había podido mantener el ritmo, las montañas de estiércol se habían triplicado y ya le llegaban a Tom por las rodillas. Wade tenía calentadores de propano para los cerdos, así que la mierda no se había congelado del todo y buena parte de ella aún humeaba.

Tenía el olor impregnado en la lengua. Ya había acabado con medio tubo de pasta de dientes.

—La cosa me iría bien —dijo Wade mientras Tom volvía a girarse para dar otra palada— de no ser por esos abusones de la Agencia de Protección Ambiental…

¿Abusones? Aquello le sonaba a chino. Que el hombre despotricara contra un gobierno inexistente le resultaba un tanto ridículo. Dios, esperaba que *Dixie* apreciara el sacrificio que estaba haciendo. En ese momento, la yegua estaba en el establo con el otro caballo, hurgando en un cubo de pienso.

No obstante, el principal problema era *Raleigh*. Ni a Wade ni a Nikki les gustaban los perros, lo cual le pareció rarísimo tratándose de dos granjeros. Como no habían querido que *Raleigh* entrara en la casa y mucho menos que corriera detrás de los animales, al final Tom le había construido una especie de caseta en el huerto, que estaba vallado, pero claro, la primera noche *Raleigh* no había dejado de ladrar y, en cuanto Tom lo dejó en libertad a la mañana siguiente, salió disparado como una flecha hacia el granero en ruinas y Wade se puso hecho una fiera: «¡Ese perro asusta a mis ponedoras, se está ganando un buen perdigón!». Así que, después de eso, *Raleigh* se quedó confinado en el huerto marchito. Ojalá el animal no enfermara. A lo mejor sólo estaba nervioso por todos aquellos nuevos olores.

Se dio cuenta de que Wade le había hecho una pregunta cuando la pausa se prolongó demasiado.

—Perdona, ¿qué has dicho?

—Te preguntaba si podrías quedarte un par de días más. Me vendría bien tu ayuda para reparar el tejado, yo no me manejo bien en esas escaleras de mano…

—Sí. Escucha, Wade… —Tom introdujo la pala en el enganche de la carretilla—, creo que ya os he ocasionado bastantes molestias.

—¿Todavía estás disgustado por lo del perro? —Wade agitó despreocupadamente una mano tan grande que parecía una loncha de lacón—. Las cosas estaban muy tranquilas y entonces llegó el perro y… perdí los nervios, pero ya es agua pasada. —Wade se animó—. ¿Sabes? Hemos guardado un poco de carne picada. No conozco un perro al que no le guste la carne picada. Tenemos que hacernos amigos, eso es todo. Voy a decirle a Nikki que la mezcle con un par de huevos y…

—No. —Tom declinó el ofrecimiento—. Deberíais guardar vuestra carne. Y yo debería ponerme en camino mañana.

—¿Por qué tanta prisa?

—Porque debería llegar a mi destino.

—¿Y adónde te diriges?

—Al este, supongo. —Tom levantó la carretilla y cruzó la puerta abierta de la pocilga—. Y luego al sur.

Wade lo siguió con andares de pato.

—¿A la Costa Este? Mala idea. Por lo que he oído, esa zona va a estar al rojo vivo durante unos diez mil años.

—Bueno, lo más seguro es que no vaya tan lejos. —Una vez fuera del amparo, aunque precario, de la pocilga, sintió el azote del viento cortante en la cara y se le saltaron las lágrimas. Las fuertes ráfagas intentaban arrebatarle la driza al asta de la bandera y la cuerda chocaba estrepitosamente contra el aluminio. La bandera de Estados Unidos y ahora también una vieja bandera colonial ondeaban y golpeteaban salvajemente como sábanas en un tendedero—. Me quedaré en Michigan un tiempo y luego tal vez vuelva a bajar a Wisconsin —continuó, cosa que no era del todo mentira. Cuando encontrara a Alex se dirigirían al norte y se alejarían de aquella locura: irían a Minnesota o a la casa que Jed tenía en aquella isla. A Canadá—. Ya veremos.

—¿Familia?

Tom volcó la carretilla y empezó a amontonar el estiércol.

—No, tengo que encontrar a alguien, eso es todo.

—¿Ah, sí? —Wade se estaba quedando calvo, pero tenía unas cejas pobladas como orugas peludas. Una reptó por su frente—. ¿Dónde?

—No estoy muy seguro, pero… —vaciló. No quería dar muchos detalles acerca de adónde se dirigía, aunque no sabía muy bien por qué—. Lo último que sé es que ella, la chica, iba camino de Rule.

—¿Una chica? ¿En Rule?

Su tono de voz hizo que Tom alzara la vista.

—¿Pasa algo?

—Tal vez quieras reconsiderarlo. —Wade llevaba unas gafas de cristales gruesos, de esas antieróticas propias de los militares. Echó vaho sobre una de las lentes y la limpió con un sucio pañuelo rojo—. El camino está plagado de Chuckies, tanto como un chucho anaranjado infestado de garrapatas.

Tom pensó en los dos que había matado y en el cadáver medio roído de la mujer.

—¿De cuántos estamos hablando?

—De muchos. Escucha, Tom, no quiero meterme donde no me llaman. —Wade se enganchó las gafas detrás de las orejas—. Pero no pasaría nada si te quedaras un par de días más. Huele como si se avecinara otra tormenta.

Que Wade pudiera oler algo por encima de la mierda de cerdo era un milagro.

—Razón de más para marcharme. Los Chuckies se pondrán a cubierto y Rule está sólo a unos días de camino. Si el tiempo aguanta, a lo mejor llego incluso antes. —Tom rebañó lo que quedaba de estiércol y volvió a dejar la pala en la carretilla. Aún tenía que limpiar los establos y la vaqueriza y, si quería adelantarse a la tormenta, debía hacer el equipaje—. Te agradezco el ofrecimiento, pero debo irme por la mañana, en serio.

—Como quieras. —Wade se metió las manos en los bolsillos de su raída chamarra y se encogió de hombros—. Iré a decirle a Nikki que ponga a hervir unos huevos, y sé que tenemos un par de jarras de…

—No te molestes, Wade —dijo Tom, un poco avergonzado.

—Olvídalo. —Wade no aceptó un no por respuesta—. Es lo menos que podemos hacer.

Para cuando llegó a la zona de los pollos, tuvo que trabajar a la luz de la linterna. Hacía meses que no cambiaban la paja del gallinero y el tufo a amoniaco casi lo tumbó. Para ser un granjero tan descuidado, Wade era bastante meticuloso a la hora de separar el estiércol, y la mierda de pollo iba a parar al bosque como fertilizante.

«Tiene su lógica». Dado que era poco menos que imposible empujar la carretilla por aquella nieve tan densa, se había colocado las raquetas, había seguido el rastro que los animales y él habían dejado antes y había apisonado la nieve hasta que la capa base hubo adquirido la firmeza necesaria para que la carretilla no se hundiera. Al salir, había visto a Nikki dirigirse al huerto con un cuenco para el perro y la había saludado con la mano. Ahora, cuando iba resollando hacia el bosque con la carretilla cargada, apuntó al huerto con la linterna y vio que el perro se había metido en la caseta y que la cola enroscada le llegaba a la nariz.

—Hala, a dormir, comilón —dijo, aunque se sintió aliviado. Mejor que descansara y que se pusiera en marcha con la panza llena.

Fue mientras esparcía el grano para los pollos cuando se percató de algo.

Wade tenía *un montón* de forraje: cebada, maíz, heno de calidad y grano para los pollos. Bajó la vista al puñado de semillas y maíz granulado que se escurría entre sus dedos. ¿Dónde lo conseguía? Su único carro tenía el eje roto, pero, aunque hubiese estado en perfectas condiciones, era imposible que un caballo, ni siquiera uno de carga, pudiera tirar durante mucho tiempo por aquella nieve tan profunda. Además, tampoco había suficientes animales para justificar esa ingente cantidad de grano. A pesar de que no paraba de hablar sobre aumentar el número de cerdos y todo eso, Wade no era lo que se dice muy enérgico. El viejo apenas podía cuidar de los animales que ya tenía.

¿Y por qué no almacenaba el forraje en aquel silo de piedra? Era lo más lógico, pero Wade prefería guardarlo en los establos del prado principal. *Todo*.

Entonces Tom pensó con detenimiento en todo el estiércol que había recogido, en todos aquellos montones de mierda esparcidos por ahí. Tanta mierda… y ningún barril de quemado. En vez de eso, los King tenían aseos portátiles: no uno ni dos, sino tres.

«¿Los habrá traído hasta aquí?». Era una posibilidad, y la idea era buena. No se iba a poner a vaciar orinales y se apostaba algo a que no había demasiadas granjas con retretes exteriores antes del Cortocircuito. Jed y él habían construido uno con un barril a imitación de los que Tom había utilizado en Afganistán y no les había quedado más remedio que acostumbrarse a quemar la mierda. Pero, si Wade había traído los aseos portátiles a la granja, ¿cómo lo había hecho?

«Tal vez haya otro carro en ese viejo granero». Tras cerrar el gallinero, fue a por la carretilla abriéndose paso por la nieve con dificultad. Tenía que ser eso. Dejó la carretilla detrás de la pocilga y echó un vistazo en la dirección de aquel granero del prado. No acertó a ver nada más allá del alcance de la linterna, pero sintió que se erigía silenciosamente en la nieve.

Al hablar de todas las tareas de la granja, Wade nunca había mencionado el granero. ¿Por qué? Seguramente porque tenía otras prioridades. Pero todo granjero que se precie se ocupaba de sus herramientas y de su maquinaria.

Examinó la casa. Las ventanas delanteras estaban apagadas, pero de la ventana de la cocina, en la parte de atrás, salía un tenue resplandor amarillo. Nikki y Wade estaban allí.

Volvió a sacarse la linterna del bolsillo trasero.

Sólo un vistazo.

54

Era un almacén de máquinas.

Tom alumbró con su linterna un tractor, un esparcidor de estiércol y dos Ford F-150. Estantes de herramientas y aparejos agrícolas se alineaban en la pared de la derecha. Incluso divisó una marca de hierro, lo cual le hizo detenerse. ¿Estaban marcados aquellos cerdos? Trató de hacer memoria. No, los granjeros solían hacerles una muesca en la oreja. Algún sistema complicado; no sabía cuál. El marcado a hierro se utilizaba para el ganado y los caballos. Así que a lo mejor había sido para las vacas lecheras o el zaino. No se acordaba.

Había un tablero de herramientas repleto colgado encima de una elaborada mesa de trabajo con dos tornillos de banco. Al derrumbarse el techo, la nieve se había desplomado sobre una gran sierra de banda eléctrica con hoja circular. A Tom le dio la impresión de que se utilizaba para cortar carne y hueso. De ser así, aquella sierra llevaba sin usarse una buena temporada.

No era el caso ni del hacha ni del cuchillo de carnicero.

Ambos reposaban sobre una mesa de trabajo independiente que le recordó al tajo de carnicero que su padre utilizaba para cortar costillas de ternera. El hacha de mano tenía una fina cuchilla de acero inoxidable y un mango con empuñadura de piel: ligera, fácil de manejar, bien equilibrada. La hoja estaba limpia, pero mostraba mellas aquí y allá, como si hubiera tenido mucho uso. La empuñadura de piel estaba manchada de salpicones de color púrpura y en el mango del cuchillo se había filtrado más sangre, hinchando y agrietando la madera. Junto al tajo de carnicero, en el suelo de hormigón, había un cubo de desperdicios. Unos trapos rígidos embadurnados de oscuras manchas grasientas que olían a sangre añeja sobresalían por el borde.

Al lado de la mesa de trabajo había un gran congelador blanco tipo arcón que, por supuesto, no estaba enchufado. En el establo hacía más frío que en cualquier congelador. Por el borde babeaban chorreones de color teja.

Nikki había servido estofado de cerdo la primera noche. Wade le había propuesto darle hamburguesas al perro.

«No, es una locura». Sintió que su mente se estremecía con sólo sospecharlo. Los King preparaban su propia carne. ¿Y qué?

«¿Me daría cuenta? —Apuntó a la sangre seca con su linterna y de pronto sintió náuseas—. Dios, ¿acaso no habría distinguido si se trataba de cerdo, de ternera o de… carne humana?».

Con el corazón a mil por hora, levantó la tapa del congelador… y soltó un blanco suspiro de alivio.

Vacío.

Entonces, a la derecha, justo al otro lado del establo, se oyó un rasguño.

Se giró sobresaltado y alzó la linterna esperando ver los ojos del gato, brillantes como monedas, o tal vez una rata o un mapache. La luz impactó sobre lo que un día debieron de ser tres caballerizas con puertas correderas abandonadas desde hacía mucho tiempo. Algo parpadeó desde el rincón más alejado. Tom rodeó el congelador, apuntó con la linterna, volvió a captar el destello... y frunció el ceño. Había una cuarta caballeriza, cerrada a cal y canto, con un candado grande y reluciente de acero inoxidable que pendía de una negra armella tan gruesa como su pulgar.

Un rasguño. Y luego, un bajo gimoteo.

Un cachorrito. Eso fue lo primero que pensó. Los King habían encerrado a un perro, seguramente con bozal. Recordó el gruñido que *Raleigh* había lanzado hacia el establo. No le extrañaba que no quisiera alejarse; había otro perro encerrado allí dentro.

A lo mejor estaba enfermo. Era posible. Cuando era niño, su padre alquiló la película *Fiel amigo*. Recordaba que, tras la pelea con el lobo, a *Amarillo* le entró la rabia y el niño lo encerró en el granero y le disparó. Tom estuvo llorando durante una semana. Conociendo a Wade, seguro que se habría deshecho de un perro rabioso, pero a Tom tampoco le extrañaba que el matrimonio hubiera aislado a un cachorro enfermo y lo hubiera dejado morir. Así se ahorraban una bala.

«Pobrecillo».

—Hola, bonito —dijo en voz baja. El animal respondió con otro gimoteo mientras Tom se dirigía a la cuadra. Enfocó el candado con la linterna y luego el resto de la puerta y la pared anexa en busca de una llave. Dos de ellas pendían de un clavo en un fino aro de cable justo a la izquierda de la puerta. Estiró el brazo para cogerlas… pero se detuvo. Aquello no era asunto suyo. Él se marchaba. Los King tenía derecho a llevar la granja a su antojo.

El cachorro volvió a gimotear.

—Ya está, bonito. —Desenganchó el aro del clavo e introdujo una de las llaves en la cerradura—. Espe…

Aquella última palabra nunca llegó a abandonar sus labios.

En ese momento se dio cuenta de que la puerta era robusta y de madera de roble, pero no completamente sólida. Había un gran agujero casi a la altura de su rodilla derecha. Estaba oscuro y no debería haberlo visto. Por definición, nadie podía ver nada en un agujero porque en un agujero no había nada que ver.

Pero allí *había* algo: mugriento y muy fino, pero completamente reconocible.

Un dedo.

Y entonces se movió.

55

—¡Mierda! —exclamó Tom, dejando escapar un pequeño y repentino grito ahogado. Las llaves cayeron tintineando en el frío hormigón. Se le erizaron los vellos de la nuca y se arrodilló—. ¿Hola? ¿Estás herido?

El dedo desapareció de la rendija y Tom atisbó un destello blanco cuando el niño —seguía convencido de que se trataba de un niño— miró fugazmente por el agujero antes de que la luz lo deslumbrara.

—Perdona. —Tom apartó la linterna. Ahora que estaba más cerca, apreció el olor a carne rancia, amoniaco y paja podrida mezclada con heces—. Chico, chico, ¿estás bien? ¿Cómo te llamas?

Parecía que el muchacho hubiese dicho algo, pero a Tom le latía tan fuerte el corazón que apenas oía nada. «Dios mío, suena como si estuviese herido. —Barrió el suelo con la linterna hasta que encontró las llaves—. Sácalo de ahí y ensilla a *Dixie*. Ve a por tus cosas, coge las armas y busca a *Raleigh*. —Le temblaban las manos. Se metió la linterna debajo del brazo e introdujo la llave en el candado. Si era necesario, encerraría a los King en una habitación hasta que lo tuviera todo listo para marcharse—. Espera hasta la mañana, cuando haya luz. —Giró la muñeca y abrió el candado—. Y luego aléjate tanto como…».

Un potente haz de luz lo dejó plantado en el sitio. En la puerta, ante sus propios ojos, su sombra cobró vida, negra y perfectamente definida, como si se tratase de un actor retroiluminado en un escenario.

Entonces oyó que alguien cargaba una escopeta: *chunc-crunch*.

En el establo, detrás de la puerta, el chico gimió.

Tom se dio la vuelta despacio, protegiéndose los ojos con la mano.

—Ay, Tom —se lamentó Wade—. Ojalá no hubieras hecho eso.

56

Nikki lo hizo desvestirse. A diferencia de Wade, su esposa estaba como un fideo y era frágil como el cristal. Sus ojos grises no mostraban la menor emoción, pero, cuando Tom se detuvo en los calzoncillos, ella dijo:

—No, no. Todo. Como te trajeron al mundo.

La estufa de leña mantenía la cocina y aquella pequeña habitación trasera muy caldeada. Tenía el cuerpo y la cara chorreando de sudor, del sudor producido por el miedo, pero estaba temblando. Las placas de Jed tintineaban en su cadena de cuentas.

—¿Por qué?

—Porque no podemos permitir que te escapes —contestó Wade desde la cocina. Tom observó por la puerta abierta cómo Wade retiraba el hierro, lo inspeccionaba y lo volvía a colocar entre las ascuas.

—Eso es una tontería. No me voy a escapar en calzoncillos —espetó Tom.

—Oh, eso no lo sabemos. —Refunfuñando, Wade se plantó las manos en los muslos y cogió impulso para levantarse—. Una vez vi un documental de la National Geographic sobre un esquimal que corría por el hielo durante kilómetros completamente en pelotas.

—Vamos, Tom. —Nikki le hizo un gesto con el arma—. Los calzoncillos también.

—No.

—Muy bien. ¿Rodilla derecha o izquierda? —Como él no respondía, prosiguió—: No creas que no voy a hacerlo. Mientras estés vivo, no les importa en qué estado te encuentres. A nosotros nos da lo mismo, pero… —Escudriñó su cuerpo con la mirada, primero hacia abajo y luego de vuelta hacia arriba, e hizo un repaso de cada cicatriz de metralla, recreándose en la hondonada del muslo derecho. Levantó el labio cuando le vio la cicatriz del cuello—. Menudo chupetón. ¿A tu novia se le fue un poco la mano? Bueno, seguro que no le importan una o dos marcas más, teniendo en cuenta que ya estás hecho polvo. —Su cara volvió a quedarse inexpresiva—. No me hagas desperdiciar una bala, Tom.

«De acuerdo, esto es una demostración de poder. —Metió los pulgares por la banda elástica de los calzoncillos—. Vamos, esto es de entrenamiento de supervivencia básico. No dejes que puedan contigo».

Pero ¿qué podía hacer para detenerlos? Dejó que los calzoncillos le cayeran hasta los pies y luego los lanzó lejos de una patada. Tenían un arma y él había sido un idiota.

—Así me gusta. —Nikki señaló con la barbilla la silla atornillada al suelo—. Ahora siéntate y ponte esos chismes de plástico. Primero los tobillos a las patas de la silla y luego la mano que quieras primero. Para la otra tendrás que usar los dientes.

Dios, ¿cuántas veces habrían hecho aquello antes? Su corazón intentaba salírsele del pecho. No se dirigió a la silla. Tal vez no le quedaran demasiadas opciones, pero, si se ponía aquellas bridas de plástico, estaba muerto.

—¿Qué le habéis hecho a *Raleigh*? ¿Lo habéis matado?

—Eso espero. —Nikki se encogió de hombros—. Una pena prescindir de un buen perro de granja, pero no podemos permitir que ladre cada vez que huela a un Chucky.

«¿Qué? —Algo frío anidó en su corazón. El hacha, la sangre en el congelador…—. Oh, Dios, el *crío*…».

—Lo estáis alimentando.

—Claro. Te dan más si les entregas a un Chucky vivo. —Entonces Wade vio su cara y estalló en una carcajada tan fuerte que la tripa le retembló—. No, no vamos a convertirte en hamburguesas, si es eso lo que te preocupa. Aunque hace un día que nos quedamos sin provisiones y sé que ese cabroncete tiene hambre. La cuestión es que eres más valioso vivo que en el buche de un Chucky. Este se muere de hambre, aunque me importa un pimiento. Se lo van a llevar igual y con el frío se conservará bien. De todas formas, los cazarrecompensas no tardarán mucho.

—¿Cómo saben cuándo venir? —preguntó Tom. En realidad, no quería oír la respuesta, pero cada segundo que estuviera alejado de aquella silla valía su peso en oro.

—Izamos la vieja bandera cuando tenemos algo. Supongo que tienen oteadores.

La bandera. Tom reprimió un gemido. Por Dios, era tan obvio, justo allí, a plena vista… Había querido creer que estaba a salvo… y ahora estaba muerto.

—No hago muchas preguntas. Ellos van a lo suyo y yo a lo mío. —Wade abrió la portezuela de la estufa—. Lo único que me importa es que me den lo que me corresponde.

—De ahí viene todo ese pienso, ¿no? —preguntó Tom.

—Oh, sí. —Wade metió la mano enfundada en un grueso guante rojo de piel en la estufa—. Si te entrego, apuesto a que conseguiré una bonita carreta nueva y hasta un buen caballo de tiro.

Aquello debía de ser un sistema de trueque. Si capturabas a un Chucky o a un joven que no hubiese cambiado, recibías una recompensa. Tom observó con creciente horror cómo Wade inspeccionaba el hierro. El hierro negro —una V abierta que Wade decía que representaba un hueso roto, cosa que a Tom le pareció muy apropiada— se estaba tornando de un gris claro. El humo del hierro al rojo vivo se instaló en su garganta…

«Es el olor de las armas automáticas de escuadrón que se vuelve cíclico, de la metralla usada que cae en cascada sobre las piedras, del cañón de un arma tan caliente que se encasquilla y te hace escupir en la recámara mientras, desesperado, tratas de desatascarla. Y hay voces que salen a raudales del sol implacable y del altavoz de tu casco: "Por el amor de Dios, corta el cable, corta el puto cable y coge al crío o estás muerto, estás muerto, estás…". Siempre hay voces».

—Tom. —Al oír su nombre, volvió parpadeando del horroroso recuerdo y se encontró con Wade en aquella pesadilla del presente. La marca de hierro con la forma de hueso roto no estaba al rojo vivo como salía en las películas, sino de un color ceniciento. Sentía la incandescencia a metro y medio de distancia—. Hora de sentarse —le dijo Wade.

—No tienes por qué hacerlo —repuso él, sabedor de que estaba desperdiciando saliva.

—Es que si no te marco, no puedo demostrar que te intercambié. No quiero que me timen.

Tenían un arma y no había por donde huir. Lo único que les habían machacado una y otra vez en la escuela de supervivencia era que, a menos que la misión corriera peligro, eligiesen la vida.

Otra cosa que había aprendido: los ojos siempre te delataban. A menos que tu oponente supiera leer la mente, si controlabas los ojos…

Wade estaba más cerca. Nikki tenía el arma.

Miró a Nikki.

Fue a por Wade.

57

Actuó con rapidez: se abalanzó sobre él estirando el brazo derecho y subiéndolo a modo de gancho. La marca de hierro chisporroteó en su piel —un súbito lametazo de fuego que le chamuscó la carne y le quemó el vello—, y no pudo reprimir un grito de dolor, pero consiguió que Wade la soltara. El hierro cayó estrepitosamente al suelo mientras Tom adelantaba un pie, giraba la cintura y cogía impulso con el codo izquierdo en alza. El codazo que le asestó a Wade en la barriga fue tan fuerte que sintió el impacto en el hombro. El anciano soltó un gruñido bajo y entrecortado y se tambaleó, pues su peso le estaba haciendo perder el equilibrio. Tom no se movió de su lado, golpeteaba la madera con los pies descalzos mientras sus manos se aferraban a la camisa de Wade y trataba de manejarlo… Por el rabillo del ojo, vio que Nikki pivotaba y levantaba la escopeta, así que hizo lo imposible por colocarse detrás del viejo.

El rugido fue enorme. La habitación centelleó repentinamente. Un disparo a quemarropa de una escopeta del doce debería haber sido infalible. Pero Wade era enorme: un escudo humano de ciento treinta kilos de peso. El viejo dio un espasmo y, cuando su sangre salpicó la madera, sonó como si hubiera estallado un globo de agua.

Sintió que Wade se desplomaba y oyó gritar a Nikki por encima del zumbido de sus oídos. Volvió a moverse, cogiendo impulso con la pierna izquierda, la más fuerte, rodeando el cuerpo de Wade y agachándose todo lo que podía. Vio cómo Nikki, justo enfrente, a unos tres metros de distancia, abría desmesuradamente los ojos y la boca. Había dejado caer los brazos de la sorpresa y la escopeta apuntaba al suelo.

«¡Vamos, vamos, vamos! —Saltó, con la mano izquierda en garra y el codo derecho levantado—. Aprovecha y dale un puñetazo…».

Su pie derecho pisó el denso charco de sangre de Wade.

Fue como patinar por una de esas capas de hielo que se forman en las carreteras. Sintió que perdía el equilibrio y que su pie derecho se elevaba por los aires. Gruñó, se revolvió e intentó frenar la caída, pero no lo consiguió y su cadera izquierda se estampó con fuerza contra el sólido suelo de madera. Un súbito dolor le sacudió la pelvis, pero siguió revolviéndose en el suelo, resollando, intentando incorporarse. Ahora a cuatro patas. Desvió la mirada a la derecha y allí en el suelo, a unos quince centímetros…

Se atrevió a echar un rápido vistazo por encima del hombro: Nikki torcía el gesto en una máscara de rabia, levantaba la escopeta, apretaba el gatillo y…

Nada.

Ningún disparo.

Por la cara que puso la anciana, Tom se dio cuenta de que se había percatado de su error al mismo tiempo que él. Con la prisa se había olvidado de cargar la escopeta. Sus antebrazos se tensaron mientras forcejeaba con el arma. Sus manos eran cables. Nikki accionó el pistón en el preciso instante en que él se lanzaba a por la marca de hierro…

Chunc-crunch…

… pensando: «¡Demasiado lento, demasiado lento, demasiado lento!».

Chunc…

Su mano derecha se apoderó del hierro aún candente y asestó un fuerte y repentino revés que sesgó el aire. Sintió cómo el metal impactaba contra las piernas de la mujer y la derribaba. La escopeta volvió a disparar, pero erró el tiro, enviando una lengua de fuego hasta el techo. Nikki cayó al suelo y el arma salió despedida.

—¡Te voy a matar, te voy a matar, te voy a matar, *hijo de pu…*! —gritaba.

Con la mano aún rabiando de dolor, Tom se abalanzó a por la escopeta y se dio la vuelta mientras la cargaba: *chunc-crunch…*

Y se quedó petrificado.

Eran dos: una abuela vestida con un traje de camuflaje de invierno y un hombre incluso más viejo de ojos oscuros que llevaba un gorro negro de lana del que emanaban volutas de vapor. Ambos portaban rifles.

En el suelo, Nikki retrocedió como un cangrejo.

—No, no, nosotros…

—Anda —le dijo a Tom el hombre de ojos oscuros—. Déjame a mí.

Apretó el gatillo y la cara de Nikki King estalló en pedazos.

58

Nadie se movió. Los King no podían. Tom no se atrevía.

—¿Estás bien? —le preguntó el hombre—. ¿Te han herido?

Tom estaba bocarriba, como su madre lo trajo al mundo, en medio de un charco de sangre, con una escopeta agarrada con ambas manos y la nariz inundada por el olor a pólvora quemada y a su propia piel chamuscada.

—Estoy bien —contestó—. ¿Quiénes sois?

La mujer habló por primera vez. Sus pálidos ojos se desviaron hacia la cocina y luego se clavaron en Tom.

—¿Hay un niño aquí?

—Creo que está en el establo, en el grande. Lo tienen encerrado.

—¿Por qué? —La piel de alrededor de sus labios se tiñó de blanco.

—Es un… —Tom tragó saliva—. Ya sabes.

—Oh, Dios. —Cerró los ojos durante un momento. Se llevó los dedos a los labios—. Maldita sea.

—No sabes si es él —dijo el hombre.

—Pero sabemos quién se lo llevó. —Giró sobre sus talones—. Voy a por él.

—Mellie —empezó a decir el hombre—, no…

—Es *mío* —le contestó ella y, un momento después, ya se había ido.

El hombre se la quedó mirando durante unos instantes y luego volvió la vista hacia Tom. Los oscuros ojos del anciano se detuvieron en las chapas que pendían de la cadena de cuentas y, acto seguido, señaló con la cabeza el montón de ropa de Tom.

—¿Por qué no te vistes, soldado?

—¿Quiénes sois? —le preguntó Tom.

—Vístete —respondió el hombre y se giró para salir—. Ya hablaremos.

Se oyó un disparo mientras se abrochaba a duras penas los botones de la camisa de franela. Se paró, contuvo la respiración y se quedó alerta por si oía algo más, pero no fue así. Poco tiempo después, sintió pisadas y el murmullo de sus voces.

En la palma de la mano derecha ya le había salido una ampolla, pero le seguía doliendo. Por su experiencia en Afganistán, sabía que las quemaduras de tercer grado no dolían. Podía soportar el dolor. Había sufrido heridas peores. Pero muy pronto necesitaría una pomada antibiótica y vendas.

Levantó la escopeta. No había otra salida de aquella pequeña habitación trasera, ni siquiera una ventana, y ellos eran dos. Podía disparar primero y preguntar después, pero lo cierto es que ellos ya habían tenido ocasión de matarlo dos veces y no lo habían hecho.

Por otro lado, los King habían dicho que valía más vivo.

Cuando entró en la cocina, la mujer estaba sentada a la mesa. Su rifle estaba en el suelo. El anciano llevaba el suyo colgado al hombro.

—Ahí tienes, soldado —le dijo, colocando una palangana de agua delante de una tercera silla. Sus modos eran los de un vaquero enrollado—. Será mejor que metas ahí esa mano. Está fría, pero es bueno para las quemaduras.

Tom no se movió. Con todo lo que había pasado, no iba a volver a cometer el error de confiar en alguien. Llevaba la escopeta apoyada en la cadera derecha, apuntando con el cañón el pecho del tipo. La mujer tendría que inclinarse, alcanzar su rifle, cogerlo y apuntar. Podía volver a cargarla y pegarle un tiro antes de que supiera que estaba muerta.

—¿Sois cazarrecompensas?

La mujer dejó escapar una triste carcajada.

—Es una manera de llamarlo. He estado buscando a ese chico de ahí fuera, Teddy… —Su voz tembló y se calló durante un instante, tragó saliva y se pasó una mano por la cara. Cuando volvió a levantar la vista hacia Tom, sus ojos claros estaban bañados en lágrimas—. Estaba en un grupo de niños a los que he estado cuidando desde… ya sabes. Los cazadores me lo arrebataron.

Aquello tenía sentido. El pobre chiquillo tenía que haber venido de algún sitio.

—¿Cómo sabíais que debíais venir aquí? —preguntó Tom.

—Te sorprendería lo rápido que corren los rumores —contestó el hombre—. Hay muchas granjas por aquí. Cuando nos reunimos

—Hizo un gesto de asentimiento a la mujer—, sabía muy bien dónde debíamos mirar.

Tom volvió a pensar en Jed y en Grace. Ellos habían sido cuidadosos y habían permanecido aislados, pero lo único que hizo falta fue un vecino metomentodo. Así que sí, tenía sentido. No obstante, ¿qué estaba haciendo aquella gente allí? Eso para empezar. ¿Trabajaban juntos o qué? El anciano había dicho que se *reunieron*. ¿Qué quería decir? ¿Y qué hacían aquellos dos viejales vagando por ahí en pleno invierno? Entendía la historia de la mujer, pero ¿qué pasaba con el aspirante a vaquero?

—Aunque, para serte sincero —continuó el anciano—, no estuve seguro hasta que vi la bandera. Muchos grupos paramilitares utilizan cosas parecidas. Seguí una corazonada, eso es todo.

«¿Paramilitares?». Una punzada de ansiedad se instaló en su pecho. Jed le había advertido sobre eso, pero Tom había sido tan ingenuo como para creer que las milicias se circunscribían a Wisconsin. Debería haberlo sabido, él más que nadie. Allá donde hubiese civiles, habría milicias, unas más organizadas, atrincheradas y mejor preparadas que otras. Puede que incluso algunas estuviesen esperando y deseando que el mundo se fuera al garete y lo tuvieran todo planificado hasta el más mínimo detalle. Los miembros supervivientes, como es natural, se habrían agrupado. Por muy enfermizo que fuera aquel razonamiento, comprendió por qué él y otros jóvenes supervivientes eran tan valiosos: nada más y nada menos que para generar reemplazos. Sin embargo, ¿por qué algunos querrían Chuckies?

—Los King dijeron que era una señal. Lleva izada dos días —dijo.

El hombre se quedó mirando a la mujer.

—Entonces, debemos ponernos en marcha. Y cuanto antes, mejor.

—Yo no voy a ninguna parte con vosotros —repuso Tom.

—Estarías más seguro —le contestó el hombre.

—No sé quiénes sois.

—Me llamo Mellie Bridger —dijo la mujer. Le tendió una mano con manchas causadas por la edad. Como Tom no hizo gesto alguno, volvió a ponerla en el regazo—. Vamos a nuestro campamento base. Allí me dirigía con mi grupo cuando nos quitaron a Teddy hace diez días. Los demás niños ya deberían estar allí.

«A ver, un momento. —Un campamento base implicaba una operación a mucha mayor escala. Si aquellos eran los exploradores de lo que quedaba de los militares, la cosa pintaba muy mal para él—. A lo mejor he salido de Guatemala y me voy a meter en Guatepeor».

—¿Qué campamento? ¿Dónde?

—¿Adónde te dirigías? —le preguntó el hombre con el mismo tono amistoso de vaquero de antes.

—No creo que sea asunto tuyo.

—Mira. —La tímida expresión de la que el anciano había hecho gala hasta entonces se desvaneció el tiempo suficiente como para que Tom captara un destello fugaz de algo casi predatorio—. Por si no te has dado cuenta, te acabamos de salvar el pellejo. Estamos intentando ayudarte.

—Gracias. Os lo agradezco. En serio. —Y en verdad lo hacía—. Pero ¿por qué ibais a preocuparos por mí?

—¿Prefieres que nos pongamos de parte de los cazarrecompensas?

Tom pensó que aquel tipo era muy bueno esquivando preguntas y poniendo a la gente a la defensiva. Tenía el punto justo de fanfarronería.

—Eso no es una respuesta.

El anciano abrió la boca, pero Mellie le puso una mano en el brazo.

—Deja de meterte con el chico. ¿Es que no ves que está herido y asustado? No seas tan duro con él.

El tipo pareció querer decir algo más, pero se encogió de hombros.

—Como quiera. Si prefiere terminar sirviendo de cebo, me importa un comino, pero yo de él no me dirigiría al este.

Esa era precisamente la dirección en la que necesitaba ir.

—Me dirijo a Rule. —Tom vio que los dos se miraban—. ¿Qué?

—Verás, él tiene razón —dijo Mellie inclinando la cabeza hacia el hombre—. No creo que sea una buena idea.

Eso era lo que Wade le había dicho también.

—¿Por qué no?

—¿Te crees con suerte? —le preguntó aquel tipo—. El camino está infestado de Chuckies. Por eso estamos luchando contra ellos y contra Rule.

—¿Por qué lucháis contra Rule?

—¿Por qué tienes tantas ganas de ir allí?

Tom reflexionó durante medio segundo y luego contestó:

—Una chica que conozco está allí. Nos separamos hace un tiempo, pero se dirigía hacia Rule.

Se dio cuenta de que la cara curtida del hombre se iluminaba, como si se le hubiera encendido una bombilla.

—¿Cómo se llama?

No veía qué mal podía hacer aquello.

—Alex.

—¿Qué? —El anciano dejó caer la mandíbula con expresión de genuina conmoción—. ¿Has dicho *Alex*?

—Sí. —Tom se percató de que Mellie escudriñaba al anciano con una mirada de extrañeza y los ojos entornados—. ¿Por qué?

—¡No jodas! —Aquel viejo parecía casi confundido; le faltaban las palabras. Se pasó una mano nudosa y llena de callos por la boca, pero Tom no sabía si estaba buscando algo en su memoria o tratando de decidir qué era lo mejor y lo más prudente que debía decir. Sin embargo, los ojos que se encontraron con los de Tom eran tan negros, brillantes y sagaces como los de un gavilán—. ¡Me cago en la leche! Tú eres el soldado, ¿verdad? —le dijo el hombre—. El chico que sabe de explosivos, el que estuvimos buscando hace meses. Tú eres Tom.

59

«Me conoce». Al oír su nombre en boca de aquel extraño le flaquearon las piernas. Le dio la impresión de que a Mellie se le cortaba súbitamente la respiración, pero estaba tan impactado que no podía asegurarlo a ciencia cierta. Después pensaría que se había equivocado, pero ahora notó cómo la sangre abandonaba su cara y el mundo le daba vueltas. Ese extraño, ese viejo, lo conocía, sabía su nombre. Y «hace meses» significaba…

—¿Cómo…? —preguntó con voz ronca—. ¿Cómo lo…?

—Porque he conocido a Alex —respondió el anciano—. La conozco.

«Oh, gracias a Dios; lo consiguió, está a salvo. —La sensación fue la misma que cuando sobrevivió a su primer tiroteo: primero una alegría desatada y luego un alivio que lo dejó mareado, tembloroso y sudoroso como un yonqui. Le temblaban las rodillas y sintió un repentino nudo en la garganta y la quemazón de las lágrimas—. ¡Está viva!».

—Tranquilo, hombre. —El tipo le echó un brazo por los hombros—. Estás agotado, hijo; ven, siéntate.

—No, tenemos… Tengo que verla. Deberíamos irnos… —replicó Tom, pero lo cierto es que se sentía débil, la combinación de alivio y perplejidad y todo lo que había ocurrido aquel día habían terminado por mermar sus fuerzas. Dejó que el hombre lo condujera a una silla—. ¿Está muy lejos? ¿Cuánto tardaremos en llegar allí?

—No tan rápido. —El tipo desvió la vista, rumiando como si tratara de encontrar las palabras adecuadas. Volvió a mirar a Tom—: Las cosas no son como tú te piensas. Primero tenemos que hablar sobre a qué nos enfrentamos.

—¿Qué? —Una oleada de pánico se apoderó de él—. ¿A qué nos enfrentamos? ¿Qué pasa? ¿Alex está bien? ¿Está herida? —De repente, todo cobró sentido: «Volvieron a por mí, pero yo ya me había ido. Asumieron que había muerto y Alex...»—. ¿Todavía sigue allí? ¿Se marchó? ¿Qué es lo que ocurre?

—Más de lo que te imaginas. —La cara del hombre parecía impenetrable—. Alex los convenció para organizar una batida. Créeme, no fue fácil, pero ella no dio su brazo a torcer. Todo el mundo sabía el enorme riesgo que eso suponía, pero cuando les dijo a los chicos que eras un soldado y que sabías manejar explosivos..., en fin, tendrías que haber visto cómo se les iluminó la cara. Así que pusimos pies en polvorosa, pero, cuando llegamos allí y no te encontramos, todos pensamos que habías muerto.

De modo que tenía razón. Lo asaltó un negro y terrible presentimiento: «Si Alex me dio por muerto, ¿se habrá quedado en Rule? Pero ¿y si no lo hizo? ¿Y si salió a buscarme?».

—¿Ella... se marchó? ¿Adónde fue?

—¿Y tú adónde fuiste? —Mellie había permanecido tan callada y atenta que Tom casi se había olvidado de ella. Le puso una mano en el hombro—: ¿Dónde estuviste exactamente?

—En Wisconsin. —Maldijo su aturdimiento y su confusión, pero las palabras salieron de sus labios sin que le diera tiempo a pensar.

—¿En qué parte de Wisconsin? —insistió Mellie.

—Eh... —Se mesó el pelo con la mano buena—. Una pareja..., Jed y Grace, se topó conmigo de camino al oeste. Yo no estaba muy consciente que se diga; de hecho, no me acuerdo de casi nada. Lo único que sé es que me desperté cuatro o cinco días después y que estábamos en su cabaña. Grace era enfermera y...

—¿Una cabaña? —repitió Mellie.

—Ajá, en el lago Odd. —Aún tambaleándose, Tom volvió a fijarse en el hombre. Sentía cómo su mente intentaba encajar las piezas—: No lo entiendo. Si sois de Rule y vinisteis a buscarme, ¿por qué ahora lucháis contra ellos? ¿Qué es lo que pasa? ¿Por qué estáis aquí y no en Rule? ¿Quiénes sois?

—Me llamo Weller, Tom. Y lamento decírtelo, pero Alex... —Weller hizo una mueca que dejó ver sus dientes.

«Oh, no, es demasiado tarde. He esperado demasiado...».

—Pero ¿qué? ¡Habla!

—Lo siento mucho, Tom, pero lo último que supe de Alex es que estaba en el calabozo.

—¿Qué? ¿En el *calabozo*? —exclamó, horrorizado. El hecho de que estuviera viva debería haberlo animado, pero aquello era mil veces peor. Si *calabozo* significaba lo mismo en ese pueblo que en Afganistán..., si torturaban a la gente..., más le valdría estar muerta—. ¿En Rule? ¿Por qué?

—Bueno... —De nuevo, Weller se pasó la mano por la boca muy despacio, señal inequívoca de que estaba midiendo sus palabras.

—¡Por el amor de Dios! —Tom no pudo reprimirse. Sentía el sudor en el labio superior—. ¡Desembucha de una vez!

—Son... Digamos que en ese pueblo hay gente muy mala —soltó Weller por fin. Miró a Tom a los ojos—. No hablamos sólo de cómo funcionaban las cosas antes de que todo se fuera al garete. Hablo de *ahora*: de cómo tratan a la gente y, en particular, de las cosas que han hecho para asegurar las fronteras.

—¿Y eso qué tiene que ver con Alex? ¿Por qué la han encerrado?

—Digamos que... se negó a *colaborar*. —Los rasgos de Weller adoptaron una expresión de pesar.

—¿Y eso qué quiere decir?

—Pareces un chico listo, Tom —intervino Mellie—. Has estado en la guerra. Has visto lo rápido que se desmoronan las cosas. ¿Qué crees que hacen los viejos con las jovencitas?

—Y no sólo los viejos —añadió Weller con prudencia. Mellie y él intercambiaron otra larga mirada antes de que Weller repitiera—: No sólo los viejos.

«Oh, Dios mío. —Tuvo que cerrar los ojos. El pesar de Weller, su prudencia a la hora de buscar las palabras..., ahora todo cobraba sentido—. Es culpa mía. Si no la hubiera dejado sola, si no me hubieran disparado, nada de esto habría ocurrido».

Oyó su voz elevarse como desde la negrura de un pozo:

—Decidme qué tengo que hacer para sacarla de allí y lo haré. —Abrió los ojos y se topó con Weller—. Sin miramientos.

En la comisura de la boca de Weller se produjo un temblor minúsculo y casi imperceptible, una mueca de satisfacción que se desvaneció en un abrir y cerrar de ojos.

—Bueno, el chico que estaba al mando se llamaba Peter —explicó—. Pero murió en una emboscada, así que no tienes que preocuparte por él. ¡Que se pudra! Pero el chico que lo sucedió... Ese hijo de puta es un psicópata.

—¿Qué chico? —preguntó Tom—. ¿Cómo se llama?

—Se llama Prentiss —dijo Weller—. Chris Prentiss.

60

—¿Estás bien? —Chris, que seguía jadeando porque la desesperada lucha le había dejado sin aliento, se levantó de la nieve ensangrentada. Miró en dirección a Nathan, que se hallaba despatarrado contra la pared norte de la escuela: le costaba mucho respirar y se mantenía agarrado el bíceps izquierdo con la mano. La sangre le rebosaba por entre los dedos. Tenía la parka hecha jirones desde el hombro hasta el codo—. ¿Te ha mordido en algún otro sitio?

—No. Pero menos mal que se resbaló en el hielo. —Nathan se había puesto lívido—. El muy cabrón se le echó encima como una maldita sanguijuela. —El anciano miró por encima del hombro y gritó—: ¿Te ha hecho algo?

—No. —Lena estaba hecha un ovillo en la esquina del edificio bajo el corredor techado donde habían amarrado los caballos. El corredor discurría por el muro que se encontraba al este y conducía a unos columpios cubiertos de nieve y a los restos de la red de una solitaria canasta de baloncesto. El Cambiado le había rasgado la parka a la altura de la garganta. Unos arañazos amoratados y de un rojo brillante aparecían en forma de surcos paralelos en su cuello, donde las uñas le habían arrancado la bufanda antes de desgarrarle el jersey. Que no hubiese utilizado los dientes era un milagro—. ¿De dónde ha salido? ¿Por qué estaba aquí? El colegio está aislado. No hay casas cerca, nada.

—No lo sé. —Chris bajó la vista hasta el niño. El Cambiado no estaba del todo muerto: seguía boqueando, tratando de aspirar aire a través de la sangre que le salía a borbotones por la boca y por el agujero del cuchillo a medio clavar en la garganta. Movía lentamente los pies arañando la nieve. Entonces el niño consiguió emitir un débil y gorjeante gruñido y Chris no pudo soportarlo más. Se arrodilló, agarró el cuchillo con ambas manos, sintió cómo ejercía presión en ellas cuando la garganta del chico se convulsionaba… y lo clavó hasta el fondo. Notó que la punta tocaba hueso y que se producía una leve vacilación al atravesar tendón correoso y músculo en la columna del chico. Chris se dejó caer con todo su peso.

El niño se derrumbó cuando el acero encontró su espina dorsal. De la boca brotó un surtidor brillante y carmesí. Sus manos eran trémulas estrellas de mar que se crisparon y saltaron antes de doblarse, volverse flácidas y, finalmente, morir. Chris esperó unos segundos más para asegurarse y luego sacó el cuchillo. Había sangre por todas partes: en la nieve, en el niño y en sus propias manos.

—Lena está bien. No lo entiendo —dijo Nathan—. No hay marcas aquí fuera. Debía de estar dentro del colegio.

Lo cual significaba que el niño los había rodeado a *ellos* para llegar hasta Lena, cosa que no tenía sentido. Cuando Lena gritó, Chris estaba en la segunda planta, registrando las habitaciones. Había muchos cadáveres; en realidad, gente convertida en polos: todos se hallaban tiesos de frío y sólo unos pocos conservaban algún miembro —un brazo por aquí, un pie por allá— roído hasta el hueso. Los pasillos estaban recubiertos de una fina capa de hielo y nieve, pero no había visto más huellas que las suyas. Así que había mucha comida y ninguna necesidad de que el niño se descubriera. A juzgar por las huellas, el Cambiado había saltado por la biblioteca, que era el lugar por donde habían entrado Nathan y él. Nathan, que seguía en la planta baja y en la parte trasera de la escuela, fue el primero en toparse con él.

«Pero Nathan estaba justo allí. ¿Por qué no fue a por él o a por mí? Estábamos dentro y mucho más cerca. ¿Por qué se marchó? ¿Por qué salió a por Lena? Joder, ¿por qué la persiguió?».

Volvió a mirar a Lena, que seguía encogida de miedo agarrándose la garganta arañada con una mano. Aunque el niño había dispuesto de mucho tiempo, no le había mordido en ningún sitio. «Es como si quisiera llegar *hasta* ella. —Se fijó en la maraña de bufanda verde y en la parka desgarrada—. Como si quisiera...». Un frío estremecimiento le recorrió la piel. La idea de que el niño quisiera violarla le inquietaba incluso más que si el Cambiado sólo hubiese querido arrancarle la garganta.

—¿Crees que hay más? —le preguntó Lena.

Buena pregunta. Les echó un vistazo a los caballos, pero estos estaban tranquilos. Aunque tampoco es que los caballos fueran un indicador fiable al cien por cien: los perros eran mucho más sensibles a los Cambiados.

—No lo creo, pero lo mejor es que nos larguemos de aquí. Aunque estuviera solo, hay muchos cadáveres. Puede que otros decidan pasarse a comer. Nuestros caballos hicieron mucho ruido y nosotros también.

—¿Ponernos en marcha? *¿Otra vez?* —Lena estaba blanca como una muerta y tenía unas ojeras oscuras como el carbón. Se encontraba mal y comía como un pajarito, pero no quería hablar del tema. Chris empezaba a albergar una desagradable sospecha. La pregunta era: ¿qué podía (iba a) hacer él al respecto?—. Chris —le dijo—, llevamos sin descansar desde hace…

—Días. Lo sé. —Se dirigió hacia el ruano, desenganchó su mochila y volvió para arrodillarse junto a Nathan. A través del roto, veía la sangre manar por un desgarrón irregular, pero no a borbotones. Sacó el botiquín—. Pero aquí no nos podemos quedar, Lena. Ahora no.

—Estamos en medio de la nada. La escuela está aislada. No hay más huellas, así que lo más seguro es que estuviera solo. Chris, en algún momento tenemos que descansar.

Chris se tragó su respuesta. Enfadarse no solucionaría las cosas. Lo que hizo fue concentrar su atención en Nathan: ayudó al anciano a sacar el brazo herido de la manga y comenzó a limpiarle la sangre. No tenía respuestas para Lena. Además, ella tenía razón. Todos estaban cansados. Aunque al final habían decidido empezar a virar de vuelta hacia el noroeste, llevaban once días en camino. A ese ritmo, necesitarían, con suerte, otros diez días como mínimo para llegar a Oren y dos semanas si no la tenían. Necesitaban descansar.

—¿Alguna vez ha sido así? —insistió Lena—. Me refiero a que te persigan tantos Cambiados. Este es el cuarto niño en dos días.

—No conozco mucho esta zona —le contestó mientras vendaba la herida de Nathan—. Cuando he ido al este de Rule, siempre ha sido con un grupo grande, con muchos tíos, armas y perros. ¿Nathan?

El anciano se limitó a menear la cabeza.

—Todas esas huellas y montones de huesos que hemos encontrado son viejos. No nos hemos topado con una sola casa o grupo de supervivientes, ni jóvenes ni viejos.

—A lo mejor huyeron —dijo Lena.

—O están todos muertos —repuso Nathan—. Mi opinión es la siguiente: no hay carne fresca en ningún sitio; por tanto, no debería haber Cambiados por aquí, ¿no? Entonces, ¿cómo explicáis el pequeño alijo de cadáveres que hemos encontrado en la escuela?

«Joder». Nunca había considerado esa posibilidad.

—¿Estás diciendo que es un almacén, una especie de… reserva de carne?

—Exactamente. —Nathan hizo un gesto de dolor y siseó al inspirar, dejando al descubierto sus dientes amarillentos y sus encías de color masilla—. No creo que sea una buena señal, ¿no crees?

—¿Quieres decir que habrá más? —La voz de Lena sonó trémula—. ¿Que pueden estar dirigiéndose aquí *en este momento*?

—No hay huellas recientes —dijo Chris. Aquella escuela privada estaba apartada; se encontraba al final de un camino de medio kilómetro y las suyas eran las únicas huellas. Por la disposición del terreno, parecía que toda aquella zona hubiera sido un pastizal en otros tiempos. Aparte de un campo de fútbol y de gradas cubiertas de nieve, no había más edificios, y el bosque más cercano estaba casi a un kilómetro de distancia.

—No sé lo suficiente como para comprender lo que significa eso —reconoció Nathan.

Él tampoco.

—Entonces, ¿qué opinas? ¿Nos quedamos o nos vamos?

—Deberíamos quedarnos —sugirió Lena—. Tú mismo has dicho que las huellas son antiguas. Mira esto. —Usó la punta de su bota para levantar una nubecilla de polvo helado—. Volvió a nevar justo anoche. Es nieve fresca. Se nota que somos los únicos que hemos pasado por aquí.

—No me vuelve loco ninguna de las dos opciones —dijo Nathan—, pero llevamos veinte horas en marcha casi de continuo. Los caballos están hechos polvo y volver a meternos en cualquier tipo de bosque que nos proporcione un buen refugio significa no parar en otras dos o tres horas. Si los animales estuvieran descansados y tuviéramos una luna decente que nos iluminara el camino, otro gallo cantaría. —Tras once días de viaje, la piel de Nathan se había vuelto macilenta y tenía las mejillas chupadas por falta de descanso y de comida en condiciones—. Aunque consiguiéramos llegar a un bosque, el sol se pondría antes de que pudiésemos acampar.

—Deberíamos quedarnos —repitió Lena—. Lo más seguro es que estuviera solo. Puede que se tratara del alijo particular de ese crío. Los demás ya habrían salido, ¿no? Si no hay huellas recientes, eso significa que no ha habido nadie más al menos en los últimos dos días. Podemos atrincherarnos en algún sitio de la segunda planta. Si nos deshacemos del cuerpo y metemos los caballos, quizá nadie se entere de que estamos aquí.

Todas aquellas eran buenas ideas. Los ojos de Chris volvieron rápidamente a posarse en el niño muerto. El Cambiado era pequeño, no tendría más de trece años, y parecía sano… Bueno, de no ser porque estaba muerto. Además, iba bien abrigado para aquel tiempo. Estudió la cara del crío, que todavía conservaba un resto de papadita infantil bajo la barbilla. «Se ve que también estaba bien alimentado, así que a lo mejor sólo estaba defendiendo sus reservas. Pero debía de saber que nosotros no representábamos una amenaza en ese sentido. Y la única persona a la que atacó fue…».

—¿Chris? —dijo Lena.

—Un segundo. —«El niño eligió a Lena. Podía habernos atacado a Nathan o a mí. Podría habernos dejado en paz. Pero tenía que llegar hasta ella… y puso en riesgo su vida».

Dios, no le gustaba nada hacia dónde apuntaba aquella línea de pensamiento. A lo mejor no le conducía a ningún sitio, pero creyó saber un modo de averiguarlo.

—De acuerdo. —Dejó escapar un largo suspiro—. Voto por que nos quedemos. Nathan, hay una habitación que hace esquina en la segunda planta justo encima de nosotros, con ventanas al este y al norte, y otra en diagonal en sentido suroeste. Desde allí veremos venir lo que sea. —Se agachó, se inclinó y cogió al niño muerto por las axilas—. Lena, vamos a quitarlo de en medio y a cubrir la sangre.

Lena pareció tan entusiasmada como si le hubiera pedido que recogiera una caca de perro, pero se limitó a asentir.

—Estaremos bien —aseguró, agarrando al crío por los tobillos—. No puede ser más peligroso que el bosque.

Esa fue la primera vez que Chris le mintió.

—No —le dijo—. Claro.

61

—Toma. —Lena se sentó junto a él en su puesto de vigilancia y le tendió una humeante taza de aluminio—: Te he preparado un té.

—Gracias —respondió él, un poco sorprendido. Había dejado a Lena y a Nathan en el cuarto de al lado, que al parecer en otro tiempo había sido un laboratorio. La habitación estaba en la dirección del viento, pero, por si acaso, habían utilizado cinta adhesiva para tapar las juntas y la rendija de debajo de la puerta. Los caballos se hallaban en el gimnasio, dado que este no tenía ventanas y la única salida era más fácil de bloquear. Dejarían la cancha de baloncesto hecha un asco, pero ¡a quién demonios iba a importarle! Sujetó la taza caliente con ambas manos. Emanaba un dulce aroma a naranja—. ¿Por qué sigues despierta?

—La verdad es que no he pegado ojo. Estoy demasiado nerviosa y tengo las orejas congeladas. Y, para colmo, no me acuerdo de dónde he puesto la bufanda. Nathan sí que está grogui. —Su cara había adquirido un débil brillo plateado en la oscuridad—. ¿Alguna novedad?

—No. —Hacía seis horas que había anochecido por completo. Un finísimo cuarto de luna arrojaba sobre la nieve un húmedo verdín similar al bronce corroído.

—Así que a lo mejor no hay más.

—Ojalá. —Dio un sorbito al té. Estaba ardiendo, pero sabía a gloria—. ¿Cómo te encuentras?

—Regular. —Hizo una pausa y añadió—: Necesito dormir en condiciones.

«Y comer algo», pensó Chris.

—Pues acuéstate, anda.

—Sí, ahora voy —dijo—. Es que... no quiero estar sola ahí dentro.

—Pero si está Nathan.

—Ya sabes lo que quiero decir... Me siento mejor cuando estoy contigo.

No supo qué responder, así que no dijo nada. Permanecieron un rato sentados en silencio, hasta que Lena volvió a romper el hielo:

—¿Hablo en sueños?

—Eh... —Chris sopló para enfriar el té y contestó prudentemente—: A veces.

Lena volvió la cabeza hacia él, pero a Chris le resultó imposible descifrar la expresión de rostro.

—¿Y qué digo?

Chris dio otro sorbo al té para demorar la respuesta y se quemó el paladar.

—Cosas.

—Vaya —gruñó Lena y se abrazó a sí misma—. Lo que me temía. A veces me despierto y sé que he estado hablando en sueños.

—Todo el mundo tiene pesadillas, Lena.

—No como las mías.

Chris se acordó de aquella horrible mañana en que, con apenas ocho años, había bajado a desayunar y, en lugar del desayuno, se había encontrado a su padre chupándose los nudillos ensangrentados y pimplándose una botella de *whisky* Maker's Mark. No había ni rastro de Deirdre, su ligue de turno.

—Seguro que sí.

—¿Tú también sueñas con cosas… de antes? Ya me entiendes.

Oh, las pesadillas habían comenzado mucho antes de que el mundo acabase. Tenía sueños brutales, violentos, estridentes: gritos y ruegos de una mujer… y un extraño ruido rítmico que empezaba siendo débil y hueco y se iba volviendo húmedo y pulposo hasta que, finalmente, sonaba como si alguien hubiera despachurrado con un bate un melón dulce demasiado maduro.

—Todo lo que sueño de antes es malo —le confesó.

—Yo también. Creo que por eso tengo pesadillas: porque *todo* era malo. ¿No es extraño? Quiero decir que el mundo se ha ido al carajo, los niños se han convertido en monstruitos…, pero mi vida anterior tampoco era para tirar cohetes.

Nunca había pensado en ello con detenimiento, pero Lena tenía razón. Lo único bueno que le había pasado en años había sido llegar a Rule. Peter y él habían congeniado desde el principio. De hecho, ahora que lo pensaba, cuando se conocieron, la cara de Peter pasó del asombro… sí, a la *alegría*. Él le hizo sentir que por fin había encontrado un hogar. Eran como hermanos.

—¿Sabes qué? Por extraño que parezca, probablemente he sido más feliz en Rule que en ningún otro sitio.

—Pues yo no —replicó Lena—. ¿Por qué nunca me has preguntado por mi vida anterior? Con los amish…

¿Porque sabía que no había sido buena y él ya tenía demasiados malos recuerdos?

—No lo sé. Supongo que no era asunto mío. Además, Peter y tú estabais… muy unidos, ya sabes. Me imaginé que te desahogarías con él.

—Un poco, pero no demasiado. —Soltó una risita—. Verás, estoy loca por él, pero la verdad es que nunca me preguntó qué hacía una pagana como yo con los amish. Y yo sólo quería olvidarme de todo.

Le dio la impresión de que quería contárselo.

—Bien, ¿y qué es lo que hacías allí?

—Mi madre era una drogata —dijo con total naturalidad—. Se ponía hasta el culo de cristal y cocaína, y luego se hinchaba de beber para que se le pasara el efecto. Se salió de rehabilitación diez veces o así. Supongo que creyó que hacerse amish era su último billete para desintoxicarse, así que se casó con ese viejo pervertido baboso, Karl *el Triturador*.

Había murmurado aquel nombre en sueños.

—Qué nombre tan raro, ¿no?

—En realidad es un apodo. Casi todos los amish tienen apodos, como otro tío a quien llamaban John *el Marrano* porque criaba cerdos. Karl *el Triturador* manejaba una trituradora de piedras y tenía unas manos enormes. Era un auténtico gilipollas, pero mi madre se casó con él de todos modos. Mi hermano y yo nunca tuvimos ni voz ni voto.

—Qué mierda.

—Ya te digo. ¿Sabes que los amish no mandan a sus hijos a la escuela después del octavo curso? Yo me escapaba siempre que podía y caminaba ocho kilómetros para coger el autobús. ¿Tú te crees? Y Karl me llevaba de vuelta a rastras y me encerraba en el granero. Al final, el obispo tuvo que decirle que me dejara en paz. Pero el muy cabrón me las hizo pagar. Me molía a latigazos con la fusta con la que atizaba a los caballos. Y mi madre lo sabía, claro, pero lo único que hizo fue contárselo al obispo, y como este no quería involucrar a los «ingleses», me dieron morcilla —dijo arrastrando las palabras con un exagerado acento alemán y resopló—. Gilipollas.

No quería seguir escuchándola, pero no sabía cómo interrumpirla.

—Lo siento.

—Él sí que lo sintió al final. ¿Sabes lo que hice? —No lo dejó responder—: Lo apuñalé.

Chris pestañeó.

—¿Que apuñalaste al obispo?

—*No* —respondió Lena, como si fuese retrasado mental—. A Karl. Una noche en que vino a hacerme una *visita*. —Recalcó la palabra—. Solía *visitarme* a menudo.

—Oh —murmuró, deseando que se callase de una vez—. De verdad, Lena, no es asunto mío.

Pero ella continuó como si nada:

—El obispo y los ministros decidieron deshacerse del cuerpo. No querían «alertar a la policía "inglesa"», ya sabes. A los amish se los reconoce por su pureza y todo eso, tienen una reputación que mantener. No tengo ni idea de lo que hicieron con Karl ni de lo que les dijeron a los de la cantera, pero así quedó la cosa. Karl desapareció como si nunca hubiese existido. Creo que en su fuero interno todos se alegraron de que me cargara a aquel gilipollas.

Él no dijo nada.

—Nunca se lo he contado a nadie —reveló.

—¿Y por qué me lo cuentas a mí?

—No lo sé. Tal vez sea mi última confesión o algo así.

—¿De qué estás hablando?

—No sé. Es sólo hablar por hablar. —Se le quebró la voz y suspiró—. Estoy rendida, pero tengo la cabeza saturada, como si me fuera a explotar. Y otras veces, simplemente…, me quedo en blanco. Como una hoja de papel. Es rarísimo. ¿Puedes morirte de no dormir?

Lo único que Chris sabía era que uno podía volverse loco y ella apuntaba maneras.

—Anda, vete a dormir un rato —le aconsejó, rezando para que le hiciera caso—. Por favor.

—Vale. —Le puso una mano en el brazo—. ¿Puedo quedarme aquí? Sé que Nathan no va a hacerme daño, pero me da repelús… quedarme a solas con él.

A Chris no le hacía ninguna gracia que se quedara, pero se salió del saco de dormir extra que habían encontrado y se lo ofreció:

—Toma. Utilízalo. A mí no me hace falta.

—Gracias —repuso Lena y él se volvió para examinar la nieve; oyó crujir el saco y cómo luego se hacía el silencio. Al cabo de un momento, de nuevo su voz flotó en la oscuridad—: Chris, ¿puedo preguntarte algo?

—Lena, por favor, duérmete ya.

—Sí, pero siempre quiero preguntarte algo y luego se me olvida, no sé por qué.

Había cosas —como su pasado y, por lo que acababa de contarle, también el de ella— que era mejor olvidar. Pero creía saber lo que quería preguntarle. Durante todo el camino de vuelta de Oren no había dejado de darle vueltas a la cabeza buscando la manera de darle la mala noticia. Pero entonces Alex había huido, Jess le había golpeado y el resto era historia.

—Hala, dispara.

—¿Te acuerdas del chico? ¿El que trajo Greg la mañana en que Alex se fue? ¿Era…?

62

Y entonces, a mitad de la frase, Lena se quedó pillada. Sencillamente... se apagó, puf, se fue, como si le hubiese fallado la conexión y su cerebro hubiese puesto en marcha un disyuntor. Fue una sensación de lo más extraña y sobrecogedora, como si sus pensamientos fuesen palabras en una página que, de improviso, se hubieran borrado. Su mente se quedó completamente en blanco.

«¿Dónde estoy? —Sus ojos barrieron la habitación y divisaron un revoltijo de sillas y pupitres. Libros en el suelo. Y aquel chico en un taburete...—. ¿Y ese quién es? —Su mirada se detuvo en el saco de dormir que tenía subido hasta la cintura—. Saco de dormir, en el suelo... ¿Qué estoy haciendo aquí?».

Oscuridad. Eso lo recordaba. Soñando..., sí, estaba soñando. Y luego se despertó de repente. *Té*. Había hecho té para... para aquel chico porque quería compañía.

«¿Quién es? ¿Por qué no me acuerdo? —Un puñal de miedo se le clavó en el pecho y empezó a temblar—. Debo de estar enferma. —Tenía la frente mojada. ¿Por qué no recordaba nada?».

—¿Lena? —Un destello blanco apareció en la oscuridad y la mano de Chris se posó en su hombro. La voz dijo algo más, pero era como si le estuviera hablando en chino.

«¿Qué me pasa? —Las palabras estaban atascadas en algún sitio. Nada tenía sentido: ni dónde estaba ni por qué, ni siquiera la figura borrosa del chico que se cernía sobre ella—. ¿Quién es este?».

Y luego: «¿Y quién soy yo?».

—¿Lena? —El chico la sacudió un poco—. ¿Estás bien?

Fuera lo que fuera lo que la atenazaba, de repente la liberó.

—Sí —contestó soltando un pequeño suspiro—. Estoy… estoy bien. —Se llevó una mano a la sien. La cabeza le palpitaba—. No me encuentro muy bien.

—No has comido nada —dijo el chico—. Además, necesitas dormir.

«Chris, es Chris; pero ¿qué te pasa? —De pronto, la última media hora volvió rápidamente a su mente como agua contenida en una presa a la que hubieran abierto las compuertas. La vergüenza la invadió en forma de ardiente oleada que le calentó la piel—. Dios mío, ¿por qué he hecho eso? Nunca le había contado a nadie lo de Karl. ¿Qué demonios me pasa?».

—Sí. —Las lágrimas le quemaban y se mordió el labio para evitar un sollozo—. Lo siento.

—No pasa nada. Anda, duérmete. —Chris se arrodilló y le subió el saco hasta la barbilla—. Venga, verás como por la mañana te sientes mejor.

A Lena se le hizo un nudo en la garganta.

—¿C-Chris?

—Venga, venga. —Le dio una torpe palmadita en el hombro—. No llores.

—Tengo… —Tragó saliva. Sentía que las lágrimas le rodaban por las mejillas—. Tengo miedo.

—Venga —volvió a decir, y entonces se calló y se limitó a dejar que se agarrara a él mientras sollozaba dando hipidos pegada a su camisa.

—L-lo siento —consiguió decir finalmente. Se pasó una mano por los ojos hinchados—. L-lo siento.

—No pasa nada. —Chris le sujetaba la nuca con la mano y Lena dejó reposar la cabeza en su hombro dando un suspiro de agradecimiento—. Todos tenemos miedo —añadió.

«No como yo. Tú no estás perdiéndote a ti mismo. —Un pensamiento extraño que no llegaba a comprender, pero que, de alguna manera, sabía que era exactamente así. Tampoco quería soltar a Chris. Aquella burbuja en el tiempo no era más que un suspiro tan frágil como el cristal más fino y perfecto—. Soy real; estoy aquí, en este preciso momento, y soy yo». Tenía miedo de moverse o de hablar porque entonces el tiempo volvería a contar de cero y aquel instante se habría perdido para siempre. Tal vez ella también. Por primera vez en semanas, era real; no existía otra palabra que describiese mejor lo que sentía. Era como si los brazos de Chris no sólo la contuvieran, sino que la definieran, le proporcionaran sus límites y evitaran que se resquebrajara y se hiciera añicos. Oía las palpitaciones regulares del corazón de Chris y su olor le resultaba… indescriptible.

«Es Chris. —Se abrazó aún más fuerte a él e inhaló su aroma—. Este es el olor de Chris y él es real y esto también, así que yo también».

Antes de poder parar —qué mentira; no quería parar—, alzó la mano. Le pasó sus trémulos dedos por el cuello y lo oyó quedarse brevemente sin aliento de la impresión.

—Lena, yo… —dijo—. Nosotros…

—Por favor, por favor, por favor —susurró ella. Su cuerpo se estremecía, bullía, despedía calor. Rozó la piel de Chris con sus labios, sintió sus fuertes latidos en la boca, probó el regusto salado en su lengua. Cuando lo tocó, él emitió un sonido que procedía de muy lejos, de las profundidades de su garganta. Lena sintió el repentino tremor en el pecho del chico, un estremecimiento que se extendió por su cuerpo como una onda expansiva. Le puso una mano en la nuca, acercó la boca de Chris a la suya y empezaron a besarse, y siguieron haciéndolo, y los labios de Chris eran cálidos y sabían a naranjas dulces… Se centró en eso, se abandonó al tacto de su boca y de las manos del chico en su pelo, a la quemazón de sus dedos en las mejillas, en el cuello. Lena se estremecía de la cabeza a los pies, ansiaba su sabor, gemía en su boca, respiraban el uno en el otro hasta que él pronunció su nombre y ella sintió que necesitaba aquello casi más que el aire.

«Sí, esto es real y soy Lena, soy Lena, soy…».

—Lena. —Chris la apartó, jadeando un poco—. No. No puedo. Lo siento. No deberíamos. Este no soy yo.

«Pero yo sí».

—Sí que lo eres —contestó ella. La voz se le quebró—. No, por favor, no, por favor.

—Lena. —Parecía exhausto. Le cogió los brazos—. Esto no está bien.

—Sí lo está. —Sonó a súplica, pero no le importaba—. Chris, no tiene por qué significar más de lo que es. No está mal.

—Lena, sencillamente… no puedo. No soy yo —volvió a decir.

—La quieres. —Su voz era débil y plana como el papel. Dejó caer las manos. Una enorme sensación de derrota la invadió como si una oleada de aguas negras pudiera arrastrarla mar adentro o ahogarla. Lo mismo daba.

—No lo sé —respondió él—. Eso creo. Me importas, en serio, pero…

—Estupendo. —Soltó una carcajada—. Eso es lo que toda chica necesita oír.

Chris se quedó callado durante un instante.

—No es justo.

—¿Justo? Atención, avance de última hora: la vida no es justa. —Oyó el tono cruel en su voz, pero prefería mil veces la rabia al miedo—. Nada es justo.

—Ya lo sé, pero no tengo por qué empeorar las cosas. Eso no significa que deje de hacer lo que considero correcto.

—¿Así que ahora soy incorrecta?

—*No*. Lo que digo es que todavía no puedo dejar marchar a Alex sin más. Si voy a estar contigo, ya sabes, o con alguien, tienes que ser tú, no quien desearía que fueras.

No podía creer lo que escuchaban sus oídos.

—¿Y qué? ¿A quién le importa? ¿Qué pasa con lo que *yo* necesito? ¿Es que no tengo ni voz ni voto?

—Claro que sí, Lena, pero…

—Pero ¿qué? —le espetó—. ¿No soy lo bastante buena? ¿No soy *ella*? ¿Te has parado a pensar, durante cinco segundos, en cómo me siento *yo*? ¿Vamos a morir aquí fuera y a ti te preocupa serle fiel a una chica muerta?

—Lena. —Su voz se había vuelto grave y peligrosa—. No.

—¿Que no qué? ¿Que no diga que está muerta? —Lanzó la palabra como el rápido y fuerte restallido de un látigo.

—Basta —contestó. Su tono dejaba entrever una nota de advertencia—. Lena. *Por favor.*

—Basta. Lena. Por favor —lo imitó. Luego continuó con su nueva voz cruel—: Está muerta, Chris, y, si quieres pensar en algo, piensa en esto: ella no te quería. Te utilizó y luego se largó.

—No —la cortó—. Ella no era tú, y yo no soy Peter.

Aquello le dolió, pero se alegró. Cualquier cosa era mejor que aquel miedo que le carcomía los huesos.

—Oh, en eso tienes toda la razón —dijo—. Peter no era un niñito asustado.

—Yo no estoy asustado…

—¡Venga ya!

—¿Qué pasa? ¿Por qué estamos discutiendo? ¿Por qué estás haciendo esto? —le preguntó. Lena no percibió ninguna nota de ira en aquellas palabras, sólo una especie de traición y asombro, como si se tratase de un cachorro incapaz de creer que su dueño le acababa de dar un puntapié—. ¿Qué quieres de mí?

«Quiero que me hagas real. —Fue su primer pensamiento y el más apremiante—. No quiero que importe nada más en el mundo que este momento, aquí, en este maldito suelo, en este lugar espantoso».

Sin embargo, lo que dijo fue:

—Quiero sentirme a salvo. —En cuanto las palabras salieron de su boca, sintió que la furia se disipaba, como una tormenta que al fin pasa de largo—. Q-quiero que alguien me diga que todo va a salir bien. Sólo... —Un sollozo le bullía en la garganta—. Q-quiero que el mundo v-vuelva. S-sé que no lo hará, pero eso no significa... —Ahora daba hipidos y sacudía los hombros—. Eso no s-significa que n-no quiera...

Esta vez, cuando sintió que los brazos de Chris la apretaban contra su pecho, no hizo otra cosa que llorar como si no hubiera un mañana. Tampoco es que tuviera muchas más opciones. Esta vez no pasó nada, pero no importaba. Estaba bien así.

Poco después, Chris insistió en que se durmiera.

—Las cosas siempre se ven mejor por la mañana.

Lena lo dudaba, pero volvió a tumbarse y dejó que Chris le subiera la cremallera del saco. Cuando terminó, se quedó a su lado y le puso una vacilante mano en el hombro.

—No creo que fuera él, Lena.

—¿Él?

—El niño de Oren. —Hizo una pausa, tal vez a la espera de que Lena dijera algo. Como no lo hizo, se apresuró a aclararlo—: El que Greg trajo la mañana en que Alex se fugó.

—Oh. —Sus recuerdos eran borrosos y un poco irreales, como si la historia de su vida estuviera escrita en un viejo libro que perteneciese a una raza extinta de otro planeta—. Sí, lo recuerdo.

Se dio cuenta de que esa no era la respuesta que esperaba, pero Chris continuó:

—El crío tenía ocho años, tal vez nueve, pero tu hermano tiene trece, ¿verdad? —Lena tardó tanto en contestar que dijo—: ¿Lena?

—Sí, verdad —repitió como un loro—. Tiene trece.

—Eso es lo que pensé. Así que… estoy bastante seguro de que no era él, Lena. Eso significa que a lo mejor lo encontramos una vez que volvamos a dirigirnos hacia Oren.

—De acuerdo. Gracias, Chris. —Hizo una pausa—. Lo siento.

—Lo sé. —Le dio un ligero apretón en el hombro—. Yo también, pero todo saldrá bien, Lena. Todo se solucionará. Duérmete, ¿vale?

—Vale —contestó ella un poco sorprendida de que esta vez hubiera conseguido controlar las lágrimas. Cuando Chris se levantaba, añadió—: Ten cuidado con ese té.

—¿Qué?

—El té. —Lo señaló—. Tienes la taza pegada al pie izquierdo, al lado del taburete.

—¿Ah, sí? —Se vislumbró un diminuto haz, un rayito de luz. La taza pareció salir de la nada en medio de la oscuridad—. Vaya. Gracias. No la había visto.

—No pasa nada. —El resplandeciente destello amarillo que despedía el aluminio la deslumbraba. Molesta, se giró para ponerse de lado. Un segundo después, oyó un *clic* cuando Chris apagó la linterna, seguido del frufrú de la tela, el leve chirrido del frío metal y un pequeño suspiro una vez que se instaló en el taburete.

Lena se subió el saco de dormir hasta la barbilla y se quedó mirando la oscuridad, primero las borrosas imágenes azules y fantasmales de aquella taza de aluminio y luego, cuando estas se disiparon, las siluetas macizas de las mesas y taburetes de laboratorio. Hizo una panorámica por las espitas de gas y los grifos cromados, por un montón cristalino de vasos rotos, una pila de libros de texto caídos y un desparrame de páginas arrancadas de un libro de Química. La esfera blanca de un reloj de pared con las manecillas congeladas en las nueve y veintiún minutos flotaba encima de la puerta del aula.

«Está oscuro. No debería ser capaz de ver todo esto, pero lo hago. —Los ojos le quemaban, aunque ya no le quedaban lágrimas—. Me está pasando algo y no sé qué es, pero quiero que pare; quiero que las cosas sean como antes». No obstante, había algo que sí sabía: que las cosas nunca volverían a ser como antes para ella. No conservaba ni un solo recuerdo de su hermano. Sabía, sin asomo de duda, que tenía un hermano. La sensación estaba bien, pero había un… un vacío en su interior, como cuando le quitas el hueso a un aguacate y luego le sacas toda la pulpa, dejando sólo la piel. Donde debería estar su hermano, ahora había un espacio en blanco, una especie de fosfeno difuminado sin cara, sin nombre y sin el más leve recuerdo.

En su lugar no había nada.

Nada en absoluto.

63

Llegaron tres horas antes del amanecer.

Chris no había despertado a Nathan para que lo relevase. Después de lo que había ocurrido con Lena, le habría sido imposible conciliar el sueño. En vez de eso, permaneció a la espera, sintiéndose a ratos culpable y a ratos horrorizado.

Qué *estúpido* había sido. Le gustaba Lena, sí, pero no de aquel modo. ¿O sí? No. Tenía que protegerla. Lena estaba enferma y asustada, tan confundida como él. No pensaba con claridad. Dijera lo que dijera, no cabía duda de que estaba enamorada de Peter. Y él tampoco podía, ni quería, dejar marchar a Alex así como así, todavía no. A lo mejor albergaba falsas esperanzas, pero se aferraba a ellas con todas sus fuerzas, a pesar de lo que le había dicho a Lena. Mejor que las cosas siguieran su curso y que se concentrara en lo que iba a hacer a continuación. Cada cosa a su tiempo.

Echó una ojeada al bulto escasamente iluminado junto a la banqueta. Su respiración era acompasada. Dormía. Al parecer, se habían acabado las pesadillas. Volvió a mirar la nieve. Dios, ojalá se equivocase, pero no podía quitarse de la cabeza el hecho de que aquel Cambiado hubiera *decidido* salir de su escondite sin necesidad... y hubiera ido a por Lena.

La chica se había sincerado con él. Todo ese rollo que le había soltado antes de que se besaran —estúpido, estúpido, estúpido—, ¿a qué había venido? Parecía una confesión. Y, sin embargo, se había dado cuenta de su repentina incertidumbre cuando hablaron de su hermano. Puede que estuviera deshidratada, y que eso, sumado al hecho de que llevaba días sin dormir como es debido, explicara su desorientación.

Espera. Se mordió el agrietado labio inferior, muy pensativo. ¿Se estaría muriendo? Oh, Dios, no lo había pensado. Si ella se estaba muriendo, los demás también. Él estaba igual de exhausto y Nathan, muchísimo más flaco... Una ráfaga de aire y saldría volando.

«Pero ella tiene náuseas. —Se arrancó un pedacito de piel—. Sobre todo por las mañanas. Así que tal vez...».

Movimiento. En la nieve. Algo negro que se escabullía captó su atención. No tuvo que mirar por los prismáticos para saber que no era un lobo ni un coyote. Creyó que se trataba de otro chico, pero todos los chicos con parkas abultadas eran prácticamente idénticos.

Vio cómo el chico iba directo hacia los cadáveres. Cuando a Chris se le ocurrió amontonar a buena parte de los muertos en la nieve, simplemente le dijo a Nathan que no quería arriesgarse a que los Cambiados intentaran colarse en la escuela. Aquello tenía tanto de verdad que el anciano ni siquiera lo puso en duda. Diez cadáveres eran suficientes para una noche, pero Nathan no llegó a entender por qué Chris decidió que era mejor hacer dos montañas en lugar de una.

Contuvo la respiración en la oscuridad, mientras la distante figura se dirigía hacia la primera montaña, que Chris había colocado a propósito más cerca del bosque. La figura ensombrecida se demoró allí un buen rato… y luego continuó.

«Mierda. —El estómago le dio un vuelco, aunque su mente trataba de contenerlo—. Tranquilo, hombre, ni siquiera sabes qué significa eso; a lo mejor sólo está examinándolos. —Observó cómo el chico se arrodillaba ante el segundo montón de cadáveres—. Si vienen más y la mayoría se dirige hacia la segunda montaña, eso ya sería significativo».

Al cabo de unos minutos aparecieron más sombras: los Cambiados avanzaban por la nieve a campo abierto como un reguero de negras hormigas en busca de azúcar derramado. Contó unos treinta. Sólo unos pocos se quedaron junto al primer montón. La mayoría se apiñó en torno al segundo. Por lo que acertaba a distinguir con los prismáticos, aquellos Cambiados eran bastante primitivos: bates de béisbol, palos de golf. Divisó a uno con un fémur humano. Y a otro con un hacha. No obstante, no llevaban pistolas ni armas arrojadizas. Con tan poca luz, habría sido difícil distinguir cuchillos, pero los imaginó valiéndose de los dientes y las manos, royendo carne de las articulaciones, rompiendo y retorciendo brazos y piernas como se trincha un pavo el Día de Acción de Gracias. Un ala por aquí, un muslo por allá. El cráneo no era como las caderas o las rodillas, donde uno realmente tenía que afanarse para atravesar los gruesos ligamentos protectores, sino como una bola de bolos que se tambaleaba precariamente en lo alto de una endeble torre de vértebras, tan sólo sujeta a esta por los gruesos músculos de los hombros y tendones fácilmente desgarrables.

Desvió la vista de dos niños que se disputaban una ristra de intestinos para fijarse en Lena, que dormía profundamente. «Por favor —rogó en silencio—, por favor, Lena, sigue durmiendo. No te despiertes. No deberías ver esto».

Por fortuna, Lena no vio nada, pero él lo hizo por los dos. Los Cambiados se quedaron durante lo que restaba de noche, disputándose los cadáveres sin ningún tipo de concierto. Parecían una bandada de buitres. No se les ocurrió mirar al colegio ni una sola vez.

El peor momento fue cuando uno de ellos —un chico, estaba casi seguro— extrajo algo alargado y fibroso del montón de cadáveres y se lo enrolló al cuello dos veces. «Madre mía», se le cayó el alma a los pies. Escudriñó a través de los prismáticos, pero no estaba seguro. Tripas, tal vez. Desde la distancia parecía que el chico se hubiera puesto por bufanda una ristra de salchichas. Qué extraño. Nunca había visto a ningún Cambiado luciendo partes del cuerpo como si fueran adornos. Probablemente el chico sólo estuviera agenciándose un tentempié para media mañana.

O... quizás el asunto fuera más complicado. No lo sabría hasta que clareara.

Cuando faltaba apenas media hora para que amaneciera, los Cambiados volvieron sobre sus pasos para adentrarse de nuevo en el oscuro bosque y se desvanecieron como el humo. La noche tocaba a su fin. Ya hacía tiempo que se había puesto la luna, así que sólo debía esperar a que aparecieran los primeros rayos de luz. Aquella segunda pila de cadáveres le recordaba a las sobras de una fuente de patatas con salsa. No quedaba mucho: unos pocos harapos y restos esparcidos por la nieve pisoteada. Aguzó la vista, pero no la vio, aunque tampoco es que eso fuera una mala señal. Bajó los prismáticos. Los brazos le pesaban como tuberías de plomo y los ojos le picaban a causa del cansancio. Les esperaba un largo día y debía descansar, pero tenía que estar seguro, lo que significaba que debía salir allí fuera, solo, en ese preciso instante, antes de que Lena y Nathan se despertaran.

Lena se estremeció ligeramente cuando se levantó del taburete. A Chris se le subió el corazón a la garganta y sintió un escalofrío. «¡No, no, no! ¡Ahora no, ahora no!». Al cabo de un momento, Lena soltó un suspiro y masculló algo entre dientes antes de quedarse quieta de nuevo.

Aquel fue el trayecto más largo de su vida, como si caminara hacia el cadalso. Fuera, el aire era gélido pero seco y sus globos oculares parecieron arrugarse. Le dolía respirar. Sus botas crujían tanto sobre la nieve helada que no pudo reprimir una mueca. Notaba una fuerte presión en la espalda, como si alguien lo observara, pero cada vez que se daba la vuelta, sólo el colegio lo contemplaba. A cada paso casi esperaba que unas manos lo agarraran del cuello por detrás o descubrir caras que lo observaban desde la espesa negrura del bosque. Nunca se había sentido tan solo. ¿Qué haría si la encontraba… o si no la encontraba? ¿Qué pasaría entonces? Aún podía dar media vuelta. Seguramente estaba equivocado. El hecho de que no la encontrara tampoco demostraba gran cosa. Incluso los Cambiados sentían el frío.

«Pero, Dios, ojalá la encuentre—pensó—. Ojalá».

Sin embargo, no la encontró.

Dos horas más tarde, sacaron los caballos del gimnasio. Había salido el sol, la nieve refulgía como un diamante y a Chris empezaron a lagrimearle los ojos.

—Chris —lo llamó Lena. Casi no habían cruzado palabra en toda la mañana, pero sus ojos se posaron tímidamente en los del chico con una mirada que este no supo descifrar—. Perdona. La he buscado por todas partes, pero no la encuentro. ¿Estás seguro de que no has visto mi bufanda por ninguna parte?

Él ocultó sus ojos tras las gafas de sol y le mintió por segunda vez.

—No —respondió—. No tengo ni idea de dónde puede estar.

64

—Deberías dejar al perro —le dijo Mellie cuando Tom subió a *Raleigh* a la silla. Al sentir el olor del perro, el caballo de Mellie, un apacible pío tobiano, relinchó. Mellie le rascó la coronilla para tranquilizarlo—. Lo único que hará un caballo de más es retrasarnos.

—No me importa —respondió Tom brevemente. Se giró y empezó a atar las cuerdas para asegurar la voluminosa lona azul con su triste contenido. La mano derecha le dolía, pero obligó a los músculos a obedecer. La herida de *Dixie* había sanado bastante y se sentía cómodo montándola, pero le preocupaba que el cuerpo de *Raleigh* le molestase, así que lo había colocado en el caballo de los King. Mientras estaba atareado, un cuervo solitario se encaramó al mástil de la bandera y soltó un pesaroso graznido que sonó a persona herida de muerte: *Oh. Oh.* O quizá sólo se lo pareció a él.

—Pero la tierra está congelada. —Weller iba a horcajadas sobre un zaino muy musculoso—. No podrás enterrarlo.

—Entonces lo quemaré. O le pondré una pila de piedras. Este perro me salvó la vida. Pertenecía a gente que me importaba y no voy a dejar que se pudra aquí. —Tom dio un tirón a la última cuerda con gesto ceñudo. Incluso con la venda y la pomada, la mano le dolía a rabiar. Pasaría un tiempo hasta que se curase—. ¿Qué hacemos con los demás animales?

Weller parecía impaciente.

—Ya te lo he dicho. Conozco una granja en la que podemos parar de camino. Tres viejos. Hermanos. Ellos los cuidarán.

—¿Estás seguro de que vendrán si hay cazadores de camino?

—Todo lo seguro que se puede estar, dadas las circunstancias —repuso Mellie—. Tom, no podemos hacer más.

—Pero los animales no le han hecho mal a nadie —continuó Tom, tozudo—. No se merecen morir por eso.

—Y no morirán —le contestó Weller—. Pero debemos marcharnos ya. ¿Quieres salvar a esa chica o no? Tú preparas las bombas para que explotemos esa mina y luego vamos hasta allí y sacas a Alex de esa casa donde la tienen prisionera.

Tom alzó la vista hasta Weller.

—No es tan sencillo. Tenemos que entrar sin ser vistos. Debo colocar los explosivos en lugares estratégicos y tienen que estallar en el orden correcto. Ni siquiera estoy seguro de que pueda hacerse. Un edificio con buenos pilares de hormigón necesitaría al menos noventa kilos de explosivos.

—Mira, eso también lo hemos hablado ya—dijo Weller.

—Lo único que hemos hablado es que hay una mina que quieres que te ayude a volar por los aires. Lo que *yo* quiero saber es por qué debo hacerlo. ¿Cómo ayudará a Alex la explosión de una mina llena de Chuckies? ¿Cómo sabes siquiera que están en la mina?

Por la forma en que sobresalió la bigotuda mandíbula de Weller, Tom se dio cuenta de que el anciano estaba perdiendo la paciencia.

—Porque los he visto —refunfuñó, irritado— y les hemos seguido la pista a algunos grupos. Mucho antes de que todo esto ocurriera, los críos siempre estaban ganduleando por allí. Hacían fiestas y exploraban los túneles. Era un lugar de encuentro. Sé que mis nietos, sobre todo Mandy… —Weller apartó la mirada mientras aún movía la boca; luego se aclaró la garganta y escupió—. Bueno, ahí es donde muchos Cambiados…

—¿Cambiados?

Weller encogió a medias un hombro.

—Es el nombre que Rule les ha dado a esos cabroncetes. Yo prefiero llamarlos Chuckies, la verdad. Con Cambiados parecen tener demasiado que ver con la Mano de Dios.

—¿Cuántos hay cuando se juntan? ¿Viven allí?

Weller frunció el ceño en un gesto amable.

—No, se ve que estos grupitos y pandillas entran y salen, como los chavales de la cafetería de un instituto. Yo diría que unos doscientos o doscientos cincuenta. A veces más, a veces menos, depende.

—Eso son muchos críos. —No obstante, lo que Weller acababa de decir le recordaba mucho a lo que Jed había mencionado en más de una ocasión: que los Chuckies orbitaban por sitios que les resultaban familiares. ¿Qué mejor sitio para quedarse que donde habían disfrutado de fiestorras y de buenos momentos?—. ¿Y no pasan frío?

—Es lo que te expliqué, Tom. Una vez que te metes a suficiente profundidad, las minas son bastante cálidas y, cuanto más profundizas, más calientes son. ¡Leñe!, había días en que sólo llevaba puestos la camiseta, las botas, el casco, las gafas de protección y los guantes. Además, en esa mina hay mucho espacio para tumbarse: habitaciones talladas en la roca que servían como talleres para las máquinas y como zonas de almacenamiento. Sitios donde descansar, echarse un rato e incluso almorzar. Estaba aquella gran bancada…

—¿Bancada? —Lo único que Tom sabía de minas lo había aprendido de las películas—. ¿Te refieres a un pozo de acceso a la mina?

Weller meneó la cabeza.

—¿Alguna vez has visto uno de esos terrarios de hormigas que tienen en las escuelas? ¿Todas esas cámaras huecas? Eso es una auténtica mina en miniatura: nada más y nada menos que un gran hormiguero con túneles que conducen a cavidades, sólo que las cavidades se llaman bancadas y se excavan en la roca en lugar de en la arena. Algunas son muy pequeñas y en ellas sólo cabe un hombre, pero otras son enormes. En esta mina en especial, hay una cavidad a unos ciento setenta metros de profundidad que no es más que una bola grande y hueca de roca desintegrada cuyo techo sostienen finos pilares. En algunas de las paredes hay fisuras de tensión tan anchas que podrías meter un camión.

—¿A ciento setenta *metros*? —Esa era más o menos la altura del Monumento a Washington—. ¿Qué profundidad tiene esa mina?

—Un poco más de seiscientos metros, pero no es que estos cabroncetes lleguen tan abajo. La mina lleva años inundada por debajo de los trescientos metros. Y no me extrañaría que el agua haya subido más. En minas tan viejas, puedes tener agua en el nivel de encima o en la cámara de al lado y no enterarte mientras la roca aguante. La gente que va a explorar minas abandonadas por esta zona siempre acaba ahogada.

—Entonces, ¿qué es lo que piensas volar? ¿La entrada? ¿Esa cavidad?

—No exactamente. Queremos eliminar la de *abajo*. No es tan grande, pero sí bastante inestable. Hay menos de veinte metros de roca entre las dos.

Lo cual significa que cualquiera que colocase las bombas tendría que bajar aún a mayor profundidad.

—Veinte metros sigue siendo mucha roca —observó Tom.

Weller resopló.

—En una mina como esa, veinte metros no es nada y, como te he dicho, la roca está desintegrada, como hielo deshecho, toda agrietada y destrozada por culpa de las fisuras de tensión. —Weller ahuecó la mano izquierda en el aire—. Está esa gran cavidad y justo debajo —Colocó la mano derecha bajo la izquierda— tenemos la otra más pequeña. Ambas se encuentran bajo una tremenda presión. Así que, si fabricas las bombas y vuelas los pilares de la cavidad que hay *bajo* la más grande…

—Le partes las piernas. —Ahora entendía hacia dónde iba todo aquello: si se volaba la base, todo se derrumbaría.

—Exacto. Si lo haces bien, enterraremos a esos hijos de puta —dijo Weller.

—Como teoría no está mal —opinó Tom—, pero hay muchas variables, y sigues necesitando un explosivo potente, mechas de retardo, encendedores y detonadores, sin mencionar una forma de entrar y salir sin problemas.

Mellie se movió.

—Eso ya lo hemos resuelto, Tom.

—¿En serio? —Miró a Weller—. Si tan resuelto lo tenéis, ¿por qué no habéis volado ya la mina?

—No creas que no lo hemos pensado. —Weller se inclinó hacia delante y estiró el brazo agarrándose a la perilla de su montura. Su modesta pose de vaquero cobró aún más fuerza—. Pero así están las cosas. A un crío puedes darle una pistola rota y balas. Si es listo y le das tiempo, al final puede que la arregle, pero también existe la posibilidad de que ese pequeño tunante le eche un vistazo al cañón y apriete el maldito gatillo para ver qué pasa. ¿Entiendes lo que quiero decir? Tenemos el material; tenemos todos los accesorios, pero ninguno de nosotros es un experto. Lleva mucho tiempo aprender a fabricar una bomba sin que te vueles la tapa de los sesos. Y eso es lo que no tenemos: tiempo.

«Tenemos material». Por supuesto que lo tenían. Ahora mismo debía de haber montones de armas por ahí tiradas. Era una cosecha fácil si sabías lo que buscabas, y Mellie había dicho que ya lo tenían resuelto. Eso significaba que llevaban acumulando material y planeando aquello desde hacía tiempo. Él había sido un golpe de suerte, una carambola perfecta. ¿Acaso no les había caído del cielo?

—Pero ¿qué sentido tiene? —preguntó—. ¿Qué se conseguirá matándolos? Tú mismo dijiste que no todos están allí al mismo tiempo, que entran y salen.

—Sí, pero es eficaz; le sacaremos más partido. Está claro que no vamos a matar a *todos* esos cabroncetes. Son como ratas. Debe de haber cientos por estos bosques, pero esa mina es terreno conocido y un lugar de encuentro. Si le damos un tajo a la cabeza de la serpiente, conseguiremos dos cosas. —Weller levantó un dedo enguantado—. Primero, desorganizaremos a esos mierdecillas y mataremos a un puñado de ellos en el proceso. Muchos se dispersarán y eso es bueno. Y lo segundo y más importante es que ayudará a despejar un camino hacia Rule. No por completo, por supuesto. Rule tiene establecido un perímetro defensivo bastante fuerte.

—Entonces, ¿qué tiene que ver que destruya la mina con que despeje un camino?

Los labios del anciano se quebraron en una sonrisa canallesca.

—Pues que los Chuckies *son* parte del perímetro. Piénsalo. Cuando cebas una presa, puedes estar seguro de que sea lo que sea lo que atraes se apelotonará cada vez más. No hay incentivo para que esa presa se aleje. ¿Y quién en su sano juicio va a querer enfrentarse a los Chuckies y a las armas de Rule? ¿Ves lo que quiero decir? Es como si Rule hubiera formado una guerrilla, una tierra de nadie que los deja libres para concentrar su potencial armamentístico en otras zonas. —Weller dejó escapar un gruñido indignado, aunque a Tom también le pareció distinguir un deje de admiración—. Hay que admitir que Peter y Chris tuvieron una idea cojonuda.

«Cojonuda… y enfermiza. Está hablando de leones a las puertas».

—Aunque funcionara, no vamos a entrar en Rule así como así. Dijiste que ese chico, Chris, es bastante duro, ¿no?

—Oh, sí, es un auténtico hijo de puta; muy listo y solapado. Casi nadie lo conoce bien. Si le preguntas a la gente, te dirá que es maravilloso. Les tiene el cerebro lavado, pero ellos no han visto lo que yo. En esa casa de tortura es donde realmente *parte* el bacalao, literalmente. Deberías haber visto a la última chica cuando terminó con ella. Me alegro de que la pobrecilla no sobreviviera. Se me revolvió el estómago y eso que, con lo que vi en Vietnam, ya estoy curado de espanto. Participé en la ofensiva del Tet; nuestros Rangers estuvieron en Da Lat, en Phu Cuong y…

—Sí, sí, y yo he estado en Masum Ghar, en Korengal y Paktika. ¿Y qué? —Con todo el respeto que sentía hacia veteranos como Jed, estaba un poco harto de que Weller siempre sacara el rollo de Vietnam—. Esto no es un concurso sobre quién ha visto más horrores, pero tú, más que nadie, deberías saber que entrar matando…

—Es la única manera —repuso Weller. La piel se le había puesto blanca como la nieve de rabia—. ¿O es que no tienes agallas, soldado?

—Ese rollo del soldado está ya muy manido, ¿no te parece? —espetó—. No me provoques. Lo único que digo es que *tú* saliste de Rule.

Weller se puso rígido.

—Sé adónde quieres llegar, pero salir no fue tan sencillo. Tuve que organizar una… una búsqueda, luego inventarme una excusa para separarme de hombres en los que no se puede confiar y borrar mis huellas.

—Pero no haces esto por amor al arte. Esto es por saldar una cuenta pendiente con Rule.

—¿Y a ti qué te importa cuáles sean mis motivos? Te estoy ofreciendo un modo de entrar.

—Pero sólo si hago lo que quieres —contraatacó Tom—. Aparte de tus venganzas personales, debe de haber un modo de llegar hasta Alex que no implique matar a personas inocentes.

—Los Chuckies no son personas.

Tom meneó la cabeza.

—No estoy hablando de ellos. Estás condenando al pueblo entero, Weller. No todo el mundo es culpable.

—Su silencio los hace cómplices —intervino Mellie—. Los supervivientes que han cedido ante las condiciones de Rule, que han optado por sobrevivir a cualquier precio, son tan culpables como los monstruos de ese Consejo. Piensa en todos esos niños y niñas que van de mano en mano. Piensa en Alex y en algunos viejos verdes y retorcidos que podrían ser sus abuelos y que se la quieren llevar a la cama.

Sus palabras le hicieron apretar los dientes.

—Lo único que digo es que tenéis que pensar muy bien lo que me estáis pidiendo. Tiene que haber otro modo.

—No lo hay y estamos perdiendo el tiempo —soltó Weller. Le dio un tirón furioso a sus riendas. El zaino lanzó un relincho sobresaltado y luego caracoleó y pataleó mientras Weller le daba la vuelta—. Tal y como yo lo veo, es de lo más sencillo, Tom: o estás dentro o estás fuera. O estás con nosotros o contra nosotros, así que ¿qué piensas hacer?

«¿Y si estoy fuera?». Dudaba que Mellie y Weller se limitaran a aceptar su negativa y a dejar que se marchara tan campante. Negarse podía significar incluso su sentencia de muerte. Weller no lo había revelado todo y Tom no confiaba ni en él ni en Mellie. Para él, Weller era un traidor. Una vez que habías traicionado a un amigo, era como si una parte de tu alma cruzara ese punto invisible de no retorno.

Con todo, las cuentas estaban claras. Alex estaba en peligro y él necesitaba entrar en Rule. Aquella gente era su mejor baza. Una vez que encontrase a Alex, ambos se irían muy lejos, donde nadie pudiera tocarlos —o herirla— nunca más.

—Dime lo que tengo que hacer —claudicó.

65

—¿Buenas noticias? —preguntó Peter con voz ronca. Aquellas dos palabras le costaron horrores. Respirar era un auténtico suplicio. Cada vez que tragaba parecía que fuera a cerrársele la garganta. Levantó la mano magullada para examinar los daños y palpó con los dedos los márgenes de un colgajo de carne húmeda y músculo desgarrado del tamaño de un pósit que pendía por debajo de su oreja izquierda. Tenía mala pinta. Había faltado poco para que Davey le seccionara la carótida, pero la impaciencia del chico le había salvado la vida. Aún sentía sus pulgares apretando, presionando, luchando por romperle la tráquea antes de cejar en su empeño y pasar a los dientes. En cuanto sintió que la presión aflojaba y que Davey le hincaba el diente, Peter le propinó un puñetazo en la mandíbula con su diestra. Si los guardias no hubieran intervenido, lo habría rematado.

Sin embargo, no albergaba ninguna duda: Davey se estaba volviendo cada vez más fuerte e inteligente. Eso o él estaba cada vez más débil. Puede que ambas cosas.

—Ya lo creo. —Finn volvió a engancharse el *walkie-talkie* en la cadera; luego rebuscó en uno de los profundos bolsillos de su uniforme y sacó una cantimplora—. Lo que yo te diga, muchacho, la selección natural es un prodigio.

—No me digas... —La cantimplora lo había hipnotizado, como la llama de una vela a una polilla. Paralizado, vio cómo el viejo desenroscaba el tapón.

—Mmm. —Finn empezó a beber lánguidamente a grandes tragos. Su nuez se bamboleaba, dando sacudidas y tirones. Un hilillo de agua se le escurría por la barbilla y Peter se llevó la lengua a la comisura de la boca en un intento inútil de pillar algo. Pero sólo percibió un regusto a mugre y a sal seca. Su boca sabía a perro muerto y su aliento apestaba a fruta podrida. Cosa mala. Conocía el hedor de la inanición.

Era martes: habían pasado casi dos semanas y media desde la emboscada, llevaba siete días en aquella jaula y hacía dos que no probaba ni gota. Lo único que había bebido desde entonces era su propia orina. La media taza que había rellenado esa misma mañana era tan oscura que parecía caramelo, pero se la tragó de todas formas. No obstante, sería la última vez que pudiera realizar esa proeza. Su orín se había vuelto demasiado concentrado. Si seguía bebiéndoselo, sus riñones se atrofiarían con mayor rapidez..., lo cual hasta podía ser un alivio: sumirse en un bonito, tranquilo y letal estado de coma.

Finn dejó escapar el suspiro de satisfacción que soltaría un tío al saborear la primera cerveza fresca del día. Dejó la cantimplora abierta en el mugriento suelo de hormigón y volvió a hurgar en su bolsillo. Esta vez sacó una bolsita de plástico.

—Pongamos por caso nuestro pequeño experimento —anunció, abriendo la bolsa y echándose en la mano un puñadito de cacahuetes, sal, chocolate y frutas dulces desecadas—. Nuestra exploración de la presión, por ejemplo.

Peter no estaba seguro de qué le dolía más: si el árido desierto en que se había convertido su garganta o los retortijones que le daban las tripas.

—¿La presión?

—Bueno, ¿no se trata de eso? —Finn se echó en la boca un puñadito de frutos secos y los masticó—. La evolución es el estudio de las presiones del entorno. El individuo se adapta al medio o no se adapta. La adaptación es la idea que la Madre Naturaleza tiene de la... —esbozó una sonrisa— *tortura.*

—Cosa que a ti no se te da nada mal...

Peter determinó que lo que necesitaba era agua, por encima de todo. Vio cómo Finn acompañaba el revuelto con un traguito y le entraron ganas de llorar, pero no le quedaban lágrimas.

Al otro lado del bloque de celdas, Davey lo observaba a él con la misma avidez desde su sitio habitual. Incluso se había agachado un poco para ponerse a su altura. El chico era paciente como una araña en su tela: los ojillos le hacían chiribitas mientras esperaba que una mosca jugosa cayera en sus redes. Los otros Cambiados tampoco le quitaban ojo. Cuando peleaba, todos lo miraban embobados. Pero Davey era el único que lo escudriñaba de verdad.

Aquella mañana, Davey se había enfundado unos pantalones verde oliva por primera vez. Aún llevaba el pecho desnudo y ni siquiera sabía lo que eran unos zapatos, pero aquellos pantalones eran un avance. El único que se le acercaba era un muchachito granujiento que se había colocado un sujetador a modo de orejeras.

—No pretendo torturarte. —Finn señaló a Davey con la cabeza—. Ni a él ni a los demás Chuckies. Entiendo que te lo parezca, pero cuando se tortura a alguien lo único que se obtiene son mentiras, porque todo el mundo quiere que pare el dolor, y aquí trabajamos con la verdad. Estudiamos cómo los Chuckies y las personas se adaptan al medio bajo presión selectiva. Algunos Chuckies, como Davey, se adaptarán mejor. De hecho, el que intentara estrangularte ha sido todo un progreso. Son capaces de aprender. —Finn sonrió—. Como tú.

Era cierto. El método que había utilizado Davey no era exactamente el mismo que él había empleado para matar a Wendy, pero casi. Después de dos asaltos, se había dado cuenta de que la chica era zurda, siempre arremetía con la izquierda. Así que esperó el momento adecuado y calculó el golpe maestro: se agachó para esquivarla y luego se abalanzó contra ella con el puño apretado para romperle la tráquea.

La cosa podría haber acabado ahí. Un golpe certero en el cuello y asunto arreglado, tal como había despachado a un niño rechoncho con una maraña de alambres rotos en la boca el día anterior. Pero a Finn no le había gustado. No le había dicho por qué, pero, al no ofrecerle agua ese día, Peter se percató de que o bien tenía que rematar la faena a la primera, o bien tomar distancia y dejar que la naturaleza siguiera su curso.

Así que al final había optado por dejar que Wendy se asfixiara lentamente durante tres agónicos minutos, sin atreverse a desviar la mirada por temor a represalias. Ese día le dieron agua y un poco de comida, pero no había vuelto a recibir nada desde entonces. Y, para colmo, había estado a punto de perder aquella pelea con Davey.

—¿Por qué me mantienes con vida? —le preguntó a Finn.

—No lo estoy haciendo.

—¡Y una mierda! —Peter intentó reír, pero sólo le salió un seco resuello—. Los guardias apartaron a Davey antes de que acabara conmigo. No me matas directamente, pero me haces pelear por agua y comida. Si no peleo, me moriré de sed o alguno de *ellos* acabará matándome. Así que no me jodas. ¿Por qué me mantienes con vida?

—Muy bien, Peter, ¿sabes qué? —Finn se apoyó las manos en los muslos y se incorporó—. La próxima vez, no te molestes en luchar.

—¿Qué? —Peter se lo quedó mirando—. ¿Qué dices? ¿Cómo que no me moleste en luchar?

—Pues eso, que no lo hagas.

Aquello era una locura. *Tenía* que pelear porque era la única manera de conseguir agua y comida. Tal vez muriese, o tal vez no. Pero si no luchaba, moriría seguro. Un Cambiado se lo zamparía, literalmente.

—No pelear sería un suicidio —protestó—. No es una opción.

—Bueno, es la única forma de parar esto, si es lo que quieres —apuntó Finn.

¿Matarse? Nunca se le había pasado por la cabeza. Aunque dejar que un niño te hiciera pedazos no era exactamente un suicidio… ¿O sí? No, suicidarse era pegarse un tiro en la cabeza, rebanarse el cuello con un cuchillo o ahorcarse. El asesinato no era suicidio.

—No puedo dejarme ganar así como así.

—Sí puedes —objetó Finn—. Es una alternativa, ¿no? Lo que pasa es que no te gusta. Eres más del tipo *vince aut morire*. Vencer o morir.

—Es que siempre he peleado —se defendió Peter, y entonces cayó en la cuenta—: Eso es lo que quieres que aprendan: que luchen hasta ganar. Que no se rindan. Quieres saber cuántos de ellos serán capaces de aprender.

—Sabía que eras un chico listo —dijo Finn, y se volvió para marcharse. Al hacerlo, su bota chocó con la cantimplora, que se derramó, y el agua se mezcló con la mugre—. ¿Lo ves, Peter? No soy yo el que te mantiene con vida. Eres tú.

Pero Peter ya no lo escuchaba. Estaba tumbado sobre el estómago lamiendo agua como un perro.

QUINTA PARTE
CARGARSE A TODO ENEMIGO

66

Diez días antes, Tom seguía teniendo dudas sobre el plan. En parte, porque no se fiaba ni un pelo de Weller y de Mellie, pero también porque no le hacía ninguna gracia tener que depender de los recuerdos y las rotundas afirmaciones de Weller sobre la mina y su distribución. El propio anciano había admitido que no la había pisado en los más de treinta años que llevaba cerrada.

—Pese a ello, hay cosas que nunca se olvidan —había dicho Weller mientras desplegaba un cochambroso rollo de papel amarillento sobre un pequeño banco de trabajo que a Tom le recordó demasiado al tajo de carnicero de Wade. Teniendo en cuenta que el campamento de Mellie y Weller estaba situado en una granja abandonada cuya pocilga habían reconvertido en centro de mando, a Tom le pareció que aquello no era muy buen presagio.

El mapa de Weller era una auténtica cutrez: un simple y burdo esquema a lápiz y tinta sin apenas detalles ni nada a escala. No obstante, la descripción del anciano había sido exacta. Con su red irregular de pozos de acceso verticales y túneles horizontales, interrumpidos por bocadillos como de cómic que indicaban dónde estaban situadas las cámaras más grandes, aquello efectivamente le recordó a Tom a un hormiguero a lo bestia.

—Cuando se trata de minería de roca dura, tienes dos opciones —le explicó Weller—: o excavas un túnel para entrar desde el lateral y luego extraes la mena con un camión por una rampa descendente...

Tom meneó la cabeza.

—Me he perdido. ¿Qué es una rampa descendente?

—Una simple carretera grande subterránea. Pero llegas a un punto en el que estás a tal profundidad que utilizar sólo la rampa se hace muy caro e inefectivo. —Weller levantó un dedo—. Así que perforas un pozo de acceso, como en las películas.

—¿Y así es como sacaban el mineral de hierro?

—El hierro no —observó Weller—. El oro.

—¿Oro? —Tom enarcó las cejas—. ¿En Michigan? Estás de broma.

—Para nada —aseguró Weller—. La mina de oro de los Ropes es la más famosa; está muy al este, cerca de Marquette. Y nosotros estamos en el segundo mejor emplazamiento de la península superior, en el condado de Gogebic. Cuando el primer Yeager, el padre del reverendo actual, inauguró la primera mina de hierro...

—La que al final convirtieron en la Caldera del Diablo, ¿no?

—El lago, sí. Es muy común por aquí rellenar las canteras explotadas con agua. El caso es que la idea de los hermanos era buscar oro y, cuando lo encontraron, primero excavaron túneles en la montaña y luego abrieron pozos. Un pozo es una forma de atajar. Esta veta va de oeste a este, así que es mejor perforar un pozo desde arriba y descender a partir ahí. Además, una vez que has llegado tan abajo, necesitas otras vías de escape por si algo sale mal, y en una mina siempre hay algo que sale mal. Aparte, si diseñas bien el pozo, te entrará aire para una mejor ventilación.

—Con corrientes cruzadas. —Aquello sí lo entendía. Era el mismo principio que cuando abrías varias ventanas en una casa dependiendo del viento que soplara en ese momento—. Entonces, ¿cuántos pozos hay? Aquí veo tres.

—Sí, esos son los más grandes, los que van de oeste a este. —Weller tocó la línea vertical a la izquierda del centro del papel y más cercana a donde había marcado la entrada a la mina—. El Pozo Uno, el Pozo Yeager, es el más viejo y baja hasta los doscientos sesenta metros. Más al este, abrieron el Pozo Dos, que muere a los trescientos noventa.

Tom estudió el nombre garabateado junto al Pozo Dos: *Ernst.* Aquello le sonaba de algo.

—Espera un segundo. ¿No es ese el apellido del chico del que me hablaste? ¿El que mataron en una emboscada?

—Peter. —Weller arrugó la cara como si el nombre oliese mal—. Sí, es él. Los Ernst fueron socios de los Yeager desde el principio. Esas familias siempre han estado unidas.

Los ojos de Tom se desviaron hacia el tercer pozo, que era tanto el más profundo como el que estaba situado más al este.

—¿Quién es Finn? ¿Está en ese Consejo de los Cinco del que me habéis hablado?

Tom creyó ver que los ojos de Weller centelleaban, aunque tal vez sólo se tratara de un efecto de la luz.

—No —contestó Weller—. La verdad es que no sé mucho acerca de los Finn, aparte de que entraron en el negocio de la mina como socios y que luego tuvieron algún tipo de discusión. Ya no hay ningún Finn en Rule.

—De acuerdo. ¿Y estás seguro de que estos son los únicos pozos?

—No, pero son los únicos que importan. Sé que hay otros, pero no se los puede comparar; seguramente sólo pueden entrar y salir un par de personas. Para serte sincero, ni siquiera sé dónde están. De todas formas, la mayoría de ellos ya se habrán derrumbado o llenado de agua.

—¿Y los chicos? ¿Qué pozo están utilizando para entrar y salir?

—Por lo que suponemos, no están utilizando ninguno. Creo que los Chuckies se refugian en las cámaras más antiguas que hay cerca del Pozo Yeager. —Weller siguió los rectángulos irregulares trazados en tinta situados a menos de un dedo de anchura a la derecha del Pozo Yeager—. Están justo al lado de la carretera subterránea y son las más accesibles.

—Si esa roca está tan desintegrada como dices, ¿cómo es que no se han derrumbado las cámaras a estas alturas?

—Oh, partes de esta mina ya lo hicieron allá por 1962 y mucho más por esta misma zona, justo a la izquierda del pozo. Ahora no lo ves porque los Yeager lo rellenaron, pero el suelo se hundió. Sin avisar, sin hacer el menor ruido. El boquete era de unos treinta metros de profundidad y de ciento veinte de ancho. Se perdieron un par de camiones y uno de los edificios anexos a la mina. Murieron siete mineros —dijo Weller, y luego añadió—: Mi padre entre ellos.

«Mmm». Tom tuvo la sensación de que ignoraba muchas cosas acerca de Weller.

—¿Y qué va a impedir que esta se derrumbe ahora?

—Que una mina se derrumbe o no depende de lo bien que la apuntales. Puedes rellenar el espacio con arena, pero eso es caro y en Hermanos Yeager eran unos chapuceros. En vez de eso, dejaron unos pilares de roca larguiruchos. —Weller saltó con el dedo hasta otro rectángulo dibujado a lápiz inmediatamente debajo de las cámaras más grandes—. Los pilares de esta, donde pondremos las bombas, están incluso peor.

«Es como intentar sostener la segunda planta de una vieja casa medio derruida con palillos de dientes».

—¿Cómo vamos a entrar y a meternos en esa cavidad sin ser vistos?

—Entraremos y saldremos por el Pozo Ernst. En este dibujo no se aprecia, pero el Ernst en realidad está un poco más al sureste de la entrada principal de la mina. Conecta con esta a intervalos regulares, empezando a los doscientos metros. Nos descolgaremos por el pozo, subiremos un buen trecho, colocaremos nuestras bombas y saldremos cagando leches por el mismo sitio. Son unos ochocientos metros de ida, así que no está mal. Puede que nos encontremos con algún que otro Chucky descarriado, pero podremos manejarlos. —Weller se encogió de hombros—. Lo único que necesitamos es un poco de suerte.

—Yo no creo en la suerte.

La suerte era sólo sinónimo de un acontecimiento azaroso que no te mataba. Tom veía una docena de cosas que podían salir mal. Diseñar las bombas para que liberaran la máxima potencia posible donde se requería no sería tarea fácil. Sin circuitos electrónicos sofisticados, tendría que idear alguna forma de cronometrar las explosiones. Aunque lo consiguiera, las bombas podían explotar antes de tiempo o no detonarse. ¿Y si los Chuckies tenían guardias apostados o se topaban con más de uno? Weller había dicho que los grupos entraban y salían. Eso significaba que ellos sólo podrían enviar un escuadrón de ataque muy reducido: tres personas como mucho. Como tropezaran con una multitud, las cosas se pondrían feas en un santiamén. ¿Y qué pasaba si lo conseguían, pero terminaban atrapados? ¿O si lograban salir de la mina y morían cuando la tierra se abriera bajo sus pies? Si derribaban los soportes subterráneos, la superficie se derrumbaría también, como Weller dijo que había ocurrido ya en 1962.

—Weller, aunque consigamos derrumbar la cavidad que hay justo debajo de los críos, los seguiremos teniendo encima —observó—. ¿Quién te dice que no van a utilizar el Pozo Uno o que no van a encontrar una vía de escape por esa gran carretera subterránea?

—No podrán. Si derrumbas la cavidad, todo se desmoronará. Si derribas las tripas de un edificio de apartamentos, no hay manera de llegar a la escalera de incendios, a menos que subas. Aquí pasa lo mismo. A los Chuckies no les quedará más remedio que bajar, pero no hay la menor conexión directa con el Pozo Yeager o con la carretera. Se quedarán atrapados como ratas. No podrán ni subir ni bajar y terminarán aplastados, asfixiados o incluso ahogados… —Una sonrisa canallesca engrasó los labios de Weller—. Tom, no me importa lo que les pase mientras esa mina desaparezca para siempre de la faz de la Tierra, el camino hacia Rule se despeje y esos monstruos se mueran.

67

Diez días después, Tom plantaba el bastón izquierdo en la nieve y se impulsaba con fuerza, patinando sobre el esquí derecho y descargando el peso a la izquierda para avanzar. Había cogido un buen ritmo colina abajo y el viejo Timex de Jed le indicaba que estaba haciendo una marca excelente. Hacía una hora que había pasado la primera atalaya, el campanario de una iglesia luterana abandonada, y el esfuerzo comenzaba a pasarle factura, pero seguía avanzando a buen ritmo y sus músculos estaban ágiles y calientes. La nieve estaba perfecta, ocho centímetros de polvo recién caído sobre una base más densa de sesenta centímetros como la nata montada de un helado.

Su destino era otra atalaya que se asentaba en la orilla este de la Caldera del Diablo, un lago artificial que albergaba los restos de la antigua mina de los hermanos Yeager y que no era más que una tosca cuenca excavada en la tierra que los Yeager habían rellenado de agua cuando el hierro se agotó. Con el tiempo, los desechos —cantidades ingentes de residuos— se habían recubierto de mantillo y habían proliferado matorrales cargados de nieve y finos plantones que amenazaban con convertirse en un bosque en toda regla al cabo de un siglo. Pero, por el momento, los matorrales le ofrecían un buen camuflaje y una espléndida vista de la segunda mina, situada al oeste. Los últimos cuatrocientos metros eran cuesta arriba y tuvo que impulsarse apoyándose en los bastones. Cuando llegó a la cima, tenía el corazón desbocado. Se secó el sudor de la frente entre fuertes jadeos y se percató de la fuerza que había llegado a reunir. Eso era bueno: necesitaba todos y cada uno de sus músculos en plena forma porque al cabo de tres horas, con un poco de suerte, estarían bajo tierra a gran profundidad.

Cuando por fin se detuvo, un perro con bozal salió de su escondite y, apenas un momento después, apareció un muchacho desaliñado vestido de blanco de la cabeza a los pies.

—¡Eh, Tom! —lo saludó el chico.

—¡Chad! —Tom se quitó los esquís y acarició las orejas del perro. El chico llevaba una carabina Uzi con silenciador, otro de los muchos juguetitos de Weller y Mellie—. ¿Está Luke por aquí?

—Sí. Lo vi con Weller hace unos veinte minutos. —Chad señaló con la barbilla la mochila de Tom—. ¿Las traes ahí? ¿Puedo ver una?

—Vale. —Tom se arrodilló para abrir la mochila y sacó un cilindro de acero del tamaño de una lata de refresco. De uno de los extremos sobresalían tres pequeñas patas de metal fijadas con cinta adhesiva.

—¡Vaya! ¡Cómo mola! —exclamó Chad, pasando el dedo por la tapa cóncava de cobre del otro extremo—. Es como las que se usan en Iraq y Afganistán, ¿verdad? Una bomba caminera…

—Bueno… a pequeña escala. —Tom señaló la tapa—. Este es el proyectil. Funciona como una bala. Si le disparas una bala a un ciervo, lo más probable es que rebote, pero si le añades muchísima potencia, lo perforará. Una carga hueca canaliza la energía. Por eso las balas son tan destructivas. No es el agujero lo que te mata, sino la energía que se transfiere al resto del cuerpo o, en este caso, a la roca.

En realidad no era tan sencillo, pero tampoco es que le entusiasmara la idea de impartir un cursillo acelerado de fabricación de explosivos a unos pobres críos. Bastante malo había sido ya que lo obligaran a llevarse a Luke, aunque lo cierto era que trabajar solo o con Weller requeriría demasiado tiempo.

Volvió a guardar los explosivos en la mochila y apretó el cordón. Luego se puso de pie y le tendió la mano:

—Hasta luego, tío.

—¿Debo desearte buena suerte? —le preguntó Chad.

En Afganistán circulaban todo tipo de supersticiones, como no comerse los caramelos Charms de los paquetes de comida precocinada. Los M&Ms, sí, salvo los azules. Pero los Charms eran el beso de la muerte y por eso iban a parar al barril donde se quemaba la mierda. Si le deseabas suerte a alguien, te pateaban el culo.

—Claro que sí, colega —dijo Tom.

Los demás esperaban en una pequeña loma tras una pantalla de matorrales. Luke lo oyó llegar primero y lo saludó con la mano. Weller se limitó a asentir con la cabeza. Mellie y la otra centinela ni siquiera se volvieron. Tom se agachó para pasar por debajo de los matorrales y se acuclilló en el hueco abierto en la nieve a la altura del hombro de Mellie.

—¿Alguna novedad?

Mellie no levantó la vista de sus prismáticos gigantes de 26x70 apoyados en un pequeño trípode.

—Veo movimiento en el norte y puede que haya otro grupo que se les una por el oeste. ¿Cindi?

—Todavía están demasiado lejos. —Cindi, una chica pecosa de doce años, miraba por sus Big Eyes de 40x100 y se mordía el labio inferior—. Pero creo que esos tíos que vienen por la carretera del norte tienen prisioneros.

A Tom le dio un vuelco el estómago.

—¿Cómo lo sabes?

—Por las linternas. —Luke tenía catorce años y era el mayor después de Tom. Se había pegado a este casi al instante; la mayoría de los chicos le habían otorgado el papel de hermano mayor, cosa que a él no le disgustaba lo más mínimo. Aquellos chavales le hacían sentirse un poco mejor. Aunque también le preocupaba qué sería de ellos cuando Alex y él se marcharan. ¿Y si se llevaba a los que quisieran ir con él? Vale, era una opción, pero ¿cómo iban a arreglárselas?

«Cada cosa a su tiempo —pensó—. Primero esto y luego encontrar a Alex. Lo demás vendrá solo».

Luke bebió un sorbito de café soluble de su taza de campaña.

—Llevamos dos semanas vigilando. Por regla general, cuando se ven linternas es que hay prisioneros. Los Chuckies no necesitan mucha luz para ver por dónde van.

Qué interesante. Tal vez esa fuera otra de las razones por la que los Chuckies habían escogido la mina.

—¿Sabéis cuántos? —preguntó Tom.

Cindi encogió un hombro.

—Cuatro o cinco en ese grupo. Quizá más. En cambio, los Chuckies se han abastecido bien. Ya hay un montón de gente en la mina para… ya sabéis…

—Sí, para el aperitivo —dijo Tom—. Se están reservando a gente inocente para los días de lluvia.

—¡Y dale! —murmuró Weller.

—¡Tom! —dijo Mellie.

—Eh… —Las mejillas de Cindi se tiñeron de un repentino e intenso rojo escarlata. Sus ojos oscilaron de Tom a Mellie y viceversa—. Sí. Bueno, cuando el grupo se acerque un poco más, podré daros más información.

—Tom, sabíamos que habría prisioneros —dijo Mellie. Su voz sonaba como una advertencia—. Estás de acuerdo con esto, ¿verdad?

—¿Con qué parte? ¿Con la de matar a gente inocente o con la de enterrar vivos a los Chuckies? —Sabía que no debía decir aquello, pero tampoco quería ponérselo tan fácil—. Esto no es un videojuego, Mellie. Va a morir gente de verdad.

—¿Y acaso no es bueno que tengamos conciencia de grupo? —refunfuñó Weller—. Dime una cosa, Tom: cuando patrullabas, ¿todo era coser y cantar?

—Hacía mi trabajo —respondió Tom.

—Me alegra oír eso. —Weller destapó el termo y se sirvió café—. Supongo que eso explica por qué estás aquí y no allí.

Tom vio que Luke y Cindi intercambiaban una mirada de sorpresa y se encendió de rabia.

—Escucha —empezó.

—¡Tom! —Mellie se incorporó—. Vamos a dar un paseo. Weller, ¿por qué no vienes con nosotros?

La cara de Weller sugería que habría preferido abrazar a una cobra, pero volvió a tapar el termo y los acompañó. Mellie esperó hasta que se situaron detrás de un chaparral pelado donde crecía un solitario pino de Banks. Luego se cruzó de brazos.

—¿Qué es lo que te ronda por esa cabecita, Tom?

—Ya lo sabes —contestó él.

—Sí, lo sé, así que no voy a andarme con rodeos. Esto no es una misión de rescate. Tenemos que asegurarnos de que esos monstruos no sobrevivan.

—¿A costa de vidas inocentes?

—No me hables de vidas inocentes. Sabes que ni Daniel ni el resto de mis chicos lo consiguieron.

—Pero eso no significa que estén muertos —repuso Tom—. Puede que hayan seguido su propio camino.

—No es probable.

—¿Y no se te ha ocurrido pensar que puede que estén ahí abajo, en la mina?

—Claro que se me ha ocurrido, pero no hemos visto a niños y, aunque lo hubiéramos hecho, no cambiaría nada. Tenemos que seguir adelante. Y punto.

—No sé cuál es tu problema, chaval —lo increpó Weller—. Parece que te has caído de un guindo. Los daños colaterales son parte del juego.

—Esto no es un juego —dijo Tom—. Vamos a asaltar un campo de concentración.

—¡Por Dios! —bufó Weller.

—No, Weller —lo interrumpió Mellie—. Lleva parte de razón. Pero, Tom, se trata de muertos andantes. Si lo conseguimos, tal vez sobrevivan algunos. La mayoría no, pero no tenemos alternativa. Tú eres un soldado. No me digas que nunca has abierto fuego contra objetivos enemigos cuando había civiles de por medio.

No como primera opción. Esas eran las órdenes, aunque su capitán había cambiado de parecer después de que una emboscada matara a su sargento e hiriera a otro de sus hombres. Tom no había disparado la «jabalina»; aquel no era su trabajo. Pero había visto cómo la casa se derrumbaba y, después, los tres pequeños bultos tapados con sábanas ensangrentadas. El padre también había muerto, junto con cuatro talibanes que se escondían en el interior. Nadie volvió a disparar nunca más desde aquella casa.

—Entonces no era mi responsabilidad, pero ahora sí —espetó—. Si seguimos con esto, *yo* seré el culpable.

—Esto es la guerra —objetó Weller, como si no hiciera falta mayor explicación—. Contra los Chuckies. Contra Rule. Y eliminar esa mina es nuestro primer objetivo.

«Decisiones difíciles. Daños colaterales». A Mellie y a Weller les gustaban las muletillas.

—¿Y qué pasa con los que no tienen ni voz ni voto? ¿Con la gente que está atrapada en la mina y no puede salir? —insistió Tom.

Weller soltó una maldición y tiró los posos del café a la nieve.

—No pienso seguir discutiendo. Tú no estás al mando de la operación.

—Ni tú eres mi jefe —replicó Tom.

—Uf, pues menos mal, porque si no estaría muerto, ¿no? Como el resto de tu brigada, imagino.

Aquellas palabras fueron un duro mazazo.

—¿Y eso qué coño tiene que ver con esto?

—¡Pues claro que tiene que ver! Nosotros somos los que quedamos. Yo estuve en Vietnam antes de que tus padres mamaran. Lo sé todo sobre la guerra. ¿Quieres volver a ver a Alex? Pues esta es la única manera.

—Weller. —Mellie le puso una mano en el pecho—. Todos tenemos que poner de nuestra parte.

—Muy bien, no os preocupéis por mí —claudicó Tom, a su pesar. Ya tendría tiempo de pegarle un puñetazo a algo cuando estuviera a solas, pero ahora lo importante era Alex—. Haré mi trabajo.

—De acuerdo, entonces. —Weller rumió las palabras como si tuviera ganas de escupir—. Y aquí no ha pasado nada.

«Mentiroso». Pero optó por mantener la boca cerrada. Sabia decisión, pues cualquier cosa que le hubiera soltado al viejo en aquel momento habría sido un error.

—¡Oh, Tom! —exclamó Mellie, alargando un brazo para tocarlo, que él esquivó. La cara de la mujer reflejaba compasión, pero sus ojos la traicionaban—. Estamos en el mismo barco.

—Claro —dijo él.

68

Cindi ajustó el *zoom* de sus Big Eyes.

—Hmm.

—¿Qué? —le preguntó Luke.

—Creo… —Sí, estaba segura. El sol aún no se había puesto y tenía la luz a su espalda, de modo que veía bastante bien. La imagen se fusionó y cobró resolución—. ¿Recuerdas aquella panda de Chuckies que llevaban pieles de lobo? Ha vuelto.

—¿Sí? ¿Cómo lo sabes?

—Acércate. —Esperó hasta que llegó reptando y echó un vistazo por sus binoculares montados en un trípode—. Es por el revoloteo. Es que la piel de lobo está suelta, así que vuela al viento. Los delata. Sigue siendo la misma chica, pero el tío con el que va es nuevo.

—Ah, sí, ya lo veo… ¡Vaya! —exclamó Luke—. ¿Qué le ha pasado en la cara?

—No sé. —O la chica tenía el peor grano del mundo o le había salido otro ojo en la mejilla. ¿Y quién era el nuevo? ¿Qué le habría pasado al otro? A lo mejor se había muerto. Eso estaría de puta madre. Cuantos más Chuckies mordieran el polvo, más a salvo estarían todos ellos. Además, aquellos prendas eran un poco raritos, unos *Mad Max* de segunda con pieles de lobo.

—Hay un montón de peña nueva con esa gente-lobo —dijo Luke—. Mira los cacharros que llevan.

—Sí, los he visto. —Llevaban armas potentes: un par de Uzis, seguro, o tal vez MAC-10... No estaba muy puesta en armas. Un chico llevaba una bandolera muy chula llena de lo que parecían balas gigantes. Aquellas cabezas metálicas debían de ser del tamaño de su puño—. Échate para allá. Quiero comprobar cuánta gente normal tienen.

—Al menos cinco —confirmó Luke mientras le hacía sitio—. Por cómo caminan arrastrando los pies todo el rato.

—Ajá. —Enfocó la lente y luego dijo—: Jo, tío.

—¿Qué?

—Creo que hay dos chicos bastante mayores para ser Chuckies.

Sintió cómo los ojos de Luke se abrían como platos.

—¿De verdad?

—Sí. —Hasta entonces nunca había visto a chicos normales entrando en aquella mina... y ahora había dos. Aún los tenía demasiado lejos para distinguirlos bien, pero le pareció que uno de ellos era una chica. El otro no caminaba bien. ¿Estaría herido? Tal vez.

—¿Qué pasa?

Cindi dio un respingo y miró por encima del hombro a Tom, que los estaba observando a ambos. En serio, era silencioso como un gato.

—Nada —contestó, con la esperanza de que Luke mantuviera el pico cerrado. Mellie había dicho que Tom necesitaba centrarse: «No hagáis que se sienta peor de lo que ya se siente». Contarle que había dos chicos normales que de repente se habían convertido en el menú de la cena de los Chuckies no estaría guay—. Lo de siempre…, ya sabes.

Tom frunció el ceño.

—¿Estás bien, Cindi?

—Claro que sí —intervino Luke—. Estábamos observando a esa gente-lobo. Es una tribu que se viste con pieles de lobo. Creemos que le ha pasado algo al líder, eso es todo.

—Y hay más Chuckies de los que pensábamos —añadió ella—. Es como si se hubieran encontrado con más amigos y se hubieran juntado aquí.

—Oh. —Tom se quedó en silencio durante un segundo y luego dijo—: Luke, será mejor que nos vayamos ya. Quiero que estemos en nuestros puestos cuando salga la luna. Hasta pronto, Cindi.

—Lo mismo digo, Tom. —De acuerdo, para ser sincera, sabía que ese cosquilleo que experimentaba cada vez que Tom estaba cerca era completamente lamentable. A ver, tenía doce años. Pero Tom estaba *buenísimo*, con aquellos ojos azul oscuro y aquel pelo ondulado que lucía un increíble tono castaño con un toque cobrizo, como la canela en rama. Y qué músculos, unos músculos de tío de verdad. Y era muy valiente. No podía empeorarle las cosas—. Ten cuidado, ¿vale? —Se avergonzó en cuanto las palabras salieron de su boca. «De todas las cosas que podía haber dicho, se me ocurre soltar eso, que es de auténtica palurda».

—Tú también. —La expresión de Tom siguió siendo seria—. Si la cosa se pone fea, te largas de aquí, ¿entendido? No dejes que Mellie te convenza de lo contrario.

—Todo va a salir bien —respondió ella—. Buena suerte.

Algo raudo y veloz ensombreció la cara de Tom.

—Sí —dijo, pero la sonrisa falsa que esbozó se pareció más a una mueca—. Suerte.

Mucho más tarde, Cindi vio algo que cambió por completo su opinión sobre aquellos dos nuevos chicos. La que había creído que era una chica definitivamente lo era, seguro que de diecimuchos o veintipocos. Bonita melena: larga y pelirroja. Mataría por tener aquel pelo. En cualquier caso, la chica, Pelirroja, estaba ayudando a un chico rubio guapo de verdad. Sin embargo, lo que llamó la atención de Cindi fue que Pelirroja se detuvo en seco casi al mismo tiempo que la chica-lobo, la que tenía la cara destrozada y el pelo rubio.

Fue entonces cuando Cindi lo tuvo claro: Pelirroja no era una prisionera. Era una Chucky.

Bueno, menos mal que no le había dicho nada a Tom. El nudo que tenía en la garganta se deshizo. Si Tom lo hubiese descubierto, no habría seguido adelante con lo de explotar la mina. Ahora, a Cindi no le cabía la menor duda. Sólo los Chuckies actuaban como los perros, que detectaban olores. Así que si Tom, Luke y Weller hacían saltar por los aires a Pelirroja y a sus amigos, tanto mejor.

«Oh, Pelirroja —pensó Cindi, y esbozó una sonrisa—. La vas a pringar».

69

El complejo de la mina era como una ciudad fantasma, o una de esas ciudades bombardeadas que se ven en los reportajes de Iraq o Afganistán, y estaba atestado de edificios en ruinas, la mayoría de los cuales no eran más que armazones rotos de piedra del lugar y ladrillo rojo. En la distancia, al sureste, se erigían las oxidadas vigas de acero de un castillete de extracción. Pero hasta que no vio la entrada de la mina, Alex no estuvo segura del todo: había visto antes ese lugar, en las fotografías de la mesita expositora de la casa del lago. No sabía por qué los Cambiados se reunían, pero, si se ceñían a lo que les resultaba familiar, era lógico que lo hicieran allí. Aquel debía de haber sido una especie de escondite favorito para los niños de Rule y de los pueblos y ciudades circundantes. De hecho, la mina curiosamente le recordaba a un enorme patio de instituto abarrotado de estudiantes justo antes de que sonara la última campana de la mañana.

«Fin del camino». Siguió a duras penas a Araña y a Leopardo, que se contoneaban bajo sus pieles de lobo. En condiciones normales, habría tenido miedo, pero estaba demasiado cansada. Le dolían los hombros de cargar con el peso de Daniel y estaba sudando a mares. Prácticamente lo había llevado a rastras durante los últimos quince kilómetros. El pobre muchacho, semiinconsciente y febril, sólo había podido arañar la nieve con las botas como un robot averiado. Cuanto más se acercaban, más apestaba el aire neblinoso a animal aplastado y más se cargaba el ambiente. Sintió que se le cerraba la garganta para no dejar pasar ese hedor grasiento y escupió con intención de limpiarse la boca, pero la fetidez persistía y le había impregnado la lengua.

Entonces notó algo. El contacto fue muy breve, propiciado por un repentino soplo de aire casi imperceptible. Entre la enfermedad de Daniel, los efluvios de las aguas residuales y la mugre salada de su propia piel, parecía un auténtico milagro que pudiera distinguir cualquier otro olor, pero lo hizo, y aquello le bastó para ponerse rígida, tanto que incluso se olvidó del peso plomizo que llevaba sobre los hombros.

«No, no puede ser». Alex escudriñó el panorama hacia el oeste. La luna aún no había salido, pero el horizonte era una estela entre escarlata y naranja fluorescente. El día tocaba a su fin y el soplo de aire se iba desvaneciendo por momentos, pero el aroma aún remoloneó en su nariz durante un instante: era como la bruma de la mañana sobre las oscuras sombras de un lago espejado, e igualmente efímero.

«¿Chris?». Se le hizo un nudo en la garganta y se le vino a la cabeza la última imagen que tenía de él: tirado en la nieve, inconsciente, en mitad de un charco de sangre. ¿Chris seguía vivo y estaba *allí*? No, no podía ser. Inspiró por segunda vez, pero el olor debía de haberse desvanecido con el soplo de aire. Saboreó lo que quedaba de él en su boca. No, no era exactamente igual, ¿o sí? Sin duda había algo de Chris allí. Tal vez se debiera al ambiente viciado de los Cambiados, pero el olor le recordaba a…

«No. —La idea era tan descabellada que tragó saliva con dificultad—. Está muerto. No puede ser…».

Araña se puso tensa y, al cabo de un momento, un olor caliente, nocivo y afilado como una púa se coló en la nariz de Alex. Era una mezcla hedionda de amargura, ira, frustración y pavor. Junto a Araña, Leopardo también estaba más tieso que una vela. Ambos habían echado la cabeza hacia atrás y abrían desmesuradamente la boca como si quisieran beberse aquel extraño olor. Luego Araña se dio la vuelta. Sus ojos plateados, chispeantes de odio, se posaron en Alex, que retrocedió un poco tambaleándose como si realmente la hubiera fulminado con la mirada y deseando que se la tragara la tierra. La herida de Araña había mejorado, probablemente gracias a que se habían tomado su tiempo para llegar hasta allí. Leopardo y los demás se encargaban de mantener llena la despensa, así que la susodicha llevaba dos semanas comiendo como es debido, cuando no andaba dándose el lote por ahí. (Compartir habitación con Daniel había sido una suerte, a fin de cuentas, y, a juzgar por las miraditas que le echaba Leopardo, Alex se alegró de que Araña lo mantuviera ocupado. Que Dios la asistiera si Leopardo la pillaba a solas alguna vez). Sin embargo, la mejilla desgarrada de Araña nunca sanaría del todo. Para ser sincera, se daba cierto aire a uno de los malos de las películas de Batman, ese al que le faltaba la mitad de la cara y se le veían los dientes, los músculos y hasta los huesos. ¿Dos Caras?

En ese momento, Alex notó que Daniel se movía e intentó enderezarlo un poco. Sus ojos enfermos y soñolientos pestañearon. Le apestaba el aliento a vómito.

—Mmm.

—¿Daniel? —Casi no había abierto la boca en todo el día. Le dio una pequeña sacudida—. Daniel, soy yo, Alex. ¿Me oyes?

—Mmm —gruñó Daniel al tiempo que se le doblaban las rodillas.

—No, no —lo animó ella, tratando de incorporarlo—. Venga. Intenta dar un paso, Daniel. Ya casi hemos llegado. Pronto podrás descansar. —Se percató de que, más adelante, Araña y Leopardo reanudaban la marcha, pero se les veía preocupados. El olor que emanaban chispeaba como burbujitas de refresco explotándole en la nariz.

Ahora veía la entrada con total claridad: unas fauces con afilados carámbanos dispuestas a comérsela viva. Su aliento era una niebla rancia que apestaba a muerte y sangre, a carne mugrienta y al sudor de los muchos otros prisioneros que debían de estar encerrados allí abajo, a piedra fría. Y a los Cambiados, cómo no.

Desplazó el peso de Daniel sobre sus hombros y oyó a su espalda cómo los prisioneros más viejos arrastraban los pies despacio hasta ponerse a su altura. Hicieron una pausa, pero ninguno se volvió para mirarlos. Dado que había pasado las dos últimas semanas prácticamente encerrada con Daniel, no había tenido oportunidad de conocerlos y al parecer ellos habían decidido guardar las distancias, sobre todo ahora que Daniel estaba tan enfermo. No los culpaba.

«Si entro ahí, no voy a salir». Pensó que aquella era su última oportunidad de escapar. O no… Miró a los Cambiados arremolinados alrededor de la entrada. Unos cincuenta, como poco, y todos armados, aunque estaba segura de que no le dispararían. Araña tenía otros planes.

Además, aunque consiguiera librarse de ellos, ¿qué futuro le aguardaba? ¿Rule? ¿Chris? No. Nunca lo conseguiría. Lo sabía porque lo había olido, igual que Araña y Leopardo, en aquel pequeño soplo de aire. Y no sabía muy bien cómo se sentía ni qué significaba.

Porque no era Chris quien estaba allí fuera.

Era Lobezno.

70

—¿Y siempre dejan un símbolo? —Nathan tenía la piel tan tirante que sus pómulos parecían cuchillas—. ¿Nunca un nombre o una dirección?

—No, siempre es un símbolo para ahuyentar el mal agüero —explicó Chris. Se apretó la sien con un dedo, intentando desembarazarse de un persistente dolor de cabeza mediante un masaje. La línea roja del minitermómetro de su mochila rozaba el límite de la congelación, pero la noche acechaba y la temperatura en el exterior de la tienda de dos plazas estaba cayendo en picado. Chris se acurrucó aún más en el saco de dormir y señaló con la barbilla un pentagrama azul y rojo dibujado mediante trazos irregulares en un círculo blanco—. Los colores también son importantes, porque la primera vez que entré en un establo con el mismo dibujo pero con colores diferentes, el fondo azul y la estrella con rojos y blancos alternos, no había nada.

Alzó la mirada al oír una cremallera. La tienda se volvió gris y entonces Lena se abrió paso por entre los faldones dobles, arrastrando consigo una bocanada de aire frígido aderezado con una pizca de bilis agria.

—¡Qué frío! —Su aliento formaba nubes de vapor. Cerró rápidamente la cremallera y se hizo un ovillo en el único saco de dormir que quedaba—. Ahí fuera parece que se está a tropecientos bajo cero y encima se está levantando viento.

Nathan abrió la boca y se metió el dedo índice.

—¿Has echado ya la primera papilla?

—Ja. Ja. —Tenía la punta de la nariz quemada por el viento, pero la cara casi transparente—. No oía eso desde segundo de primaria.

Nathan abrió las manos.

—Sólo intentaba levantar los ánimos.

Chris no dijo nada. Todos se sentían exhaustos, pero Lena estaba empeorando y el aliento le apestaba a vómito. Un repelús pavoroso le erizó los vellos del cuello. «Cuanto más tiempo estemos aquí fuera, peor. No puedo seguir posponiéndolo». No obstante, podía estar equivocado. Nathan tenía más experiencia y aún no había dicho nada, ni mu. Cuando una chica vomitaba todas las mañanas y se pasaba enferma todo el día, debía de haber otra razón que a un hombre lo bastante mayor para ser su abuelo le resultaba incómodo mencionar.

—Además, creo que se avecina otra tormenta. —Lena tiró del saco hasta que sólo quedó al descubierto el pálido óvalo de su cara—. El cielo está muy oscuro hacia el norte.

—Esperemos que no. —Las uñas de Nathan rechinaron sobre su barba entrecana de varios días—. Como nos volvamos a quedar atascados…

—Joder, han pasado *semanas*. ¿Cuánto más vamos a esperar? —preguntó Lena.

—Quizás un par de días más si el tiempo aguanta y paramos para hacer noche. Pero hay muchos Cambiados, así que creo que es mejor que sigamos adelante. Si descansamos durante periodos más cortos y alternamos las horas, llegaremos a Oren mucho más rápido y luego podremos encontrar un sitio donde refugiarnos mientras se nos ocurre dónde mirar. Por cierto… —Nathan le presentó el dibujo a lápiz—, ¿te suenan todos estos símbolos para ahuyentar el mal agüero?

—Claro. Lo que no sé es qué graneros tienen uno u otro. —Lena seguía envuelta en el saco, pero ladeó la cabeza y se mordió el labio inferior. Se había arrancado la mayor parte de la piel. Tenía postillas con muy mala pinta por toda la boca—. Ya se lo he dicho a Chris. A ese lo llaman las Cinco Heridas. La mayoría de los graneros tienen un montón. No sé lo que significan, pero… sí.

—Oh, ese me suena. Las cinco heridas de Cristo. El pentagrama era un símbolo utilizado por los primeros cristianos, mucho antes que la cruz —dijo Nathan—. ¿Hacen siempre el mismo símbolo?

Chris meneó la cabeza.

—Es lo que te dije. Cuando quieren que los encuentre, dejan un dibujo en el diccionario del bibliobús. Después sólo tengo que ir de granero en granero hasta que encuentre el que es. Lleva su tiempo.

—Muy bien, supongo que el bibliobús es nuestra primera parada. A menos que la suerte nos sonría y tengan centinelas apostados. —Nathan se lo quedó mirando—. ¿Alguna vez recibió alguien un disparo? ¿Te daba la sensación de que te vigilaban?

Efectivamente, aunque aquello no era nuevo. Había salido de Rule las veces suficientes hacia donde había saqueadores o Cambiados, o ambos, como para que sus ojos nunca dejaran de escudriñarlo todo.

—Claro. Por otra parte, nunca he pasado por aquí ni he llevado a nadie conmigo... al bibliobús. Hacía que Greg y los demás me esperasen justo a las afueras del pueblo. Además, me estoy adelantando. A lo mejor no hay nada.

—Dios. —Lena soltó un largo suspiro—. Y entonces, ¿qué hacemos?

—Dejarnos llevar por el pánico. —Chris lo dijo en broma, pero, al ver que Lena no se reía, le puso una mano en el hombro. No le gustó tener que pensarse aquello dos veces—. Esta vez, todo depende de ti. Si te ven, puede que piensen que salir no supone ningún peligro.

—Quizá. —El tono de Lena era tan seco y sin vida como una hoja de maíz mustia—. Pero tampoco es que fuera tan popular.

—¿Y qué me dices de ese tal Isaac Hunter? ¿Estás segura al cien por cien de que ese nombre no te suena de nada? —Como Lena negó con la cabeza, Chris miró a Nathan—. Tienes que saber algo. Sí, sí, ya sé que confías en Jess y, si ella dice que él puede ayudarnos, tú te lo crees, pero ahora no estamos en Rule y Jess ya no parte el bacalao, de modo que, aunque sólo sean rumores o suposiciones bien fundadas, si sabes o sospechas algo, puede resultarnos de ayuda.

Vio que Nathan recapacitaba sobre el asunto.

—Nunca había oído hablar de él —dijo al fin—, pero recuerdo que, desde que tenía más o menos tu edad, siempre circulaba la misma historia. Hará unos... sesenta años.

—¿Sobre Hunter?

—No. —Nathan se pasó una mano por la barbilla—. Sobre esos niños salvajes. No, no —añadió cuando vio la expresión de Chris—, no es lo que piensas. No se trata de que los niños se volvieran como animales ni nada por el estilo. Es algo que hacen los chicos amish.

—¿Te refieres al *rumspringa*? —dijo Lena. Se apoyó en un codo—. Sé de qué va eso.

—Pues yo no —confesó Chris. Merton quedaba bastante al sureste, así que lo que sabía de los amish lo había sacado de las películas, lo cual se traducía en no mucho—. ¿Qué es eso?

—Una costumbre de los amish —continuó Nathan—. Significa «correr por ahí». Los amish son diferentes en muchos sentidos, especialmente cuando se trata del bautismo. A los niños no los bautizan en la iglesia al nacer. Es un estilo de vida que deben elegir con plena conciencia y los amish creen que sólo los adultos, que han experimentado el mundo, son capaces de hacer eso. Así que, a los dieciséis años, dejan que los chicos se marchen y hagan lo que quieran. En teoría, puede parecer algo sensato, pero es una idea nefasta.

—¿Por qué?

—Porque no saben nada de la vida. Ninguno de esos críos sabe lo que hay más allá de sus asentamientos, en el mundo de los «ingleses», y cuando se ven libres, sin nadie que los guíe, se vuelven salvajes. —Una de las comisuras de la boca de Nathan cayó en una mueca irónica—. He conocido... a unas cuantas chicas. Los chicos nos aprovechábamos de eso, porque ninguna de las chicas que nosotros conocíamos iba tan lejos como las amish. Aquellos críos montaban unas farras del copón. Si echo la vista atrás, no es algo de lo que esté especialmente orgulloso.

—Vale, creo que lo he pillado. —Chris sentía que le quemaba la piel de vergüenza. Lo último que quería era oír a un tipo de la edad de su abuelo recordar cómo se lo montaban en los viejos tiempos—. Pero ¿qué tiene que ver eso con esto?

—Tal vez nada —dijo Nathan—. Al final, la mayoría de los chicos iba de acá para allá un par de años antes de elegir seguir las tradiciones amish. Se bautizan y ahí termina todo. Pero siempre hay muchachos que no quieren volver o que lo hacen y luego se marchan, para lo cual hacen falta mil veces más agallas.

—¿Agallas?

—Sí —intervino Lena—. Si se marchan después de haber sido bautizados, los repudian.

—¿Que los repudian? —Aquello le sonaba de algo—. ¿Te refieres a algo parecido a la Expulsión?

—Me refiero casi a eso —dijo Nathan—. Lo llaman *meidung*. Básicamente es la versión amish de la mano dura. La gente sigue hablándoles, pero eso es todo. No pueden tomar la comunión ni participar en la comunidad, nada de eso. La idea es que se arrepientan y cambien de parecer. No recuerdo cuánto tiempo tarda en convertirse en algo permanente.

—¿Permanente? ¿Quieres decir que no hay vuelta atrás?

—Quiero decir que los excomulgan. Si eso ocurre, es como si fueses una sombra, como si estuvieses muerto. Estos pobres críos no tienen nada: ni educación, ni familia ni recursos; ni siquiera un sitio adonde ir. —Nathan hizo una pausa—. Sin embargo, lo que suele ocurrir es que se juntan e intentan ayudarse los unos a los otros.

—Como una red clandestina. —El lento albor de una idea brilló en su mente. Chris sentía que su cerebro estudiaba las implicaciones y establecía conexiones—. ¿Es eso lo que estamos buscando?

—Bueno. —Nathan hizo una pausa—. Jess cree que ya la encontraste. Al menos, una parte.

—No lo pillo —dijo Lena.

—Una comunidad disidente. Un asentamiento de críos compuesto por los que eligieron marcharse. Pero necesitan ayuda, tal vez alguien que sepa por lo que están pasando porque hubiera sido excomulgado en sus tiempos… —La voz de Chris se apagó cuando otra idea borboteó en el guiso que su mente había estado cocinando durante aquellas últimas semanas. Volvió la vista hacia Nathan—. Necesitan ayuda.

—Si tú lo dices… —murmuró Lena.

—Jess —dijo a su vez Chris.

—¿Qué quieres decir?

—Quiero decir que Jess tenía que ser uno de ellos. —Volvió a mirar a Nathan—. Es así, ¿verdad? Ella es amish, o lo era. —Se percató de que la duda cruzaba la cara de Nathan y añadió—: Vamos. El único modo de que supiera de ellos con tanto detalle, tanto como para darte un nombre, es que hubiera vivido allí.

Nathan asintió lentamente, casi a regañadientes.

—Esa es la teoría.

—¿La teoría? —preguntó Lena—. ¿Por qué se trata el tema como si fuera un secreto? ¿Qué pasa si era amish y luego la repudiaron o la excomulgaron o lo que fuese? ¿A quién le iba a importar en Rule?

—Bueno, si el líder es el hermano del Reverendo —intervino Nathan—, tal vez les importe.

71

—¿Hermano? —repitió Chris sorprendido—. ¿El *hermano* de mi abuelo? Creí que estaba muerto.

—Y así es —corroboró Nathan.

—Pero acabas de decir que...

—Espera, ya lo pillo. Muerto, muerto, lo que se dice muerto, no, Chris. Pero sí excomulgado —apuntó Lena. Había logrado sentarse a duras penas. Estaba blanca como la leche y unas oscuras ojeras moradas ensombrecían sus enormes ojos—. Para los amish es lo mismo.

—Pero se apellida Hunter, no Yeager —protestó Chris.

—Tú eres un Yeager —dijo Lena.

—Sólo a medias —repuso Chris—. Mi padre no era de Rule.

—Si abandonas a los amish, pasas a formar parte automáticamente de los «ingleses» —explicó Nathan—. Y Yeager es la palabra alemana para Hunter, «cazador».

Chris se tomó un momento para asimilarlo. Si el hermano de su abuelo había proporcionado refugio a chicos amish rechazados o expulsados, Rule también tenía que ser una especie de comunidad disidente o alguna locura por el estilo. Eso explicaría algunas de sus costumbres, como la religiosidad que imperaba en el pueblo. Pero ¿quién había roto primero con quién? ¿Rule se había separado de Oren o lo había hecho sólo el grupo de Hunter? Aunque este también podía haberse separado de Rule…

—¿Los amish tienen…, a ver…, un consejo o algo así? ¿Un grupo de tipos que dirigen el cotarro?

—Yo el único del que oí hablar fue el obispo —dijo Lena, y al instante ahogó un grito—. ¡Hey, espera! No es verdad. Tenían una especie de comité, sí. Había un obispo —Sacó el pulgar y fue enumerando con los dedos—, tres ministros y… un diácono.

—Cinco tíos —contó Chris—. Como en Rule.

—Como en Rule, no. —Nathan negó con la cabeza—. Hasta donde yo sé, en Rule no es un obispo quien dicta las leyes. Los asuntos importantes se someten al voto de toda la comunidad. Rule nunca se ha regido por esos principios. En lugar de eso, había una sexta silla que se supone que representaba a todo el mundo. Deberíais echarle un vistazo alguna vez a la cámara del Consejo y lo comprobaréis. Parece desequilibrada.

Ahora que Nathan lo decía, Chris se acordó de que Alex había señalado lo mismo en una ocasión: una sexta silla, apartada, detrás de las demás: «Seis sillas, pero sólo cinco hombres, Chris. Como si faltase alguien». ¿Y si quien faltaba era el propio Rule?

También se acordó de otra cosa que había dicho Alex. A su abuelo le encantaban las historias bíblicas de hermanos: Caín y Abel, Jacob y Esaú…, pero su favorita era la de Isaac e Ismael. ¿Qué había dicho una vez sobre el mundo fuera de Rule? «Los seguidores de

Satán se han convertido en bestias, portan la Marca de Caín y la Maldición de Ismael». Sin embargo, si el hermano de su abuelo *era* Isaac, ¿qué hermano encarnaba realmente a la bestia?

—¿Cuál es la relación de Jess con Hunter? —quiso saber Chris—. ¿Por qué cree ella que puede o quiere ayudarnos? Tiene que haber algo más aparte de que el tipo dé refugio a un grupo de críos.

—Sinceramente, no lo sé, Chris —dijo Nathan—. Eso es lo que el médico y yo hemos podido averiguar hasta la fecha, pero aún quedan muchas incógnitas. Encuéntralo y tendremos la oportunidad de arreglar todo lo que se ha hecho mal en Rule.

—¿Y si está muerto?

—Entonces, no lo sé —vaciló Nathan—. Confiemos en que no lo esté.

—¿Tú qué piensas? —le preguntó Chris a Lena al cabo de un rato. En teoría, Nathan se había escabullido para echar un vistazo a los caballos, pero Chris sabía que quería darles espacio para discutir el asunto. Aquello no cambiaría nada. No veía clara ninguna otra opción que la de continuar hacia Oren.

—Creo que es una locura. Jo, tío… —Lena abrió la cremallera y dobló a regañadientes la solapa del saco—, hace tanto frío que me duelen los dientes cada vez que respiro.

Chris la observó mientras salía lenta y cuidadosamente del saco.

—¿Cómo te encuentras?

—Mal. —Hizo una pausa—. Lo siento si os estoy retrasando.

—No pasa nada. Weller tenía razón. Tenemos que recorrer una buena distancia hacia el este antes de volver, así que da igual.

—Si tú lo dices. —Guardó el saco en su bolsa y apretó el cordón sin levantar la vista—. ¿Alguna vez te preguntas cómo estarán las cosas en Rule? ¿Si habrán encontrado ya a Peter, por ejemplo?

—No pienso mucho en Rule, siento que ya no pertenezco allí. Pienso en lo que está pasando, en lo que ha pasado. Y en Peter, claro que sí. —Chris cerró bruscamente su mochila, provocando un ruido que retumbó en la nieve como la ruptura de un carámbano—. Da igual si la idea de alimentar a los Cambiados fue suya o del Consejo. Debió haberse negado y no lo hizo.

—Así que, si está vivo… —Lena se interrumpió un momento y luego continuó—: Si está vivo y tú decides enfrentarte a Rule, te enfrentarás a él, ¿no?

—Supongo que tendré que hacerlo. —Chris se dio la vuelta para abrir la solapa de la tienda de campaña—. No lo sé. Confío en que no. Para serte sincero, Lena…, espero que haya muerto. Así no cabrá esa posibilidad.

—Pero ¿y si no ha muerto?

—Entonces, espero que tengamos ocasión de hablar.

—¿Y si no quiere escucharte? Ya sabes cómo se las gasta Peter.

Sí, lo sabía. El viento gélido arremetió contra su cara. El aire era tan cortante que notó cómo se le contraían los globos oculares. Casi logró convencerse de que no sentía ninguna rabia ni tristeza por la suerte de su amigo, pero el nudo que tenía en el pecho lo traicionaba: «Dios, ¿por qué me ha caído esta encima? No puedo matar a

Peter; antes me volaría la tapa de los sesos. Ni siquiera estoy seguro de poder enfrentarme a Rule».

—¿Te preocupa por algo en especial? —No se volvió para mirarla—. ¿Tal vez… hay algo que yo debería saber?

—Tal vez. Sí. Eh… —Su tono era apagado y monótono—. Es que… sólo ocurrió dos veces. Sarah no lo sabe, pero… sí. Eso… eso creo.

«Tiene que ser eso. No nos siguen el rastro porque ella esté cambiando. —La oleada de alivio que le sobrevino le hizo flaquear y por un momento tuvo que aferrarse a la solapa de la tienda para no caer. Se acordó del chico que se había echado al cuello aquella bufanda… la que Chris había colocado entre los cuerpos para comprobar si sus sospechas tenían sentido—. Nos encuentran porque está embarazada, y *Peter* es el…».

—Entonces, ¿qué piensas hacer? —insistió Lena—. Si Peter está vivo y no quiere escucharte y al final tienes que enfrentarte a él…

—Confiemos en que no tengamos que llegar a eso —murmuró Chris.

72

—¡Mierda! —Luke volvió a tener arcadas, pero sólo echó flema acuosa. Con el resplandor de aquella luna verde, la cara del niño era del color de un queso enmohecido—. *¡Mierda!*

—Cierra el pico, a menos que quieras que nos oigan todos esos malditos Chuckies —susurró Weller. Seguía teniendo las manos aferradas a la cabeza del niño muerto y una rodilla colocada tras los omóplatos. El niño no era mayor que Luke y había cometido el error de separarse del grupo para disfrutar a solas de un pequeño aperitivo. Lo habían oído sorber y engullir cuando aún estaba a unos veinte metros de donde permanecían escondidos, una zanja en la nieve detrás de un frondoso arbusto a unos doce metros del Pozo Dos. El chico estaba tan ensimismado en su golosina, dos puñados de sesos, que no vio a Weller hasta el último segundo. Se había defendido, había forcejeado y casi se sacudió de encima al viejo, pero Weller le hundió la cabeza en la nieve hasta asfixiarlo.

—Lo siento. —Luke estaba boqueando. Echó otro vistazo a la sustancia viscosa e inconsistente que salpicaba la nieve—. Es que… nunca…

—No es lo peor que verás —dijo Weller, utilizando el dorso de la mano para limpiarse un espumajo que le resbalaba lentamente por la barbilla.

—Déjalo en paz. —Tom le puso al chico una mano en el hombro—. Hemos tenido que hacerlo así, Luke. No queríamos mancharle la ropa de sangre. —Sin embargo, estaba enfadado. Una buena llave en el cuello y el chiquillo habría terminado inconsciente en diez segundos. Un rápido giro a derecha e izquierda y todo habría acabado. Aquel chico había sufrido para que Weller pudiera lucirse. Tom también había conocido a tipos como él en el Ejército.

«No permitas que te afecte. —El corazón iba a salírsele del pecho. Hizo acopio de toda su voluntad para permanecer sereno y sintió el cambio cuando la adrenalina fue disminuyendo y su pulso se calmó—. Es un gilipollas, pero conoce la mina y Rule. Lo necesitas tanto como él a ti».

—De acuerdo, quitémosle la camisa y esa chamarreta, pero dejémosle los pantalones. —Weller se levantó jadeando de la nieve—. El Chucky se ha cagado encima.

Weller se estaba pasando tres pueblos.

—Yo lo hago —se ofreció Tom. Rodó el cuerpo, abrió rápidamente la cremallera de la chamarreta del chico y lo desvistió de cintura para arriba, quitándole no sólo la ropa, sino también la linterna, el cuchillo, el rifle y una cartuchera de sobra llena de munición. Le lanzó la camisa y la parka a Luke—. Es más o menos de tu talla.

—Ah, sí. —Luke manoseó las prendas como si se trataran de serpientes de cascabel—. ¿Seguro que tengo que hacer esto?

—No, pero no está de más. —Weller enterró el amasijo de sesos pegajosos en la nieve con el pie—. Si vosotros dos oléis como los Chuckies, tanto mejor. Recordad: una vez que entremos, *soy* mortadela.

—Puedes hacerlo, Luke. Deja la camiseta térmica para mí. Rápido. —Tom agarró al niño muerto por los tobillos y arrastró el cuerpo hasta la zanja; luego le echó nieve encima hasta que no quedó ni rastro de él. El rifle, un Browning BLR '81 con mira telescópica, era una buena arma, pero inútil para sus propósitos. Sus Uzis tenían silenciadores. Después de descargar las balas con el pulgar, desmontó el arma y tiró las piezas en diferentes direcciones. Cuando volvió, Luke estaba terminando de abrocharse la chaqueta del niño muerto.

—Esto es asqueroso. —Luke le dio un tirón a los puños—. Es como si lo llevara encima.

—De eso se trata—rechinó Weller.

—Ya lo quemarás, Luke —murmuró Tom. Tenía los ojos clavados en el terreno ondulante y poblado de matorrales que mediaba entre su escondrijo en aquel promontorio y el pozo. A la luz de la luna, la nieve brillaba con la suave fosforescencia de una luciérnaga, cosa que le recordaba a cómo se veía con gafas de visión nocturna. Delante resaltaba un montículo cubierto de nieve—. ¿Estás seguro de que ese es el pozo?

—Sí —contestó Weller—. Mirad dónde pisáis. Lo último que necesitamos es que salgáis rodando.

Fueron arrastrando los pies por la nieve torpemente por culpa de las mochilas, las cuerdas y las Uzis, y Tom sintió que el terreno cambiaba bajo sus botas. El montículo no era sólido, sino un cascote de hielo incrustado. Se desplazaron lateralmente por la nieve y entonces Weller sacó una linterna de minero improvisada. Se oyó un *clic* diminuto.

En el repentino haz de luz, el pozo se abrió como una herida negra y circular: un ancho conducto de hormigón de unos seis metros de diámetro. El castillete de extracción y el montacargas habían desaparecido. Sólo quedaba una escalera de hierro atornillada al hormigón. Weller escarbó en la nieve en busca de una piedra, luego abrió la mano sobre el pozo. Tom contó en silencio. Cinco segundos. Quince. A los treinta, dijo:

—No he oído nada. ¿Y tú?

Weller meneó la cabeza y, acto seguido, se acercaron en grupo a la escalera. Todo parecía firme, pero, una vez que estuvieron cerca, Tom olió la herrumbre y vio dónde se habían oxidado y desprendido los peldaños. Finas fracturas garrapateaban alrededor de algunos de los pernos donde el agua se había filtrado y congelado, abriendo auténticas brechas en el hormigón.

—Sólo hay una manera de comprobarlo —dijo Weller. Hizo un rápido nudo en un mosquetón y lo apretó. Luke sujetó a Tom por la cintura y este último se apuntaló bien en el suelo con la cuerda firmemente agarrada con ambas manos y enrollada en diagonal al tronco, mientras el anciano descendía con cuidado hasta el primer peldaño y desplazaba el peso. Pisó el segundo peldaño. El tercero—. Creo que no hay problema.

Luke pasó una mano por el hierro.

—A mí me parece que está muy hecho polvo.

—Niño, yo me he descolgado por barrancos en Quang Ngai mientras los Charlies nos acribillaban a balazos —dijo Weller—. Esto no es nada.

«Sí, claro, y te hurgabas los dientes con una bayoneta, no te digo».

—No nos queda otra, Luke —apuntó Tom.

—Pero es que no hay nada a lo que atar la cuerda —se quejó Luke—. Si la escalera se rompe…

—Te das un buen tortazo —dijo Weller—. ¿Vas a echarte atrás?

—Haz lo mismo que yo —lo cortó Tom. No iba a permitir que Weller avergonzara al chiquillo—. Menos si me resbalo… Eso no lo hagas.

Luke exhaló una risa temblorosa.

—Estoy bien. Eh…, recuérdame hasta dónde vamos a llegar. —La voz del crío se quebró en la última palabra.

—Hasta donde haga falta para reventar los soportes que hay bajo esos mierdas —sentenció Weller.

—¿Y si no podemos? —preguntó Luke.

—Entonces, la cosa se va a poner muy interesante —respondió Tom.

73

Hace tiempo, sus padres la llevaron a visitar la mina de la Montaña de Hierro, a las afueras de Vulcan. Tras ponerse unos cascos rojos y unos impermeables amarillos, se montaron en un trenecito que los condujo por el interior de la mina, a través de un túnel de roca tan estrecho que podía tocar las paredes con sólo sacar la mano. Del bajísimo techo colgaban bombillas enjauladas, pero las densas sombras y los profundos túneles conseguían imponerse. Alex no sabía lo que era la claustrofobia hasta que llegaron a la bancada principal y el guía apagó todas las luces para hacer una demostración. La oscuridad se cernió sobre ellos como un enorme puño, tan absoluta que Alex se las vio y se las deseó para reprimir un grito. Sus ojos se fueron abriendo cada vez más. De haber estado en los dibujos animados del Correcaminos, se le habrían salido de las órbitas y rebotado en el suelo: *boing-boing…* Pero, como no había luz, no había nada que ver. Nada-en-absoluto.

No era ninguna cagueta, pero había pasado un mal rato.

Pues bien, esto era muchísimo muchísimo peor.

A Daniel y a ella los habían separado de los demás y se adentraban cada vez más en la mina; bajaron y bajaron por un laberinto de galerías y túneles señalados con números y letras garabateados con espray y luego por unas escaleras con compuerta. Perdió la cuenta de las vueltas que dieron, pero el tufo que emanaban los Cambiados era ya casi imperceptible.

Ahora, sin embargo, se encontraba en medio de la más absoluta oscuridad. Bueno, salvo por Mickey, que le indicaba que llevaba siete horas sentada de mala manera sobre un saliente de roca en aquella cámara lateral. Tampoco se oía nada, excepto el agua cayendo sobre la roca, la respiración agitada de Daniel y el martilleo de su propio corazón. Ah, y los murciélagos. Aunque no hubiera captado su olor —seco, polvoriento y un poco agrio—, habría percibido el batir susurrante de sus finas alas. A veces chillaban, pero no le importaba... mientras no se tropezara con ellos. «Con la suerte que tengo, cogeré la rabia». Se preguntó si esta se contagiaría a través de la carne y se avergonzó de la morbosidad de sus pensamientos.

La primera misión consistía en salir de allí, pero ¿cómo? Estaba claro que los Cambiados conocían el camino de salida y seguro que los murciélagos también. Ambos sólo podían adentrarse hasta donde el aire se lo permitiera, pero aquel aire no parecía ser el más apropiado. No es que fuera irrespirable, pero de vez en cuando le venía un tufillo a azufre similar al de la cabeza de una cerilla. Con todo, no se había desmayado y los murciélagos continuaban allí, así que debía de ser aceptable. Miró súbitamente hacia atrás y no vio nada, por supuesto. «Me pregunto si… —Se lamió el dedo y lo puso en alto—. Hum…». Parecía que llegaba una pizca de aire desde el rincón donde se hallaban los murciélagos. Tal vez estuvieran batiendo las alas o sólo respirando.

—Buen trabajo, Alex —se dijo en voz alta—. Anda, sé valiente y acércate despacito a ver si encuentras la salida. —Los murciélagos susurraron al sonido de su voz y de pronto Daniel soltó un bajo y prolongado gemido—. ¿Daniel? —Se inclinó hacia la derecha, tanteando la oscuridad con los dedos, hasta que su mano palpó una mejilla. El muchacho tenía la piel ardiendo y empapada en sudor—. ¿Daniel?

No hubo respuesta. Ni siquiera un gemido. Espero unos segundos más y retiró la mano. El olor de Daniel se había quedado impregnado en sus dedos y le provocó arcadas.

Aún le quedaba un último cartucho. Rebuscó en su chaqueta y encontró el paquctito que se había guardado en el forro. Veinte Percocet, nueve Percodan y un Valium envueltos en gasa. Todas las pastillas que había podido recoger del suelo de la casita de invitados durante el breve espacio de tiempo que la habían dejado sola mientras la cuadrilla de Leopardo sacaba a rastras los cuerpos de Sharon y Ruby. Las pastillas eran… un seguro. Una manera de escapar de todo cuando ella quisiera. Claro que también existía la posibilidad de despertarse como un vegetal en medio de un charco de vómito. Pero ¿sería capaz de hacerlo? ¿De matarse si no había otra salida? Quizá. Las pastillas no eran tan rápidas y efectivas como un disparo, pero si no le quedaba más remedio…

¿Y qué iba a hacer con Daniel? Por más vueltas que le daba al asunto, no lo veía claro. Una cosa era lo que le había prometido a Tom y otra muy distinta que tuviera que hacer lo mismo con Daniel. Ni siquiera lo conocía lo suficiente y, además, no podía decidir por él. Corría el riesgo de equivocarse. Durante las dos últimas semanas se habían vuelto prácticamente inseparables y Daniel estaba enfermo, pero no por ello dejaba de ser Daniel. ¿Y si…?

—Para —murmuró para sí—. ¿Quieres pensar en algo? Pues piensa en cómo encontrar un arma.

Vale, estaban las rocas, pero ¿qué más? Ese pequeño túnel lateral tenía soportes de madera, así que tal vez pudiera hacerse con algún clavo. El problema era cómo sacarlos. Pensó en ello. Sus dedos juguetearon sobre el reloj de Mickey de Ellie y su hebilla. Estaba ese chisme puntiagudo. No era muy largo, pero podía funcionar. Aunque lo que de verdad necesitaba era algo fuerte de metal…

«Espera». Se llevó la mano al cuello, sacó el silbato de plata de su cadenita y le palpó la boquilla. No era demasiado puntiaguda, pero la ligera curva serviría y el silbato era lo bastante fuerte para…

Sus pensamientos se vieron truncados por el crujido de unas botas. La negra oscuridad que reinaba en el túnel principal se clareó un poco… y luego más. Alex se puso rígida y aguardó, con los ojos abiertos como platos y el cuerpo tembloroso como el de un conejito arrinconado. Ay, madre, aquello pintaba fatal. El corazón se le subió a la garganta. Supo quién era porque reconoció su olor. Además, venía solo. Ni rastro de Caracortada ni de Araña. Ninguno de sus secuaces. No quería repartirse el botín con nadie. Por si aquella idea no fuera ya lo bastante aterradora, se le nubló la vista en aquel preciso momento, como el fundido de una película entre un plano y el siguiente: el monstruo de su cabeza volvía a la vida, se movía, se retorcía... Pues los iguales se reconocen entre sí.

Leopardo.

74

—Espera —susurró Weller. Enganchó un brazo en la escalera, arrancó otra piedra y la dejó caer en la oscuridad insondable que se abría a sus pies.

Tom contó los segundos. Esta vez, el impacto se oyó al llegar a seis.

—Unos sesenta metros.

—Sí. —El haz de luz de Weller recorrió el hormigón. Unos seis metros más abajo aparecieron una plataforma de rejilla metálica y un tramo de escaleras. La plataforma conducía a un amplio boquete en cuyo borde Tom vio el destello de una vía metálica. En caso de que hubiera alguna duda, encima de la abertura se veía *nc* y *165* pintado con espray amarillo mate, lo cual indicaba que el nivel de carga se encontraba a ciento sesenta y cinco metros de la superficie—. Por ahí es por donde vamos a colarnos.

—Creí que dijiste que no se accedía a la mina hasta mucho más abajo.

—Supongo que me equivoqué. Ha pasado mucho tiempo y el mapa es aproximado.

«Genial».

—Weller, tenemos que bajar casi sesenta metros más y luego abrirnos camino hacia el oeste para meternos bajo esa gran cavidad rocosa. ¿Podemos hacerlo desde aquí?

—Creo que sí. Lo que pasa es que tenemos otro problema.

A Tom tampoco le gustó cómo sonaba aquello. A medida que bajaban, las condiciones del pozo empeoraban: se habían desprendido trozos enteros de hormigón y los pernos estaban tan sueltos que temblequeaban. El pozo no era liso ni uniforme; tramos de hierro corroído, gruesos macarrones aislantes y tuberías discurrían por los laterales. La estructura descompuesta del soporte del montacargas original sobresalía aquí y allá como rotos colmillos metálicos. Grandes cúmulos de lo que parecían deposiciones de rata, pero que Weller dijo que eran excrementos de murciélago, se amontonaban en los puntales y alrededor de las abrazaderas que sostenían los tubos a intervalos regulares. El aire también había cambiado, tornándose un poco más cálido y tan cargado de humedad que Tom sentía cómo esta le recorría la cara con sus dedos.

Para colmo, el aire apestaba, y no sólo a agua estancada. El hedor era más bien una exhalación muy ligera, nauseabunda e intermitente, como si la mina padeciese un caso crónico de halitosis mañanera.

La luz de Luke lanzaba su arpón tres peldaños por encima de la cabeza de Tom.

—¿Qué es eso? Huele como a… huevos podridos.

—Sulfuro de hidrógeno. Gas grisú. —Weller hizo una pausa y, cuando volvió a hablar, Tom notó el primer indicio de preocupación—. Debería haber pensado en esto. Toda esta mierda de murciélago es la base perfecta. Ahora sólo nos llega un ligero tufillo de vez en cuando, pero el gas es más pesado que el aire. Cuanto más descendamos, más concentrado se volverá. O puede que no. A lo mejor se trata de bolsas aisladas.

—¿Nos puede afectar? —le preguntó Tom.

—¿Si se vuelve demasiado espeso? Ya lo creo. Te mata como el cianuro.

«Genial».

—¿Qué más?

—Pues... explota. Como la soda con presión. Lo que pasa es que también se inflama con mucha facilidad. Si se revienta una cámara cuando esas cargas exploten...

«Nos freiremos en menos que canta un gallo». Las bolas de fuego se propagaban con mucha rapidez, comiéndose el oxígeno y abrasándolo todo a su paso. Si tenían que disparar, la detonación también podía provocar una explosión. Tom se mordió el labio inferior.

—En caso de que el gas suponga un problema, ¿nos daremos cuenta?

Se percató de que Weller estaba dándole vueltas al tema.

—Los ojos y la nariz nos escocerían y el olor sería peor y luego cambiaría, se volvería casi dulce. Aparte de eso, no sé.

—¿Damos media vuelta? —propuso Luke.

Otra pausa larga.

—Mira, no lo puedo garantizar, pero... Luke, si quieres irte, no hay por qué avergonzarse.

—No —se apresuró a contestar Luke, aunque un poco vacilante—. Estoy bien. Además, si somos tres, todo irá más rápido.

—Bueno, ¿recordáis que dije que teníamos otro problema? No me refería al gas. Mirad la escalera, allí abajo.

Todos lo hicieron y, gracias al círculo brillante que formaron con la combinación de las tres luces, Tom descubrió lo que Weller quería decir.

Décadas de corrosión habían ocasionado daños. La escalera terminaba en seco como el raigón de un diente cariado. Entre la brecha y la plataforma había un vacío de unos seis metros, y tampoco es que fuera una caída en línea recta. La plataforma estaba asegurada al hormigón mediante un soporte atornillado y sobresalía en forma de lengua, concluyendo a tres metros a la izquierda de la brecha.

—Jo, tío —musitó Luke en medio de un suspiro.

—Tal y como yo lo veo —continuó diciendo Weller al tiempo que tiraba de su rollo de cuerda de cinco centímetros de grosor—, uno de nosotros tiene que descolgarse y luego balancearse y atar la cuerda para que bajen los otros dos.

Tom le echó una mirada a Luke.

—¿Cuándo fue la última vez que jugaste a colgarte en unas barras?

—¿Cómo suena «hace tanto tiempo que no me acuerdo»? —le contestó Luke—. Espero no mearme encima.

—Recuérdame que te cuente cómo balancearse sobre una brecha de quince metros a treinta del suelo.

—¿En el Ejército tienes que hacer eso?

—Pues claro. Después, los listos descubren cómo hacer un puente de cuerda. —Miró hacia abajo y vio que Weller ya estaba atando la cuerda a varios peldaños por encima de su cabeza—. Yo iré primero.

—Mejor déjame a mí. —Weller le dio un último tirón a la cuerda y luego lió el rollo al que había atado otra cuerda más fina—. Si no lo consigo, un viejo petardo menos del que preocuparse.

—¿Para qué es la otra cuerda? —preguntó Luke.

—Mira y aprende, chaval. —Weller agarró la cuerda con ambas manos e hizo una buena llave con los pies enganchando la cuerda bajo la bota derecha y dándose una vuelta con la izquierda antes de soltar la escalera. La cuerda rechinó cuando el nudo se apretó con el peso y el hierro chirrió. Se oyó cómo rebotaban y entrechocaban piedras y seguidamente un chapoteo lejano cuando el hormigón desprendido impactó en el agua—. No bajéis hasta que haya cruzado.

«No te preocupes, no lo íbamos a hacer». Tom contuvo la respiración mientras Weller descendía centímetro a centímetro, pero se veía a la legua que el anciano sabía lo que hacía. Subir o bajar por una cuerda no era cuestión de fuerza en los brazos; las piernas hacían casi todo el trabajo. Metro y medio antes de que la cuerda se acabara, Weller se hizo un ovillo hasta que tuvo los pies casi a la altura del pecho.

—¿Qué está haciendo? —preguntó Luke.

—Cogiendo la otra cuerda. —Tom observó a Weller mientras este se asía con una sola mano. Luego, todavía colgando de la mano libre, utilizó su peso a modo de péndulo, contoneando las caderas y dando sacudidas. La cuerda chirriaba: *cri-cri, CRI-cri*... El balanceo se hizo más amplio y Weller empezó a sobrevolar la plataforma: una vez, dos veces. A la tercera, se dejó caer. El arco que describió fue perfecto; la segunda cuerda se desplegó tras él y el anciano aterrizó en cuclillas con un sordo *bong*; luego se arrodilló y, tambaleándose, se puso de pie.

—Ni me he despeinado —dijo, aunque su respiración sonaba jadeante—. Esperad. —Weller desenrolló la segunda cuerda, dio unos pasos hacia atrás y ató el cabo a un pilar de la plataforma.

—¡Hala! —exclamó Luke, totalmente impresionado—. Ha hecho un puente.

—Utiliza las manos y los pies —le sugirió Weller. Su voz resonaba en el pozo—. Tiene longitud suficiente para que te la asegures bien. No mires abajo.

Una cosa era decirlo y otra, hacerlo. Cuando Tom iba a medio camino, ya estaba sudando, con la cuerda ceñida al pecho, casi doblado por la cintura y con los pies firmemente enrollados en la cuerda. Entonces hizo justo lo que no debía, pues pensó en el agua de abajo y en la caída… y sintió que le corría un sudor frío por la cara. Los brazos le temblaron y pensó: «Voy a resbalarme, me voy a caer…».

—¡Tom! —le espetó Weller con brusquedad—. ¡Sigue avanzando! ¡Vamos!

Eso lo devolvió a la realidad.

—¡Voy! —Inspiró y se tragó una bola de miedo. Mantuvo los ojos clavados en la cuerda e intentó no pensar en lo mucho que le quedaba. Oyó a Weller arrastrar los pies por el metal y, justo después, el anciano se estiraba y lo agarraba para ayudarlo a caer en la plataforma—. Gracias —le dijo, tragando aire que sabía, muy débilmente, a huevos revueltos—. Me he quedado bloqueado.

Weller le puso una mano en el hombro.

—Todo el mundo se bloquea de vez en cuando.

—¿Por qué vamos cuesta arriba? —susurró Luke mientras avanzaban en fila india por el túnel—. ¿No tenemos que bajar?

—En realidad, la abertura está un poco más abajo del nivel en el que vais a trabajar —farfulló Weller—. Es más fácil bajar los contenedores, los cubos grandes de metal, que subirlos.

—Pero seguiremos quedando por debajo de los Chuckies, ¿no? —preguntó Tom. El túnel era mucho más pequeño y estrecho de lo que había imaginado. Había evocado techos amplios y altos, pero, en lugar de eso, una maraña de cables y mangueras discurría a menos de un metro de sus cabezas. Sentía como si el peso de toda aquella masa rocosa y toda aquella tierra lo aplastara.

Se dio cuenta de algo más. No caminaban sobre tierra seca, sino que chapoteaban por un suelo trillado lleno de charcos. El aire estaba muy húmedo, casi pegajoso, y sentía y oía el apagado tamborileo del agua que el techo exudaba sobre sus cabezas y hombros. «Nos encontramos por debajo de la capa freática, pero el aire debe de ejercer suficiente presión para evitar que el agua suba más». ¿O es que aquella era sólo una bolsa aislada y estaban rodeados de agua? No era un pensamiento muy alentador. Si rompían la pared equivocada, se verían en medio de una riada.

Al salir del túnel, torcieron a la derecha. Tom sintió el cambio de inmediato, pues el túnel se ensanchaba y se hacía más alto. Había partes y piezas de maquinaria desperdigadas por doquier: un contenedor metálico cuadrado, trozos de hierro que sobresalían de la roca y redes deshilachadas que se extendían por las piedras. Su luz captó un destello y un resplandor, y oyó a Luke decir:

—¡Hala! ¿Eso es oro?

—No, eso es el oro de los tontos: pirita. El verdadero oro es un poco mate y sueles encontrarlo donde hay mucho cuarzo. —Weller recorrió la roca con su linterna y señaló una gruesa protuberancia blanca como la leche—. Allí hay un poco. Es aquello de color naranja apagado.

—¿Eso de ahí? —Luke pareció decepcionado.

—Hay gente que ha muerto por menos —dijo Weller.

Tom abrió la boca para decir algo, pero oyó un zumbido chirriante. No de pasos. Era como un avispero. Entonces, de algún lugar muy lejano, llegó un grito apagado.

Luke se quedó sin respiración.

—¿Qué es eso?

—Voces —murmuró Tom. Sintió que se le erizaban los vellos del cuello.

—Los Chuckies no hablan.

—No creo que sean Chuckies. —Tom se giró y se esforzó por oír algo por encima de los latidos de su corazón y de los crujidos y chasquidos de la roca húmeda bajo sus botas.

—¿Gente *normal*?

—Sí. —De la roca sobresalía la boca de un conducto metálico amarillo. A Tom le recordó un sistema de ventilación, pero aquella abertura era muy ancha. De ella procedía un zumbido irregular e intermitente: un flujo y reflujo lejano como el murmullo susurrante del mar revolviendo guijarros. «Gente hablando»—. ¿Qué es eso?

—Una tolva para mineral. Viene de mucho más arriba. —Weller hizo una pausa y luego dijo muy serio—: Parece que esos cabroncetes tienen unos cuantos prisioneros.

—Hay que hacer algo. —Luke tenía los ojos llenos de lágrimas—. ¿No vamos a ayudarlos?

—Claro que sí. —Weller hizo un gesto con la cabeza—. Vamos.

* * *

Encontraron lo que buscaban doce minutos más tarde, muy por los pelos, según Tom. De haber llegado un poco más lejos, podían olvidarse de cualquier oportunidad de escapar a tiempo. Weller los había conducido más abajo por un tramo de escaleras a las que se accedía a través de una verja —primero un nivel y después otro— y luego se habían movido rápido, internándose en corredores en los que Luke se detenía a cada tanto para marcar con una X de tiza el camino que iban siguiendo.

La primera cavidad era más pequeña de lo que había pensado y los pilares tampoco es que fueran lo que se dice uniformes, sino que tenían forma de champiñón y caían del techo en disminución antes de extenderse por una amplia superficie rocosa. La disposición le recordó un poco a un sótano muy grande y con el techo muy bajo sostenido por tablones de 5x10 y palillos de Mikado.

—¿Es aquí?

—No. La peor bancada está más al oeste y no exactamente al mismo nivel. Tenemos que encontrarla —contestó Weller.

—Creí que sabías dónde estaba —le dijo Tom.

—Hace ya mucho tiempo.

—Siempre repites lo mismo.

—La encontraremos.

—Bueno, pongámonos ya manos a la obra. —Luke se estaba descolgando la mochila—. ¿Por dónde empezamos?

—Dos cargas justo ahí, al lado de ese gran pilar del centro. Ponlas detrás de esa entrada principal, que no se vean. Así, si alguien se huele algo o viene por aquí… —le indicó Tom.

—No las verán. —Luke asintió y se dispuso a hacerlo—. Estoy en ello.

—Voy a echar un vistazo por ahí —dijo Weller.

—Espera. —Tom había hincado una rodilla en el suelo y había abierto su mochila, pero se detuvo y lo miró—. Uno de nosotros debería ir contigo.

Weller meneó la cabeza, miró por encima del hombro y bajó la voz:

—Esto se está retrasando demasiado. ¿Has visto los ojos de ese crío? Se le están poniendo un poco rojos. Creo que es por el gas. Y tú parece que necesitas dormir la mona.

—¿Qué? —Tom no sintió la ligera quemazón y el hormigueo hasta que Weller lo mencionó—. El olor no ha empeorado.

—Puede que no lo haga, o tal vez anule tu sentido del olfato después de un rato —murmuró Weller—. ¿Cómo va tu respiración?

—Bien, hasta que lo has mencionado.

—Sí, a mí también me cuesta. —Weller echó un vistazo fugaz a su reloj—. ¿Cuánto tiempo necesitas?

—No más de cinco minutos.

—Hasta luego —dijo Weller.

Ya había preparado los cebos, engarzando con cuidado cada carcasa a las mechas de retardo con alicates multiusos y utilizando el punzón para horadar un hueco donde colocar los detonadores. Había calculado el tiempo que tardarían en quemarse —cuarenta y cinco segundos por cada treinta centímetros— y, en circunstancias normales, esto no tenía por qué suponer un problema: sólo había que encender las mechas y salir cagando leches. Pero ellos no disponían precisamente de mucho espacio abierto. Para dispositivos más elaborados estaba la detonación por control remoto, pero la única opción de Tom había sido amañar un temporizador.

—Hecho. —Luke se dejó caer a su lado.

—De acuerdo, dame un par de segundos. —Miró el reloj. Habían pasado casi cinco minutos—. Sujeta esto derecho un momento. La roca es muy irregular. —Esperó hasta que Luke rodeó la carga con la mano y luego enrolló un trozo de cinta adhesiva a las patas para asegurarlas a la piedra. Desenrolló la mecha y utilizó pequeñas tiras de cinta adhesiva para evitar que el cable impermeabilizado se enrollase sobre sí mismo—. Adelante.

—¿Dónde está Weller? —preguntó Luke en la entrada. Se puso en cuclillas y rasguñó dos grandes X con tiza blanca en el suelo.

—Se ha adelantado a explorar la cavidad que está deseando volar por los aires. —Tom volvió a mirar el reloj. Habían pasado siete minutos—. ¿Cuántas cargas te quedan?

—Ocho.

Él tenía once, más dos bloques de C4 y mechas de retardo, porque nunca se sabía.

—Venga. Si va marcando el camino, podemos alcanzarlo. Es mejor que quedarnos aquí esperando.

—Vale —dijo Luke y luego tosió. Tenía la nariz roja como la de Rudolph y se tambaleaba al caminar como si volviera de una buena juerga—. Siento algo raro en el pecho.

—Lo estás haciendo genial. Pronto habremos terminado. —Tom bajó el túnel al trote con Luke pegado a los talones.

Los pulmones le ardían del esfuerzo, y tosió, pensando: «Quizá aguantemos diez o quince minutos más; luego vamos a tener que salir sí o sí. —A su derecha divisó unas escaleras, una X dibujada en la parte baja de la pared y una flecha que indicaba hacia abajo. Las escaleras resonaban demasiado, sus pisadas repicaban y hacían eco contra las rocas. Abajo del todo, Weller había dibujado una pequeña flecha que indicaba a la izquierda. «Nos estamos moviendo hacia el oeste o hacia el sur. —Tom se imaginó el terreno sobre su cabeza.

Esto los situaba más cerca de la rampa descendente y más lejos del primer grupo de cargas. Dispondrían como máximo de diez minutos antes de que las primeras explosionaran. Para entonces, tendrían que estar ya casi llegando al pozo—. Espero que nos dé tiem…».

—¡Eh, eh! —bufó Luke, y ralentizó el paso—. ¿Oyes eso?

Tom estaba tan concentrado que no se había percatado del ruido, pero ahora lo oía con toda claridad: un gruñido, un jadeo estridente, unos pies arrastrándose por la roca.

«Weller».

Se precipitó corredor abajo y frenó a Luke antes de que el chico saliera disparado. Juntos se pegaron a una pared rocosa a la izquierda de otra X…

Justo a tiempo de oír gemir a Weller.

75

Tom se dio la vuelta al tiempo que accionaba con el dedo el selector de tiro de la Uzi, sosteniendo el arma al nivel de la cintura con ambas manos. Notó que Luke se movía para ponerse a su lado.

Eran cuatro. Un chico en cada brazo y otro que lo sujetaba por la cintura. La chica estaba montada a horcajadas sobre su pecho y Tom y Luke llegaron a tiempo de ver cómo le arrancaba un trozo de hombro con los dientes. Se produjo un desgarro y el anciano dio una sacudida, reprimiendo un grito con los dientes apretados. Bajo aquella luz pésima, la sangre de Weller parecía petróleo y su piel, la de un tiburón.

La chica los oyó arrastrar los pies y se giró con expresión de estupor. De su boca pendía un colgajo de piel, que sorbía como si fuera un espagueti, y su boca y su cara, llenas de sangre, parecían las de un payaso. Abrió los ojos como platos, su mandíbula se relajó y su suculento bocado cayó al suelo con un húmedo *plop*.

—Oh, *mierda* —exclamó Luke. Tom y él no se lo pensaron dos veces y soltaron una andanada de tiros rápidos y silenciosos: *¡pfft, pfft, pfft, pfft!* Tom oyó el *tic-tic-tic* de los casquillos de latón al caer al suelo y vio las manchas repentinas de sangre en el pecho de la chica, que se desplomó hacia atrás sin hacer el menor ruido. Para cuando Luke y Tom abrieron fuego de nuevo, los chicos se habían medio incorporado; dieron varias sacudidas y cayeron en una maraña de miembros.

—¡Weller! —Tom se arrodilló junto al anciano. La chica le había arrancado tanta carne que se le veía el hueso.

—La he encontrado. —Weller temblaba. Le brillaba la cara del sudor y la sangre y se sujetaba el hombro con una mano, aunque Tom oía el inevitable *plic-plic-plic* de su sangre al gotear en el suelo—. Bajando por el túnel. Venía de vuelta cuando esos malditos cabrones me asaltaron. No los había visto antes…

—¿Por qué no pediste ayuda? —le recriminó Luke.

Tom sabía por qué; lo leía en las lágrimas que surcaban la cara del anciano. Weller no había querido delatarlos. «No es sólo un viejo intransigente; el tío está dispuesto a sacrificarse para asegurar la misión». Cogió la camiseta térmica que le había quitado al chico muerto y la cortó en jirones con el cuchillo.

—Esto te va a doler —le advirtió.

—Tú hazlo —lo animó Weller, y, cuando Tom empezó a embutir la tela en la herida, dejó escapar un pequeño gorjeo apenas audible. Luego, a medida que Tom añadía más jirones y le vendaba el hombro toscamente, empezó a resollar—. Tendré suerte si no cojo la rabia —refunfuñó.

—¿Y qué hacemos ahora? —dijo Luke.

—Nada. Terminad. —Tenía la piel cenicienta y sus ojos hinchados se habían enrojecido, pero su voz era cortante como un cuchillo—. He marcado las cavidades. La buena está un poco más adelante y hay que bajar otro tramo de escaleras. Pero tenéis que daros prisa.

Tom sabía que llevaba razón. Debía de haber más chicos pululando por ahí. Después de que Luke y él llevaran los cuerpos a un rincón, ayudó a Weller a apostarse junto a la pared más lejana y le puso una Uzi en el regazo.

—No enciendas la luz. Si oyes algo y no decimos tu nombre, no hagas ruido.

—No os preocupéis por mí —lo tranquilizó Weller.

—Diez minutos —dijo Tom, y Luke y él se marcharon a toda prisa.

La siguiente bancada era incluso mejor que la que ya habían preparado. La estancia excavada en la roca era más grande y los pilares estaban sometidos a mayor presión. Además, el suelo estaba cubierto de escombros y piedras desprendidas y los pilares se veían claramente carcomidos.

—¡Hala! —murmuró Luke—. Parece que sólo le falta un empujoncito.

—Encárgate tú de esta cavidad. Utiliza todas las mechas. Concéntrate en los pilares centrales y luego espera aquí. No te muevas hasta que yo vuelva, ¿me oyes? —Ya en la entrada, se giró para advertirle—: Si no digo tu nombre, ilumina a quienquiera que entre y vuélale la cabeza.

—No me lo digas dos veces, colega —asintió Luke—. ¡Buena suerte!

«Otra vez aquellas malditas palabras. ¿Es que no podían estarse calladitos?». Tomó el túnel a la carrera y dibujó otra X y una flecha hacia abajo en la pared. Tras descender con gran estruendo las escaleras, giró en ángulo a la izquierda, recorrió otro tramo de galería... y vio la cavidad que se abría a su derecha.

Aquella cámara era muy distinta: no sólo se asemejaba a un frondoso bosque con altos pilares de piedra, sino que también parecía un balón enorme carcomido por dentro que irradiaba un sinfín de fisuras de tensión. Las paredes eran un laberinto de grietas y vetas casi horizontales garabateadas en la roca gris. Tom examinó las vetas y observó cómo las grietas surcaban y escindían la roca. Era como la madera carcomida de un sótano abandonado bajo una casa de piedra sólida. Extrae la madera, vacía las paredes y la habitación de arriba —¡qué demonios, la casa entera!— se vendría abajo en un santiamén.

Se entretuvo un rato en poner dos cargas en dos de los pilares y luego trepó por las paredes, apoyando las botas en grietas y rendijas y ayudándose de los dedos para subirse a vetas vaciadas donde los mineros habían raspado la roca con cinceles y martillos. Colocó las cargas lo más hondo que pudo, impulsándose con todas sus fuerzas con las puntas de los pies. La piedra dentada le engullía y le arañaba la barriga y la espalda, y hasta un poco las piernas, pero él se afanaba al máximo: se colaba todo lo que podía en una veta, salía de ella y se introducía de espaldas en otra para fijar una carga a la roca a escasos centímetros de su nariz.

Iba por la sexta veta cuando se le ocurrió una idea. Activar los dispositivos de retardo de todas y cada una de las cargas le llevaría demasiado tiempo.

«Pero si sólo tuviera que activar uno…».

Salió reptando del agujero, se acuclilló en la roca y sacó cuatro, cinco y hasta seis trozos de mecha de retardo. Le dio vueltas a la idea en su cabeza y empezó a unir los trozos con ayuda del cuchillo y de la cinta adhesiva hasta que formaron una enorme telaraña. Diez metros a una velocidad de quemado de cuarenta y cinco segundos por cada treinta centímetros: casi veinticinco minutos. No necesitaba temporizador. Con toda la mecha adicional, aquella cavidad podía ser la última, pero la explosión sería la más potente y concentrada de todas. Si Weller tenía razón, tan sólo veinte metros de roca suelta se interponían entre esa cámara y los Chuckies. El suelo cedería.

«Puede que incluso llegue hasta los niveles inundados y, si hay bolsas de sulfuro de hidrógeno, explotarán. —Cortó otro trozo de cinta adhesiva con los dientes y retiró la piedra que le había servido para evitar que la mecha se enrollara—. Si prenden…».

De pronto oyó el fuerte sonido de una piedra al chocar contra el suelo cuando alguien la apartó de una patada, y se dio la vuelta con cierto enfado. ¿No le había dicho a Luke que no se moviera? ¿Que se quedara quieto? Dios, de haber sido un poco más asustadizo, tal vez le hubiera disparado.

Pero entonces se dio cuenta de dos cosas.

Una: no podría haberle disparado a Luke porque había sido tan estúpido que se había dejado olvidada la Uzi junto a la mochila.

Y dos: tenía compañía.

La chica tenía pinta de haberlo pasado bastante mal antes de cambiar. Tal vez había sido drogadicta o había pertenecido a alguna banda. O quizás hubiera sufrido abusos. La cicatriz que le cortaba la cara se la podría haber hecho un cuchillo.

El chico, que parecía nervioso, llevaba un traje parecido al de los ninjas y una bandolera de granadas M430 alrededor de sus escuálidos hombros. Sin un lanzador, las granadas no eran una amenaza, así que no debía preocuparse por ellas.

Sin embargo, la escopeta de la chica de la cara cortada...

76

Alex sólo había cogido una cogorza una vez, y en completa soledad: aquella primera vez en que se había atrevido a hacerlo junto con sus amigos, Glock y Jack, en el sótano de su tía. Estar borracha no tuvo nada de gracioso, ninguna sensación de relajación o euforia, ni siquiera risitas tontas; sólo experimentó un nauseabundo torbellino en la cabeza: no es que le diera vueltas, más bien le pareció que caía de espaldas, en el sitio, y que la succionaban aguas muy profundas. Cerrar los ojos empeoró cien veces las cosas: la oscuridad que halló tras sus párpados daba vueltas y vueltas y más vueltas. No vomitó ni se puso en plan llorón, pero la siguiente vez que intimó con la Glock no cogió con tantas ganas la botella de Jack Daniel's.

Esto era idéntico a aquella sensación, la de caer en un remolino negro.

«Dios, no, ¿por qué ahora?». Apretó los dientes mientras luchaba contra aquel torbellino vertiginoso. Por supuesto, sabía el porqué. Estaba pensando en *ella*, planeando qué hacer. Peor que eso, la película que veía en su mente ya estaba en marcha y las imágenes titilaban en una secuencia vívida y frenética: se revolvía mientras Leopardo la clavaba en las rocas, le aferraba la garganta con una mano para evitar que gritase mientras con la otra rompía y rasgaba su…

«Basta. —Se dio una bofetada en la mejilla derecha que le escoció, la dejó sin aliento e hizo que se le saltaran las lágrimas. Durante un instante, las imágenes se hicieron añicos como cuando tiras una piedra en un estanque y el reflejo perfecto del cielo y de los árboles estalla en mil pedazos—. Vamos, vamos, no te vengas abajo…». Se abofeteó una segunda vez y luego una tercera, muchísimo más fuerte, tanto que los guantazos resonaron. Algo parecía chasquearle en la cabeza; un abrupto destello blanco se inmiscuyó en aquel torbellino embotante y aquella horrible sensación de estar cayendo se evaporó en cuanto su mente se aclaró.

Estaba jadeando. El olor de Leopardo era caliente, pesado y dulzón, como miel hervida aderezada con aguas residuales, y debía de acabar de comer, porque su aliento emanaba un hedor grasiento a sebo y a cobre húmedo. El haz amarillo de su linterna era un resplandor polvoriento que a cada segundo se volvía más nítido y definido. Retrocedió apresuradamente como un cangrejo, tropezando con Daniel por el camino. Oyó cómo cambiaba la respiración de este y hubo una décima de segundo en que pensó que tal vez fuera un buen momento para gritar mientras aún tuviera ocasión de hacerlo. Estúpida. Nadie la oiría ni la ayudaría y, de todos modos, estaba a demasiada profundidad. La única persona a la que Leopardo le importaba algo era Araña, que debía de estar ocupada en algún sitio. Tal vez cortando filetes para la hora del papeo.

El haz de luz barrió el pasadizo como un reflector y dejó a Alex clavada en el sitio. Entrecerró los ojos, cegada por el repentino fulgor, y levantó una mano para protegérselos, pero no veía nada. La luz la abandonó durante un instante y se concentró en Daniel, que apenas reaccionó. Sus párpados se arrugaron, rodó la cabeza y tragó saliva; eso fue todo. Ninguna ayuda por su parte. Ninguna ayuda por parte de nadie. La luz volvió a ella y se detuvo durante unos cinco segundos. Ahora que sabía lo que esperar, se preparó para hacer frente a otro salto mental, pero o el monstruo estaba jugando a hacerse el muerto o en realidad ella era capaz de controlar la situación. En cualquier caso, no ocurrió nada. Si lograba sobrevivir los siguientes diez minutos, hasta podría imaginar por qué.

Clic.

Oscuridad absoluta. Lo único que veía eran los fosfenos color púrpura de la cabeza y los hombros de Leopardo y la silueta de su Uzi. ¿Sería capaz de hacerse con el arma? Le zumbaban los oídos. Oyó un leve siseo, un frufrú de ropa y cuero, y luego el choque de metal contra la roca. «Está soltando el arma». Sus botas crujían cada vez más cerca. Las piedras rechinaban.

Alex se acurrucó con los pies bajo el cuerpo. La geometría del túnel era sencilla. Daniel estaba a su derecha; Leopardo delante de ellos y un poco a la izquierda: como él era diestro, llevaría la Uzi enganchada de tal modo que pudiera descolgársela del hombro derecho. Así que el arma estaba a su izquierda. Una menos. Normalmente Leopardo llevaba una Glock metida en la cinturilla del pantalón. ¿Se la había visto ese día? No se acordaba.

Lo sintió acercarse. Ahora su olor era muy intenso, una niebla abrasadora y negra. Tenía la respiración acelerada y agria por la excitación.

Clic. Una luz caliente y cegadora se posó sobre sus ojos. El resplandor era tan intenso que parecía que le estuvieran clavando agujas y notó que las lágrimas le rodaban por las mejillas.

Leopardo estaba a tres metros de distancia, no más, y tenía que tomar una decisión. Si seguía adelante con su deseo, el que Alex había atisbado fugazmente, entonces necesitaba ambas manos. Sería difícil reducir con una sola a una chica en pleno forcejeo, así que o apagaba la linterna o la soltaba para tener las manos libres. Apostaba por la segunda opción. Por lo que había visto, los Cambiados no necesitaban la luz para nada, pero pensó que la habría traído para que *ella* comprendiera lo que iba a ocurrir o tal vez quería que no sólo sintiera lo que le iba a hacer, sino que, además, lo viera. También podía dejar la linterna encendida por pura costumbre. En su vida anterior, seguro que era de los que les gustaba mirar.

Entonces Leopardo la sorprendió. Fue andando hacia su derecha con los ojos puestos en ella todo el tiempo y colocó la linterna entre dos soportes de madera a la altura de la cadera. Muy listo. A ella la luz le daba de lleno, mientras que a él le quedaba a la espalda. Pero cuando se desplazó furtivamente hacia el lado, Alex se fijó en su cintura y tuvo una buena perspectiva, pues Leopardo no llevaba chaqueta. Después de todo, la mina era relativamente cálida y él contaba con romper a sud…

De repente, allí estaba, tan rápido que Alex no tuvo tiempo de saltar de su posición acuclillada, darle una patada en las pelotas o meterle los pulgares en los ojos. Hacía un instante estaba a tres metros de distancia y ahora la estrellaba contra la pared rocosa. La cabeza le rebotó en la piedra. El dolor explosionó en su cráneo y el aire se le escapó de los pulmones.

Sin aliento, se sacudió y retorció cuando se le echó encima: sentía el peso de Leopardo sobre su pecho y las manos de este se afanaban por agarrarle los brazos. Alex dio una bofetada con la mano izquierda y sintió que las uñas, rotas y afiladas, arañaban la cara del chico. Él se retiró con un respingo emitiendo un gruñido de dolor y, gracias a la luz, Alex distinguió unos repentinos rasguños. Leopardo aflojó su opresión y ella aprovechó para intentar levantarse y lanzarle un derechazo en dirección a la nuez.

Sin embargo, la mano de Leopardo lo interceptó. Desvió el puñetazo, le agarró la muñeca y le clavó la rodilla en el hombro izquierdo, el que tenía mal, aplastando el hueso contra las piedras. Ella gritó, pero entonces él le dio una bofetada rápida y mucho más fuerte que las que ella se había propinado a sí misma. Una bomba de dolor le explotó justo debajo del ojo izquierdo. La mente se le quedó en blanco y los brazos se le aflojaron. En medio de una especie de abotargamiento, vio que volvía a coger impulso para pegarle de nuevo…

En algún lugar más allá del túnel se oyó una explosión amortiguada, débil pero inconfundible: un arma.

Leopardo se irguió y Alex sintió que el peso de este basculaba. Notó que la presión contra su hombro se aflojaba cuando él estiró el cuello para mirar por encima del hombro.

«¡Cógela!». Alargó la mano izquierda rauda y veloz, sus dedos dieron con plástico duro y justo después liberaba la Glock de un tirón. Incrustó la boca del arma en el estómago de Leopardo, justo en el ombligo.

Una Glock era una Glock y no tenía más historia: ni seguro puesto ni nada que el propietario tuviera que acordarse de quitar y poner. Simplemente apuntar y disparar. Y Alex las conocía perfectamente. Había pasado muchos días estudiando aquella en concreto. Había visto a Leopardo matar a Ray con ella. Reconocía un gatillo de seguridad Siderlock cuando lo veía, porque ella misma había instalado uno en la Glock de su padre, así que la de su padre tenía un botón de seguridad cruzado.

Pero la de Leopardo no.

La única duda era si este había puesto una bala en la recámara. No había tiempo de comprobarlo, ni siquiera de cargarla, porque para eso necesitaba ambas manos y ella sólo contaba con una.

Había que jugársela.

Su mejor y único disparo.

Lo hizo.

77

El horrible chasquido de la escopeta retumbó en la roca: *CHUNC-CRUNCH.*

En un exceso de confianza, la chica había cargado el arma distraídamente, sin apoyar bien la culata ni apuntar como es debido, y Tom aprovechó el momento para lanzarle una piedra con un giro de muñeca como si fuera un *frisbee*. La piedra zumbó en el aire y golpeó con violencia a la chica en el pecho. Disponía sólo de un par de segundos… y no pensaba desperdiciarlos.

La escopeta se disparó y Tom se quedó sordo en el acto. El arma escupió un tremendo fogonazo, pero, por suerte, aún estaba vivo para presenciarlo. No tendría una segunda oportunidad. Debía elegir entre su Uzi y la escopeta de la chica, y la Uzi estaba más cerca. Se lanzó a la derecha, pero la chica ya estaba dándose la vuelta, cargando la escopeta, apuntando, anticipando dónde aterrizaría.

Sólo le dio tiempo a pensar: «Demasiado tarde…».

No llegó a oír el disparo porque este sonó muy bajo y aún seguía con los oídos taponados, pero el dolor que esperaba —el del perdigón atravesándole y desgarrándole el cuerpo— nunca llegó. Al cabo de otro segundo, aterrizó en el suelo y recogió la Uzi.

Vio que la chica caía al suelo y que la escopeta se le escurría de las manos y, en la oscuridad del túnel que se extendía más adelante, vislumbró otro rápido fogonazo cuando alguien le disparó al chico nervioso, pero le pareció que este escapaba de aquel centelleo metálico. El corazón le martilleaba, lo sentía aunque no pudiera oírlo por encima del zumbido que le saturaba los oídos. Un pensamiento descabellado rebotaba en su cabeza: como continuaran los disparos a quemarropa, se quedaría sordo del todo. Esperó, temblando y jadeando pesadamente, hasta que se fue haciendo la luz y pudo distinguir quién era.

—¡Estoy aquí! —dijo sin molestarse en susurrar, y apuntó al techo con la Uzi.

Luke dobló la esquina. Estaba lívido. Sus labios se movían: «¿Estás bien?».

—Sí. Gracias por no hacerme caso. —Percibió un débil siseo cuando el sonido pareció abrirse paso por fin entre aquel molesto zumbido.

La cara de preocupación de Luke se transfiguró en una media sonrisa.

—Debería haberlo hecho, pero vi que los chicos iban a por ti. —Arqueó las cejas cuando vio la cadena improvisada de mechas de retardo—. ¡Vaya, tío! ¡Cómo mola!

—Sí. —Le dio la impresión de que todo aquel trabajo tal vez no sirviera para nada. Cuando el chico nervioso volviera con sus amigotes, no tendrían más que cortar las mechas. Se acordó entonces de las dos cargas de C4 que llevaba en la mochila—. Venga, tenemos que bloquear esta cavidad y salir de aquí.

Le dio a Luke una carga para que la colocara a uno de los lados de la entrada mientras él fijaba la otra en el punto más alto de la bóveda. Introdujo una mecha de retardo con un cebo en cada una y cortó por la mitad con el cuchillo el cordón detonante.

—Ya está, vamos. Coge tus cargas y empieza a activar los retardos. Si no aparezco dentro de treinta segundos, no vuelvas a por mí. —Los ojos de Luke lo escudriñaron con detenimiento, probablemente para averiguar si estaba de guasa—. Lo digo en serio —concluyó Tom.

Luke asintió con la cabeza.

—Pero que no se te ocurra quedarte, tío…

«Oh, créeme, no entra en mis planes».

Cuando Luke se marchó a toda prisa, Tom volvió a entrar en la cavidad. Sacó dos dispositivos de ignición M60 de la mochila, buscó el mechero, lo encendió y prendió la telaraña. «Confiemos en que la explosión de la puerta no se lleve todo esto por delante demasiado pronto». Como lo hiciera, no le daría tiempo a salir de allí.

Se precipitó hacia la salida y echó un vistazo al túnel. Ni rastro de Luke. Había pasado más o menos un minuto desde el estallido de la escopeta. Se guardó el mechero en un bolsillo trasero, sacó un dispositivo de ignición, le quitó el tapón de plástico roscado y ensartó el cabo suelto de la mecha de retardo todo lo que pudo. Luego apretó el tapón, quitó el pasador de seguridad y repitió la operación con la segunda mecha.

«Hazlo bien a la primera». Los M60 podían volver a armarse en un abrir y cerrar de ojos, pero no quería hacerlo. Sujetó la anilla, la empujó, la giró, tiró… y oyó el nítido *pop* del dispositivo al activarse.

«Date prisa, date prisa, date prisa». Se arrodilló junto al siguiente dispositivo, agarró la anilla, la empujó, la giró y tiró de ella.

Pop.

Echó a correr.

78

La detonación fue gigantesca, un rugido que se estrelló y reverberó contra las rocas. La Glock retrocedió cuando la bala penetró en las tripas de Leopardo. Este se desplomó tras dar una sacudida grácil, repentina y espasmódica como una marioneta a cuyo titiritero acabaran de pellizcar el trasero. A la luz amarilla, la dispersión de su sangre era de un naranja oscuro. Esta le salpicó las manos y le cayó en la cara como una llovizna. Leopardo comenzó a relajar los miembros descargando demasiado peso muerto. Alex se lo quitó de encima, rodó y se quedó allí con las manos y las rodillas apoyadas en el suelo y la Glock aún en ristre. Sabía que estaba jadeando, pero era incapaz de oírse bien; el sonido estaba amortiguado y llegaba de muy lejos.

¿Cuánto tiempo había pasado desde que había apretado el gatillo? Cinco segundos, diez como mucho. ¿Había alguien más allí abajo? No lo sabía. Aquel disparo de escopeta había sonado muy muy lejos, pero, si ella lo había oído, ellos también habrían oído la Glock y pronto acudirían en su busca. No tenía tiempo que perder; Daniel y ella tenían que salir de allí…

Movimiento. A la izquierda. Dio un respingo, levantó la Glock…

—Daniel. —Sabía que había hablado porque sentía que el aliento abandonaba su boca. El hedor a pólvora quemada y a las tripas reventadas de Leopardo le saturaba las fosas nasales. Parpadeó para quitarse la sangre que le había salpicado en los ojos y corrió a toda prisa hasta donde Daniel se había incorporado y estaba sentado con la espalda apoyada en la pared rocosa. La miraba con los ojos como platos y Alex se imaginó el aspecto que debía de ofrecer: sangre fresca y reluciente en la cara y las manos, derramándosele por el pecho—. Daniel, soy yo, Alex.

Sus labios se movieron. Alex creyó ver que pronunciaba su nombre. «No tenemos tiempo para esto». Soltó la Glock a un lado, lo cogió por los hombros y lo sacudió hasta que el chico dejó caer la cabeza. Pegó su cara a la de él.

—¡Daniel, *Daniel*! ¿Puedes ponerte en pie? ¡Vamos, dime algo!

—Alex. —Eso lo oyó. Daniel alzó la mirada y concentró los ojos en su cara. Frunció el ceño—. Alex. ¿Qué… qué…?

«¡Venga, venga, venga!».

—¡Vamos, Daniel, arriba, *levanta, levántate*! —Le tiró de la parka—. ¡Tenemos que irnos! ¿Puedes andar? ¿Puedes pelear?

—¿P-pelear? —dijo, como si le estuviera hablando en chino—. Yo…

Algo apareció de la nada en medio de la oscuridad por su hombro derecho. Alex reprimió un grito de sorpresa y entonces vio el contorno aleteante de un murciélago que pasaba por delante de la luz antes de adentrarse en el túnel principal. «El disparo debe de haberlo asustado». Más murciélagos se precipitaron en la misma dirección. El techo de aquel túnel estaba arqueado, pero no era alto, tendría unos tres metros como mucho. Agachó la cabeza y sintió cómo el aire le agitaba el pelo cuando los animales salieron en desbandada.

Iba a tener que encargarse de sacarlos de allí a los dos. Si Daniel podía caminar, perfecto, aunque, si era necesario, lo arrastraría. Se arrodilló, le dio la vuelta a Leopardo y sus ojos se fijaron en el agujero del tamaño de un puño que la bala le había perforado en perpendicular a la columna. Su sangre goteaba en el suelo rocoso formando un charco púrpura. Rápidamente, le quitó la funda y el cuchillo de la pierna y le palpó los bolsillos de los pantalones de camuflaje. Sus dedos se encontraron con el familiar contorno de dos cargadores para la Glock en el bolsillo del muslo derecho y otro entero para la Uzi. «De acuerdo. —Se metió los cargadores en los bolsillos y se abrochó la funda alrededor del gemelo derecho—. No tenemos más remedio que volver por donde vinimos. —Les dio un tirón a las correas y se las ajustó bien, pero su mente ya iba por delante y planeaba sus próximos movimientos—. Tengo que encontrar las escaleras… A lo mejor huelo a más Cambiados cuando estemos más cerca y eso nos conducirá en la dirección correcta».

Oyó que Daniel se movía haciendo chirriar los guijarros, y se quedó paralizada…

De repente su olor era amargo y nauseabundo; no había error posible. La mente le dio un vuelco y de pronto se vio a sí misma en las rocas con la garganta abierta chorreando sangre y al chico mordiendo y desgarrando. Incluso era capaz de sentir el cortante filo de la piedra imaginaria contra su espalda y de saborear su propia sangre dulce y a la vez salobre en la boca de Daniel.

Aquel era el olor y la visión de su propia muerte.

Su mirada se desvió unos centímetros a la derecha. Daniel estaba desplomado contra la roca. Tenía la huella de las manos de Alex estarcida con sangre en los hombros. El ojo negro de la Glock erraba de un lado a otro porque Daniel temblaba, pero la apuntaba a ella, más o menos.

Alex abrió la boca. No salió nada, ni siquiera aliento.

—Yo… —La cara del chico se contrajo debido al pánico y a un terror renovado y Alex vio, y olió, que Daniel sabía, definitivamente, lo que le estaba pasando.

Había acertado, pues, sobre por qué Araña los había dejado juntos. Alex no cazaba, pero conocía a chicos que sí lo hacían. Cuando se cobraban su primer ciervo, se bautizaban con sangre y llevaban su pieza a modo de mancha cobriza en la frente como las cenizas que te untan el día siguiente al martes de carnaval.

Ella iba a servirle de bautismo de sangre. O tal vez fuera tan simple como que una araña había puesto sus huevos en un capullo de seda que más tarde envolvería un enorme bicho. Una vez que Daniel eclosionara, Araña sabía que necesitaría un cuerpo apetitoso y fresco con el que alimentarse.

—N-no puedo —dijo Daniel—. Ya… ya sabes. Sé que lo s-sabes. Alex, d-deberías… haberme…

—No. —Recuperó la voz que había perdido—. Daniel, me estás hablando. Me *conoces*. Sigues aquí, *conmigo*. A lo mejor contigo es diferente. No sabemos si…

—N-no. —Meneó la cabeza de un lado a otro. Tenía la mano pegajosa con la sangre de Leopardo y, justo entonces, Alex observó con horror paralizante cómo el chico se llevaba los dedos a la nariz. Un segundo después, sacaba su serpenteante lengua rosada para probarla. «Los Cambiados no se comen a los Cambiados». Sus pulmones expulsaron cada molécula de aire. Contempló cómo la cara de Daniel se hacía eco de sus emociones: revulsión, miedo y… hambre. Sus mejillas empezaron a moverse y a continuación expulsó un escupitajo de espuma roja.

La Uzi estaba a espaldas de Alex y demasiado lejos. Tenía el cuchillo, pero nunca llegaría a él a tiempo. De todas formas, tampoco sabía cómo lanzarlo.

—A-Alex. —Su voz vibraba de necesidad. Los dientes se le habían teñido de naranja. Tenía los ojos demasiado brillantes y Alex olió, exactamente, qué iba a pasar a continuación—. No creo que pueda d-d-detenerlo. Ni siquiera sé si q-quiero.

—Claro que quieres —le dijo ella—. Daniel, has luchado contra ellos todo este tiempo.

—Pero estoy muy cansado —repuso él—. Lo siento cr-crecer en mi interior. Creo… que *debo* hacerlo.

«No —pensó, presa del pánico—. Esto también es un cáncer; es un monstruo».

—Daniel, me *conoces*. Me estás *hablando*. No eres uno de ellos. Sigues siendo *tú*.

—Pero no lo seré mucho tiempo más. Siento que… me estoy yendo. Como cuando intentas a-atrapar la nie-niebla. No… no puedo retenerme más. —El pecho le subía y le bajaba violentamente, y empezó a jadear al expeler las palabras—. N-no puedes… no s-sabes lo que es p-perderte a ti mismo poco a p-p-poco.

Pero Alex sí lo sabía. Inhaló un tembloroso y sollozante suspiro.

—Tienes que intentarlo. Daniel, si haces eso, *ganará*.

—Lo s-sé. —Dejó caer la cabeza en la roca y cerró los ojos, sólo durante un segundo—. Jack, oh, Jack… Todo fue culpa m-mía. L-lo siento mucho.

—Daniel —empezó a decir Alex.

El chico apretó el gatillo bajo su mandíbula.

—Oh, Dios. —Esa fue su última frase.

79

La oyó dos veces: la explosión a metro y medio de distancia y, a los diez segundos, su oscura prima lejana... Eso, pensó, debía de ser su mente al estallar en pedazos.

El aire se cubrió de partículas de pólvora y todo lo demás se tiñó de negro y rojo. Las paredes temblaron y el suelo se movió bruscamente. Alex tiritaba de pies a cabeza. Su primer —y único— pensamiento fue que estaba en estado de *shock*. Se estaba desplomando, su mente se hacía añicos, tal vez para siempre. Puede que el monstruo se hubiera cansado de jugar y hubiera decidido exhibir su fuerza pegándole aquel enorme, chorreante y certero mordisco final. Pensó que hasta le daba igual. Sin embargo, ni el mundo se desvaneció ni ella perdió el conocimiento; tampoco se murió ni se volvió loca. Sus ojos actuaban como una cámara y con cada pestañeo, con cada *clic-clac*, el obturador hacía la misma fotografía: rojo y negro, rojo y los ojos de Daniel, negro y los ojos de Daniel, los ojos oscuros y muertos de Daniel.

El suelo volvió a vibrar. Esta vez, oyó el retumbar de las piedras rebotando unas contra otras.

Y el estruendo lejano de una explosión.

80

Chris podría haberlo visto venir si no hubiera insistido en que Nathan durmiera primero. Había hecho la última guardia antes de que reanudaran la marcha y no estaba a pleno rendimiento ni pensaba con claridad.

Gran error.

El sendero que seguían era una línea de postes telefónicos erigidos en un estrecho cortafuegos flanqueado por un denso entramado de pinos y árboles de hoja caduca. El bosque se entretejía a intervalos en un tupido dosel, pero el camino que lo atravesaba estaba en su mayoría bastante despejado. A nivel de suelo, el cortafuegos era una opción recta y amplia que podía ahorrarles unos ocho kilómetros largos, distancia que, de otro modo, habrían tenido que recorrer serpenteando por el bosque. El sendero era una tentación que, en otras circunstancias, Chris habría evitado a toda costa. Quedarse a cubierto y camuflarse entre las oscuras sombras siempre era lo mejor. Era aquel dosel el que le daba una falsa sensación de seguridad, así como el hecho de que avanzaban durante la noche. Ambos los ocultarían bien. Además, la luna llena coloreaba el sendero convirtiéndolo en un resplandeciente Camino de Baldosas Verdes que no podías resistirte a seguir.

«Dos días más, sólo dos. —A Chris le zumbaba la cabeza de agotamiento. El viento cortaba como un cuchillo y el frío le entumecía el cerebro. Sus raquetas de nieve eran pesos de plomo. Estaba muerto de cansancio y andaba más por hábito que por voluntad propia—. Y cuando lleguemos, tal vez encontremos a esos niños».

El caballo alazán de Nathan iba abriendo camino unos treinta y cinco metros más adelante, justo después de una zona de sombras fantasmales tapizadas de verdín. Un gran hueco. Normalmente no se separaban más de diez metros, pero Lena había vuelto a vomitar y Chris había esperado a que terminase.

—Un par de horas más y pararemos a descansar —le aseguró Chris cuando la ayudó a subir a la montura. La yegua ruana pateó descontenta cuando Lena se dejó caer y Chris se dio cuenta de que el animal echaba las orejas hacia atrás y de que se tensaba—. Lena, levántale la cabeza y mantén las riendas tirantes… Tranquila —añadió cuando la ruana intentó corcovear sin éxito para luego tranquilizarse y pegar un fuerte resoplido.

—A lo mejor también está cansada —respondió Lena. Llevaba una pequeña salpicadura amarilla de vómito en la chaqueta—. Deberíamos parar.

Desde la distancia, Nathan gritó:

—¿Algún problema? —Chris se giró. Nathan estaba ahora a cuarenta y cinco metros y Chris vio que empezaba a darle la vuelta al animal—. ¿Ha tratado de tirarte? —gritó el anciano—. ¿Quieres que paremos y descansemos un rato?

—Sí —murmuró Lena.

—¡Estamos bien! —contestó Chris a gritos. Tenían que alcanzarlo. Todo aquel griterío lo ponía nervioso. Seguro que Nathan sabía que era peligroso, pero todos estaban cansados. Le hizo un gesto para que continuara, observó que Nathan asentía y que el alazán daba media vuelta y se dirigía hacia una pequeña elevación.

Estaba justo girándose hacia Lena cuando vio que el alazán de Nathan se tropezaba. Un saltito rápido. Nada importante.

Entonces algo muy grande cobró vida a la derecha de Nathan. La forma estaba tan fuera de lugar y tan lejos del suelo —a la altura de la cabeza— que su mente no llegó a encontrarle sentido a lo que veía.

El tronco salió disparado del bosque, tan gigantesco y rápido que surcó el aire con un silbido.

—¡Nathan! —gritó Chris, pero ya era demasiado tarde. Fue demasiado tarde desde el momento en que el alazán tropezó con aquel cable trampa.

La maza —un enorme ariete fabricado a partir de un único tronco sólido— impactó a medio camino en el costado derecho de Nathan. El tronco siguió su curso y el arco que describió su balanceo cruzó por completo el sendero y fue a estrellarse contra los árboles de enfrente. La cabeza de Nathan dio un latigazo hacia la izquierda, un hueso importante *crujió* y su cuerpo se elevó de la montura... Pero no cayó. La bota derecha se le quedó enganchada en el estribo, de modo que, cuando los amarres del ariete dieron todo de sí y este último comenzó su camino de vuelta, Nathan se estaba desplomando. El caballo había entrado en pánico y retrocedía.

Fue así como la cabeza de Nathan quedó justo en el lugar adecuado, aturdido o ya inconsciente. Poco importaba.

La pesada punta del tronco le impactó en la sien izquierda con un golpe húmedo y hueco. Esta vez, la cabeza de Nathan giró tan rápido que Chris oyó cómo le crujía el cuello al romperse. Un chorro de sangre salió disparado de la boca del anciano, al que se le formó un cráter negro y esponjoso de coágulos y hueso pulverizado por la implosión del cráneo. El alazán relinchó y cayó en la nieve dando una voltereta.

Todo aconteció en menos de cuatro segundos, pero Chris iba hacia él ya desde el primero.

—¡Nathan! —Se abrió paso a duras penas por la nieve; las raquetas lo ralentizaban. Detrás oía los gritos de horror de Lena. Tropezó y se volvió a levantar con ímpetu. Era culpa suya; nunca deberían haber intentado avanzar de noche y ahora era demasiado tarde, demasiado tarde, *demasiado tarde*.

Y también, demasiado tarde, recordó que donde había una trampa sorpresa solía haber otra.

El pie izquierdo se le hundió en la nieve. Un instante después, algo fino le atrapó la espinilla, se tensó y se partió, catapultándolo hacia delante. En el último segundo, rodó para recibir la fuerza del impacto en el hombro en lugar de en las manos extendidas, pero las raquetas de nieve lo frenaron. Cayó de bruces y las puntas de sus raquetas se clavaron en la nieve, dura y profunda.

Encima de él, sintió movimiento. Entonces oyó el estruendo de algo que salía disparado de los árboles partiendo ramas y entrechocándose a su paso. Giró la cabeza rápidamente hacia la derecha, pero no vio nada que fuera a por él. No era otro ariete. No desde el lateral. Por allí no. Pero *había* algo, porque oía un fragor monstruoso y como producido por fragmentos… Y entonces lo comprendió.

Demasiado tarde.

Una trampa de peso se precipitó desde arriba: no se trataba de un tronco como el ariete, sino de un cuadrado de madera plano y pesado. Aunque hubiera sido de día y se le hubiera ocurrido mirar hacia arriba en lugar de hacia los lados, no lo habría divisado debido a la fina red de color verde oscuro que lo tapaba justo por debajo a modo de camuflaje. A aquellas horas, a la verde luz de la luna, era casi invisible.

La trampa para tigres se precipitó hacia su cara. Chris vio unos tablones con clavos, un destello verde de cristal…

Y la dentada cubierta de pinchos de hierro.

81

Una mecha de retardo de metro y medio con una velocidad de quemado de cuarenta y cinco segundos por cada treinta centímetros hacía un total de unos cuatro minutos, pero él había cortado la mecha por la mitad. El primer minuto lo empleó en bajar las escaleras a toda pastilla. El segundo, en correr por el túnel hacia la bancada donde se suponía que estaba Luke.

La explosión fue tremenda, mucho más que un doble estallido. Rasgó el aire y la roca tembló tan fuerte que del techo cayó un aluvión de grava y polvo. Unos segundos después, un torrente de roca pulverizada y gases residuales se coló en el estrecho túnel, volviéndolo asfixiante. Tosiendo a causa del polvo, Tom atravesó el túnel sin importarle si hacía ruido o no, con los oídos alerta por si se producía otra explosión mayor…, pero esta no tuvo lugar.

«De acuerdo. —Pensó que la propia bancada no había volado por los aires y eso era bueno. Además, también se despejaban sus dudas sobre la concentración de sulfuro de hidrógeno. No obstante, tenía la impresión de que, si había otro camino de entrada, aquella parte de la mina se colapsaría de gente muy pronto. El reloj de su cabeza hacía tic-tac—. Dieciocho minutos».

Cerca de la bancada, percibió un tufillo a nicotina.

—¿Cuántos te quedan?

Luke estaba encendiendo otro cigarrillo. Le dio una calada y la punta crepitó como carbón al rojo vivo.

—Seis. —Se atragantó y tosió. Luego, con ayuda de la cinta adhesiva, pegó el filtro del cigarrillo encendido a la mecha de retardo—. Dios, están *asquerosos*.

—Y que lo digas, tío. —Él había sido el único que no fumaba de todo su pelotón—. Probé seis marcas distintas hasta que me decanté por los Luckies. De haber seguido probando marcas durante mucho más tiempo, habría muerto de cáncer de pulmón.

Luke soltó una risotada cargada de humo.

—¿Crees que la bloqueaste?

—Confiemos en que sí.

—Bien. Creí que había oído otro disparo, pero…

—Aquí sólo estamos nosotros dos. —Tom sacó un cigarro del paquete, lo encendió, le dio una calada, apreció su sabor acre y exhaló el humo deprisa. La boca se le inundó de saliva, por lo que se dio la vuelta y escupió mientras ataba el cigarrillo a otra de las mechas—. Al menos, de momento.

—¿Y pueden acceder aquí desde otro sitio?

—No lo sé —respondió—. Esperemos que no.

Weller los estaba esperando, recostado en su rincón.

—¿Qué coño habéis estado haciendo? —les espetó el viejo—. Primero he oído una escopeta y luego una explosión. Si no llegáis a gritar, os hubiera volado la cabeza.

Tom se apresuró a darle una breve explicación y le tendió la mano.

—Tenemos que ponernos en marcha. ¿Puedes andar? ¿Y qué hay de la cuerda? ¿Podrás arreglártelas?

—Claro que sí. No os preocupéis por mí. —El anciano se puso en pie haciendo una mueca—. Juraría que he oído otro disparo.

—Yo también —coincidió Luke.

—Podrían ser los Chuckies. ¿Hay alguna otra manera de llegar hasta aquí? —preguntó Tom.

El anciano frunció el ceño.

—Supuestamente no, pero ¿quién sabe? Si tantas ganas nos tienen, podrían desandar el camino hasta el yacimiento y bajar por los conductos, aunque, para serte sincero, no los veo tan inteligentes.

«Yo no estaría tan seguro. —Tom pensó en Caracortada y en su amiguito de las granadas M430—. Han aprendido a manejar armas de fuego. ¿Cuánto tardarán en interesarse por un lanzagranadas?».

Weller iba más lento, por lo que les llevó casi nueve minutos volver a la primera bancada. Con los tres echando humo, la estancia parecía un fumadero, pero terminaron en menos de minuto y medio, y seguían sin tener compañía.

—No conseguiremos volver al pozo antes de que las primeras cargas exploten —dijo Luke. Habían llegado al túnel de la vía, lleno de trozos de maquinaria desperdigados y de pirita que resplandecía al paso de sus linternas, Weller un poco rezagado y Luke en medio de los dos. Más adelante, Tom distinguió a la izquierda la amplia boca de la tolva de mineral. El chico volvió la cara y anunció por encima del hombro—: Nos quedaremos atrapados.

—No creo que una sola cavidad baste para eso —opinó Weller, pero Tom captó un matiz de incertidumbre en su voz—. De todas formas, no nos preocupemos ahora por eso. Tenemos que…

De algún lugar por encima de ellos llegó una serie de *bums* guturales y amortiguados tan cercanos entre sí que se asemejaron al rugido de un animal. Tom lo sabía: la segunda cavidad había explotado. Notó cómo las explosiones recorrían el suelo, sacudían el aire y le subían por los pies y por las espinillas. Una cascada de rocas sueltas bajó por las paredes con un estruendo similar al de judías al verterse sobre un plato de hojalata y, a los pocos segundos, su boca se cubrió de arena y polvo. El aire se volvió todavía más denso e irrespirable y hubo nuevos sonidos: una especie de retumbo, como una lejana mezcladora de hormigón en movimiento, y un extraño chapoteo parecido a un gorjeo.

—¡Roca va! —gritó Weller, ahora excitado, casi alegre—. Creo que los tenemos, creo que tenemos a esos hijos de puta, creo que…

De pronto, de su izquierda brotó un inesperado chorro de agua procedente de una de las tolvas. No tenía la fuerza de una manguera de incendios, pero la presión bastó para que Weller perdiera el equilibrio. Se retorció, tratando de aferrarse a la pared de roca, mas fue incapaz de mantenerse en pie.

—¡Hostia puta! —exclamó Luke. Tom y él se colaron a toda prisa debajo de la tolva y sacaron a Weller del chorro, lo levantaron y continuaron como pudieron su camino túnel abajo.

«Maldita sea», pensó Tom. El agua, gris y espumosa, seguía manando, y, dado que se dirigían hacia abajo, acabaría cubriéndoles por completo. Ya estaban calados hasta los huesos.

—¿Qué coño está pasando? —volvió a gritar Luke por encima de aquel estruendo. Tenía el pelo apelmazado y el agua le chorreaba por el cuello—. ¿De dónde viene toda esta agua? ¿Por qué se está inundando esto?

Tom lo sabía y vio que Weller también, por la cara que puso. Estaban por debajo de la capa freática; los niveles más profundos de la mina ya estaban inundados, y aquel chorro bajaba de algún lugar superior, así que tal vez no terminaran sepultados, ni volaran en pedazos ni les diera un síncope por inhalación de gases tóxicos.

Pero puede que murieran ahogados.

82

Sólo un idiota corre *hacia* una explosión, pero esa era la única manera de salir de allí y no había alternativa.

Salió a toda pastilla de la galería, se precipitó hacia la derecha y recorrió el túnel siguiendo la luz de la linterna, alejándose de los cuerpos, de la sangre y del hedor de Daniel, de Daniel, de Daniel.

«¿Por qué tú? —Ríos de lágrimas le corrían por la cara; seguía oyendo cómo el fantasma de aquel disparo retumbaba en su cerebro, un eco que no quería morir—. A lo mejor no era demasiado tarde, Daniel; a lo mejor podrías haberlo combatido».

Cortó de raíz aquel pensamiento. No tenía sentido. Daniel y su olor habían sido muy parecidos a los de Leopardo, Araña y Lobezno: casi idénticos cuando cambió y siguió cambiando. Lo supo aquella primera noche. Bueno, ya no había remedio. Ninguno. Demasiado tarde para Daniel, pero no para ella. Todavía no.

«Corre».

Los murciélagos se masificaron en forma de chillido negro. Le aletearon encima, le revolvieron el pelo, le clavaron las uñas en el cuero cabelludo y le arañaron la cara. No podía espantarlos; necesitaba aguantar la luz y había demasiados, así que se limitó a abrirse paso como pudo, nadando contra una marea de cuerpos chillones presos del pánico. Algunos iban disparados por el túnel delante de ella y otros, igual de rápido, volaban en desbandada en el sentido contrario. A Alex le pareció que había más que antes y que el miedo que emanaban era líquido y tan agrio como el suyo. Salían a borbotones de vetas abiertas y subían como un cohete desde dentadas fisuras.

Alex corría. Sus zancadas eran torpes porque llevaba la linterna en la mano izquierda y la Uzi, a la altura de la cadera, en la derecha. No se engañaba. Sólo los pandilleros de las películas y Arnold Schwarzenegger eran capaces de vaciar un cargador entero con una Uzi en cada mano, pero eso era porque los actores disparaban cartuchos de fogueo. Nada de patadas ni de escalar. Si ella tuviera que disparar, necesitaría ambas manos y eso supondría perder la luz.

La Glock era un puño en su espalda. Su boca seguía caliente y pegajosa por la sangre de Daniel y de Leopardo. Había estado a punto de no llevársela, a punto de dejarla después de que los dedos de Daniel se relajasen, pero entonces le pareció una estupidez. Daniel había tomado su decisión y ahora ella tomaba la suya.

El suelo dio una sacudida y entonces oyó otro retumbo más duradero que fue casi un rugido: cada vez más alto y más cerca. Otra explosión. Creyó que procedía de más adelante y de arriba.

Una repentina nube de murciélagos manó de una veta abierta a su derecha, como el tapón de corcho que sale disparado de una botella de champán bajo demasiada presión. Tenía la nariz saturada del olor de los cadáveres de Daniel y Leopardo, pero aquella tufarada a cerilla quemada era mucho más fuerte y notaba que el aire le hacía carraspear la garganta. La boca le sabía a lodo y oía el crepitar y rechinar de la arenilla entre los dientes.

Primero un disparo y ahora dos explosiones.

«¿Un ataque? ¿Alguien está bombardeando la mina?». Ralentizó el paso durante un segundo. Lo veía venir: afanarse por llegar a la entrada y ser recibida por una salva de disparos. Tenía toda la pinta de un Cambiado y portaba armas. Para cualquiera que hubiese allí fuera, ella era el enemigo.

«Nadie sabe que estoy aquí. —Olió la desesperación de los murciélagos y la suya propia—. Si me quedo y la mina *se hunde*, si ese es el plan…».

Tenía que salir de allí. Aprovechar la oportunidad. Subir, volver a encontrar aquella rampa grande y ver si era capaz de abrirse camino a tiros. Todavía no se había encontrado con nadie. Claro, era obvio. Estaban pasando muchas cosas y lo último que iban a hacer era preocuparse por ella.

A su derecha advirtió fugazmente números pintados con espray, y pensó: «Justo ahí delante hay una curva; luego debería encontrarme con el primer tramo de escaleras y después…».

Al pasar como una exhalación junto a un conducto, sus oídos captaron algo aún más extraño. Derrapó hasta pararse. Volvió al conducto. Puso la mano en el metal y sintió su traqueteo y la vibración de las piedras.

El sonido es físico. Las vibraciones provocan sonidos que la sensible maquinaria del oído traduce. Hasta una persona sorda reconoce el sonido por el tacto.

Y todo niño sabe jugar a Serpientes y Escaleras. Las escaleras te suben; las serpientes te bajan, de modo que lo que escuchaba en ese momento —lo que sentía— estaba ocurriendo en algún lugar por encima de su cabeza.

Lo que se agitaba en el interior del conducto era un rugido: estruendoso, despiadado e imparable. Por una vez, no necesitó el olfato. Aquello lo reconocía.

Agua. Muchísima.

La mina no sólo se derrumbaba.

Se estaba inundando.

83

La trampa empezó a caer vertiginosamente como un artefacto mortal. Chris gritó y sacudió con frenesí las piernas en un intento por zafarse de las raquetas. Se desplomó de bruces, pero se sintió como una rana a la que le hubieran clavado las ancas traseras a uno de esos tablones que se utilizan para estudiar las distintas especies. No tenía escapatoria.

La trampa cayó a plomo en la nieve. Sintió el pesado golpetazo contra su espalda y cómo empezaba a hundirse a través de la capa de nieve más blanda hasta que los tablones claveteados lo aprisionaron contra la nieve compacta igual que el émbolo aplasta el café en una prensa francesa. Tenía la boca, la nariz y los ojos saturados de nieve y empezó a toser y a quitársela con las manos para poder respirar.

Luego paró. O bien la trampa estaba colgada de algún sitio —tal vez las cuerdas que la sujetaban se habían enganchado—, o bien la densidad de la nieve lo había salvado. Sin ella, la trampa se habría estampado contra el suelo sólido en un abrir y cerrar de ojos.

Se le disparó el pulso. Soltó una exhalación y pensó: «Todavía estoy aquí». Ya era malo que estuviera dolorido, pero que no pudiera moverse era peor aún. ¿Se habría roto la espalda? Mandó una orden a sus pies y durante un instante se asustó al no sentir nada, pero enseguida empezó a mover los dedos. Vale, no pasaba nada. Estaba vivo. Los clavos de los tablones se habían soltado. ¿Habrían ido a parar demasiado lejos? Daba igual. Estaba enterrado en la nieve bajo mucho peso, pero estaba vivo. Y Lena andaba por allí. Podía ayudarlo. Saldría de esta.

«Si pudiera reptar…». Hizo ademán de moverse. Sólo para comprobarlo.

Una enorme oleada de dolor le subió por la garganta y le salió despedida por la boca. El aullido fue inmenso y prolongado, como si se estirase al compás de su aliento. Las piernas le ardían. Todo su cuerpo se había convertido en una roja llamarada.

«Ay, Dios mío, ay, Dios mío. —Tenía un charquito caliente y húmedo bajo los muslos y la mente se le disparó—: Sangre, estoy muerto, dentro de unos minutos estaré muerto, me estoy desangrando…».

—¡Chris! —Era Lena, pero no sabía si estaba cerca; la nieve amortiguaba su voz como si fuera algodón.

Apretó los puños, cogió aire y gritó:

—¡Lena, quédate ahí! —Aquel pequeño movimiento le costó horrores. Sintió nuevos pinchazos que le aguijonearon los huesos. En realidad no quería que se quedara ahí. Quería que lo ayudara. ¡Necesitaba que alguien lo *ayudara*! Pero si había dos trampas, podía haber una tercera… y si Lena resultaba herida o muerta, nadie podría ayudarlo. Tenía las piernas atrapadas y estaba seguro de que iba a morir congelado o desangrado—. ¡Quédate ahí!

—Pero… pero… ¿qué hago? ¿Cómo puedo ayudarte?

Creía que estaba detrás de él, pero entonces se percató de que estaba más cerca.

—¿Estás en el caballo?

—No. Esto…

Al ver que no continuaba, Chris intentó moverse, sólo una pizca, pero se arrepintió en el acto: el dolor lo dejó sin aliento. Se le bloqueó la garganta y no fue capaz de pronunciar sonido alguno, ni siquiera de gritar. Esperó, luchando por remontar el dolor como un surfista remonta una ola… Hasta que este cedió y se convirtió en algo que rayaba la agonía.

—¿Dó-dónde? —La palabra le salió como un gruñido gutural—. ¿Lo has atado?

Lena tardaba tanto en responder que adivinó su respuesta antes de que las palabras salieran de sus labios. No era la primera vez que el ruano se encabritaba, y Lena no era tan fuerte…

—Me tiró. Supongo que por todo ese ruido. —Volvió a interrumpirse y luego dijo con voz débil—: Cuando me acerqué, se fue por donde vinimos.

«Oh, no». Sus cosas, su pistola. Tenía un cuchillo, pero lo llevaba enganchado a la cintura y no sabía si podría alcanzarlo. Tampoco es que fuera a servirle de mucho, a menos que quisiera cortarse el cuello antes de que un Cambiado le arrancase la cabeza. No podía darse la vuelta y, aunque no hubiera estado inmovilizado, no creía que Lena pudiera levantar la trampa lo suficiente como para liberarlo.

«Tal vez sea mejor así». Había visto una película sobre alienígenas que aterrizaban en campos de maíz o algo por el estilo y se acordaba de una escena en la que un enorme camión atropellaba a la mujer del pastor y la estampaba contra un árbol. En la película, la poli no se había atrevido a moverlo porque era lo único que la mantenía con vida. ¿Y si a él le pasaba lo mismo?

—Escucha. —Estaba empezando a temblar. «Desangrándome, *shock*, frío...»—. No estamos lejos de Oren. Puedes... puedes hacerlo. Pero necesitarás pro-provisiones...

—Todo lo que queda está donde Nathan —dijo Lena.

Chris intentó asentir con la cabeza. Ya lo sabía.

—Y no puedo hacerlo, Chris. Está muerto, y también su caballo. ¿Cómo voy a tocarlo? Yo no... —Lloraba—. Yo no soy como Alex. Estoy... estoy *asustada*.

«Yo también». Cometió el error de intentar moverse y tuvo que esperar hasta que el latigazo de dolor pasase. Esta vez tardó un poco más de lo previsto y no pudo reprimir un quejido. El sudor le corría por las mejillas y se filtraba en la nieve.

—Tienes que mantener la... —Perdió el hilo de lo que estaba diciendo. Se le atragantaron las palabras. Apoyó la mejilla en la nieve. «Sólo un segundo... Necesito descansar».

Lena dijo algo más, pero no logró descifrar sus palabras. Un galimatías amortiguado, como la letra de una canción desconocida procedente de los auriculares de otra persona, o su padre maldiciendo a grito pelado y saturándole la cabeza. No sabía qué canción era. Aquellos gritos eran de rabia.

«Estoy perdiendo el conocimiento. —Una telaraña pegajosa cubrió su mente, como esas que rasgaba con las manos para esconderse detrás de la caldera cuando su padre andaba por la casa hecho una fiera—. Tienes que... tienes que ayudarla...».

—Estoy asustada —repitió Lena—. Estaré sola.

—Herido —resolló a duras penas—. Fatal. —Decir esas palabras, ordenarlas en su mente, le robó todas las fuerzas. De repente estaba tan cansado... y tenía tanto frío... «Descansar. Ayudarla...»—. Lena... cerca de... Oren. Busca... ayuda. No puedo...

—Chris.

—No... puedo.

«Ya no puedo ayudarte. —Eso era lo que quería decirle, pero las palabras se le quedaron atrapadas detrás de los dientes y no quisieron salir. Lena volvió a decir su nombre y él intentó responder; quería decirle lo que tenía que hacer, pero no fue capaz—. Bastón. Nieve. Busca... —Se iba adormilando por momentos; su mente ya no aguantaba más—. Cuidado... con las trampas. Cuidado, Lena, ten...».

La voz de Lena sonaba muy lejana:

—Por favor, Chris, no me dejes...

«Coge... pistola...».

—Chris...

«...vete, Lena...».

—Chris...

«...corre...».

84

«¡Corre!».

Se colgó la Uzi al hombro y se dirigió corriendo hacia las escaleras. Notaba que el metal retemblaba y traqueteaba, así que subió los escalones de dos en dos formando un auténtico estrépito. Se produjo un largo chirrido metálico, un enorme *POP* cuando un perno se soltó de la piedra. La escalera dio una sacudida; Alex resbaló y el codo le impactó en la roca. El calambre le recorrió el brazo y le llegó hasta la mano. Otra repentina explosión la tiró al suelo.

«¡Sal de aquí, sal de aquí, sal de aquí!». Subió las escaleras a cuatro patas como alma que lleva el diablo. Leopardo había dejado la verja abierta de par en par, así que la cruzó, dio un bandazo a la izquierda y se dirigió a toda prisa al segundo tramo de escaleras con una mano levantada para protegerse la cara, pues se chocaba contra los murciélagos que huían en sentido contrario. El polvo saturaba el aire y llovían piedras sin cesar. La tierra temblaba y se sacudía. Trozos de pared saltaban en mil pedazos. Ahora tenía que elegir entre los murciélagos y las piedras. Un buen golpe en la cabeza y estaría acabada. Se agachó, levantó un brazo para protegerse la cabeza y dejó escapar un grito cuando una piedra le dio en la espalda. «Dónde está? ¿Dónde está?». Su mirada de pánico recorrió la pared y entonces vio la señal pintada con espray, miró al frente y divisó la bifurcación. El túnel de la izquierda la llevaría a las escaleras. Espera, ¿estaba segura?

Otro retumbo, pero esta vez oyó el estallido a lo lejos y luego la explosión, el tintineo y el deslizamiento de rocas que resbalaban por las paredes. El túnel se estremeció, luego gruñó y emitió pequeños crujidos cuando la piedra, sometida a tanta presión, empezó a desplomarse. El suelo dio una sacudida y Alex se tambaleó cuando una lluvia de detritos le cayó desde arriba.

Entonces se produjo un largo y enorme bramido indescriptible, seguido por un siseo serpenteante de roca que chocaba contra roca y luego otro estruendo aún mayor: una serie de porrazos fuertes e insistentes. Tuvo tiempo de pensar que aquel era el típico sonido que salía en las películas. Lo que estaba oyendo eran bombas que explotaban.

En la bifurcación, a la derecha, el túnel se desplomó. El ruido fue tremendo. Se levantó una esponjosa nube gris y asfixiante. Los ojos le escocían por el polvo y la arenilla, que se le clavaba como finas agujas. Se llevó una mano a la cara; la lengua se le cubrió al instante de tierra provocándole arcadas y haciéndola toser. Recorrió tambaleante el túnel de la izquierda, debatiéndose contra la oleada de polvo y detritos. A través de los ojos entrecerrados, vio fugazmente algo recto y amarillo.

«Escaleras». Subió a trompicones hasta el primer rellano, pero estaba ralentizando el ritmo: sus pulmones se debatían por inhalar aire que le hiciera algún bien. El siguiente tramo de escaleras estaba justo delante, pero el aire seguía atestado de murciélagos, aunque, cuando se abalanzaron a toda velocidad por donde ella acababa de venir, se dio cuenta de que había menos.

Entonces, por encima del rugido de las piedras a su espalda y del chillido de los murciélagos, volvió a oír el rugido... procedente de arriba. Y de más adelante.

—Dios mío. —Se quedó en el sitio, paralizada por la impresión y por la repentina lucidez que le hizo ver que los murciélagos iban en dirección contraria porque sabían lo que ella ahora empezaba a comprender.

Agua: abajo, arriba. Y venía justo hacia ella.

Dio media vuelta, bajó estrepitosamente los escalones, giró hacia la izquierda, atravesó una espesa nube de polvo. El olor a huevos podridos se había desvanecido y ahora el aire era extrañamente dulce. No creyó que aquello fuese bueno. Corrió tras los murciélagos, mientras la Uzi le golpeaba la cadera. Detrás oyó salpicones de agua agitada y supo que esta caía en forma de cortina, que se estaba formando un torrente y que luego o se ahogaría o se estamparía contra las rocas. Se dirigió al segundo tramo de escalones. Otra sacudida cuando otro nivel o pared cedió. Siguió bajando y abriéndose paso entre un amasijo de piedras y rocas más grandes.

Para su creciente horror, vio que en el túnel había más cascotes, y más grandes que antes. Se abalanzó hacia el alto apilamiento que llegaba casi hasta el techo y subió a toda prisa, escalando la roca con las manos a la desesperada. El hueco parecía fino como el papel de fumar. Se desembarazó de la Uzi, se puso bocabajo y pasó el arma, la linterna y, finalmente, la Glock. Luego se arrastró, sintiendo cómo las piedras le raspaban y arañaban la piel a través de la parka. Cometió el error de imaginarse allí atrapada cuando el agua subiera y llenase el túnel hasta el techo... y le entró el pánico. Tomó una gran inhalación, gritó, apartó piedras con ambas manos, empujó y dio puñetazos y golpes hasta que salió por el otro lado rebotando y dando volteretas. Aterrizó con un espaldarazo tan fuerte que se le clavaron trozos de roca en la columna.

«¡Levántate, levántate, levántate! —Se puso en pie con dificultad, apoyó las manos en los muslos e inspiró, asfixiada; luego inhaló otra bocanada de aire para coger fuerzas y subir a recoger las armas y la linterna—. ¡Corre, corre!». Todos aquellos escombros le proporcionarían algo de tiempo, pero se acercaba mucha agua y, al final, aquel dique no aguantaría.

El suelo estaba sembrado de piedras sueltas. Alex ralentizó el paso por temor a torcerse un tobillo... o rompérselo. Si eso ocurriera, la próxima bala que saliera de la Glock llevaría su nombre. Más adelante vio que un murciélago pasaba como un rayo por delante de la luz y se dirigía hacia la izquierda. Menos de un segundo después, lo hicieron dos más, y ella los siguió, adentrándose en la galería que había dejado atrás apenas unos minutos antes. Su linterna iluminó fugazmente el cuerpo de Leopardo, luego el de Daniel, pero ambos eran cosa del pasado en su huida desesperada por el interior de la galería.

«Aire. Antes sentí aire; sé que fue así».

Allí el olor a guano de murciélago era mucho más fuerte y el túnel parecía subir en pendiente. Iluminó con la linterna a derecha e izquierda. La roca estaba veteada de excrementos de murciélago. A medida que avanzaba, el techo se hacía más bajo y pronto tuvo que encogerse, agachar la cabeza y arrastrar la Uzi con una mano porque el túnel medía poco más de un metro de alto. Entonces detectó un cambio en el aire, un olor diferente, sintió que el espacio se ensanchaba… y fue a parar a una cámara enorme. Barrió las paredes con la linterna. La cavidad era inmensa, tal vez del tamaño de un salón en condiciones con un techo de catedral. Las paredes eran sólidas. No había más aberturas. Ni túneles.

«Mierda. —Apuntó al techo con la linterna—. Los murciélagos vuelan, pedazo de idiota».

La salida debía de estar allí: mucho más arriba y fuera del alcance de la vista. En la vida iba a poder escalar aquello.

Entonces su linterna se detuvo en una tosca línea horizontal delimitada por dos verticales.

Una escalera.

«¡Anda! —Se abalanzó hacia ella a toda velocidad—. Será una broma; seguro que está rota». Pero no lo estaba —al menos, no del todo—, aunque era de madera y muy antigua. Trozos corroídos y astillas salpicaban la roca y se mezclaban con una gruesa alfombra de excrementos de murciélago.

Tenía nulas posibilidades. Estaba a demasiados metros de la superficie. No tenía garantías de que la escalera llegara tan lejos. Si el túnel estuviera inclinado, podría repechar por las rocas, aunque odiaba trepar por ellas. Siempre se resbalaba.

De modo que tenía dos opciones. Quedarse allí y morir. O intentarlo y quizá conseguirlo. O no. A lo mejor moría en el intento. Bueno, a lo mejor. Seguía teniendo la Glock. Si se viera realmente en apuros, podría poner la Uzi en modo automático y descargar la recámara en menos que canta un gallo.

Pero todavía no.

Enganchó las manos en la madera cenagosa y empezó a escalar a contrarreloj.

A luchar por su vida.

85

Bueno, no estaban muertos todavía: ni sepultados, ni asfixiados ni ahogados. Tom se había equivocado en un minuto o así y, cuando la gran bancada se vino abajo, ellos ya habían cruzado el puente de cuerda —Weller valiéndose de su brazo bueno— y trepaban como monos por la escalerilla de mano. Se encontraban demasiado lejos como para oír la explosión, pero sí que la sintieron. La escalera tembló y rebotó bajo sus pies y Tom ahogó un grito cuando el metal chirrió. Algo grande —tal vez una parte del propio pozo— emergió de la oscuridad, le pasó rozando por la izquierda como una bala y, al cabo de un segundo, se hundió en el agua revuelta de abajo causando un enorme *PLAF*.

—¡Está empezando a temblar! —gritó Luke. Iba cinco peldaños por delante, pero se había quedado paralizado—. ¡Está temblando! ¡Está temblando! ¡Está temblando!

Tom también lo sentía: una vibración constante y monstruosa en todos sus huesos. Su cuerpo, por instinto o por un acto reflejo, se paralizaba, pero había que echar el resto. Aquello era la guerra —era exactamente lo mismo— y no sobreviviría si se rendía al miedo.

—¡Vamos! —bramó Weller. Iba el primero y su voz retumbó como la voz de Dios—. ¡Venga, Luke, puedes hacerlo, muchacho!

«Dios mío, por favor, sácanos de aquí. —Miró hacia arriba para comprobar que los pies de Luke seguían avanzando y luego se fijó en la escalera, en sus brazos y sus piernas en movimiento, en sus manos agarradas al hierro, en sus botas apoyándose en el último escalón—. Sigue moviéndote, sigue moviéndote, sigue moviéndote…». El estruendo era enorme y constante y ellos se encontraban al este de donde se había producido el principal derrumbe. A saber lo que pasaba ahí abajo.

El agua se estrellaba contra la roca, pero no sabía si era abajo o si venía de algún lateral o de arriba. Algo rebotaba continuamente contra el hormigón y pensó aterrorizado en toda esa piedra suelta sobre sus cabezas. Weller había dicho que la última vez que se había producido un derrumbamiento, el suelo se había hundido treinta metros. Y esto era muchísimo peor, muchísimo más potente, y había un larguísimo trecho hasta el fondo.

«Así que, aunque lo consigamos, puede que la cosa no acabe ahí». Subía la escalera prácticamente corriendo, cada vez más rápido. Le ardían los pulmones de tanto esfuerzo y los músculos iban a estallarle de cansancio, pero él seguía avanzando muy decidido, a pesar del temblor de la escalera y del rugido del agua.

—¡Eh! —gritó Luke—. ¡Veo el cielo! ¡Veo el *cielo*!

Tom echó la cabeza atrás todo lo que pudo para mirar arriba y ahogó un grito al ver la cabeza de Weller, más allá de Luke, rodeada de estrellas. Le impresionó lo cerca que parecían. Era como salir de un ojo por el camino equivocado, como en esa peli tan antigua... Sólo que ellos habían salido por el lagrimal del tipo, ¿no?

«Vamos, vamos, vamos... —Ya sentía el aire helado en la cabeza y los hombros y oyó que Luke gritaba de nuevo. Volvió a levantar la vista y vio que Weller ya no estaba. Luego distinguió los pies de Luke cuando el chico salía con dificultad del pozo—. Sigue, sigue, sigue...». Le quedaban doce metros, ocho, cinco...

Una mano lo agarró de la muñeca izquierda y Weller de la derecha. Luke y el viejo tiraron de él con fuerza hasta que por fin salió a la superficie, dándose de bruces con la nieve. Durante unos segundos sólo pudo jadear y luego Luke le aporreó la espalda para ayudarle a liberar la respiración.

—¡Lo con-conseguimos! —exclamó Luke, sonriendo de oreja a oreja y temblando a la vez—. ¡Lo he-hemos conseguido! ¡Lo hemos con-conseguido!

—Uf. —Fue lo máximo que Tom acertó a articular. Sentía la tierra vibrando bajo su estómago y, de muy abajo, del fondo del pozo, llegaba el eco, el murmullo, el bramido de la piedra desintegrándose y del agua revuelta.

—¡Eh! —Luke miraba hacia la derecha—. H-ha-hay murciélagos, tío.

La luna se estaba poniendo, pero aún se veía enorme en el horizonte, como el ojo verde de un gigante. Los murciélagos eran negras siluetas espásticas que revoloteaban en todas direcciones.

—Debe de haber otra salida —dijo Weller. Cogió una bocanada de aire, escupió y empezó a levantarse a duras penas—. Tenemos que irnos o nos congelaremos. Y no me gusta nada el modo en que vibra el sue… —Una pausa—. Oh, mierda.

«Oh-oh». El cansancio y el alivio de Tom se desvanecieron en el acto. Weller trataba de incorporarse apoyándose en los muslos mientras miraba al suroeste y contemplaba la pendiente. Tom lo imitó y no supo si el temblor de sus piernas se debía únicamente al temblor del suelo.

No estaban muy lejos. Quizás —escudriñó el panorama a pesar de la escasa luz— a unos trescientos cincuenta metros.

—¿Cuántos crees que habrá? —preguntó Luke.

—No sabría decirte. —Weller miró a Tom—. O lo resolvemos a tiros o corremos.

—Deberíamos luchar —opinó Luke, y añadió—: No-te-tengo miedo, sólo frí-frío. Po-podemos hacerlo.

—No —dijo Tom. Recogió la Uzi y echó un vistazo por la mira. Siete, pensó. Salpicados por la nieve trémula, pero no venían rápido. Por los bandazos que daban, se diría que les costaba avanzar. Al parecer, sólo dos de ellos llevaban esquís y, de esos dos, sólo uno resultaba una amenaza. Entrecerró los ojos hasta centrarse como una mira láser en el Chucky más alto. Un chico, pensó. Y, por cómo se deslizaba, estaba claro que sabía lo que hacía.

Entonces, tres de los que iban detrás blandieron sus armas.

—¡Al suelo! —gritó Tom. Todos se agacharon en el preciso momento en que la noche se vio sacudida por el chisporroteo de los disparos, aunque Tom no creía que las balas fueran a rozarles siquiera.

Oyó que Luke activaba el selector de la Uzi con un *clic*.

—Matémoslos —dijo Luke. Ya no le temblaba la voz—. Deberíamos luchar. Merecen morir, Tom, por todo lo que le han hecho a esa pobre gente…

—Espera. Pensémoslo bien. Estamos en una loma y la gravedad va en contra de ellos y de sus balas —señaló Tom—. Sólo uno sabe lo que hace. Es el que está más cerca y no ha disparado. Si nos quedamos, lo hará.

—Entonces, acabemos con ellos —resolvió Luke—. Venga, tío, por todos los que han muerto…

—Pero no estamos obligados a luchar, Luke. Aún nos queda otra opción.

—Bueno, pues yo voto por que nos quedemos —repuso Luke.

Se oyeron nuevos disparos. Todos volvieron a agacharse, aunque Tom sabía que no había ningún peligro, que aquellos niños disparaban al tuntún.

«Casi como si quisieran asustarnos».

Lo cual, bien mirado, resultaba un poco extraño.

—Vamos, se la están buscando. Nos están disparando —insistió Luke.

—No, quieren ahuyentarnos —replicó Tom.

—¿Y a cuento de qué? —dijo Luke.

—Yo qué sé. Lo importante es que no nos están disparando a nosotros *todavía*, pero puede que dentro de tres minutos… —De pronto sintió un fuerte tirón, como si la tierra inhalara vigorosamente, y pareció que el suelo cedía bajo sus pies. Soltó un grito de sorpresa y se vio a cuatro patas en el suelo. Creyó que seguiría cayendo, pero no ocurrió nada más, aunque la nieve seguía temblando.

—¿Qué ha sido eso? —chilló Luke, intentando ponerse de rodillas—. ¿Qué ha pasado?

—Pues que empieza a hundirse la superficie —explicó Weller—. La mina se está derrumbando, todo va a irse al garete. La otra vez lo hizo sin previo aviso, pero esta…

«Esta vez sí está avisando».

—Tenemos que irnos.

—Estoy contigo. —Weller ya se estaba dando la vuelta—. Podríamos acabar con ellos y sobrevivir al derrumbamiento con ayuda de unos esquís, pero no así… —Otra sacudida. Weller se tambaleó y estuvo a punto de caerse, pero Tom lo sujetó—. ¡Diablos! —gruñó—. Entre esto y los malditos Chuckies, tendremos suerte si…

De improviso, de algún lugar a su derecha llegó un sonido fino, agudo y penetrante.

Fue tan inesperado que Tom se giró sobre sus talones, todavía agachado, con la Uzi en las manos. Oyó que los demás también preparaban las armas.

—¿Habéis oído eso? —susurró Luke—. ¿Es así como suena el derrumbe? ¿O ha sido… un murciélago?

—No —dijo Weller—. Ha sonado como…

El sonido irrumpió de nuevo y esta vez Tom supo exactamente de qué se trataba.

Un silbato.

86

La primera vez que aquel restallido lejano llegó hasta ella, no se dio cuenta. Llevaba diez minutos escalando sin descanso en la quejumbrosa oscuridad. De vez en cuando, un murciélago pasaba a toda velocidad, pero ya no les prestaba atención. Lo único que le indicaban era que iba por buen camino. El sudor le chorreaba por la cara y tenía la ropa adherida al cuerpo. Los pulmones le funcionaban como un par de fuelles y los muslos le ardían. Se habían desprendido tres peldaños y, cuando tocaron el fondo, oyó una salpicadura. El túnel se iba llenando, al igual que aquella cámara. El chorro de agua se estaba convirtiendo en un retumbar constante y aquella pared también temblaba. Oyó el fragor a molienda, el golpeteo y el deslizamiento de roca que entrechocaba y se catapultaba hacia el agua.

Entonces volvió a producirse aquel restallido, un sonido como de celofán crepitante, y esta vez sí lo captó.

«Disparos».

Alzó la cabeza de inmediato y sus ojos escanearon la oscuridad. ¿Era menos tenue? No estaba segura, y su sentido del olfato no le servía de gran ayuda. Todavía seguía pasando algún que otro murciélago revoloteando por su lado, pero parecía que todos habían logrado salir ya. Se encontraba sola, tratando de subir por aquella escalera que no paraba de temblequear y rechinar.

«Si hay armas, es que hay un enfrentamiento».

Debía de haber gente allí arriba, tal vez matando a los Cambiados. O a lo mejor los Cambiados habían descubierto al que había puesto las bombas. Teniendo en cuenta lo que había visto, no le sorprendería que los Cambiados se estuvieran matando los unos a los otros.

Se quedó paralizada e intentó pensar qué hacía. Podía disparar una bala con la Glock o incluso un par de ellas con la Uzi..., pero eso no les daría pistas a los de allá arriba, salvo de que tenía un arma. Los Cambiados tenían armas. Si había gente allí arriba, lo único que tenían que hacer era ametrallar aquel túnel o esperar a que ella apareciese.

No era una opción.

—¿Hola? —Empezó a escalar de nuevo la escalera—. ¡Hola, estoy aquí abajo! ¡Socorro, *soc*...!

Un chasquido. Y... otro más fuerte.

Esta vez, ambos peldaños cedieron a un tiempo. Alex gritó, sintió que su cuerpo caía dando una sacudida y que sus pies se quedaban colgando, tratando de escalar en el aire. Los bíceps le dolían sobremanera, pero una de sus botas dio contra la pared de roca, permitiéndole apoyarse fuerte y balancearse sobre los dedos de los pies como un escalador profesional, cosa que ella no era en absoluto. Se quedó allí colgada, con la pierna derecha y los brazos temblando por la tensión. El hombro izquierdo, que seguía dándole guerra, le ardía de dolor. Abajo, el agua se arremolinaba con virulencia. Las paredes se estremecían y Alex oía cómo las rocas crujían y se desprendían. La escalera desvencijada vibraba en sus manos. Levantó la pierna izquierda tan alto como pudo, sintió el extremo de un peldaño contra la bota y, poco después, estaba apoyada de nuevo en la escalera.

«Madre mía. —Tragó saliva y descansó la sudorienta frente en la madera podrida e hinchada—. Date prisa y suicídate, ¿por qué no?».

—¡Socorro! —gritó—. ¡Ayuda, *por favor*! —Un derroche de aliento y energía. Era inútil. Estaba a demasiada profundidad y su voz no era rival para el trasiego incesante del agua. Nadie la oiría.

«Espera».

Aún lo tenía, ¿no? Alargó una mano temblorosa y se palpó el cuello. A continuación, dejó escapar un suspiro sollozante.

Su padre: «Toca esto, cielo, y acudiré como un rayo».

Se metió el silbato entre los labios.

«Ay, papá, ojalá tengas razón».

Inhaló… y sopló con todas sus fuerzas.

87

«Oh, Dios mío. —El sonido le traspasó las costillas como un navajazo—. No puede ser».

—¿De dónde viene? —preguntó Luke.

—De donde estaban los murciélagos —dijo Tom, tambaleándose. El suelo había empezado a moverse de nuevo y sus pies bailoteaban sobre la nieve inestable. Angustiado, oteó el horizonte. «La silueta de los murciélagos se recortaba contra la luna; ¡estaban allí mismo!». Volvió a ver a otro revoloteando y, sin pensárselo dos veces, giró sobre sus talones, tambaleándose por las nuevas sacudidas, y comenzó a abrirse paso por entre los profundos ventisqueros, Uzi en ristre.

—¡Tom! —gritó Weller—. ¡Tom, espera! No sabes dónde...

Tom hizo caso omiso y siguió avanzando, más bien nadando, por la nieve trémula hasta que vio un murciélago volando velozmente hacia el cielo a unos centímetros a su derecha. Entonces soltó la Uzi, se arrodilló y encendió la linterna. El suelo volvía a vibrar y, luchando por mantener el equilibrio, comenzó a barrer la nieve con las manos formando un semicírculo, buscando el orificio de salida. «Venga, venga, venga, ya te ten...».

Con la siguiente sacudida oyó algo nuevo: el estruendo de las rocas al chocar entre sí, y por fin lo vio: el orificio era una oscura grieta en la superficie de la nieve de apenas sesenta o setenta centímetros cuadrados.

Cayó sobre su vientre. La tierra no daba tregua, pero siguió quitando nieve. Weller y Luke no paraban de gritarle, ahora desde más cerca, pero no se volvió. De abajo llegaba el estruendo y el rechinar de las rocas. Otro murciélago le pasó rozando.

Aquello también debía de ser parte de la mina: un pozo olvidado, un túnel lateral o, tal vez, una antigua vía de escape.

El enemigo estaba allí abajo. Pero también había gente.

Las posibilidades eran una entre un millón, pero sólo conocía a una persona que tuviera un silbato.

—¿Ellie? —Tom hizo bocina con las manos y gritó—: ¡¿Ellie?!

Primero cayó un poco de nieve formando una ligera aspersión. No demasiada, pero la suficiente para tamizarle el pelo.

Luego, por increíble que pareciera, le sobrevino un olor a musgo, humo dulce y especias que le sobresaltó el corazón.

Y, finalmente, oyó una voz. Distante. Muy tenue.

Pero logró distinguir la única palabra.

«Ellie».

—Oh, Dios mío. —Durante un segundo se quedó helada. Su corazón se contrajo y luego dio un vuelco.

«Es él. ¡Es él! Está vivo. Él es el único que lo sabe. Y es su olor. Es él. Tiene que serlo. Es…».

—¡Tom! —chilló—. *¡Tom!* ¡Soy Alex, soy…!

«¿Alex? —Se quedó absolutamente petrificado—. ¿Alex está aquí?».

Volvió a oír el eco de su voz y, aunque le llegaba desde muy lejos y sabía que estaba fuera de su alcance, sus palabras —su nombre— estallaron en su interior con la fuerza de una bomba atómica. La tierra temblaba bajo su peso y él con ella, pero no pudo contenerse:

—¡Alex! ¡Alex! ¡Soy yo! ¡Tom! ¿Dónde estás, Alex? *¿Dónde…?*

—¿Qué pasa? —Luke se dejó caer a su lado y Tom sintió que el chico le cogía por los brazos y tiraba de él—. ¡Por Dios, Tom, ten cuidado! ¡Te vas a caer!

Tom no le prestó atención.

—¡Alex! —aulló—. ¿Estás muy lejos? ¿Me ves? ¿Ves la luz de mi linterna?

—¿Quién es Alex? —quiso saber Luke.

«Tranquilízate. —Hubo una larga pausa durante la que Tom creyó que iba a explotar, pero se mordió los nudillos y esperó. Oyó que Weller se cernía sobre él, pero ni siquiera se giró—. Él dijo que estaba en Rule, pero está aquí, está…».

—¡Lejos! —Su voz se parecía a aquellas burbujas plateadas que habían salido de sus pulmones para irrumpir en el aire vacío cuando la vida se le acababa y se estaba ahogando—. No… te… veo.

«Pero te oigo, te oigo, por el amor de Dios, te oigo».

—¡Aguanta! —le gritó Tom—. ¡Tengo una cuerda! ¡Voy a por ti! ¿Podrás subir? ¿Podrás…? —Weller lo agarró del brazo derecho y lo obligó a darse la vuelta.

—No puedes hacer eso —lo reprendió—. Tom, debe de estar a más de sesenta metros de profundidad y sólo tenemos seis metros de cuerda. ¡Está demasiado lejos y no tenemos tiempo!

—¡Dame la maldita cuerda! —exigió Tom—. Luke y tú podéis iros, ¡yo me quedo!

—¿Y qué vas a hacer? ¿Crees que vas a ayudarla?

—¡Vinimos juntos y nos marcharemos juntos! —chilló Luke—. ¡Yo no me voy sin ti! ¡Me quedo!

—¿Has oído eso? Vas a matar a este chico. —Weller se le encaró—. ¿Quieres cargar con eso? ¿Te vas a manchar las manos de sangre?

—¡No me vengas con esas! —gritó Tom—. ¡Nadie os está diciendo que os quedéis, así que haced el favor de marcharos!

—¡Pues harías bien en volarte los sesos, porque no vas a ayudar a esa chica! ¡Toda esta maldita colina se va a ir al garete! Y, aunque no fuera así, esos Chuckies no van a parar. ¡Estarán aquí en menos que canta un gallo!

—¡Entonces, los *mataré*! —bramó Tom. Tenía la cara mojada, pero no le importaba. Un segundo más y mataría al viejo. Se dio la vuelta maldiciendo—. ¡Dijiste que estaba en Rule! ¡Dijiste que estaba en Rule!

—¿De qué hablas? —dijo Weller. Se oyó un fuerte restallido que nada tenía que ver con una bala, sino con el ruido de la madera haciéndose añicos. Luke se puso a gritar algo sobre que los árboles se estaban rompiendo y Weller vociferaba—: ¿Has oído eso? ¿Has oído eso? ¡Este chico y tú vais a morir por *nada*!

No, no, por nada, no. «Por ella». Alex volvió a gritar, pero su voz era tan débil que no sabía si era real o sólo un eco. Puede que incluso estuviera atrapado en un interminable *flashback* del que no lograba salir, porque ahora había polvo y roca gris y un sol abrasador y Jim le exhortaba: «¡Corta el cable, corta el cable y sal de ahí, coge al niño, coge al niño y vete, vete, vete!».

—¿A cuál, Dios mío? *¿A cuál?* —gritó. Estaba de rodillas en la nieve, en una carretera polvorienta, bajo una extraña luna, bajo un sol abrasador, y oía voces en su cabeza y un chisporroteo de disparos y los gritos cercanos de hombres y mujeres y las voces de sus amigos (ahora todos muertos), y sentía la quemazón en los ojos por el sudor y las lágrimas—. ¿Cómo voy a elegir a uno?

Porque ese día, en aquella carretera, no había sólo un niño con una bomba atada a su minúscula cintura.

Había un niño y una niña.

—¿Cómo voy a *elegir* a uno? —volvió a gritar. Se llevó las palmas de las manos a las sienes y se las apretó con fuerza. «Sal de mi cabeza, sal de mi cabeza, coge al niño, coge al niño, corta el cable, sal de mi cabeza, fuera, fuera, fuera!»—. ¿Cómo puedes pedirme eso?

—¡Tom! —lo llamó Luke... desde otra vida, desde otra época distinta—. ¡Venga, Tom, por favor!

«Dios mío, Alex. Ayúdame a quedarme». Dio un salto hacia aquella grieta en la tierra, una lejana esperanza, y asomó la cabeza y los brazos a la oscuridad. Notó cómo temblaban los escombros y cómo la nieve se derretía bajo el calor de sus manos. El estruendo era descomunal, como si hubiera algo vivo allí abajo que rugía y se abría desmesuradamente, dispuesto a tragárselos a ambos.

—¡Alex, por favor, inténtalo! ¡Inténtalo! *¡Inténtalo!* ¡Trepa, Alex, trepa!

—¡No, Tom! —Sintió unas manos que intentaban agarrarlo por la cintura—. ¡Déjalo! —le pidió Weller a voces—. ¡Déjalo, Tom! ¡Tenemos que irnos!

«¡Tenemos que irnos, corta el cable, coge al niño, vete, vete! —Pataleando, maldiciendo, se estiró por la boca del túnel todo lo que pudo, tanto que los músculos le temblaban y le dolían las articulaciones, pero no le bastó, aún no era suficiente. Ella era una voz en mitad de un inmenso vacío tan insondable que la caída podía ser eterna, pero tenía que intentarlo, no podía parar. Tenía que llegar hasta ella y, cuando se tocaran, la salvaría; la sacaría de aquel infierno y la traería a la luz; se salvarían mutuamente—. ¡Alex!».

—Lo estoy intentando. —Su voz era casi inaudible—. Demasiado lejos… No hay tiempo. —Y luego—: Corre, Tom, corre. Vete…, vete antes de que…

—*¡No!* —vociferó—. ¡No te rindas, Alex! ¡Ni se te ocurra rendirte! ¡Estoy aquí, Alex, estoy aquí contigo!

—No hay tiempo. Tom, por favor, *vete*…

—¡Están aquí arriba! —Detrás, por encima de él, Luke gritaba—: ¡Están aquí, están aquí, están en la loma! —Un crujido, dos más, las balas pasaban silbando—. ¿Qué hago? —La voz de Luke se iba tiñendo de pánico por momentos—. Que alguien me diga qué hago. ¿Disparo? ¿Vamos a luchar…?

«Aguanta, Alex, aguanta; vuelve a decir mi nombre, vuelve a decir mi nombre, no me dejes o nunca saldré de esta».

—¡Alex! —Cerró los puños, aunque no había nada que coger, salvo la oscuridad palpitante. Trató de reptar un poco más, pero Weller lo tenía bien agarrado por la cintura y no podía moverse, sólo bambolearse en el borde. Arriba le aguardaba una pesadilla y abajo, su destino—. Alex. *Ale…*

Sin previo aviso, el suelo dio un fuerte tirón, se retrajo como una ola y cayó pegando un latigazo que le atravesó las tripas y le azotó la columna. La tierra se desplazó y el túnel exhaló una tremenda bocanada, seguida de un siseo, un chisporroteo, una especie de susurro *in crescendo* al tiempo que las rocas cedían bajo sus manos, rebotaban más adelante y caían estrepitosamente por el precipicio. Al quedarse sin punto de apoyo, se tambaleó hacia delante y estuvo a punto de caer… Tal vez fuera eso lo que de verdad quería.

Sin embargo, Weller lo tenía bien asido, tiraba de él desde el borde y no lo dejaría marchar, y Luke gritaba:

—¡Por favor, Tom! Tenemos que irnos de aquí. No puedo irme sin ti. ¡Por favor!

«Y yo no puedo irme sin ella. —Pero nadie lo ayudaría. No podía salvarla. No llegaría a tiempo y ella lo sabía—. ¿Salvarme a mí mismo? ¿Para qué?». Aunque, si se quedaba con ella hasta el final, aquel chico moriría, y Weller también… Y tendría que cargar con eso.

—¡Ayúdame! —Todo el dolor y la rabia estallaron de su pecho en un largo y angustioso alarido—: ¡Por favor, Dios, ayúdame! ¡Otra vez no! ¡No me pidas que lo haga *otra vez*!

La respuesta no se hizo esperar. Al momento, el aire se quebró con aquel siseo serpentino y el zumbido de las balas. Finalmente, se dejó arrastrar por un maldiciente Weller y no tardó en verse avanzando a trompicones por la nieve y alejándose de ella. Luke no paraba de chillar y él continuaba gritando el nombre de Alex por encima del hueco y tartamudeante *ra-ta-ta-ta-ta* de las Uzis a medida que aumentaba la distancia entre ellos.

Había vuelto a hacerlo. Había tenido que elegir. Había cortado el cable y ahora estaba tan hecho polvo como aquel día en que una cría había muerto porque él no había podido salvar a los dos niños.

Incluso le pareció oír de nuevo el pitido del silbato. No podía ser, claro que no. Debía de ser su mente, que se iba a la deriva, un grito que se iba debilitando poco a poco hasta que esa única nota se desintegró bajo aquella luna enfermiza... Como al final hizo su corazón.

La tierra, impasible, siguió dando temblores y sacudidas y la nieve vibrando y crujiendo bajo los esquís en su precipitada huida. Sabía que todo aquello acabaría: cuando la tierra se cansara, se rendiría, como él.

Sólo que él lo había hecho primero.

88

Dios, esperaba que la escuchara. Creyó que lo había hecho. Ya no lo oía, no por encima del estrépito de las rocas, el retumbo taladrante y la succión y el siseo de las aguas negras que burbujeaban abajo. Se produjo un descomunal impacto que a punto estuvo de derribarla de la escalera y, después de eso, dejó de llamarla. Su aroma se había hecho trizas y se había difuminado, así que pensó que se había ido, pero también había oído tiros. ¿Le habrían disparado? ¿Estaría muerto?

«No, Dios, por favor, no permitas que eso pase. Mantenlo a salvo; haz que se vaya».

No quería que se fuera. Era lo último que deseaba en el mundo, porque ahora estaba sola de verdad, con la única compañía del monstruo acechando en su cabeza, esperando que cometiera un error.

«De eso nada. —Se infundió ánimos: un peldaño más y otro y otro—. Todavía no».

Todo volvía a depender de ella. Tal vez la vida siempre hubiera dependido de ella. Ella no era Daniel. ¡Mierda! Ya ni siquiera estaba segura de seguir siendo Alex. Lo único que importaba era que Tom estaba vivo allí arriba, en algún sitio, y valía la pena aferrarse a aquello. No habían podido tocarse, pero él la había alcanzado, tanto si lo sabía como si no… porque bastaba con la esperanza. La esperanza era lo único que le quedaba.

Correría hacia él.

«Así que corre, Tom, corre —coreaba su mente—. Corre, Tom, hazme subir, hazme subir, corre, corre, corre». Siguió repitiendo aquel mantra mientras subía la escalera, que, al parecer, también había decidido no morir todavía. Subir le estaba costando horrores; iba a ciegas y confiaba en que el siguiente peldaño siguiera allí y también el siguiente y así sucesivamente hasta un mundo que seguramente ya no volviese a ver, aunque lo intentaría con todas sus fuerzas porque él estaba en él. Tom estaba vivo y, en mitad de la oscuridad, aquello era tan cierto como la madera que tocaba, el tremor de la tierra y el furioso latido de su corazón.

Se aferró a la temblequeante escalera y sintió que la madera se le clavaba en la carne. Tenía las manos ensangrentadas; una piedra afilada como el cristal le había hecho un corte en la frente al bajar y ahora se veía obligada a quitarse la sangre de los ojos con el brazo cada pocos segundos. El hombro izquierdo había pasado del fuego a una insensibilidad fría y mortal y sus desastrados dedos le hormigueaban. De pronto, oyó un extraño siseo que identificó con el sonido de una cascada de rocas. Aquel olor a sulfuro también había empeorado y la cabeza estaba empezando a darle vueltas.

«No te vengas abajo, no te rindas. —Si cerraba los ojos, no volvería a abrirlos jamás. Impelía a sus piernas a seguir moviéndose—. Sigue, sigue, sigue, corre, Tom, corre, co…».

Otro impacto y Alex se bamboleó. La bota izquierda perdió pie y Alex dio un alarido y se aferró a la escalera con ambos brazos mientras esta se sacudía y rebotaba. Más arriba, se oyó un agudo estallido seguido de un crujido. Algo enorme pasó zumbando y su mente sólo tuvo tiempo de gritar una palabra: «Grande».

Se produjo un gigantesco impacto. El agua saltó y la agarró de los tobillos para luego escurrirse con un bisbiseo.

«¿Has sentido eso? Ha estado muy cerca. Me va a pillar». Bueno, ¿y qué si lo hacía? A lo mejor flotaba. Si el agua seguía subiendo, tal vez la empujara hasta la superficie... porque *estaba* cansada. El estallido de euforia que le había dado alas se estaba apagando. La cabeza le daba vueltas y no se sentía los labios. ¿El gas? Quizá. Tal vez ese era el motivo por el que el agua burbujeaba. ¿Sería metano? No, no, era...

—Minas de carbón. —Lo dijo en voz alta para escucharse a sí misma y saber si su cerebro seguía funcionando. Su boca chapurreaba las palabras—. Las minas de carbón tienen metano. Otras minas tienen... —Mierda, no lo sabía. «Debería haber prestado más atención en clase de Naturales». Agotada hasta la médula, abrazó la escalera. Una astilla de madera le arañó la mejilla y se le clavó en la frente, ya ensangrentada—. Venga, Alex —murmuró—. Espabila. No te desmayes.

«Corre, Alex —la exhortaba Tom en su mente. Ni el monstruo ni su propia voz, sino Tom. Tal vez también Chris—. Corre. Corre hacia mí. Corre hacia nosotros».

—Sí, sí, estoy en ello —jadeó. Estiró el brazo derecho hasta alcanzar el siguiente peldaño y, agarrada con el izquierdo malo, alzó la vista—. Ya voy...

Estrellas.

Durante un breve instante, fue tal la sorpresa que le faltó el aire. Parpadeó, pero la vista no cambió.

«Hay estrellas. Madre mía. Tengo que estar cerca, seguro». Empezó a subir con un renovado acceso de energía, trastabillando cuando la tierra se estremecía. Se sentía la cabeza como hueca; el brazo izquierdo no pasaba por su mejor momento e incluso el derecho estaba regular. Hizo fuerza con la espalda, impulsándose a modo de gancho como un chimpancé…

Y falló.

Su mano derecha se encontró con la nada más absoluta. Al verse repentinamente desestabilizada, su bota derecha perdió pie y eso hizo que se estrellara contra la barandilla de la derecha, dándose de pleno en toda la cara. Se desató una auténtica bomba de dolor y la vista se le quedó en blanco; sufrió un desgarrón en la piel y dejó escapar un gemido entrecortado. Desesperada, bregando por mantener el equilibrio, intentó impulsarse desde la roca, que creyó que estaba justo delante de ella…

Pero no había nada. Sólo aire negro y vacío. Ni roca ni madera. Todo el peso de su cuerpo se había desplazado hasta un punto más allá de la barandilla derecha de la escalera. Alex se retorcía y el brazo izquierdo, el más débil, le proporcionaba el punto de apoyo sobre el que su cuerpo pivotaba. Toda la mitad derecha de su cuerpo colgaba sobre el vacío y la madera era resbaladiza y muy vieja, pero ella seguía girando y su cuerpo se debatía como un péndulo entre la roca que se alejaba de su espalda y la escalera que le quedaba delante. Sintió que la madera cedía por la presión. Se produjo otro crujido y luego un chirrido alto y prolongado que oyó incluso por encima de aquel incesante retumbo y torbellino de agua y piedra.

«Oh, Dios, por favor, me falta muy poco, por favor, ayúdame».

Le faltaban menos de treinta metros para llegar, pero parecían kilómetros. Arriba, las estrellas se debilitaban, titilando en un repentino enjambre de frías sombras más oscuras que la noche. La tierra comenzó a derrumbarse y a plegarse; la superficie se desprendía; caían rocas... y sombras. Sintió que la escalera se estremecía y empezaba a romperse; se estaba rompiendo, se estaba rompiendo, se estaba...

La escalera se desintegró en mil pedazos y no le quedó nada a lo que aferrarse, salvo aire. Abajo, la garganta del túnel se abrió. El sonido del agua era atronador; no quedaba nada más. Alex tenía la boca abierta y sabía que estaba chillando con todas sus fuerzas, pero no oía nada y, durante un segundo de locura, fue como si el rugido del agua se hubiera convertido en su voz.

Se precipitó al vacío gritando y su último pensamiento, justo antes del impacto, fue: «Los pies primero».

Se zambulló en el agua.

SEXTA PARTE

LA PUERTA DEL DIABLO

A veces gemía. Esa era la única pista de que aún estaba vivo.

Se quedó con él toda la noche. Tal vez debería haber ido a buscar ayuda, pero estaba demasiado asustada. Pronunció su nombre varias veces o, al menos, eso creyó. Durante unos segundos horribles, ni siquiera logró recordarlo —tampoco el suyo— y aquello la asustó todavía más.

Y luego, mucho más tarde, él dejó de hacer sonido alguno.

Esperó. Y esperó. La oscuridad se iba volviendo granulosa y grisácea a medida que aquella luna gangrenosa se deslizaba hacia el oeste y la noche empezaba a diluirse. Bajo aquella luz siniestra, el bosque despedía un leve resplandor blanquecino. Supo que no podía ser parte de una puerta por aquel arco pintado de negro coronado por una especie de símbolo de tres puntas, como un sol poniente cortado por la mitad por un horizonte lejano. Aquello tenía un nombre. ¿Cómo era? No se acordaba. ¿Por qué no?

Siguió esperando, insomne, con los ojos irritados. Frío. Encogió los hombros y se abrazó para entrar en calor. Notó el miedo en su boca, salobre y metálico. Estaba hambrienta. Su estómago era como una serpiente que no paraba de retorcerse. Famélica, en realidad. La necesidad imperaba. Había decidido no pensar en ello, pero ahora que rayaba el alba no podía ignorarla.

Pronto amanecería. Y a plena luz del día no podría permanecer allí.

Pero… él olía a… «Él es —lo miró y se le hizo la boca agua— comida».

«No».

«Sí».

«No».

«Para».

Se puso a cuatro patas y se acercó con mucho cuidado. El viento le cortaba las mejillas. El aire se cargó de pronto de un tufillo a hierro y a carne. Él estaba a bastante profundidad, enterrado en la nieve, por lo que tuvo que cavar un poco con las manos. Del hueco emanaba una calidez sorprendente y olía tan bien que le rugieron las tripas.

«Para. Sigues siendo tú. No».

Tenía la cara vuelta y el gorro de lana arrugado y un tanto torcido, como una mortaja improvisada. Aquello facilitaba las cosas. En la cintura, donde se le había clavado la madera, distinguió una mancha oscura e irregular. Hizo cuchara con las manos para sacar un puñadito de nieve teñido de rojo y chupó su sangre, aún caliente.

«No».

«Caliente. Sí».

—Para —se dijo a sí misma, y tiró aquel puñado sanguinolento lo más lejos que pudo. Le vino un reflujo a la garganta y vomitó, a pesar de que llevaba dos días enteros sin comer y no tenía nada que echar.

Tampoco quedaba mucho de ella.

—No —dijo. Se levantó con dificultad y retrocedió unos pasos tambaleándose para escapar de la sangre y de la tentación, de su carne, de aquel olor, de *su* olor—. No. Para. Corre. Él te dijo que corrie…

Subían por el sendero y venían en… en… ¿en su misma dirección? No lo sabía. Pero los sonidos eran inconfundibles.

Perros. Por la que armaban, se diría que más de uno, y grandes. Captó una nota de excitación en sus ladridos cuando estos la olieron desde la distancia, como sabuesos que saben distinguir una buena presa.

Tenía que irse de allí. Si había perros, debía de haber gente y no podía arriesgarse a que la capturaran; no podía dejarse ver, tenía que…

Un débil gruñido amenazador la sorprendió por detrás. Lena ahogó un grito. Se le puso la piel de gallina y tuvo que obligarse a moverse despacio, con muchísimo cuidado. Miró hacia la derecha.

El perro estaba muy cerca, aunque en aquel estado de pánico no habría sabido calcular la distancia. Total, tampoco es que importara mucho. Con aquella máscara negra y aquellas orejas, el animal parecía un pequeño pastor alemán, pero el resto de su pelaje era marrón rojizo, como el de una yegua castaña. Sus labios se habían retraído y dejaban al descubierto unos dientes blanquísimos.

Se le hizo un nudo en la garganta. Abrió la boca para decir algo, pero lo único que salió fue un gemido entrecortado. Era como si dos puños gigantes le comprimieran el pecho. Dio un pasito hacia atrás y, cuando oyó que el gruñido iba a más, se quedó quieta.

«Va a matarme».

—P-P-Por —resolló. Vio que el perro doblaba las orejas y que el gruñido bajaba de intensidad. Le dio la impresión de que el perro estaba confundido—. Por favor, de-deja que me va-va...

—*Miiiiinaaaaa.* —El tono no fue exactamente cantarín, pero la voz lejana parecía joven—. *Miiiiinaaaaa*, ¿dónde estás, bonita?

Miiiiinaaaaa, o *Mina*, o comoquiera que se llamase la perra, vaciló. Lena vio que el animal miraba hacia atrás y aprovechó para alejarse rápidamente. La perra se giró y se tensó, y Lena pensó que al final iba a por ella, pero enseguida giró sobre sus patas traseras y se marchó corriendo y ladrando en la dirección de donde provenía la voz de la niña.

«Vete. —Ella también se dio la vuelta y se adentró en el bosque a toda velocidad. Las ramas le arañaban la cara y se le enganchaban en el pelo—. Vete, vete, él dijo que te fueras, que corrieras...».

El bosque aún se veía plomizo, pero la nieve no era tan profunda y podía correr mejor. A su espalda, oyó que los ladridos de los perros variaban —volvió a oír aquella llamada— y supo que lo habían encontrado. Tal vez no la siguieran. Tal vez estuviera a salvo.

«Corre. —Y luego—: Lena, soy Lena. Él es Chris y me dijo: "corre, Lena, corre"».

El frío aire le rajaba la garganta como pedacitos de cristal, pero ella continuó corriendo desesperada por el bosque. No tenía ni idea de adónde iba ni de lo que haría a continuación, pero estaba sola. Nadie la vería.

«Soy una cobarde. Si hubiera tenido agallas, me habría pegado un tiro o le habría dicho la verdad y se lo habría pedido a él. No se habría negado».

Pero tenía tanto miedo de morir como de quedarse dormida, porque no sabía si cuando despertara seguiría siendo la misma.

«Sigues siendo tú. —Divisó una mancha brillante, una rendija entre los árboles, y sintió un tirón en el pecho, como si le hubieran echado un anzuelo. Inmediatamente cambió de dirección. ¿Por qué? Quizá fuera una carretera. ¿Era eso lo que pensaba? Claro que sí. ¿Acaso alguien pensaba por ella? Sus pies seguían pisoteando y machacando la nieve. Tenía que haber una carretera, por ella podría correr mucho más lejos—. Sigues siendo tú y puedes parar esto».

«Mentirosa. —Se coló entre una maraña de alisos y dejó que sus dúctiles ramas le golpearan la cara—. No puedes y no lo harás. Te da miedo morir porque no hay nada... nada más. Dios ni siquiera existe».

Se dirigió hacia la abertura, por donde se filtraba el resplandor amarillento del sol, que salía por el horizonte a gran velocidad. ¿Y si la mataba, como ocurría en los libros y en las pelis? ¡Puf! No quedaría nada de ella, salvo cenizas y sombras calcinadas, como en Hiroshima, como en aquella fotografía en la que se veía a un hombre en mitad de un campo de escombros ante un paisaje urbano esquelético que era una mezcla de hierro retorcido, piedra pulverizada y acero puro. Dios, ¿cómo era capaz de recordar *aquello* y haber olvidado su propio nombre?

«Soy Lena, soy Lena, puedes estar segura. —Continuó rauda, sorteando zarzas y hojarasca—. No te dejaré, no te…».

De pronto, se detuvo ahogando un grito.

A la luz débil y nacarada del amanecer, sólo distinguió a cuatro con claridad, pero sintió que había más a derecha e izquierda, y, cuando los primeros rayos bañaron el cielo de pizarra, todos se le encararon y quedaron coronados por brillantes aureolas como ángeles oscuros caídos en desgracia.

También el chico que llevaba su bufanda verde enroscada al cuello.

El corazón le dio un vuelco y Lena se percató de que estaba temblando, tanto de miedo como a causa de su alocada carrera. Y de repente cayó en la cuenta de lo que representaban aquel arco y aquel símbolo pintados en la trampa. Formaban una puerta del Diablo. Un truco. El arco era una ilusión: la estrella estaba cortada por la mitad, pero no en la madera, sino que había sido pintada así a propósito para darle esa apariencia. En realidad, no había ninguna puerta y el Diablo se daría un buen coscorrón si intentaba entrar.

A menos que fuera listo, se armara de paciencia y encontrase otra manera de hacerlo.

—No, por-por favor —balbuceó a duras penas cuando los Cambiados empezaron a moverse y sus sombras se deslizaron sobre la nieve tratando de atraparla con sus negras garras—. Soy yo, soy Lena. Yo no-no soy…

La rodearon.

Las interferencias cesaron. Se habían sucedido muy rápido y, debido al cansancio y al hambre que le nublaban la mente, no había podido pillar casi nada, pero logró enterarse de algunas cosas.

Rule. Finn y sus hombres iban a atacar Rule y no podía hacer nada por ellos ni por sí mismo.

Peter se recostó contra los barrotes de hierro de su celda. Tenía la ropa hecha jirones, sucios retales unidos por trozos de cuerda, y su cuerpo no andaba mucho mejor, cosido de heridas a medio curar, úlceras y nuevos mordiscos: no era más que un saco de huesos recubierto de piel desgarrada.

Pero él era el único que quedaba. Esos últimos días, Finn parecía haberse contentado con el simple desgaste. No había Cambiados a la derecha. Ni a la izquierda. Sólo celdas vacías impregnadas de aquel tufo que la piedra había absorbido como si fuera sangre y que sólo el tiempo sería capaz de borrar.

Tampoco había ni rastro de Davey, aunque Peter no lo había matado. Davey había progresado a pasos agigantados. Era un portento. Finn se lo había llevado… ¿antes de ayer? Creía que sí. Los días ya no significaban nada. Bastaba con sobrevivir a la próxima pelea para asegurarse media taza de agua o un bocado de pan.

«Davey es la guinda del pastel, lo están reservando para el final».

¿Tendría fuerzas para luchar? Se sostuvo el brazo izquierdo contra el pecho y se llevó la mano derecha al lugar donde la chica le había hincado los dientes y desgarrado hasta el hueso. No se acordaba de mucho —todo había sucedido demasiado rápido—, pero sabía que la chica pertenecía a ese grupo de Cambiados salvajes que eran todo dientes, ojos enloquecidos y energía desatada. También era rápida de pies, probablemente porque había comido antes de la pelea, y había estado a punto de vencerle.

Pero él también había sido capaz de aprender. Sus ojos se posaron en el cadáver. El lago de sangre que manaba del cráter que le había abierto en el cuello había crecido tanto que se había desbordado sobre el frío hormigón. Todo ese tiempo con los Cambiados había merecido la pena, después de todo: había seguido su ejemplo y había acabado arrancándole la garganta. Y, Dios, aquella sangre era tan tentadora... Era líquida. Estaba húmeda.

Y tenía tantísima sed...

Puede que la próxima vez que volvieran a abrir la puerta de su celda fuera Davey el que entrase. Él sería el último. Peter opondría resistencia, claro, pero, a menos que tuviese un golpe de suerte, Davey lo aniquilaría, y lo haría lentamente. El chico parecía sentir predilección por el estrangulamiento. Finn lo dejaba practicar con otros Cambiados y a veces pasaban diez o quince minutos hasta que se cansaba y por fin apretaba con todas sus fuerzas para acabar con su presa. La primera vez, Davey había seguido presionando los ojos del niño muerto durante un buen rato, como si no lograra entender por qué el chico al que acababa de asesinar no se levantaba y se ponía a jugar con él.

«Dios mío, hazlo rápido. —Sintió que un sollozo se abría paso a través de su garganta, pero consiguió reprimirlo—. A lo mejor esto es un castigo por todo lo que he hecho, aunque sólo hice lo que creí que tenía que hacer».

—Ru-Rule. —Tenía la boca pastosa de sangre—. ¿Qué… va-vais a ha-hacer?

—¿En Rule? —Finn se enganchó la radio al cinturón—. Oh, vamos a sembrar un poquito el pánico. Eso que a los americanos se nos da tan bien hacer, tú ya me entiendes.

—¿Por qué? —Peter tragó saliva y torció el gesto ante el sabor a muerto de la chica. Salivó lo suficiente para escupir, pero no tenía fuerzas y el espumarajo se le quedó colgando de la barbilla—. ¿Qué culpa ti-tienen ellos?

—Peter, Peter, Peter… —Finn le hizo el favor de no sonreír—. ¿De verdad no lo sabes? Pero no te preocupes. No se me ha pasado por la cabeza dejarte aquí. Te vienes con nosotros, muchacho. Quiero que los tuyos sean testigos. Pero primero vamos a ocuparnos de ese horrible mordisco. Vamos a asearte, a alimentarte, a cebarte un poco. Vas a estar hecho un pincel. Un nuevo amanecer nos aguarda; un nuevo día, una nueva Tierra. —Finn metió la mano por el asa de la mochila y se la colgó del brazo para poder rebuscar en el bolsillo de sus pantalones de camuflaje, de donde sacó un juego de llaves tintineantes. Introdujo una en la cerradura—. Te tengo mucho respeto, ¿sabes? Has superado una dura prueba, has viajado hasta el oscuro centro de tu alma.

Sin duda, aquel tipo estaba como una regadera. Peter se puso tenso cuando la puerta de la celda se abrió con un chirrido de goznes metálicos. El anciano entró esquivando la sangre y se acuclilló hasta que ambos estuvieron a la misma altura y a unos pocos pasos de distancia.

—Dicen que todos los hombres tienen un punto débil, pero todavía no he encontrado el tuyo, Peter —dijo Finn—. Eres como el conejito de Duracell. Nunca te rindes, y eso es admirable, muchacho. Pero tal vez haya una diferencia entre lo que te haces a ti mismo y lo que te hacen *los demás*. Puede que mi hipótesis haya sido del todo errónea.

—¿De qué...? —Peter tuvo que generar más saliva para poder continuar—. ¿De qué coño estás ha-hablando?

—Bueno, estaba pensando que... —Finn metió la mano en la mochila y extrajo una botella de plástico rellena de agua. Parecía que la hubieran dejado en la nieve para mantenerla fría, porque las gotitas de condensación vibraron y sucumbieron a la gravedad rodando plástico abajo para acabar goteando sobre los dedos de Finn— hay un tipo de presión que viene de fuera (la tortura, el entorno, etc.) y otro tipo de presión que viene de dentro.

Peter apenas lo oía. Sus ojos se habían quedado prendados de esas gotas, de los dedos de Finn, de ese trocito de hielo que flotaba en medio de aquella masa de agua fresca. Tenía tanta sed que tuvo que hacer acopio de toda su fuerza de voluntad para no agarrar la mano de Finn y lamérsela entera.

—Creo que he cometido graves errores de cálculo en mi primera hipótesis —explicó el hombre, abriendo el tapón—. La voluntad de sobrevivir ejerce su propia presión. Te he dado paredes que empujar, obstáculos que superar, alguien a quien odiar, pero no he sabido prever lo que podría llegar a ocurrir si esas paredes de pronto se desvanecieran. —Finn le ofreció la botella abierta—. Si no quedara nadie a quien odiar, salvo a uno mismo.

«Me está dando agua. No hay guardias y Davey no está, así que no va a matarme». Eso era lo único en lo que podía pensar. La repentina oleada de gratitud que sintió, aunque absurda e irracional, le dio ganas de llorar, y dejó que Finn le acercara la botella a los labios y le sostuviera la cabeza mientras se atizaba el agua helada, que le chorreaba por la boca y por el cuello y que le caía en el estómago con tanta fuerza que le hacía daño.

—Despacio, muchacho, despacio —murmuró Finn casi con cariño. No retiró la botella, pero siguió hablando mientras Peter tragaba—: Así que me dije: «Finn, tienes que dejarte de amenazas y de meter presión. Obligar al chico a luchar por su vida no va a decirte lo que quieres saber».

—¿Y qué… qué es lo que quieres saber? —jadeó Peter. No quedaba ni una sola gota de agua. Se echó hacia atrás soltando un suspiro. Tenía la barriga llena. Tal vez vomitara y lo echara todo de nuevo, pero no le importaba. La cabeza le daba vueltas y volvía a tener un hambre canina: era como si algo amenazara con rasgarle la tripa y partirlo por la mitad.

—Al final, todos sucumben. —Finn volvió a ponerle el tapón a la botella—. Hasta el mismísimo Cristo. Aunque no por lo que le estaban haciendo, sino por sus propias dudas que lo acuciaban desde dentro. No obstante, siempre tuvo otra opción. Cuando es demasiado tarde para cambiar nuestra forma de pensar, siempre le echamos la culpa al destino. Pero yo me di cuenta de que tenía que dejar que *tú* tomaras tus propias decisiones. En el fragor de la batalla, lo único que un hombre quiere es sobrevivir.

No tenía ni idea de adónde quería llegar. Su cabeza se encontraba embotada y, aunque ya no tenía remedio, se preguntó si le habría echado algo en el agua. «Me está matando suavemente», pensó, y a punto estuvo de soltar una risita. El agua lo había mareado un poco, pero tenía más hambre que antes, como si un cuchillo le agujereara las tripas, y, al sentir un calambre en el estómago, tuvo que reprimir un quejido.

Al otro lado de la celda se oyó el ruido metálico de una cerradura y una ráfaga de aire fresco se coló en el interior de la cárcel cuando se abrió la puerta principal.

—Ajá —dijo Finn, mirando el reloj, y luego se levantó—. Justo a tiempo.

Tres guardias traían a Davey sujeto con varas de control enganchadas a aquel ancho collar de cuero. El chico iba vestido como los demás hombres de Finn.

A Peter casi le dio un síncope. Así que sólo había sido una artimaña. Probablemente Finn le había ofrecido el agua para que recuperara fuerzas para el último asalto.

«Sigue luchando. —Logró incorporarse con ayuda de la pared mientras los guardias colocaban a Davey en el pasillo central. Los ojos chispeantes del muchacho se fijaron en Peter, al tiempo que abría y cerraba los orificios nasales como un sabueso ansioso por cazar su presa. Peter siguió la línea de la pared y luego la de los barrotes hasta quedarse inmóvil en un rincón. Si usaba los barrotes como palanca, podía pegar patadas. Eso era preferible a que Davey lo atrapara en el centro de la celda—. Patéale la cara si puedes. —Asió los fríos barrotes—. Lo importante es que no te rindas».

—Eso es —dijo Finn cuando los guardias llegaron a la altura de la celda—. Sujetadlo bien. —Finn había vuelto a abrir la mochila y Peter se percató de que Davey movía súbitamente la cabeza hacia el viejo, se tensaba y se ponía de puntillas, como hacen los niños pequeños en Halloween para poder rebuscar el caramelo que les gusta.

—Lo siento, Davey, no es para ti —repuso Finn, que sofocó una risita y le revolvió el pelo. El chico ni se inmutó.

«Por Dios. —El corazón se le aceleró—. Lo ha convertido en una mascota».

—Pues vamos allá —continuó Finn, y sacó un paquete blanco de papel. ¿Papel encerado? No estaba seguro. Vio cómo Finn se agachaba, dejaba el paquete en el suelo y lo abría, desatando una plétora de humeantes volutas de vapor que desprendían un jugoso aroma a carne recién asada y grasa en su punto.

Peter no pudo reprimir un gemido. Empezó a salivar. Su hambre voraz luchaba por abrirse paso a través de su garganta.

—¿A que huele bien? Cómo me gusta un buen filete. Espero que te guste así, poco hecho. Ah, y es fresco, ¿eh? Lo han matado esta misma mañana. —Finn le dio la vuelta al músculo con la punta del cuchillo para que Peter viera las marcas de la parrilla…

Y la tinta roja descolorida de un corazón tatuado.

Al principio le costó comprender. Sus ojos se clavaron en el tatuaje y su mente empezó a hacer cábalas, como si intentara resolver un complicado problema de geometría. Había carne y... un tatuaje; un filete y un...

—¡No! —estalló, y volvió a encogerse contra los barrotes. No sabía qué era peor: si el persistente azote de aquella hambre voraz que se negaba a marcharse (y es que el olor de la carne era tan fuerte... Además, se estaba muriendo de inanición) o la repentina y gélida punzada de terror que le sobrevino—. Ni de coña. No vas a m-meterme eso en la b-boca. No puedes obligarme a *comer*.

—Nada más lejos de mi intención. ¿No me has estado escuchando, Peter? A partir de ahora, tú tomas tus propias decisiones. Sin amenazas. Sin dolor. Ningún Chucky te va a sacar los ojos. Yo me lavo las manos. Sólo estás tú, Peter, y —señaló con el cuchillo— ese trozo de carne. Esta lucha es contra ti mismo. Hay comida, y es la *única* comida. Así que come y sigue viviendo.

—Ni en br-broma. —Estaba llorando. Las piernas le flaquearon y se dejó caer en el suelo mugriento y manchado de sangre—. No... *no puedo.*

—Sí puedes —lo alentó Finn—. Seguro que puedes. La cuestión es: ¿lo harás? He ahí la presión de la que te hablaba, Peter, ¿no lo ves? En una batalla, aunque sea del alma, los hombres hacen lo que sea por sobrevivir. Los santos sólo existen en las leyendas y en los cuentos de hadas. Quizá no lo hagas ni hoy ni mañana..., pero al final lo harás, Peter; te lo aseguro.

«No. —Peter volvió la cara hacia los barrotes. Aquel suculento olor a carne asada era irresistible—. No, ni de coña. Antes prefiero morir…».

—Mira y aprende, Davey —dijo Finn—. Mira y aprende.

Hacía dos horas que había amanecido, pero el cielo nocturno seguía siendo una negra bóveda salpicada de estrellas. Más allá del haz oscilante de la linterna de su cabeza, la nieve que discurría entre el campamento y la iglesia se desplegaba como una cinta brillante y dorada. Luke avanzaba con bastante facilidad, pero el único de los tres que parecía estar divirtiéndose era el perro, un labrador amarillo que trotaba delante agitando la cola como si esta fuera un alocado y simpático semáforo. Cada cinco metros o así, volvía corriendo hacia Cindi para animarla con un pequeño ladrido.

—Sí —bufó Cindi. Apenas sabía esquiar, pero podía mantener el tipo durante un par de kilómetros. Más o menos. Le parecía que llevaba un día entero sobre aquellos estúpidos esquís y sólo habían pasado cuarenta minutos—. Ya voy.

Cuando llegó a los escalones de la iglesia, cogió aire hasta que el corazón dejó de amenazarle con estallarle por las orejas. Luke esperó a que tragara saliva y escupiera y luego le dijo:

—Tal vez deberíamos dejarlo en paz. Ya me entiendes, dejarle su espacio, como dijeron Mellie y Weller.

—Que les den. —Se apoyó en los bastones para desengancharse—. Ya lleva así dos días enteros. Pasar tanto tiempo solo no es bueno para nadie.

Luke clavó las puntas de los esquís en la nieve para que se quedaran de pie.

—¿Y tú cómo sabes lo que es bueno y lo que no?

—Mi madre era psiquiatra. —Cindi colocó sus esquís junto a los de Luke—. Siempre decía que había que ayudar a que la gente quisiera quedarse, como cuando se te va un ser querido, pero hay otra gente que te quiere esperando a que vuelvas. O algo así. —Se encogió de hombros para acoplarse la mochila—. Ahora nosotros somos la otra gente de Tom.

Luke puso cara de haber mordido un limón.

—Quizá debería quedarme aquí con el perro para asegurarme de que no aparece ningún Chucky.

—No hay Chuckies en ocho kilómetros a la redonda —lo tranquilizó Cindi. No era seguro al cien por cien y por eso se habían llevado al perro. Muchos Chuckies habían sobrevivido al derrumbamiento y a la inundación de la mina y nadie sabía dónde se habían metido. Weller y Mellie creían que muchos de ellos podían estar ya camino del norte, de Rule. Si era así, no tardarían en tener en compañía. Le lanzó una mirada fulminante—: Venga, no seas gallina.

Luke hizo que el perro se echara para esperarlos y ambos subieron pesadamente los escalones de la iglesia. El interior estaba frío y oscuro como una tumba. Rodearon la nave por un pasillo lateral hasta llegar a las escaleras, por donde subieron a una polvorienta biblioteca situada en la tercera planta. Detrás del órgano había una trampilla que daba a una escalera de caracol que conducía directamente al campanario y este estaba compuesto por siete descansillos unidos por una serie de escalerillas de hierro fijadas a la pared. Un carillón de madera en desuso dominaba la mitad sur del séptimo rellano. A Cindi todas aquellas palancas y pedales, con esas cuerdas que se alargaban hasta las veintitrés campanas correspondientes, le parecieron un gigantesco telar. O una telaraña.

Al final de la última escalera de hierro había otra pesada trampilla que Cindi empujó con todas sus fuerzas. La trampa gimió al abrirse y una ola de aire fresco bañó su cabeza y sus hombros.

—Eh, Tom —le dijo, subiendo los últimos peldaños. El campanario estaba abierto por los cuatro costados y echó un vistazo al norte, abriendo una brecha en la oscuridad con la linterna. Desde allí se obtenía una buena panorámica de la mina. Bueno..., de lo que quedaba de ella. Estaba segura de que aquel era el lugar estratégico que habría escogido Tom. Y, en efecto, allí estaba: sentado en un taburete alto con un abultado saco de dormir sobre sus hombros gachos y aquel enorme rifle de largo alcance con nombre de chica apoyado en el murete. No se volvió para mirarla, pero, por la forma en que ladeó la cabeza, supo que estaba despierto—. Soy Cindi. Te he traído algo de comer.

No hubo respuesta. Ni ella se la esperaba. El resto del campanario estaba oscurecido por las campanas que colgaban de un entramado de puntales y vigas y que, aunque daban algo de abrigo, no impedían el paso del aire, que era mucho más gélido allá arriba. Cindi empezaba a congelarse y tiritó cuando una lengua de viento le lamió el sudor que le caía por el cuello. Oyó que Luke subía afanosamente la escalera y cerraba la trampilla, y anunció—: Luke también ha venido.

Tom siguió sin contestar y Luke la miró como diciéndole «te lo dije», pero ella lo ignoró. Cruzó el campanario y dejó la mochila en el suelo, la abrió y sacó un termo y una taza.

—Pensé que a lo mejor te apetecía un poco de sopa. —Como él hacía caso omiso, Cindi desenroscó el tapón del termo, liberando una nube de vapor con aroma a pollo—. Es sopa de pollo con fideos. Bueno, no exactamente. He usado cubitos de caldo, fideos chinos y…

—Gracias, Cindi. —La voz de Tom sonó tan baja que Cindi apenas la oyó. El chico ni se molestó en bajar la mirada—. No tengo hambre, de verdad.

Cindi oyó que Luke arrastraba los pies, pero no se volvió. Quería que dijera algo. «Hola», por ejemplo.

—Sí, ya lo sé —repuso. ¿Era eso lo que se decía en estos casos? Probablemente no. Ojalá su madre estuviera allí—. Pero mi madre solía prepararme sopa de pollo cuando estaba mala, así que pensé que a lo mejor te apetecía un poco. O luego, más tarde… —Oh, aquello era patético. Estar triste no era una enfermedad. Era de lo más normal. Dejó con cuidado el termo junto al taburete y sacó tres paquetitos—. También he hecho bocadillos. Bueno, no son nada del otro mundo, un poco de mantequilla de cacahuete y un par de sobrecitos de miel que he encontrado por ahí. Iba a traerte café, pero… —Pero ¿qué? ¿Qué iba a decirle, que no pegaba ojo y que debería dormir o que cuándo pensaba bajar y volver a ser él mismo?

Oyó que daba un profundo suspiro y, al levantar la vista, se quedó tan sorprendida que por poco dejó escapar un grito. Si antes estaba delgado, ahora se le veía realmente demacrado: tenía los pómulos afilados como cuchillas y sus mejillas eran dos cuencas hundidas. Para colmo, sus labios se hallaban despellejados y llenos de costras.

—¿Quieres probarlos? —No sabía qué más decir.

—No. —Tom soltó otro suspiro y apartó la vista—. Deberíais volver. Hace frío.

—Ven con nosotros —lo animó. Por favor, ¿es que Luke no pensaba abrir la boca?

Tom negó con la cabeza.

—Todavía no estoy preparado.

—¿Y cuándo lo estarás? —No creyó haberlo dicho gimoteando como una niña pequeña, pero ¿quién sabe? Aquello era tan extraño... Parecía su madre.

Una pausa.

—No lo sé. —Cindi detectó una nota de asombro en su voz, como si se lo estuviera pensando—. Supongo que cuando me canse de mirar. El problema es que... no estoy preparado para dejar de hacerlo —concluyó Tom.

Sabía a qué se refería. A la luz del día, la mina era un agujero en la tierra: un hoyo negro en mitad de la nieve, profundo e irregular como un furúnculo que hubiera soltado todo el pus. El olor se había mitigado un poco porque el viento soplaba en la dirección adecuada, y una nueva capa de nieve se había formado sobre la superficie del agua. Mellic decía que ahora habría dos lagos y que desde el espacio se verían como unos ojos asimétricos. El espectáculo era horrible e irremediablemente hipnótico, como cuando uno pasa junto a un accidente y aminora la marcha para echar un vistazo.

Por su parte, Cindi seguía preguntándose dónde estarían los cuerpos. Tenía que haber infinidad de ellos, pero no había visto ninguno flotando. Tiempo atrás había visto una película sobre un submarino hundido y lo que más le había impresionado habían sido todos aquellos cadáveres flotando como corchos con el pelo ondeante como si fueran algas. Probablemente hubiera muerto también mucha gente normal en la mina. No quería ir a buscarlos, pero era imposible no pensar en ellos.

—Yo intento no pensar en ello —dijo—. Mi madre… decía que al final todo lo malo desaparece. Sólo tienes que dejar de pensar en ello, Tom.

Tom pareció considerar la idea.

—Tal vez sea cosa mía, pero si dejo de mirar es como si dejara de mirarla a *ella*. No he sido capaz de apartar la mirada en todo este tiempo. Y puede que nunca lo haga.

—Sólo han pasado un par de días —intervino Luke.

—No, Luke —lo contradijo Tom—. Han pasado meses y meses y meses.

—¿De qué estás hablando? —preguntó Cindi, desconcertada.

Tom permaneció tanto tiempo callado que la chica creyó que no le respondería, pero entonces murmuró:

—Afganistán. Había una escuela. Una escuela para niñas, pero la gente estaba demasiado asustada para mandar a sus hijas allí a causa de los talibanes, los caudillos, los líderes locales…, que están en contra de ese tipo de cosas. No quieren que las niñas reciban ningún tipo de educación, así que las gasean, queman escuelas, matan a los profesores… Son capaces de todo. Nosotros le aseguramos al pueblo que velaríamos por la seguridad de esas niñas y que mantendríamos la escuela abierta a toda costa. Pero las cosas no salieron como esperábamos.

—Oh. —Cindi miró súbitamente a Luke, que se limitó a sacudir la cabeza, y luego volvió a fijarse en Tom—. ¿Qué ocurrió?

—La bombardearon.

—¿Desde un avión, quieres decir? ¿O con un lanzacohetes?

Al ver que Tom negaba con la cabeza, Luke preguntó:

—¿Fue un ataque suicida?

—Sí. —Pausa—. Y no.

—No te… —A Luke se le quebró la voz y tuvo que aclararse la garganta—. No te entiendo. ¿Cómo es posible que sea ambas cosas a la vez?

—Porque —dijo Tom, volviendo la cabeza para mirarlos— ataron las bombas a los niños. A dos de ellos: un niño y una niña.

—¡Oh! —Esta vez la palabra salió como un gemido horrorizado y Cindi notó que el corazón le daba un vuelco—. Oh, no. ¿Qué edad tenían? —¿Y qué más daba?

—No lo sé. No más de seis o siete años. Pero, fuera quien fuese quien preparara las bombas, sabía lo que se hacía. No había tiempo de desarmarlos a ambos, pero yo no me di cuenta hasta que ya era demasiado tarde. Me quedaban unos treinta y cinco segundos. Así que tuve que elegir. Tuve que decidir qué niño i-iba a vivir y cu-cuál no… —Se interrumpió y luego continuó con voz más enfadada—: Me obligaron a *elegir* a qué niño merecía la pena salvar, ¿no os dais cuenta?

—¡Madre mía! —murmuró Luke, y a Cindi le entraron ganas de agarrarlo del brazo y de gritarle: «¡Ni se te ocurra preguntarle a cuál eligió! ¡Ni se te ocurra!».

—Sigo viéndolo todos los días —susurró Tom—. Sueño con ello. Lo oigo, lo *huelo*… El calor que desprendían las rocas, el polvo… y a mi amigo gritándome que cortara el cable, que cortara el cable, que cortara el *maldito cable*… —Cindi oyó que soltaba un largo y tembloroso suspiro—. En el último segundo, cuando ya había hecho mi elección y era demasiado tarde, seguí mirando atrás porque pensé que estaría mal desviar la mirada, que alguien debía recordar aquello… y la vi… Vi su ca-carita…

«La niña. Había dejado a la niña…». Cindi apenas podía respirar. ¿Qué decía uno en esos casos? Intentó ponerse en su lugar e imaginar cómo sería ver a una pobre cría volar por los aires. Su madre nunca la había dejado ver películas de esas ni jugar a ese tipo de videojuegos. ¿Por qué creía la gente que era divertido matar, aunque sólo fuera una simulación?

—La memoria es como la sangre. Por mucho que frotes, la mancha nunca se borra del todo. —Hubo una larga pausa—. Deberíais marcharos —volvió a decir Tom, ahora con voz apagada e inexpresiva—. Estaré bien, de verdad.

—¿Sí? Pues yo no —saltó Luke. Tenía la cara pálida y los ojos llorosos—. Y no creo que vuelva a estarlo en mucho tiempo. La culpa es mía. Yo fui quien te obligó a abandonarla. Si no hubiera sido por mí, te habrías quedado y hasta puede que hubieras llegado hasta ella.

—Probablemente no —respondió Tom, y Cindi pensó que, si una voz podía compararse con algo, la de Tom se parecía a una piedra—. Estaba demasiado lejos. Habríamos muerto los dos.

«Y a ti te gustaría haberlo hecho. —Ahora lo sabía, no le cabía ninguna duda—. Querrías haber muerto en su lugar».

—No hay nada vergonzoso en escoger la vida, Luke —aseguró Tom.

—Entonces, deberías seguir tu propio consejo —le soltó el chico, y las lágrimas rodaron por sus mejillas—. Porque quiero que vivas y me da miedo que no lo hagas. Me da miedo que decidas acabar con tu vida porque sé que sería por mi culpa.

—No —dijo Tom—. En ese caso, yo sería el único responsable. Pero no tienes que preocuparte. Luke. Yo nunca te haría eso.

«Tal vez no aquí y ahora», pensó Cindi. Pero quizá cuando Tom finalmente apartara la mirada quisiera alejarse por ahí para morir a solas. Tumbarse en algún sitio y dejarse morir.

Como si le leyera el pensamiento, Luke no dio su brazo a torcer:

—Pero si no regresas, nunca lo sabré. Siempre me quedará la duda. En aquel momento te dije que no podía irme sin ti y ahora te lo repito: no me iré sin ti ni ahora ni cuando nos marchemos.

—¿Marcharnos? —preguntó Tom.

—Mellie dice que tenemos que enfrentarnos a Rule lo antes posible —explicó Cindi, y pensó: «Son niños. Tom es bueno, sé que lo es, y querrá ayudarlos»—. Dice que tenemos que rescatar a esos niños.

—A mí no se me ha perdido nada en Rule —dijo Tom.

—¿Ni siquiera ese chico, Chris Prentiss? —inquirió Luke, y Cindi torció el gesto. Quizá no debió mencionarlo, pero Weller y Mellie les habían hablado de él, y no muy bien, para ser sinceros—. Weller dijo que Chris había obligado a Alex a abandonar Rule para que los Chuckies la capturasen. ¿No quieres hacerle pagar por eso? —insistió—. Yo lo haría.

—Claro que sí —afirmó Tom—. Claro que quiero. Pero eso es lo que me asusta. Por primera vez en mi vida, tengo ganas de matar. Quiero ver morir a Chris Prentiss. De cerca. Quiero ser lo último que vea en el mundo. Incluso creo que disfrutaría matándolo.

—Bueno, ¿y qué hay de malo en ello? —lo animó Luke—. Se lo merece.

—Eso no lo sabemos. No lo conozco. Pero… noto que estoy… *cambiando*. —Se llevó la mano al corazón—. Lo noto aquí. Y, aunque no me gusta, no puedo pararlo. Tengo miedo de que, si voy a Rule, esto que tengo me aniquile por completo.

—¿El qué? —preguntó Cindi, extrañada. La voz de Tom no presagiaba nada bueno.

—Este monstruo que hay en mí —susurró Tom—. Lo *noto*. Creo que, si voy con vosotros, no seré capaz de detenerlo. Tal vez ni quiera intentarlo.

A Cindi le entró el pánico de repente, pero necesitaba saber:

—¿Y cómo es?

Los ojos de Tom tenían un aspecto horrible: cansados, ausentes y muy hundidos. Y sus ojeras eran de un intenso púrpura grisáceo, como los gruesos nubarrones de una tormenta. Contemplar aquellos ojos devastados era como mirar directamente al sol durante mucho rato: algo tan brillante y terrible que podía dejarte ciego.

—Negro —respondió Tom—. Es negro.

FIN DEL SEGUNDO LIBRO

AGRADECIMIENTOS

Si he aprendido algo después de trabajar con el equipo de *Cenizas* es que esta gente nunca se rinde y el libro que ahora mismo tienes en las manos es mejor justo por eso. Así que, una vez más y de todo corazón, quiero hacer llegar mi más sincero agradecimiento:

A mi editor, Greg Ferguson, que siempre insiste en que llegue un poco más lejos, en que profundice un poco más y descubra exactamente qué es lo que quiero transmitir: tu apoyo y confianza lo son todo para mí. ¿Y el año que viene? Los Eagles, *Nota*…, a menos que sean los Packers. Oh, está bien; esta vez, sólo por ser tú, dejaré guardado el sombrero con forma de queso.

A Ryan Sullivan, el corrector más entusiasta y minucioso del mundo: en serio, tío, me encanta la pasión que le pones.

A Mary Albi, Katie Halata, Robert Guzman y Alison Weiss: por allanar el camino, agitar pompones, contestar correos cargados de pánico a cualquier hora, tuitear hasta que los dedos os echaban humo y, lo más importante, por hacer que mi obra sea lo mejor posible.

A Deb Shapiro: gracias por ocuparte de que me acordara de comer, hermanita.

A Elizabeth Law, por saber llegar hasta mí, reprenderme y hacerme entender las cosas.

A mi infatigable agente y abogada Jennifer Laughran: cada vez que nos ponemos a charlar, descubro más cosas que me gustan de ti.

A Dean Wesley Smith, una vez más y siempre, por estar ahí.

Y, como en el libro anterior, a David. ¿Todo esto sin ti? ¿Estás de guasa? Ni en broma. Pero no diría que no a Tasmania.

Esta edición de *Sombras* se terminó
de imprimir en Salamanca el 8 de
mayo de 2015, aniversario de la
primera edición del cuento
«La princesa y el guisante»,
de Hans Christian Andersen,
en 1835.

TAMBIÉN EN ESTA COLECCIÓN

«Una esclarecedora precuela que entusiasmará a los fans de *El corredor del laberinto*».

Shelf Awareness

TAMBIÉN EN ESTA COLECCIÓN

«Impresionante».

Christopher Paolini, autor de *Eragon*

«¿Crees que lo has leído todo sobre dragones? *Seraphina* hará que cambies de idea».

Rick Riordan, autor de *Percy Jackson*

«Tanto a los adolescentes como a los adultos les encantará deslizarse por las mágicas calles de la ciudad de *Seraphina*. A mí, desde luego, me encantó».

Maggie Stiefvater, autora de *Temblor, Los lobos de Mercy Falls*

«Un libro digno de atesorar, tan brillante como las escamas de un dragón».

Naomi Novik, autora de *Temerario*